조선후기 통신사 필담창화집 번역총서 29

和韓唱和錄·和韓唱和附錄

화한창화록·화한창화부록

조선후기 통신사 필담창화집 번역총서 29

和韓唱和錄·和韓唱和附錄

화한창화록·화한창화부록

기태완 역주

보고사

이 역서는 2008년도 정부재원(교육과학기술부 학술연구조성사업비)으로 한국연구재단의 지원을 받아 연구되었음(KRF-2008-322-A00073)

이 번역총서는 2012년도 연세대학교 정책연구비(2012-1-0332) 지원을 받아 편집되었음.

차례

◇ 화한창화부록 和韓唱和附錄

◇ 영인자료 [우철]

일러두기

1. 통신사 필담창화집 번역총서는 제1차 사행(1607)부터 제12차 사행(1811)까지, 시대순으로 편집하였다.
2. 각권은 번역문, 원문, 영인자료(우철)의 순서로 편집하였다.
3. 300페이지 내외의 분량을 한 권으로 편집하였으며, 분량이 적은 필담창화집은 두 권을 합해서 편집하고, 방대한 분량의 필담창화집은 권을 나누어 편집하였다.
4. 번역문에서 일본 인명과 지명은 한국 한자음 그대로 표기하고, 처음 나오는 부분의 각주에 일본어 발음을 표기하였다. 그러나 번역자의 견해에 따라 본문에서 일본어 발음대로 표기를 한 경우도 있다.
5. 번역문에서 책명은 『 』, 작품명은 「 」로 표기하였다.
6. 원문은 표점 입력하였는데, 번역자의 의견에 따라 표기하는 것을 원칙으로 하였지만, 가능하면 한국고전번역원에서 정한 지침을 권장하였다. 이 경우에는 인명, 지명, 국명 같은 고유명사에 밑줄을 그어 독자들이 읽기 쉽게 하였다.
7. 각권은 1차 번역자의 이름으로 출판되었는데, 최종연구성과물에 책임연구원과 공동연구원의 이름이 반드시 들어가야 한다는 한국연구재단의 원칙에 따라 최종 교열책임자의 이름으로 출판되는 책도 있다.
8. 제1차 통신사부터 제12차 통신사에 이르기까지 필담 창화의 특성이 달라지므로, 각 시기 필담 창화의 특성을 밝힌 논문을 대표적인 필담창화집 뒤에 편집하였다.

화한창화록(和韓唱和錄)

본 책은 무진년(1748) 4월에 조선통신사가 낭화관(浪華舘)에 잠시 머물렀을 때 조선통신사 일행과 낭화 지역 일본 인사들 간에 창화한 시문들이다.

책의 구성은 상권과 하권과 부록으로 되어있다. 상권은 낭속(浪速) 촌상수범(村上秀範) 편집하였고, 하권은 서릉(西陵) 원반염자등(源攀髯子登)이 편집했다.

서릉(西陵) 원자등보(源子登甫)와 낭화서림(浪華書林) 취묵재(醉墨齋)의 짧은 서문이 있고,

1748년 5월에 대판서림(大坂書林) 백원옥여시(柏原屋與市)·촌상옥청삼랑(村上屋淸三郎)이 간행한 것이다.

필담과 창수에 참여한 조선 통신사 일행은 정사(正使) 홍계희(洪啓禧), 부사(副使) 남태기(南泰耆), 종사(從事) 조명래(曹命來), 학사(學士) 박경행(朴敬行), 서기(書記) 이봉환(李鳳煥)·유후(柳逅)·이명계(李命啓), 양의(良醫) 조숭수(趙崇壽) 등이고, 일본 인사로는 상권에 관영(菅榮), 풍미(豊微), 혜적(惠迪), 괄낭(括囊) 등 모두 13명이고, 하권에 원동곽(源東郭), 원사명(源四明), 관금곡(菅錦谷) 등 모두 15명이고, 부록에 녹문(鹿

門), 습취(拾翠), 동산(東山) 등 모두 4명이다. 하권에는 10대 소년들이 다수 포함되어 있다.

본 책에 수록되어 있는 필담과 수창한 시들은 거의 모두가 친선을 내용으로 한 것들이다. 다만 이봉환(李鳳煥)의 「판성선재 야구씨에게 주는 글(與阪城膳宰野口氏文)」과 이에 대해 반론을 편 원동곽(源東郭)의의 장편의 반박문이 눈에 띈다.

이봉환의 글은 일본의 문인들이 단지 사장(詞章)만을 섬기고 실학(實學)이 없음을 비난한 것이었다. 이에 대해 원동곽은 "고문사(古文辭)를 읽을 줄 안 후에야 성인의 도를 알 수 있다. 만약 고문사를 알지 못한다면, 고서(古書)를 읽을 수 없는데, 어찌 고선·성왕의 도를 알겠는가?"라며 강하게 반론을 폈다. 두 사람의 글은 당시 조선과 일본의 학문 풍토를 반영한 것으로 양국의 학문 경향을 살펴볼 수 있는 자료라고 하겠다.

화한창화록 권상

和韓唱和錄 卷上

화한창화록

이방연벽(二邦連璧) 소인(小引)

무진세(戊辰歲, 1748)에 한빙(韓聘)이 와서 낭화관(浪華舘)에 잠시 머물렀다. 한때의 조고사(操觚士 : 문사)들이 흡연(翕然)[1]이 폭주(輻奏)하여 모이지 않음이 없었다. 찬탄하며 대동(大東) 사문(斯文)의 환발(渙發)[2]을 받들었다. 이에 성대함을 이루었다. 서사(書肆)의 취묵산인(醉墨散人)이 모아서 기록하여 약간 권을 이루고서, 제목을 '이방연벽(二邦連璧)'이라 했다. 와서 서문을 청했다. 내가 말하기를 "대저 서(序)라는 것은 책 위의 관옥(冠玉)이고, 만권(萬卷)의 머리를 여는 것입니다. 이는 불녕(不佞 : 不肖)이 할 수 있는 바가 아닙니다. 어찌 감히 할 수 있겠습니까?"라고 했다. 산인(山人)이 굳게 요청했다. 이에 손에 엉긴 말선재(韈線才)[3]로 남의 돌멩이만 쌓아놓고, 단지 주옥(珠玉)에다 기와를

1 흡연(翕然) : 일치(一致)한 모양.

2 환발(渙發) : 조령(詔令)을 반포하는 것. 여기서는 시문을 받듦을 말함.

3 말선재(韈線才) : 버선의 실밥을 터트려놓은 것처럼 재학(才學)이 단천(短淺)함을 말함. 송(宋)나라 손광헌(孫光憲)의 『북봉쇄언(北夢瑣言)』에 "한소(韓昭)는 왕씨(王氏)에게 벼슬하여 예부상서(禮部尚書)·문사전대학사(文思殿大學士)에 이르렀다. 거친 문장을 지녔지만, 금(琴)·기(棋)·서(書)·산(算)·사법(射法)에는 모두 섭렵했다. 이것으로써 후주

올려놓고, 비단 수에다가 무명으로 테를 두르고, 실로 살아있는 것에 그림자를 건 것이 부끄럽다. 한 때의 선비들이 나의 고루하고 주제넘음을 죄준다면, 어찌 그것을 면하겠는가?

연향(延享)[4] 여름 4월에 서릉(西陵) 원자등보(源子登甫)[5]가 적다.

각화한창화술언(刻和韓唱和述言)

정덕(正德)[6] 신묘세(辛卯歲, 1711)에 불령(不佞)[7]은 『양동창화(兩東唱和)』를 간행하여 배포했는데, 일이 이미 40년이 되었다. 올해 연향(延享) 무진년 4월에 한사(韓使)가 우리 낭속성(浪速城)에 왔다. 제현(諸賢)들의 창화(唱和)가 책상 위에 쌓였다. 이에 다시 화한창화(和韓唱和)를 모집했다. 불녕은 견마(犬馬)의 나이가 60세가 지났는데, 이 성대한 일을 3번이나 본 것은 실로 승평시절의 아름다운 장관이다. 이에 겨우 모은 낭속창화(浪速唱和)를 편집하여 이어서 간행하고, 장예제협(長藝諸劦) 사람들을 끝에 적어놓았다. 주옥(珠玉)이 수중에 이르러 곧 간행하였다.

(後主)에게 은총을 받았다. 당시 조사(朝士) 이태하(李台嘏)가 '한팔좌(韓八座)가 문예를 섬기는 것은 마치 버선의 실밥을 터트려놓은 듯한 가닥도 긴 것이 없다'고 했다"고 했음.

4 연향(延享) : 일본 제 115대 앵정천황(櫻町天皇)의 연호. 1744~1748.

5 서릉(西陵) 원자등보(源子登甫) : 스가누마 세이료(菅沼西陵, ?~?). 에도 시대 중기의 유자. 스가누마 도카쿠(菅沼東郭)의 아들. 부친에게 가르침을 받고 가학(家學)을 이어서 오사카(大坂)에서 제자에게 교수했다. 문학에 관련해서는 겐(阮)이라는 성을 사용했다. 이름은 攀髯, 자는 자등(子登), 별호(別号)에 서능산인(西陵山人), 옥옥산인(玉屋山人). 저서 「玉屋集」.

6 정덕(正德) : 일본 제114대 중어문천황(中御門天皇)의 연호. 1711~1716.

7 불녕(不佞) : 나의 겸칭.

삼가 운고군자(雲顧君子)에게 아뢴다.

낭화서림(浪華書林) 취묵재(醉墨齋)에서 공경히 아뢰다.

연향(延享) 무진(戊辰)년의 내빙사(來聘使) 성명(姓名)

○정사(正使)

통정대부(通政大夫)·조참의(曹參議)·지제교(知制教) 홍계희(洪啓禧), 자는(純甫), 호는 담와(澹窩), 남양(南陽) 사람, 나이 46세.

○부사(副使)

통훈대부(通訓大夫)·행홍문관전한(行弘文館典翰)·지제교(知制教)·겸경연시독관(兼經筵侍讀官)·춘추관편수관(春秋館編修官) 남태기(南泰耆), 자는 낙수(洛叟), 호는 죽리(竹裡), 의녕(宜寧) 사람. 나이 50세.

○종사(從事)

통훈태부·홍문관교리(弘文館校理)·지제교·겸경연시독관·춘추관기주관(春秋館記注官) 조명래(曹命來), 자는 주경(疇卿), 호는 난곡(蘭谷), 창녕(昌寧) 사람, 나이 49세.

○학사(學士)

제술관전적(製述官典籍) 박경행(朴敬行), 자는 인칙(仁則), 호는 구헌(矩軒), 나이 39세.

○서기(書記) 3원(員)

정사서기(正使書記) : 봉사(奉事) 이봉환(李鳳煥), 자는 성장(聖章), 호는 제암(濟菴), 나이 39세.

부사서기(副使書記) : 봉사(奉事) 유후(柳逅), 자는 자상(子相), 호는 취설(醉雪), 나이 59세.

종사서기(從事書記) : 이명계(李命啓), 자는 자문(子文), 호는 해고(海皐), 나이 34세.

○사자관(寫字官) 2원(員)

동지(同知) 김천수(金天壽), 자는 군실(君實), 호는 자봉(紫峯), 나이 40세.

호군(護軍) 현문구(玄文龜), 자는 효숙(孝叔), 호는 동암(東岩), 나이 38세.

○양의(良醫) 1원

조숭수(趙崇壽), 자는 경로(敬老), 호는 활암(活菴), 나이 34세(혹은 자를 종재(宗哉)라고 함).

○ 시의(侍醫) 2원

주부(主簿) 조덕조(趙德祚), 자는 성재(聖哉), 호는 송재(松齋), 나이 40세.

주부 김덕륜(金德崙), 자는 자상(子相), 호는 탐현(探玄), 나이 46세.

○ 화원(畫員)

주부 이성린(李聖麟), 자는 덕후(德厚), 호는 소재(蘇齋), 나이 30세.

○ 상상관(上上官)

첨지(僉知) 박상돈(朴尙淳), 자는 자순(子淳), 호는 죽창(竹窗), 나이 49세.

첨지 현덕연(玄德淵), 자는 이심(李深), 호는 소와(疎窩), 나이 55세.

첨지 홍성구(洪聖龜), 자는 대년(大年), 호는 수암(壽巖), 나이 51세.

○ 상판사(上判事) 3원

천정(僉正) 정도행(鄭道行), 자는 여일(汝一), 호는 정암(靜菴), 나이 55세.

훈도(訓導) 이창기(李昌基), 자는 대경(大卿), 호는 광탄(廣灘), 나이 53세.

주부 김홍철(金弘喆), 자는 성수(聖叟), 호는 보진재(葆眞齋), 나이 34세.

○ 차상판사(次上判事) 2원

주부 황대중(黃大中), 자는 정숙(正叔), 호는 창애(蒼崖), 나이 34세.

부사맹(副司猛) 현대형(玄大衡), 자는 치구(穉久), 호는 장호(長湖), 나이 31세.

○ 압물판사(押物判事) 4원

판관(判官) 황후성(黃垕成), 자는 대이(大而), 호는 경암(敬菴), 나이 54세.

첨정(僉正) 최학령(崔鶴齡), 자는 군성(君聲), 호는 방호(芳滸), 나이 39세.

주부 최수인(崔壽仁), 자는 대래(大來), 호는 미곡(美谷), 나이 40세.

판관 최명제(崔鳴齊), 자는 여고(汝高), 호는 수암(水菴), 나이 59세.

○ 치관(治官)

별파진(別破陣) 2인, 마상재(馬上才) 2인, 이마(理馬) 1인, 전악(典樂) 2인, 반당(伴倘) 3인, 기선장(騎船將) 3인, (위는 상상관(上上官) 차관(次官)까지 52원(員))

도훈도(都訓導) 3인, 복선장(卜船將) 3인, 예단직(禮單直) 3인, 청직(廳直) 3인, 반전직(盤纏直) 3인, 소통사(小通事) 10인, 소동(小童) 16인, 삼사노자(三使奴子) 6인, 일행노자(一行奴子) 40인, 급창(吸唱) 6인, 사령(使令) 8인, 취수(吹手) 18인, 도척(刀尺) 6인, 포수(炮手) 6인, 독봉지(纛奉持) 2인, 부절봉지(節鉞奉持) 4인, 기수(旗手) 8인, (위는 중관(中官) 1백 30인. 나중에 3인을 증가했음)

○ 정사군관(正使軍官)

학사(學士) 홍경해(洪景海), 동지(同知) 백상휘(白尙輝), 창성부사(昌城府使) 조동진(趙東晋), 죽산부사(竹山府使) 김계악(金桂岳), 감찰(監察) 이백령(李伯諭), 즉청(卽廳) 이홍유(李鴻儒), 동지(同知) 김수절(金壽晰).

○ 부사군관(副使軍官)

즉청(卽廳) 남행명(南行明), 사과(司果) 윤세좌(尹世佐), 선전관(宣傳官) 전의국(田醫國), 동(同) 이적(李摘), 동(同) 이방일(李邦一), 내승(內乘) 이일제(李逸濟), 첨지(僉知) 임세재(林世載).

○ 종사군관(從事軍官)

사과(司果) 이희춘(李喜春), 함양부사(咸陽府使) 이계국(李桂國), 선전관(宣傳官) 조명걸(曹命傑).

위의 인원수를 별도로 통계함.

상상관(上上官) 3인, 상판사(上判事) 3인, 제술관(製述官) 1인.

상관(上官)(45인 중에 13인은 차관(次官)) 중관(中官) 160인, 합지(合支) 483인.

○정사(正使)

연향화한창화록(延享和韓唱和錄) 상권

창화성씨(唱和姓氏)

관영(菅榮) (하협인(河劦人))

풍미(豊微) (씨(氏)는 풍천(豊川), 호는 포성(蒲城))

혜적(惠迪) (씨는 목촌(木村), 자는 장우(丈右), 위문(衛門))

필동(必東) (씨는 천(泉), 낭화인(浪花人))

대(臺) (씨는 하미(賀美), 이름은 대(臺) 예협인(藝劦人))

단산(丹山) (성(姓)은 동(桐), 이름은 징(澄), 자는 현숙(玄淑))

벽산(碧山) (성은 동(桐), 이름은 웅충(熊充), 자는 현활(玄闊))

구고(九皐) (성은 학(鶴), 이름은 순(純), 자는 선류(仙柳))

학주(鶴洲) (씨는 상월(上月), 이름은 신경(信敬), 자는 단장(丹藏))

진강(振岡) (성은 좌야(佐野), 이름은 안정(安貞), 자는 원천(原泉))

은대(銀臺) (성은 향정(向井), 이름은 기(璣), 자는 자옥(子玉))

동악(東嶽) (성은 관(管), 이름은 비경(斐卿), 자는 백금(伯錦))

괄낭(括囊) (성은 유수(留守), 이름은 우신(友信), 자는 퇴장(退藏))

화한창화록 권상

낭속(浪速) 촌상수범(村上秀範) 편집

금년 4월 20일, 한사(韓使)의 배가 낭속하항(浪速河港)으로 들어왔다. 23일에 제현(諸賢)들의 창화(唱和)가 있었다. 많은 작품을 얻는 대로 기록하여서, 전후의 순서를 매기지 않았다. 군자(君子)들이 밝게 살피시기를 바란다.

○낭화성 아래서 한객에게 주다
浪華城下贈韓客

관영(菅榮)

역사에서 휘날리는 서기의 재능인데	驛使翩翩書記才
강남의 〈백설곡〉[8]이 조수를 진동하여 오네	江南白雪動潮來
한 가지를 바다를 격해 거듭 서로 주니	一枝隔海重相贈

8 백설곡(白雪曲) : 고대 초(楚)나라 도성 영(郢)의 노래. 몹시 고아한 곡으로서 화답하는 자가 드물었다고 함.

이 땅의 매화가 그대 위해 피었네　　此地梅花爲汝開

○관공의 방운을 받들어 차운하다
奉次管公芳韻

박구헌(朴矩軒)

배를 대고 문재를 많이 알았는데　　艤舟數識有文才
만 리의 부상[9]에서 지기가 왔네　　萬里扶桑知已來
객관에서 〈삼첩곡〉[10] 속에 다시 놀라며　　客館復驚三疊裡
고향으로 돌아갈 생각을 피리소리로 여네　　故鄕歸思笛聲開

○갑작스런 화답이 몹시 부끄럽습니다
猝和甚羞

이세보(李世寶)

헌원[11]이 능히 재주를 내니　　軒轅能作才
푸른 바다에서 한 돛이 왔네　　滄海一帆來
객중에 좋은 시구를 만나서　　客裡逢佳句
읊어보니 상쾌한 뜻이 열리네　　吟來爽意開

9 부상(扶桑) : 일본의 별칭.
10 삼첩곡(三疊曲) : 양관삼첩곡(陽關三疊曲). 당나라 왕유(王維)의 〈送元二使安西〉시를 금곡(琴曲)의 가사로 삼은 것. 이별시임.
11 헌원(軒轅) : 수레.

○함께 화답하다
同和

녹야(綠野)

천지 동남에 한 바다가 떠있는데　天地東南浮一海
조각배가 둥실둥실 바람 따라 왔네　片舟泛泛任風來
푸른 솔과 초록 대나무가 아름다운 양지에 있고　蒼松綠竹艶陽處
부용과 작약이 서쪽 언덕에 피어있네　芙蓉芍藥西岸開

(그대의 개재(開才) 글자는 보지 못하고, 단지 내개(來開) 양 글자만 보고 차운한 것입니다.)

○한객에게 올려서, 삼가 고아한 화답을 청하다
呈韓客, 伏請高和

풍미(豊微)

만 리 배의 운행이 푸른 허공을 타니　萬里舟行乘碧空
귀하의 고을엔 원래 절로 흐르는 바람이 있네　貴州元自有流風
〈백설곡〉의 고아한 색에 놀라는데　堪驚白雪高歌色
모두 문채가 아름다운 서기의 심중으로 들어왔네　總入翩翩書記中

○차운
次韻

이세보(李世寶)

강 위에 격한 푸른 허공을 보니　見來江上隔蒼空

객중의 가을 마음이고 좋은 시구의 바람이네 客裡秋心佳句風
천리 동남에 한 바다에 뜨니 千里東南浮一海
기재를 또 머문 배 안에서 아네 奇才又識駐舟中

○동암군 안하에 받들어 올리다
奉呈東岩君案下

목혜적(木惠迪)

사군의 추대가 선조[12]에 있으니 使君推轂在仙曹
이로부터 재명이 봉모[13]라고 불려졌네 自是才名稱鳳毛
자기가 빈년에 동해에서 일어나니 紫氣頻年東海動
비로소 채익선이 풍랑으로 나아감을 아네 初知彩鷁蹴風濤

○목군의 운에 차운하다
次木君韻

현동암(玄東岩)

만 리를 둥실둥실 떠온 동국 관리들인데 萬里泛泛東國曹
일찍이 한 돛이 작은 깃털로 보임을 알았네 嘗知一帆見微毛
객중에 크게 노래하는 곳을 사랑하는데 客中可愛高歌處
천지에서 끝내 푸른 바다의 파도에 놀라네 天地終驚滄海濤

12 선조(仙曹) : 조정의 관서를 말함.
13 봉모(鳳毛) : 남의 자식을 출중하다고 일컫는 미칭.

○대학사 박공 집사에게 올리다
呈大學士朴公執事

천필동(泉必東)

사성[14]의 빛이 일동 하늘에 반짝이니 使星光動日東天
과연 강한에 객선을 맸네 果爾江漢繫客船
유월에 남쪽바다로 가려는 붕새[15]의 그림자인데 六月圖南鵬翼影
쑥대밭 속에서 서로 현격함을 바라보네 蓬蒿叢裡望相懸

○필동의 사안에 화답하다
和必東詞案

박구헌(朴矩軒)

낭화성 밖 물이 하늘에 이어지고 浪華城外水連天
연안에 정박한 청구[16]의 만 리의 배이네 岸泊青丘萬里船
세계는 상전벽해의 변화를 따르지 않고 世界不隨桑海變
시의 명성은 두우성과 함께 오래 매달렸네 詩名長與斗牛懸

---

14 사성(使星) : 사신을 말함. 후한(後漢) 때 촉(蜀)의 이합(李郃)이 천문을 잘 보았는데, 행색을 감추고 간 사신에게 "내가 천문을 보니 사성(使星)이 움직여 촉으로 향하였다." 하며 그들이 사신임을 알아맞혔다는 데서 유래한 말이다. 『후한서(後漢書)』, 「이합전(李郃傳)」.

15 남쪽바다로 가려는 붕새 : 붕새는 『장자(莊子)·소요유(逍遙遊)』에 나오는 새 이름. 곤(鯤)이라는 물고기가 붕새로 변하여 삼천리로 날개를 쳐서 올라가 남쪽바다로 구만리를 간다고 함.

16 청구(青丘) : 조선의 별칭.

○대한 제술관 구헌 박선생에게 올리다

呈奉大韓製述官矩軒朴先生

일본 추부 하미대(日本萩府賀美臺)

재능 없는 사람이 새 동맹에 들어가니 얼마나 행운인가?
不才何幸入新盟
부끄러움과 기쁨이 교차되는 식형[17]이네 慙喜交加是識荊
온 나라에 일찍이 문원의 명망이 전했는데 闔國曾傳文苑望
만난 곳에서 좌석의 진귀한 영광을 두루 우러르네 逢場彌仰席珍榮
오천 리 이별에 편지 끊기고 五千里別鯉鴻斷
삼십 운의 시에는 구름 나무들이 생겨나네 三十韻詩雲樹生
물어보자 해풍과 밝은 달빛 속에서 試問海風明月裏
취해 읊을 때 월인의 소리[18]를 짓는지? 醉吟時作越人聲

○하대아께서 보내준 운을 받들어 화답하다

奉和賀大雅寄來韻

소화(小華) 구헌(矩軒)

듣자니 고재가 일찍 주맹이 되었다는데 聞說高才夙主盟

---

17 식형(識荊) : 식형은 처음 면식함을 말함. 이백(李白)의 「여한형주서(與韓荊州書)」에 “저는 천하의 담사(談士)들과 서로 모여서 말하기를 ‘살아서 만호후(萬戶侯)에 봉해지지 않고, 다만 한형주(韓荊州)를 한 번 알고 싶다’고 했습니다.”고 했음. 한형주는 한조종(韓朝宗).

18 월인(越人)의 소리 : 고향을 그리워하는 것을 말함. 전국시대 월인(越人) 장석(莊舃)이 초(楚)나라에 벼슬을 했는데, 비록 부귀했지만 고국을 잊지 못했다. 병중에 월나라 노래를 읊조리며 고향생각을 붙였다.

시를 보내니 반형[19]을 대신 할 만하네　詩來足以代班荊
푸른 물결의 옥절[20]이 원래 신의를 지녔으니　滄波玉節元存信
짧은 머리 오사모[21]가 더불어 영광이 있네　短髮烏紗與有榮
육가[22]의 시서가 만 리를 넘어오니　陸賈詩書凌萬里
부상[23]의 일월이 평생을 보상받네　扶桑日月償平生
외로운 배에선 산하가 이어짐을 슬프게 바라보고　孤舟悵望山河屬
대나무 언덕의 나그네 수심엔 빗소리가 감도네　竹岸羈愁繞雨聲

○구헌선생이 동도로 가는 것을 받들어 전송하다
奉送矩軒先生之東都

하미대(賀美臺)

이별하는 버들 언덕에 서풍이 불고　分襟柳岸發西風
바람이 비단 돛을 좇아 동쪽으로 또 동쪽으로 가네　風逐錦帆東更東

---

19 반형(班荊) : 벗을 우연히 만남을 말함. 춘추시대 초(楚)나라 오거(伍擧)가 진(晉)나라로 달아나다가 정(鄭)나라 교외에서 친구 성자(聲子)를 만나서 형(荊 : 모형나무)나무 가지를 펴놓고 앉아 옛 일을 주고받았다고 한다.

20 옥절(玉節) : 사신의 부절. 사신을 말함.

21 짧은 머리 오사모(烏紗帽) : 짧은 머리는 늙어서 머리가 줄었다는 뜻이고, 오사모는 모자의 일종.

22 육가(陸賈, 기원전 240~기원전 170) : 서한(西漢) 사람. 유방(劉邦)을 도와서 제후들의 각국에 사신을 갔고, 또 남월(南越)에 사신을 가서 남월와 조타(趙佗)를 설득하여 한나라에 복속하게 했다.

23 부상(扶桑) : 동해에 있다는 신목(神木). 해가 뜨는 곳이라고 함. 일본의 별칭으로 사용됨.

가는 곳마다 시인이 한묵을 떨치니　到處騷人拂翰墨
지나올 때 역의 나무들에 영롱함이 생기네　過時驛樹生玲瓏
중선의 〈등루부〉[24]는 저녁구름 밖에 있고　仲宣樓賦暮雲外
월석의 갈피리소리[25]는 변방 달빛 속에 있네　越石笳聲邊月中
돌아올 날을 손꼽으며 다시 만날 것을 헤아리며　屈指歸期卜重會
서로 보는 이날 뜻이 간절하네　相看此日意忡忡

○하대아의 송별 운에 차운하다

次賀大雅送別韻

박구헌(朴矩軒)

산에 가득한 종려나무 대나무엔 비가 바람을 겸하고　滿山椶竹雨兼風
만 리 시명이 해 뜨는 동쪽에 있네　萬里詩名日出東
비단 휘장 속 의관은 시골에서 고요하고　錦帳衣冠村窈窕
화려한 배의 등불은 바다에서 영롱하네　畫船燈燭海玲瓏
대붕의 천지는 경륜 안에 있고　大鵬天地經綸內
자신[26]의 누대는 조화 중에 있네　紫蜃樓臺造化中

24 중선(仲宣)의 〈등루부〉 : 중선은 삼국 왕찬(王粲)의 자. 왕찬이 난리를 피해 남쪽 형주(荊州) 유표(劉表)에게 의탁하고 있을 때 누대에 올라 〈등루부〉를 지어서 고향생각을 붙였음.

25 월석(越石)의 갈피리소리 : 월석은 진(晉)나라 유곤(劉琨)의 자. 유곤이 진양(晉陽)에 있을 때 흉노(匈奴)의 기병들에게 겹겹이 포위되어 물리칠 힘도 없었는데 태연히 슬픈 갈피리[胡笳] 가락을 불어서 흉노병사들의 고향생각을 불러일으켜서 돌아가게 했다고 한다.

26 자신(紫蜃) : 조개의 일종으로 신기루를 일으킨다고 함.

한밤중에 배회하는 사람을 볼 수 없어　中夜徘徊人不見
푸른 물결에서 닻줄 푸는 내 마음이 간절하네　滄波解纜我心忡

○무진년 여름에 금성 아래서 조씨 활암을 영접하고, 공손히 소시 한 편을 올리다

戊辰夏，於金城下，接趙氏活菴，恭呈小詩一篇

동단산(桐丹山)[27]

만 리 무지개깃발이 대양을 건너오니　萬里霓旌涉大洋
장유[28]가 피곤하지 않아서 비색의 문장을 이루고　壯遊不倦斐成章
축융[29]이 해를 거느린 무성로인데　祝融司日武城路
눈 쌓인 사봉의 바람이 비단의상 날리네　雪疊士峯吹錦裳

○동공이 주신 운을 받들어 사례하다

奉謝桐公贈韻

조활암(趙活菴)

동쪽은 창해에 이어져 드넓게 끝이 없고　東連滄海浩洋洋
북쪽은 부용산에 접하여 온갖 푸른 문채이네　北接芙蓉翠萬章
본원사[30] 안 외롭게 앉아있는 곳에　本願寺中孤坐處

27 동단산(桐丹山) : 성(姓)은 동(桐), 이름은 징(澄), 자는 현숙(玄淑).
28 장유(壯遊) : 장한 뜻을 품은 먼 여행.
29 축융(祝融) : 불의 신의 이름.
30 본원사(本願寺) : 혼간지(本願寺). 오사카에 있는 이시야마혼간지(石山本願寺)를 이름.

때마침 고사를 만나 의상을 거꾸로 걸치네	時逢高士倒衣裳

○조활암 안하에 받들어 올리다

奉呈趙活公案下

학구고(鶴九皐)[31]

창해[32]가 도리어 만 리의 배와 이웃하고	滄海却隣萬里船
한국과 일본의 맑은 절조가 문연에 있네	韓和淸操在文筵
옥퉁소를 부는 곳에 달이 먼저 떠오르고	玉簫吹處月先上
빙그레 웃으며 동쪽 가리키며 태현[33]을 말하네	莞爾指東話太玄

○학공이 보낸 시에 받들어 화답하다

奉酬鶴公見寄

조활암(趙活菴)

바다가 다한 하구에서 누선을 내려서	海窮河口下樓船
바람 따뜻한 절 안의 채색 자리에서 말하네	風暖寺中說彩筵
다시 진인[34]이 있어서 때때로 왕림해주니	更有眞人時枉訪
대화가 황로[35]를 논하니 말이 심원하네	話論黃老說玄玄

31 학구고(鶴九皐) : 성은 학(鶴), 이름은 순(純), 자는 선류(仙柳).

32 창해(滄海) : 전설 속의 신선이 거주한다는 곳.

33 태현(太玄) : 허무념담(虛無恬談)의 도(道). 도교의 교리를 말함.

34 진인(眞人) : 도교에서 말하는 도를 익혀 신선이 된 사람을 말함.

○동벽산[36]이 지닌 중계선[37]에 내가 짧은 인(引 : 악곡 체의 일종)을 써서 남겨놓았다
桐碧山持中啓扇，余書短引遺之

동화(東華)

나의 오랜 말년을 보면 머리가 백설 같고　顧我長季頭似雪
그대를 감싼 장년의 세월은 기가 무지개 같네　繞君壯歲氣如虹
고운 얼굴이 금일에는 나를 돌아보기 어려우나　朱顏今日難顧我
백발이 된 훗날엔 그대를 풀어주지 않으리라　白髮他時不放君

○동화옹이 부채에다 한 수를 써주신 은혜를 받들어 사례하다
奉謝東華翁筆一吟於扇被惠

동벽산(桐碧山)

그대의 노련한 붓 머리에 마음이 백설 같고　君老筆頭心似雪
내가 둥근 부채를 펴니 모양이 무지개 같네　我開團扇形如虹
한 편 사를 적어서 나를 용납해 주니　書成一詞足容我
다년 간 아끼면서 그대를 공경하리라　愛得頻年可敬君

35 황로(黃老) : 황제(黃帝)와 노자(老子). 도교를 말함.
36 동벽산(桐碧山) : 성은 동(桐), 이름은 웅충(熊充), 자는 현활(玄闊).
37 중계선(中啓扇) : 부채의 한 종류.

○초여름 하한(下澣 : 하순)에 동단산(桐丹山)[38]·동벽산(桐碧山)[39]·학구고(鶴九皐)[40]가 조활암(趙活菴)을 만나 그 서재에 머물렀다. 동화옹(東華翁)에게 개개(箇箇)의 필어(筆語)와 증답한 서한(書翰)이 있는데, 훗날 실으려고 한다.

연향(延享) 무진년 4월 23일, 대주기실(對州記室) 난계(蘭溪) 아비류씨(阿比留氏)에게 부탁하여 먼저 허락을 받고, 유수씨(留守氏)·궁기씨(宮崎氏)와 문인(門人) 좌야진강(佐野振岡)와 함께 본원정사(本願精舍)에서 한객(韓客)을 만나서 수창필화(唱酬筆語)를 했다. 상월학주(上月鶴洲).

○조선국 박학사 구헌 사종 족하께 시와 서를 받들어 올려서 통자[41]를 대신하다

奉呈朝鮮國朴學士矩軒詞宗足下詩幷序代通刺

곤륜(崑崙)[42]이 장구(長久)하고, 방박(磅礴)[43]함이 항상 변치 않는데, 경운(慶雲)[44]이 상서로움을 올리고, 온화한 기운이 길상을 드러냅니다. 오월의 바람이 사시(四時)에 순화(順和)하고, 십일의 비가 바야흐

38 동단산(桐丹山) : 성(姓)은 동(桐), 이름은 징(澄), 자는 현숙(玄淑).
39 동벽산(桐碧山) : 성은 동(桐), 이름은 웅충(熊充), 자는 현활(玄闊).
40 학구고(鶴九皐) : 성은 학(鶴), 이름은 순(純), 자는 선류(仙柳).
41 통자(通刺) : 명함을 통하는 것.
42 곤륜(崑崙) : 중국 서쪽 끝에 위치한 산 이름.
43 방박(磅礴) : 기세가 성대한 모양.
44 경운(慶雲) : 오색구름. 옛 사람이 길상(吉祥)으로 여겼음.

로 윤택하고, 옹용(雍容)[45]함을 유양(揄揚)[46]하니, 희희(熙熙)[47]하고 호호(皥皥)[48]합니다. 한국과 일본은 도시들이 서로 바라보고, 고을들이 서로 이어지고, 나라는 만세(萬世)의 기반에 의탁했고, 집들은 천년의 사업을 계승했습니다. 위로는 부모를 친애하고 현인을 어질게 여기고, 예악읍양(禮樂揖讓)의 장소에서 조용하고, 아래로는 낙락리리(樂樂利利)[49]하고, 견묘상죽(畎畝商鬻)[50]의 장소에서 우유(優遊)[51]합니다. 두터운 화목을 밝게 드러나게 하는 교화가 천하에 윤택하고, 순수하여 다스리고 품어서 보호하는 은혜가 백성들에게 도달하니, 길가의 노래와 마을의 노래가 자연의 형세를 따라 노닐고, 무위(無爲)의 지경에서 염담(恬淡)[52]합니다. 백년의 승평(昇平)에 수역(壽域)[53]에서 봄의 누대에 오르고, 요천(堯天)[54]에서 격양가(擊壤歌)[55]를 즐김이 어찌 이때가 아니겠습니까? 어찌 이때가 아니겠습니까? 이 해 연향(延享) 무진(戊辰)년 여름 4월에 조선국 수빙(修聘) 삼대사(三大使)와 제학사(諸學士)들이 약해(弱海)[56] 만 리를 건너서, 일동(日東)으로 와서

45 옹용(雍容) : 위의(威儀)가 있는 모양.
46 유양(揄揚) : 찬양(贊揚), 선양(宣揚).
47 희희(熙熙) : 화락(和樂)한 모양.
48 호호(皥皥) : 광대(廣大)하게 자득한 모양.
49 낙락리리(樂樂利利) : 즐거워하고 순응하는 모양.
50 견묘상죽(畎畝商鬻) : 농사를 짓고 장사를 하는 것.
51 우유(優遊) : 부유(富裕).
52 염담(恬淡) : 심경이 청정(淸靜)하고 자적(自適)함.
53 수역(壽域) : 사람마다 천수를 누리는 태평성대.
54 요천(堯天) : 요(堯)임금의 태평시대를 말함.
55 격양가(擊壤歌) : 요임금의 시대에 한 노인이 흙덩이를 치면서 불렀다는 노래.

낭화(浪華) 본원정사(本願精舍)에서 묵었습니다. 오는 길이 평안했으니 만복(萬福)이고 만복입니다. 저는 씨(氏)가 상월(上月)이고, 이름은 신경(信敬)이고, 자는 단장(丹藏)이고, 호는 학주(鶴洲)이고, 별호(別號)는 전암(專菴)이고 낭화(浪華) 사람입니다. 말금재(襪綿才)[57]를 돌아보지 않고, 외람되게 하리파인(下里巴人)[58]의 가락을 지어서, 대가(大家)의 안하(案下)를 더럽히게 되었습니다.

향기로운 바람 사월에 뱃노래 울리니	薰風四月棹歌聲
사절이 우뚝이 국맹을 닦네	使節巍然修國盟
일역의 산하가 역관에 통하고	日域山河通驛館
계림의 의관과 패옥은 강성에 비추네	鷄林冠珮照江城
숙상의 갖옷[59]이 예스러운 마향[60]의 부인데	鷫鷞裘古馬鄕賦
발해의 흥이 새로운 매숙[61]의 정이네	渤澥興新枚叔情
해우하여 절간에서 문장을 논하니	邂逅論文蘭若裏
각자의 하늘과 다른 지역이 승평을 잇네	各天異地屬昇平

56 약해(弱海) : 약수(弱水). 전설에 서해(西海)에 있다는 물 이름. 깃털조차 띄우지 못한다고 함. 여기서는 일본의 서해를 말함.

57 말금재(襪綿才) : 천박한 재능.

58 하리파인(下里巴人) : 고대 민간 통속가곡. 하리(下里)는 향리(鄕里). 파(巴)는 지명. 지금의 중국 천동(川東)과 악서(鄂西) 일대 지역.

59 숙상구(鷫鷞裘) : 기러기의 일종인 숙상조의 털로 만든 갖옷. 『서경잡기(西京雜記)』에 "사마상여(司馬相如)가 처음 탁문군(卓文君)과 함께 성도(成都)로 돌아왔을 때 거처가 가난하여 근심했는데, 입고 있던 숙상구를 시장 사람 양창(陽昌)에게 주고 술을 빌리고서 탁문군과 즐거워했다"고 했음.

60 마향(馬鄕) : 한(漢)나라 사마상여(司馬相如)의 고향. 성도(成都)를 말함.

61 매숙(枚叔) : 한(漢)나라 매승(枚乘)의 자. 사마상여와 함께 병칭되는 부(賦)의 작가.

우(又)

계림의 자기[62]가 북두성 사이에 열리고	鷄林紫氣斗間開
갑 속의 용천검이 일국으로 왔네	匣裏龍泉日國來
천년 사문에 지음이 적은데	千載斯文知音少
선사[63]가 가는 곳마다 사람들 재촉하네	仙槎到處使人催

○학주께서 보내준 운을 받들어 화답하다

奉和鶴州惠韻

학사(學士) 구헌(矩軒)

동사의 누대에 화각소리 울리고	東寺樓閣畫角聲
풍류가 다행히 시맹을 저버리지 않았네	風流幸不負詩盟
하늘 멀리 관면이 삼신산 바다에 있고	天遠冠冕三山海
강이 두른 주옥같은 만 집의 성이네	江繞珠玉萬戶城
짧은 붓으로 이곳에서 종일 대화하고	短筆此地終日話
맑은 술사리에서 이향의 정을 아네	淸尊解識異鄕情
지금 이미 높은 파도의 험함을 지났는데	從今已了層波險
귤과 유자나무 인가의 연기 속에 가는 길이 평탄하네	橘柚人烟去路平

62 자기(紫氣) : 상서로운 기운.

63 선사(仙槎) : 사신의 배를 말함.

○다시 차운하다(又)

면면히 높은 성과 바다색이 열리고	面面高城海色開
봉호의 안면을 여러 시편으로 보내왔네	蓬壺顔面數篇來
누가 이역의 번화한 성대함을 말하는가?	誰言異域繁華盛
외로운 배가 세월을 재촉함을 어찌 하나?	爭奈孤舟歲月催

[이전 시의 원자와 이 시의 세 면자는 초졸하여 살피지 못했다.]

○조선국 이서기 제암 사종 족하께 시와 서를 올려서 통자를 대신하다

奉呈朝鮮國李書記濟菴詞宗足下詩幷序代通刺

학주(鶴洲)

태극(太極)이 나눠지고, 조화(造化)가 처음을 일으켜서, 외억요올(嵬嶷嶢屼)[64]한 것은 산악(山嶽)이 되고, 전개묘만(滇漑淼漫)[65]한 것은 강해(江海)가 되고, 유앙회료(幽峡廻繚)[66]한 것은 천택(川澤)이 되고, 정미순수(精微純粹)한 것은 주토(州土)가 되었습니다. 강장(疆場)[67]이 각각 나뉘어서 접한 토양이 간혹 다릅니다. 우공(禹貢)[68]이 소속시킨

---

64 외억요올(嵬嶷嶢屼) : 산악이 높고 커다란 모양.

65 전개묘만(滇漑淼漫) : 물이 성대하고 아득히 넘실대는 모양.

66 유앙회료(幽峡廻繚) : 깊숙하고 돌아 얽힌 모양.

67 강장(疆場) : 강역(疆域).

68 우공(禹貢) : 『서경(書經)』 하서(夏書)의 편명. 중국 최고의 지리서이다.

바가 여러 역사책에 실려 있어서 볼 수 있습니다. 조선은 여지(輿地)에 있는데, 그 동쪽이 우리나라입니다. 또 그 가장 동쪽의 기국(箕國 : 箕子의 나라)은 인풍(仁風)이 양양(揚揚)하여서, 일국(日國)에 크게 폈습니다. 승평(昇平)의 치교(治教)와 휴명(休明)이 천하에 널리 가득하고, 화육(化育)을 두루 거느립니다. 국토는 왕의 은택을 입고, 예악(禮樂)이 크게 빛납니다. 백성들은 읍양(揖讓)을 알고, 변화에 맞추어 화응합니다. 사람들은 염우(廉隅)[69]를 알고, 민속이 손뼉을 치며 춤을 추고, 큰 길에서 노래합니다. 맑은 시대의 우로(雨露)의 은혜가 있고, 헌폭(獻曝)[70]의 정성이 있으니, 실로 갈천씨(葛天氏)[71]의 백성들이 있고, 무회씨(無懷氏)[72]의 백성들이 있습니다. 아! 아름답구나! 때는 연향(延享) 무진년 여름 사월인데, 계림(鷄林)의 삼대사(三大使)와 여러 학사(學士)들이 와서 국맹(國盟)을 닦습니다. 문물위의(文物威儀)의 성대함과 관패의상(冠珮衣裳)의 아름다움과 내달리는 말들이 수놓은 안장을 다투고, 큰 배가 뱃노래를 부르며 낭화(浪華) 본원감원(本願紺園)에 도착했습니다. 동정(動靜)이 안녕하니, 다복(多福)하고 다복합니다. 저는 성씨가 상월(上月)이고, 이름은 신경(信敬)이고, 자는 단장(丹

69 염우(廉隅) : 염치(廉恥).

70 헌폭(獻曝) : 따뜻한 햇볕을 임금에게 바치고자 하는 정성. 『열자(列子) · 양주편(楊朱篇)』에 "옛날 송(宋)나라에 한 농부가 있었는데……, 천하에 넓은 집과 따뜻한 방과, 두터운 솜옷과 따뜻한 털옷이 있음을 모르고서 그 아내에게 말하기를, '따뜻한 햇볕을 등에 쪼이는 법을 아는 사람이 없는데, 이것을 우리 임금에게 아뢰면 반드시 후한 상이 있을 것이다'라고 했다"고 했다.

71 갈천씨(葛天氏) : 전설 속의 중국 고대의 제왕. 태평성대를 상징함.

72 무회씨(無懷氏) : 전설 속의 중국 고대의 제왕. 태평성대를 상징함.

藏)이고, 호는 학주(鶴洲)이고, 별호(別號)는 전암(專菴)이고, 낭화(浪華) 사람입니다. 다행히 하늘이 빌려준 기연(機緣)을 얻어서, 봉황의 바라봄에 화합합니다. 그로 인하여 요마장(么麽丈)을 묻지 않고, 삼가 졸사(拙詞) 1장(章)을 올립니다.

아득한 비단 돛은 사마의 유람[73]인데	迢遞錦帆司馬遊
바다 파도 만 리에 푸른 구름 떠있네	海濤萬里碧雲浮
뗏목 탄 수려한 기는 녹로검[74] 빛이고	乘槎氣秀轆轤劍
간찰 준[授簡][75] 높은 재능은 비취 갖옷 걸쳤네	授簡才高翡翠裘
적현주 안에서 토속을 보고	赤縣州中看土俗
백모[76]를 손에 들고 산의 깊은 곳을 감상하네	白旄手裏賞山幽
현황에 한 번 오르니 참으로 기이한 만남인데	一攀玄況眞奇遇
경수요림에 일월이 기네	瓊樹瑤林日月悠

73 사마(司馬)의 유람 : 한(漢)나라 사마천(司馬遷)이 젊은 시절 천하를 두루 여행하였음.

74 녹로검(轆轤劍) : 고대 보검의 이름.

75 간찰 준[授簡] : 간찰(簡札)을 주어서 작품을 써달라고 부탁하는 것. 남조 송(宋)나라 사혜련(謝惠連)의 〈설주(雪賦)〉에 "양왕(梁王)이 기분이 좋지 않았는데 토원(兎園)에서……사마대부(司馬大夫)에게 간찰을 주고 '그대의 깊은 생각을 뽑아내어. 그대의 좋은 말로 모색췌칭(侔色揣稱)하여 과인을 위해서 부를 지어주시오'라고 했다"고 했음.

76 백모(白旄) : 군기(軍旗)의 일종. 모우(牦牛)의 꼬리를 깃대에 장식한 깃발.

○학림의 경운을 받들어 화답하다
奉和鶴洲瓊韻

서기(書記) 제암(濟菴)

풍어[77]가 서늘하지만 땀 흐르는 유람인데	風馭冷然汗漫遊
광상산[78]의 산색이 구름에 격하여 떠있네	廣桑山色隔雲浮
곧 쉬는 곳을 살펴보니 꽃 날리는 언덕인데	即看歇處花飄岸
올 때 갖옷에 눈이 가득했음을 회상하네	回想來時雪滿裘
등불그림자 무지개다리엔 연잎이 평온하고	燈影虹橋蓮葉穩
종소리 나는 불탑엔 범음이 그윽하네	鐘聲佛塔梵音幽
가슴 열고 한 번 완상하니 강물이 비단빛인데	披襟一玩江即錦
문자와 수레가 만 리로 멂을 어찌 논하랴?	文軌何論萬里悠

○조선 이서기 해고 사종 족하께 시와 서를 받들어 올려서 통자를 대신하다
奉呈朝鮮國李書記海皐詞宗足下詩幷序代通刺

학주(鶴洲)

천장(天章)이 수(粹)를 양육히고 지기(地紀)기 정(精)을 쌓고, 대허(太虛)의 요곽(遼廓)[79]이 막힘이 없고 아득히 끝이 없습니다. 기업을 창시하여 화원(化元)[80]하니 오운(五運)[81]이 문득 차례를 교대하고, 만

77 풍어(風馭) : 전설 속의 바람을 타고 달리는 신의 수레.

78 광상산(廣桑山) : 전설 속에 신선이 거주한다는 십주(十洲) 중의 제일의 산.

79 요곽(遼廓) : 요활광대(遼闊廣大)한 모양.

80 화원(化元) : 교화(教化).

물이 분분하게 회박(廻薄)[82]합니다. 그 사이에 국토가 섞여서 배열되었는데, 그 동쪽에 있는 것은 조선과 일동(日東)입니다. 지금 맑고 화목한 시대를 만나서 태계(泰階)[83]가 화평하니, 왕자(王者)의 수레에 오를 수 있고, 예천(醴泉)이 지포(池圃)에서 솟아남과 영지(靈芝)가 구원(丘園)에서 자라남을 접할 수 있습니다. 진신대부(搢紳大夫)들은 궁도(宮都 : 도성)의 국학(國學) 위에서 도(道)를 수양하고 예(禮)를 질문하고, 농부와 서인(庶人)들은 여당(閭黨 : 향리)의 숙상(塾庠 : 지방의 사숙과 학교) 아래에서 학문을 강론합니다. 아! 고요(皐陶)[84]가 우순(虞舜)을 노래함이 아니라면, 어찌 이처럼 노(魯)나라의 세월을 송도하겠습니까! 조선국(朝鮮國) 삼대사(三大使)와 여러 학사들이 일동에서 맹약을 닦으려고 하는데, 푸른 뗏목이 오른 곳에 산령(山靈)이 들판을 보호하고, 천오(天吳)[85]가 바다를 수호하고, 우사(雨師)[86]가 널리 씻어내고, 풍백(風伯)[87]은 먼지를 맑게 제거합니다.[88] 만 리의 해로(海路)에서 오파(鰲波)[89]를 근심하지 않고, 곧장 풍위원주(豊葦原洲)에 도착했

81 오운(五運) : 나라를 흥체(興替)하는 기운.

82 회박(廻薄) : 순환변화(循環變化).

83 태계(泰階) : 별자리 이름. 삼태성(三台星). 조정을 비유하기도 함.

84 고요(皐陶) : 전설 속의 우순(虞舜) 때의 사법관(司法官) 이름.

85 천오(天吳) : 수신(水神)의 이름. 『산해경(山海經) · 해외동경(海外東經)』에 "조양(朝陽)의 골짜기에 신이 있는데 천오라고 한다. 이가 수백(水伯)이다"고 했고, 『대황동경(大荒東經)』에서 "신인(神人)이 있는데 8개 머리의 인면(人面)이고, 호랑이 몸의 8개 꼬리가 있는데 이름이 천오이다"고 했음.

86 우사(雨師) : 비의 신.

87 풍백(風伯) : 바람의 신.

88 한(漢)나라 반고(班固)의 〈동도부(東都賦)〉에 "雨師汎灑, 風伯淸塵"이라고 했음.

습니다. 때는 연향(延享) 무진년 여름 4월인데, 섭주(攝州) 낭화(浪花) 본원난야(本願蘭若)에 묶으니, 몹시 축하하고 축하합니다. 저는 성씨가 상월(上月)이고, 이름은 신경(信敬)이고, 자는 단장(丹藏)이고, 호는 학주(鶴洲)이고, 별호(別號)는 전암(專菴)이고, 낭화(浪華) 사람입니다. 다행히 형식(荊識)[90]의 소망을 얻어서 두소(斗筲)의 기량[91]을 망각하고, 외람되게 대방(大方)의 문전에 봉요(蜂腰)[92]를 올립니다.

동쪽으로 봉영[93]의 땅을 향해	東指蓬瀛地
성사[94]가 만 리를 날아왔네	星槎萬里飛
부절이 한국의 사신에 통하니	節通韓國信
학문이 일본의 도성을 비추네	學照日邦畿
붓을 대면 용사가 내달리고[95]	落筆蛇龍走
담화를 하면 금수[96]가 빛나네	開談錦繡輝

89 오파(鰲波) : 큰 파도.

90 형식(荊識) : 식한(識韓), 식형(識荊)과 같음. 처음 면식(面識)한다는 경칭. 이백(李白)의 「여한형주서(與韓荊州書)」에 "제가 듣건대 천하의 담사(談士)들이 말하기를, '태어나서 만호후(萬戶侯)에 봉해지지 못하더라도, 다만 한형주(韓荊州 : 韓朝宗)를 한 번 면식하기를 바란다'고 했습니다"라고 했다.

91 두소(斗筲)의 기량 : 협소한 기량. 두소는 한말들이 그릇.

92 봉요(蜂腰) : 작시법에 있어서 8병(病) 중의 하나. 5언 시에서 두 번째 글자와 다섯 번째 동성(同聲)인 것. 양두(兩頭)가 거칠고 중간이 가늘어서 봉요라고 함. 여기서는 5언 시를 말한 것임.

93 봉영(蓬瀛) : 봉래산(蓬萊山)과 영주산(瀛洲山). 모두 삼신산의 하나임.

94 성사(星槎) : 사신의 배.

95 용사(蛇龍)가 내달리고 : 글씨의 필력이 센 것을 말함.

96 금수(錦繡) : 훌륭한 말을 비유함.

다행히 경개[97]의 간절함에 기대니	幸憑傾蓋切
의기가 청기[98]를 발하네	意氣發清機

○학주의 경운을 받들어 답하다

奉酬鶴洲瓊韻

서기(書記) 해고(海皐)

바다의 노가 봄 구름 속에서 먼데	海櫂春雲逈
은하수 다리에 비단 물결이 날리네	河橋錦浪飛
위로의 노래 속 불전에 머무니	勞歌停佛殿
나그네 꿈은 왕기에서 머네	羈夢隔王畿
채색 붓에 꽃 그림자 생기고	彩翰花生影
황금 병풍에 검의 빛이 빛나네	金屛劍映輝
이역을 따지지 말구려	未須論異域
고금이 한 천기[99]라네	今古一天機

97 경개(傾蓋) : 길에서 우연히 상봉하여 수레덮개를 기울이고 대화하는 것.

98 청기(淸機) : 청정(淸淨)한 심기(心機).

99 천기(天機) : 하늘을 운행하는 기관.

○조선국 유서기 취설 사종 족하께 시와 서를 받들어 올려서 통자를 대신하다

奉呈朝鮮國柳書記醉雪詞宗足下詩竝序代通刺

학주(鶴洲)

건곤(乾坤)이 교태(交泰)[100]하고, 연온(烟熅)[101]합니다. 일월(日月)은 위에서 벼리가 되고, 지리(地里)는 아래에서 벼리가 됩니다. 구토(九土 : 九州)가 성분(星分 : 별의 분야)을 이루고, 만국(萬國)이 섞여 대치하고, 상서로운 구름이 옥촉(玉燭)[102]의 기(氣)에 응합니다. 풍우(風雨)가 시약(時若)[103]하고, 바다 파도가 일지 않습니다. 인풍(仁風)이 위에서 융화롭고, 은혜가 아래에서 행해집니다. 여지(輿地)가 위대함은 현화(玄化)[104]가 빚은 바이고, 국풍(國風)이 내려준 바입니다. 두 나라가 협화(協和)하니, 숙신(肅愼)[105]에 덕을 베풉니다. 왕궁(王宮)의 국도(國都)에는 보불관패(黼黻冠珮)[106]의 아름다움과, 여염(閭閻)의 환궤(闤闠)[107]에는 시서문장(詩書文章)의 고아함이 있습니다. 민이물칙(民彛物則)[108]이 있어서, 집에서는 양보하는 풍속을 생각하고, 사람들은 강재

100 교태(交泰) : 천지의 기(氣)가 융통(融通)하여 만물이 태평한 것.

101 연온(烟熅) : 음양(陰陽) 이기(二氣)가 화합(和合)한 모양.

102 옥촉(玉燭) : 사시(四時)의 기후가 조화로운 것.

103 시약(時若) : 사시(四時)가 순조로움.

104 현화(玄化) : 성덕교화(聖德敎化).

105 숙신(肅愼) : 백두산 이북의 북방민족.

106 보불관패(黼黻冠珮) : 보불은 예복에 수를 놓은 문양. 관패는 관모와 패식. 관리의 의관을 말함.

107 환궤(闤闠) : 저자거리.

108 민이물칙(民彛物則) : 백성들의 도덕과 사물의 법칙.

(康哉)의 시(詩)[109]를 노래하니, 문질(文質)이 빈빈(彬彬)합니다. 백성(百姓) 사민(士民)들은 안도하며 생업을 즐거워하고, 농부는 밭의 넓이를 바꾸지 않고, 밭의 경계를 양보하는 도리를 배우고, 시장세서는 마구 늘어놓지 않고, 떨어진 물건을 줍지 않는 미덕이 있습니다. 각자의 하늘에서 함께 화평하고, 다른 지역에서 함께 기뻐합니다. 이때는 연향(延享) 무진년 여름 4월인데, 계림(鷄林)의 삼대사(三大使)와 여러 학사들이 와서 동도(東都)에서 계승을 축하하고, 섭진관(攝津館) 낭화(浪花) 본원사(本願寺)에 왔습니다. 여로(旅路)가 편안하니 지극히 다행이고 다행입니다. 저는 성씨가 상월(上月)이고, 이름은 신경(信敬)이고, 자는 단장(丹藏)이고, 호는 학주(鶴洲)이고, 별호(別號)는 전암(專菴)이고, 낭화(浪華) 사람입니다. 고루함을 헤아리지 않고, 천하고 거친 말 1장(章)으로 등용문(登龍門)에 우러르는 뜻을 말합니다.

벗들이 모인[盍簪][110] 문회 장소에서	盍簪文會地
종일 수려한 미목을 대하네	終日對淸揚
정련된 백구[111]의 솜씨인데	精鍊白裘手
황표[112] 주머니를 섭렵했네	涉獵黃縹囊

109 강재(康哉)의 시(詩) : 온 천하(天下)가 태평(太平)함을 칭송(稱頌)한 노래. 순(舜) 임금이 노래를 지어 정사(政事)에 관하여 신하를 책망하였을 때, 고요가 그것에 답한 노래라고 함.

110 벗들이 모인[盍簪] : 합잠(盍簪)은 인사(人士)들이 모인 것.

111 백구(白裘) : 흰 여우의 가죽으로 만든 도포.

112 황표(黃縹) : 『구당서(舊唐書)』에 "그 집현원(集賢院) 어서(御書)의 경고(經庫)는 모두 세백아축(鈿白牙軸), 황표대(黃縹帶), 홍아첨(紅牙簽)을 사용했다"고 했음.

큰 붓의 신속함을 굽어보며 놀라고　俯驚鴻筆速
아름다운 구름이 날림을 우러러 보네　仰見翼雲翔
고아한 아취가 스스로 무적이니　高趣自無敵
당시의 이백의 수장[113]이었네　當時李繡腸

[취설(醉雪)은 대개 사고(事故)가 있어서 이 자리에 모이지 않았다. 그래서 화답이 없다.]

○구헌 학사의 옥수(玉酬)[114]에 바삐 화답하다
走和矩軒學士玉酬

학주(鶴洲)

절간에서 관현소리[115]를 만나보니　梵宮逢看管絃聲
종일 다행히 수석의 맹약을 이루네　終日幸爲水石盟
전대[116]의 재능 뛰어난 부산포의 객인데　專對才英釜浦客
붓을 뽑는 기상이 낭화성에 있네　抽毫氣象浪華城
시는 양원[117]의 쇳소리 가락을 이루고　詩成梁苑戛金調
덕은 남전[118] 패옥의 정을 감추었네　德韞藍田珮玉情
지금 용사가 대택[119]을 진동함에 의지하니　今倚龍蛇振大澤

113 수장(繡腸) : 시문의 재능이 풍부함을 말함.
114 옥수(玉酬) : 상대방의 화답시에 대한 미칭.
115 관현소리 : 자연의 물소리 바람소리 등을 말함.
116 전대(專對) : 사신으로서 조목에 따라 응대하는 것.
117 양원(梁苑) : 서한(西漢) 양효왕(梁孝王)이 건설한 동원(東苑). 옛 터는 지금의 하남성(河南省) 상구시(商丘市) 동남에 있음. 화려한 원림으로서 당시 명사들인 사마상여(司馬相如), 메승(枚乘), 추양(鄒陽) 등이 상객(上客)으로 출입했음. 일명 토원(兎園)이라고 함.
118 남전(藍田) : 중국 서안(西安) 북부에 있는 산 이름 옛날부터 옥의 산지로 유명했음.

시골사람이 격렬하여 평생을 잊네	野人激烈忘生平

○제암의 옥수를 받들어 화답하다
奉和濟菴玉酬

학주(鶴洲)

〈삼도부〉[120]를 이루려고 장한 유람 점치니	三都賦就卜壯遊
지기[121]가 이 땅에 떠있음이 좋네	好是支機此地浮
의기가 청신하여 여러 패옥을 맞이하고	意氣淸新迎雜珮
덕용은 소쇄한데 가벼운 갖옷을 껴안았네	德容瀟洒擁輕裘
훈지관 안에서 여주를 토하고	塤篪館裏驪珠吐
글 짓는 술자리의 절간이 깊네	文字飮中蘭若幽
석상에서 지금 영조[122]를 들으니	席上秪今聞郢調
곡이 끝나도 좋은 흥치가 함께 유유하네	曲終佳興共悠悠

119 용사(龍蛇)가 대택(大澤) : 용사는 비상한 인물을 말함. 대택은 큰 소택지.

120 삼도부(三都賦) : 진(晉)나라 좌사(左思)의 작품, 〈오도부(吳都賦)〉·〈위도부(魏都賦)〉·〈촉도부(蜀都賦)〉. 낙양(洛陽)의 지가(紙價)를 올렸다는 작품임.

121 지기(支機) : 전설 속의 천상의 직녀(織女)가 베틀을 받히고 있다는 돌의 이름. 지기석(支機石).

122 영조(郢調) : 전국시대 초(楚)나라 도성 영(郢)의 노래. 〈백설가(白雪歌)〉와 〈양춘곡(陽春曲)〉 등의 고아한 노래가 있어서 화답하는 자가 드물었다고 함.

○해고의 옥수를 받들어 화답하다
奉和海皐玉酬

학주(鶴洲)

청사관 안의 모임에	靑槎館裡會
채색 붓의 채색구름이 날리네	彩筆彩雲飛
부를 이룬 양원[123]의 객이	賦就梁園客
시를 일본의 도성에 전하네	詩傳日國畿
삼한의 문물이 아름다운데	三韓文物美
두 대륙이 지금 각각 빛나네	二陸今各輝
이미 〈유수곡〉[124] 노래를 들었는데	已聽歌流水
유연한 옥기에 감개하네	悠然感玉機

○석상의 여러 군자들에게 받들어 올려서 화답을 구하다
奉呈席上諸君子求和

지헌(矩軒)

금주와 분각[125] 있는 이곳은 어느 곳인가?	金舟粉閣此何邊
학창의와 오사모로 또 일년을 보내네	鶴氅烏巾又一年

123 양원(梁園) : 서한(西漢) 양효왕(梁孝王)이 건설한 동원(東苑). 옛 터는 지금의 하남성(河南省) 상구시(商丘市) 동남에 있음. 화려한 원림으로서 당시 명사들인 사마상여(司馬相如), 매승(枚乘), 추양(鄒陽) 등이 상객(上客)으로 출입했음. 일명 토원(兎園)이라고 함.

124 유수곡(流水曲) : 〈고산유수곡(高山流水曲)〉을 말한다. 춘추 시대의 거문고의 명인 백아(伯牙)가 〈고산유수곡〉을 타니, 그의 친구 종자기(鍾子期)가 듣고 "산은 깎은 듯 높고, 물은 출렁이며 흐르는구나." 하여, 백아의 음악을 진실로 이해하였다 한다.

125 금주(金舟)와 분각(粉閣) : 금주는 배에 대한 미칭. 분각은 하얀 분을 칠한 누각.

높은 바다 아득하게 세계와 통하고	層海渺茫通世界
새 시는 아름답게 산천에 답하네	新詩窈窕答山川
누대는 떠있는 땅을 오래 차지하고	樓臺永占浮成土
초목들은 모두 잠겨 두루 하늘을 덮었네	草木俱涵遍覆天
옛 절 맑은 술자리에서 한 웃음을 만나니	古寺淸樽逢一笑
풍류를 그림으로 전할 만하네	風流堪向畵中傳

○구헌의 옥초를 받들어 화답하다
奉和矩軒玉礎

학주(鶴洲)

자리에 가득한 호웅들이 화려한 누각 옆에서	滿坐豪雄畵閣邊
한 번 박수갈채를 나누니 여러 해인 듯하네	一交手采似多年
꽃 피우는 붓 아랜 문과 부가 있고	生華筆下文與賦
경치 바뀌는 눈동자엔 산과 냇물이 있네	改觀眸中山又川
수창하며 기쁨 다하는 평수[126]의 땅인데	酬唱罄歡萍水地
바뀌는 계절에 위로 얻은 낭강[127]의 하늘이네	卷舒慰得浪江天
예로부터 이런 모임 용이하지 않는데	由來此會不容易
두 나라의 넘치는 가락을 사해에 전하네	二國餘音四海傳

126 평수(萍水) : 부평초(浮萍草)와 물. 우연한 상봉을 말함.
127 낭강(浪江) : 낭화강(浪華江). 오사카 지역의 강 이름.

○학주께 받들어 주다
奉贈鶴洲

제암(濟菴)

화려한 배의 삼한 객인데	畫舫三韓客
붉은 구름의 백 척 누대이네	彤雲百尺樓
그대의 명월주 패물을 사랑하는데	愛君明月珮
나의 모과의 답례가 부끄럽네	慙我木瓜酬
벼루 씻으니 어룡이 가깝고	洗硯魚龍近
붓 휘두르니 꽃과 새가 수심 짓네	揮毫花鳥愁
가을 와서 다시 소매를 잡으니	秋來重把袂
좋은 자리에 귤 향기가 떠있네	瑤席橘香浮

○제암께 받들어 화답하다
奉和濟菴

학주(鶴洲)

편편[128]한 서기 객인데	翩翩書記客
함께 누대에 오르니 얼마나 행운인가?	何幸共登樓
재능이 수려하여 담화를 대적하기 어렵고	才秀談難敵
가락이 높아서 화답하여 갚기가 어렵네	調高和叵酬
시상이 참으로 굳건함을 얻고	詩腸眞得健
취한 모습에 다시 수심을 잊네	醉態更忘愁

128 편편(翩翩) : 풍도나 문채가 아름다움 모양.

동로에서 돌아온 후에	東路刀頭後
기쁨 다하는 가을 색이 떠있네	罄驩秋色浮

○사현의 화답을 받들어 요구하다
奉要四賢俯和

해고(海皐)

누대 그림자가 깊은 물에 어리고	樓影深水定
은하수 빛이 개어서 열리려 하네	河光霽欲開
빈번히 상봉의 정을 이루고	頻成傾盖□
다시 뗏목을 띄워 돌아가네	却□泛槎廻
흰 성가퀴에 붉은 구름 합하고	白堞彤雲合
푸른 숲에 채색 새가 오네	青林彩鳥來
그대에게 다시 물어보니	憑君更相問
어느 곳이 망향대인가?	何處望鄉臺

○해고의 요십을 받들어 화답하다
奉和海皐瑤什

학주(鶴洲)

만 리에 임금의 명을 전하니	萬里傳君命
큰 바람이 이 땅에 열렸네	大風此地開
청상[129]은 무고에 있고	青箱武庫在

백운은 시 주머니로 돌아오네 白雲詩囊回
바다 위에 붉은 붕새가 뛰어오르니 海上丹鵬躍
사람 중에 채색 봉황이 오네 人中彩鳳來
문득 높이 나는 날개를 만나니 忽逢飛搏翼
고아한 아취가 높은 누대에 앉았네 高趣坐高臺

○필어(筆語)

○품(稟)

구헌(矩軒)

저는 성은 박(朴)이고, 이름은 경행(敬行)이고, 자는 인칙(仁則), 호는 구헌(矩軒)입니다. 외로운 배로 만 리를 왔는데, 이처럼 여러 군자들이 왕림해주시고, 좋은 시편을 주시어서, 객의 시름을 위로할 수 있으니, 무엇을 더할 수가 있겠습니까?

○답(答)

학주(鶴洲)

만 리 파도 속에서 바다와 육지에서 아무 탈이 없었는데, 참으로

129 청상(靑箱) : 서적이나 도서를 넣어두는 상자.

고유(高喩)[130]와 같으니 몹시 축하합니다.

○픔(稟)

학주(鶴洲)

귀국(貴國)의 유선(儒先) 퇴계(退溪) 이자(李子 : 李滉)[131]·율곡(栗谷) 이자(李子 : 李珥)[132]·회재(晦齋) 이자(李子 : 李彦迪)[133]·양촌(陽村) 권자(權子 : 權近)[134]는 모두 정주가(程朱家)의 백미(白眉)인데 설경헌(薛敬軒 : 薛瑄)[135]·호경재(胡敬齋 : 胡居仁)[136]와 비견할 수 있고, 구경산(丘瓊山

130 고유(高喩) : 큰 가르침. 상대의 말에 대한 경칭.

131 퇴계(退溪) 이자(李子) : 이황(李滉, 1501~1570). 본관은 진보(眞寶). 자는 경호(景浩), 호는 퇴계(退溪)·퇴도(退陶)·도수(陶搜). 이동설(理動說)·이기호발설(理氣互發說) 등 주리론적 사상을 형성하여 주자성리학을 심화·발전시켰으며 조선 후기 영남학파의 이론적 토대를 마련했다.

132 율곡(栗谷) 이자(李子) : 이이(李珥, 1536~1584), 자는 숙헌(叔獻), 호는 율곡(栗谷), 본관은 덕수(德水). 우참찬(右參贊) 및 판돈령부사(判敦寧府事) 등을 역임했다. 기호학파(畿湖學派)의 영수로서 퇴계(退溪) 이황(李滉)과 쌍벽을 이루었다.

133 회재(晦齋) 이자(李子) : 이언적(李彦迪, 1491~1553), 자는 복고(復古), 호는 회재(晦齋), 본관은 여주(驪州). 좌찬성(左贊成) 등을 지냈다. 양재역(良才驛) 벽서사건(壁書事件)의 연루자로 몰려서 강계(江界)로 유배되어 배소에서 죽었다.

134 양촌(陽村) 권자(權子) : 권근(權近, 1352~1409). 본관은 안동. 어렸을 때 이름은 진(晉). 자는 가원(可遠), 호는 양촌(陽村). 조선의 개국공신으로 제도개혁과 성리학 발전에 공헌했다.

135 설경헌(薛敬軒) : 설선(薛瑄, 1389~1464). 명나라 유학자. 하동학파(河東學派)의 창시자. 자는 덕온(德溫), 호는 경헌(敬軒). 주자학을 신봉했다. 예부시랑(禮部侍郎), 한림원학사(翰林院學士) 등을 지냈다.

136 호경재(胡敬齋) : 호거인(胡居仁, 1434~1484), 명나라 유학자. 자는 숙심(叔心), 호는 경재(敬齋). 정주학(程朱學)에 치력했음.

: 丘濬)[137] · 채허재(蔡虛濟 : 蔡淸)[138]의 위에 있습니다. 퇴계의 『자성록(自省錄)』·『퇴계집(退溪集)』·『계몽전의(啓蒙傳疑)』·『주서절요(朱書節要)』·『성학십도(聖學十圖)』, 율곡의 『계몽보요해(啓蒙補要解)』·『성학집요(聖學輯要)』·『격몽요결(擊蒙要訣)』, 회재의 『중용구경연의(中庸九經衍義)』, 양촌의 『입학도설(入學圖說)』·『양촌집(陽村集)』 등 이외에, 정주(程朱)의 뜻을 천명(闡明)한 것이 이것들 외에도 있다면 가르쳐주시기를 바랍니다.

○ 답(答)

구헌(矩軒)

보여주신 우리나라 사현(四賢)이 설(薛)·호(胡)·구(丘)·채(蔡)보다 낫다고 하시니, 참으로 귀하의 가르침이 보고 얻은 것이 적확(的確)하다고 할 만합니다. 『도설(圖說)』·『요결(要訣)』 등 이 몇 책은 그 사이에 다 설명했다고 할 수 있습니다. 제유(諸儒)의 설(說)은 충동한우(充棟汗牛)[139]인데 요컨대 사현의 권내(圈內)에서 벗어나지 못했습니다. 성명(性命)을 분석한 설은 천지 사이에 두루 미치어 망망대해처

137 구경산(丘瓊山) : 구준(丘濬, 1421?~1495). 명나라 유학자. 자는 중심(仲深). 호는 심암(深庵)·옥봉(玉峰)·경산(瓊山). 문연각대학사(文淵閣大學士)를 지냈다. 『주자학적(子學的)』 등의 저서가 있다.

138 채허재(蔡虛濟) : 채청(蔡淸). 명나라 유학자. 자는 개부(介夫). 염락관민(濂洛關閔)의 학을 지극히 했다. 남경국자좨주(南京國子祭酒)를 지냈다.

139 충동한우(充棟汗牛) : 수레에 실으면 소가 땀을 흘릴 정도이고 방안에 쌓으면 들보에 닿을 정도란 뜻으로 장서(藏書)가 매우 많음의 비유함.

럼 넓은데 어찌 하나하나 열거하여 셀 수가 있겠습니까? 그러나 정주서(程朱書) 안에 여사(餘師)[140]가 있습니다. 어찌 반드시 가까이서 새로운 설을 구하겠습니까?

○재답(再答)

학주(鶴洲)

저는 정주서 이외에서 새 뜻을 구하는 것이 아니고, 정주를 천명한 책을 물었을 뿐입니다.

○품(稟)

학주(鶴洲)

귀국은 도(道)는 공맹(孔孟)을 귀감으로 삼고, 학(學)은 정주(程朱)를 표적(標的)으로 삼고. 호남(湖南)[141]의 지견론(知見論)과 육왕(陸王)의 양지설(良智說)[142]과 기타 원(元)나라와 명(明)나라의 분분(紛紛)한 설

140 여사(餘師) : 가르침을 받을 만한 곳이 많음.

141 호남(湖南) : 호남학파(湖南學派). 송나라 호굉(胡宏) · 장식(張植) · 호태시(胡太時) · 호태원(胡太原) 등이 속한 학파.

142 육왕(陸王)의 양지설(良智說) : 육구연(陸九淵)과 왕수인(王守仁)의 유가학설. 육구연(1139~1193)은 호는 상산(象山), 자는 자정(子靜). 심학(心學)의 개조였다. 주희(朱熹)와 함께 송나라 유학자로 쌍벽을 이루었다. 명나라 왕수인(1472~1529)은 자가 백안(伯安), 호는 양명자(陽明子). 육구연의 심학을 계승하여 육왕학(陸王學)을 완성시켰다. 그는 심즉리(心卽理)란 유심론적 입장에서 심의 본체 본질을 양지(良知)라 하고, 사욕에

을 섞지 않았습니다. 공경하옵고 공경함이 참으로 그렇습니다.

○답(答)

구헌(矩軒)

이는 천지에 걸친 바꿀 수 없는 도(道)입니다. 귀국의 성학(性學)에서 숭상하는 도는 어떤 도입니까?

○재답(再答)

학주(鶴洲)

우리나라에서 주지하는 바는 또한 귀국과 같습니다. 지난날 동곽(東郭) 이자(李子)[143]가 우리나라에 사신으로 왔을 때, 우리 무리 삼택주회(三宅周晦)[144]가 이 말을 고한 적이 있습니다. 주맹(主盟)하는 자

가리워지 심의 본래 면목을 흐리게 한다 함으로써 치양지(致良知)를 역설하여 『대학』의 이른바 격물(格物)을 정심(正心)이라 주장하고 또 지행합일을 주장하였다.

143 동곽(東郭) 이자(李子) : 이현(李礥, 1654~?). 본관은 안악, 자는 중숙(重叔), 호는 동곽(東郭), 1675년에 진사, 1693년에 문과 장원, 1697년에 문과중시급제(文科重試及第). 태상통판첨정(太常通判僉正), 지부원외랑(地部員外郎)을 지내고, 안릉(安陵) 현감 역임. 1711년 통신사 제술관(製述官)으로 일본에 다녀왔다.

144 삼택주회(三宅周晦) : 삼택관란(三宅觀瀾, 미야케칸란, 1674~1718) : 교토 사람. 이름은 집명(緝明), 자는 용회(用晦), 구십랑(九十郎)이라 칭했다. 호는 관란(觀瀾)·서산(瑞山). 천견경재(淺見絅齋, 아사미케이사이)에게 배우고, 나중에 목하순암(木下順庵, 기노시타순안)의 문하가 되었다. 수호(水戶, 미도)에 벼슬하여 사관편수(史館編修)를 거쳐 총재(總裁)가 되었다. 정덕(正德, 연간(1711~1716)에 신정백석(新井白石, 아라이하

는 산기경의자(山崎敬義子)[145]입니다. 단지 근래 이반룡(李攀龍)·왕세정(王世貞)[146]을 좇아서 배우고 정주(程朱)를 배격하는데, 다만 명(明)나라 청(淸)나라의 바다 배들이 가져온 책을 보고, 이처럼 언급한다 합니다.

○품(稟)

제암(濟菴)

귀국 이등씨(伊藤氏)[147]의 『동자문론맹자의(童子問論孟字義)』 등의 책은 한결같이 정주(程朱)의 도(道)를 반대하는데, 천해(淺解)의 심한

크세키)의 추천으로 막부(幕府)의 유관(儒官)이 되었다가 병으로 향보(享保) 3년(1878)에 45세로 사망했다. 저서로 『관란집(觀瀾集)』 등이 있다.

145 산기경의자(山崎敬義子) : 산기경의(山崎敬義) : 산기암재(山崎闇齋) 경도(京都) 사람. 이름은 가(嘉), 자는 경의(敬義), 호는 암재(闇齋). 곡시중(谷時中)과 길천유족(吉川維足)에게 배웠다. 처음에는 절장주(絶藏主)로 칭하며 선승으로 있었으나 나중에 유가로 귀속하고 환속했다. 그의 학문은 정주(程朱)를 받들고 윤상(倫常)을 밝히고 군신의 의리를 강조했다. 제자들이 전후로 6천여 명에 이르렀다. 회진후(會津侯) 보과정지(保科正之)의 존중과 믿음을 얻었다. 만년에 수가류신도(垂加流神道)를 창설했다. 천화(天和) 2년에 65세로 죽었다. 방대한 저서가 전한다.

146 이반룡(李攀龍)·왕세정(王世貞) : 모두 명나라 후칠자(後七子)에 속함. 문장은 진한(秦漢), 시는 성당(盛唐)을 추구하며 복고론을 주장했다. 일본의 적생조래(荻生徂徠 : 오규우소라이, 1666~1728)가 정주학을 배격하고 이반룡과 왕세정을 내우며 고문학(古文學)을 주장했다.

147 이등씨(伊藤氏) : 이등인재(伊藤仁齋). 경도(京都) 사람. 이름은 유정(維楨). 자는 원좌(源佐), 호는 인재(仁齋). 경도(京都) 굴하(堀河) 아래서 교육에 종사하여 굴하학파(堀河學派)를 창설했다. 처음에는 송학(宋學)을 배웠으나 나중에 논맹고의(論孟古義)를 중심으로 고의학(古義學)을 이루었다.

편벽은 거의 상산(象山 : 육구연)·양명(陽明 : 왕수인)의 무리보다 더 심함이 있습니다. 귀국의 학자들이 유독 양묵(楊墨)[148]을 막을 뜻이 없는 것인지 알 수 없습니다.

○답(答)

학주(鶴洲)

이등인재(伊藤仁齋)가 정주를 반박한 것은 『동자문어맹자의』뿐만 아닙니다. 암재자(闇齋子)는 인재(仁齋)보다 먼저 죽었는데, 문인(門人) 경재(絅齋)가 모두 변별하여 하나로 귀속시킨 것이 그것입니다.

왕씨(王氏)를 변별한 것으로는 풍정백(馮貞白)[149]과 진청란(陳淸瀾)[150]이 변별한 것이 지극했다고 할 수 있습니다. 다만 배척한 글이 한둘이 있을 뿐입니다.

○픔(稟)

구헌(矩軒)

전후의 사행(使行) 때의 『평수집(萍水集)』이 모두 간행되어 전한다

148 양묵(楊墨) : 전국시대 도가계열의 사상가인 양주(楊朱)과 묵적(墨翟).

149 풍정백(馮貞白) : 명나라 유학자. 풍가(馮柯). 자는 정백(貞白). 자로써 행세했다. 왕수인의 심학(心學)을 비난했는데 몹시 특색이 있었다.

150 진청란(陳淸瀾) : 명나라 유학자 진건(陳建). 청란은 그의 자. 저서로 『학부통변(學蔀通辯)』 12권이 전한다.

고 여겨지는데, 저희 무리가 얻어 볼 수 있겠습니까?

○답(答)

학주(鶴洲)

후일에 아비류씨(阿比留氏)에게 물어보고 금하지 않는다면 드리겠습니다. 서사(書肆) 촌상씨(村上氏)가 먼 곳에서 와서 저에게 창수필어(唱酬筆語)를 구한 것이 두세 번이었습니다. 다만 약간의 각(刻)으로 한정했기 때문에 다 기록할 수 없었고, 그 반 남짓을 기록하여서 주었습니다.

○조선국 구헌 박군 음단 아래에 받들어 올리다
奉呈朝鮮國矩軒朴君吟壇下

원천(原泉)

흰 구름 푸른 바다에서 여정을 예상하니	白雲蒼海預期程
계수 노의 목란 배가 대판성에 왔네	桂棹蘭舟來坂城
성 밖 절간에서 자기를 보고	城外梵宮看紫氣
그대를 맞아 오늘 승평을 즐기네	迎君此日樂昇平

저는 성이 좌야(佐野)이고, 이름은 안정(安貞)이고, 자는 원천(原泉)이고, 호는 진강(振岡)이고, 찬기환구(讚岐丸龜) 사람입니다. 거칠고 비루함을 돌아보지 않고, 비루한 시 1장(章)을 올렸는데, 대가(大家)

의 기려(羈旅 : 여행)의 정(情)을 위로한다면 몹시 다행이겠습니다.

○진강의 혜운을 받들어 화답하다
奉酬振岡惠韻

구헌(矩軒)

한 길의 번화함이 객정에 가득한데	一路繁華滿客程
금주와 수 휘장이 높은 성에서 빛나고	金舟繡帕耀層城
온 집들의 밥 짓는 연기 속 파도가 서로 접하네	千家烟火波相接
만 리 왕령[151]에 바다가 태평하네	萬里王靈海已平

○다시 전운으로써 박선생의 요음에 화답하고, 삼가 인자하게 고쳐주기를 청하다
再以前韻奉和朴先生瑤吟, 伏乞慈斤

원천(原泉)

그대의 객로가 피로한 여정임을 아니	知君客路也勞程
시부로 명성 날리며 대판성을 지나네	詩賦檀名過坂城
동무에 오가는 날짜를 계산했으리니	東武往還應計日
돌아올 때 나그네 마음 평온함을 알려주구려	歸期爲報行心平

151 왕령(王靈) : 왕조(王朝)의 위덕(威德).

○다시 진강의 운에 답하다
再答振岡韻

구헌(矩軒)

나라일은 여정을 계산하지 않을 수 없는데	王事空關不計程
큰 고래가 바닷물을 뿜으며 높은 성에 왔네	穹鯨噴海蹵高城
남아가 여기 도착하여 유람을 시작하니	男兒到此遊方始
높은 파도 다 풀리고 평탄함을 밟네	萬解層波踏已平

○해고 이군의 오하에 받들어 올리다
奉呈海皐李君梧下

원천(原泉)

나라의 명망이 천리 밖에 있는데	國望千里外
맹약이 금란을 이루네	盟是爲金蘭
절간 안에서 서로 마주하니	相對紺園裡
훈풍이 절로 즐거운 자리로 들어오네	薰風自入歡

○진강의 경운을 받들어 화답하다
奉酬振岡瓊韻

해고(海皐)

마음의 기약을 필한에 의지하니	襟期憑筆翰
산해에서 금란을 얻었네	山海得金蘭

여러 번 반형[152]의 말을 지어도　　數作班荊語
하루의 즐거움을 이루기 어렵네　　難成一日歡

○구헌 선생의 경운을 받들어 화답하다

奉酬矩軒先生瓊韻

원천(原泉)

계수 배를 낭화 가에 매니　　桂舟掛纜浪華邊
수많은 집들이 즐거워하는 해이네　　萬戶千門歡樂年
이역의 성대한 음률이 거리에 이어지고　　異域盛音連巷陌
두 나라의 관패가 앞 내에 비추네　　兩邦冠佩映前川
문명이 동방의 땅에 울리고　　文名捋轟東方地
시부가 사월의 하늘을 진동하네　　詩賦漸振四月天
수창하며 지금 절간에 있는데　　酬唱卽今蘭若裏
맑은 담화 다 하지 않았는데 저녁종이 울리네　　淸談不盡暮鍾傳

152 반형(班荊) : 벗을 우연히 만남을 말함. 춘추시대 초(楚)나라 오거(伍擧)가 진(晉)나라로 달아나다가 정(鄭)나라 교외에서 친구 성자(聲子)를 만나서 형(荊 : 모형나무)나무 가지를 펴놓고 앉아 옛 일을 주고받았다고 한다.

○제암 이군께 받들어 올리다
奉呈濟菴李君

원천(原泉)

객로의 구름 낀 산들 어디가 새롭던가?	客路雲山何處新
낭화[153]의 꽃과 새가 풍진을 접했네	浪花花鳥接風塵
부용산의 흰 구름은 그대를 위해 많고	芙蓉白雲爲君富
어원에 머문 봄은 먼 곳 나그네를 맞이하네	御苑鎖春迎遠人

○진강의 경십을 받들어 답하다
奉酬振岡瓊什

제암(濟菴)

명주가 푸른 바다에서 기가 참신하고	明珠滄海氣淸新
오색 붓 끝에는 먼지가 묻지 않네	五色毫端不染塵
이십사교[154]의 놀이 일어난 곳에	二十四橋霞起處
미리 운폭[155]을 가지고 행인을 기다리네	預將雲幅待行人

153 낭화(浪花) : 낭화(浪華). 오사카 지역의 옛 지명.

154 이십사교(二十四橋) : 중국 강소성(江蘇省) 양주시(揚州市)에 있는 다리. 당나라 두목(杜牧)의 〈寄揚州韓綽判官〉시에 "二十四橋明月夜, 玉人何處教吹簫"라고 했음.

155 운폭(雲幅) : 운전(雲箋) 종이를 말함.

○황공하게 고아한 화답을 보내주시어, 보고 완상하며 기쁘게 즐거워하다가 다시 비루한 시를 지어서 대가의 안하를 더럽히게 되었습니다

辱貺高和, 看之翫之, 欣依抃躍之餘, 再裁鄙詩, 汚大家之案下云

원천(原泉)

절간이 청결하여 기가 진정 새롭고　梵園瀟洒氣正新
종일의 맑은 대화가 세속 먼지를 벗어났네　終日淸談脫世塵
명성이 청주를 진동하는 한국 사객인데　名震蜻州韓使客
시 이루니 절로 적선인[156]을 압도하네　詩成自厭謫仙人

○받들어 답하다

奉酬

제암(濟菴)

금 주렴과 은 병풍에 귤 그림자 새로운데　金箔銀屛橘影新
동해의 맑고 얕은 곳에서 부상의 먼지를 묻네　東溟淸淺問桑塵
등한히 교금[157]에 시 지어 서로 주는데　等閒鮫錦題相贈
북두성처럼 훗날엔 만 리 밖 사람이네　星斗他時萬里人

156 적선인(謫仙人) : 당나라 이백(李白)을 일컫는 말.
157 교금(鮫錦) : 전설 속의 동해의 교인(蛟人)이 짠다는 비단.

○취설 유군께 받들어 올리다
奉呈醉雪柳君

원천(原泉)

사성[158]이 하늘 위에서 떨어지니	使星天上落
이 땅에 절로 향기로운 난이 있네	此地自芳蘭
다행히 장경[159]의 기량을 만나니	幸遇長卿器
산천이 부로 들어가서 즐겁네	山川入賦歡

○구헌 박학사께 올리다
呈矩軒朴學士

은대(銀臺)

옥절이 향국을 떠나니	玉節辭鄕國
선사가 몇 개월의 여정이던가?	仙槎幾月程
마땅히 은하수 넘음을 함께 하고	應同陵宿漢
봉영을 묻는 듯하네	得似問蓬瀛
풍물은 장건[160]의 흥치이고	風物張騫興
재현은 계찰[161]의 명성이네	才賢季札名

158 사성(使星) : 사신을 말함. 후한(後漢) 때 촉(蜀)의 이합(李郃)이 천문을 잘 보았는데, 행색을 감추고 간 사신에게 "내가 천문을 보니 사성(使星)이 움직여 촉으로 향하였다." 하며 그들이 사신임을 알아맞혔다는 데서 유래한 말이다. 『후한서(後漢書)』, 「이합전(李郃傳)」

159 장경(長卿) : 한(漢)나라 사마상여(司馬相如)의 자. 유명한 사부가(辭賦家)였음.

160 장건(張騫) : 한(漢)나라 무제(武帝) 때 서역으로 사신을 갔었음.

나는 요초의 기증을 받았는데	余受瑤草贈
나의 열등한 가락은 헌근의 정[162]이네	下調獻芹情

○은대의 운에 화답하다

和銀臺韻

박구헌(朴矩軒)

외로운 배로 나랏일이 중요하여	孤舟王事重
감히 파도의 여정을 계산하지 않네	不敢筭波程
꿈은 삼천리의 바다에 돌고	夢繞三千海
재주는 십팔 영주학사[163]가 아니네	才非十八瀛
새 시를 절역에 남기니	新詩還絶域
짧은 머리털이 오히려 헛된 명성이네	短髮尙虛名
제군들의 진중한 뜻인데	諸君珍重意
엄류하니 도처에 정이 있네	淹留到處情

161 계찰(季札) : 춘추시대 오(吳)나라 공자. 사방의 나라에 사신을 가서 그곳 국풍(國風)을 듣고 품평을 내렸음.

162 헌근(獻芹)의 정 : 남에게 주는 물품에 대해 변변치 못함을 겸사하는 데 쓰이는 말. 옛날의 어느 농부가 삼동 추위에 떨다가 햇볕을 등에 쬐어 보고는 이 방법을 임금에게 바치겠다고 하였고, 또 미나리를 먹어보고는 맛이 좋아 이를 임금께 바치려 하였다는 데서 유래되었다. 『列子 楊朱』에 보임.

163 십팔 영주학사 : 당나라 태종(太宗)이 진왕(秦王)으로 있을 때 문학관(文學館)을 설치하고 방현령(房玄齡)·두여회(杜如晦) 등 18인을 선발하여 분전(墳典)을 토론하게 했음. 당시 사람들이 이를 영주(瀛洲)에 올랐다고 했음.

○학사 박공께 갑자기 지어서 올리다
卒賦呈學士朴公

관동악(菅東嶽)

명성 진동하는 한림의 제일인인데 名震翰林第一人
청주의 초목들 좋은 과실이 빛나네 蜻州草木映佳實
서로 보며 피리 들고 새 벗을 즐기니 相看搦管新知樂
이방을 친할 수 없다고 말하지 마오 莫道異邦不可親

○동악의 혜운에 차운하다
次東嶽惠韻

박구헌(朴矩軒)

온 좌석에서 새 시로 먼 나그네를 공경하니 滿座新詩肅遠人
누대 곳곳이 인도하여 공경[寅賓][164]할 만하네 樓臺處處可寅賓
외로운 배에 만 리 봄바람 그치니 孤槎萬里春風歇
은하수 바라보며 가까이 할 수 없네 脉脉銀河不可親

○동악께 주다
贈東嶽

이제암(李濟菴)

출렁이는 바다 위에 비 내리고 溶溶海上雨

164 공경[寅賓] : 인빈은 공경하여 인도하는 것.

맑은 낮에 담소가 더디네 清晝笑談遲
손 안의 꽃을 빌려 머금고 가니 藉手華啣去
어찌 월로시[165]를 번거롭게 하랴? 何煩月露詩

○제암의 운에 차운하다
次濟菴韻

동악(東嶽)

별들의 그림자를 바라보려는데 爲望星斗影
도리어 햇살이 더딤이 의아하네 却訝日華遲
손 안에 명주의 색이 있는데 手裏明珠色
몇 편의 시를 비추었는가? 照來幾許詩

○동악께 주다
贈東嶽

이해고(李海皐)

바다 해는 누대에서 어둡고 海日樓臺暗
용나무 숲은 비 기운에 어둡네 榕林雨氣昏
상봉 장소가 다시 이별 장소이니 逢場還是別
슬퍼하며 누구와 말해야 하는가? 怊悵與誰言

165 월로시(月露詩) : 월로풍운(月露風雲)을 읊은 시.

○해고의 운에 차운하다

次海皐韻

동악(東嶽)

향기로운 누대에서 상봉하니	相逢香閣裏
맑은 대화가 황혼을 애석해 하네	淸話惜黃昏
재회가 언제일지 알겠는가?	再會知何日
이별의 정을 말로 할 수 없네	離情不可言

○연향(延享) 5년 무진년 여름 4월 23일에 조선국 구헌(矩軒) 박학사(朴學士) · 제암(濟菴) 이서기(李書記) 해고(海皐) 이서기(李書記)를 낭화(浪華) 서쪽 본원사(本願寺) 객관(客館)에서 만났다. (취설(醉說) 유서기(柳書記)는 사고가 있어서 한 당에서 만나지 못했다.)

통자(通刺) 괄낭(括囊)

저는 씨(氏)가 유수(留守)이고, 이름은 우신(友信)이고, 자는 퇴암(退藏)이고, 호는 희재(希齋)이고, 또 호가 괄낭(括囊)이고, 낭화(浪華)의 처사(處士)입니다. 두 나라가 이웃의 우호를 닦는데, 제공들께서는 빙사(聘使)를 수행하여 왔습니다. 해로(海路)가 평안하여 문패(文旆)가 여기에 도착했는데, 감히 경하를 드리지 않겠습니까? 금일 관사(館事)에 여가가 있다면 제공들을 알현하고 싶습니다. 이는 천재일우(千載一遇)이고, 생전의 영행(榮幸)입니다.

(한객(韓客)들 또한 각자 글을 써서 보여주었다.)

저는 성이 박(朴)이고, 이름은 경행(敬行)이고, 자는 인칙(仁則)이고, 호는 구헌(矩軒)입니다. 외로운 배로 만 리를 왔는데, 이처럼 여러 군자들께서 왕림해주시고, 좋은 시로써 객수(客愁)를 위로해 주시니, 어떤 행운을 더하겠습니까?

뗏목을 수행하여 만 리를 와서 반형(班荊)의 한 자리에 앉았습니다. 모두 30년 후에도 그런 인연이 있기가 드물 것입니다. 산천이 영험함을 빛내고, 한묵(翰墨)이 향기를 전파하여 하늘 끝 땅 모퉁이의 사람들을 단란하게 수창하게 하니, 참으로 행운이고 행운입니다. 저는 성이 이(李)이고, 이름은 봉환(鳳煥)이고, 자는 성장(聖章)이고, 호는 제암(濟菴)입니다.

두 나라가 수호(脩好)한 후로 관개(冠蓋)가 끊어지지 않았습니다. 매번 전인(前人)들의 평수집(萍水集)과 성사답향문자(星槎答響文字)를 통하여 멀리서 귀방(貴邦)의 문화(文華)를 상상했는데. 지금 만 리 해로(海路)로 무사히 객관에 도착하여 여러 군자들의 지우(芝宇)를 받들었습니다. 거의 숙원(宿願)을 풀었으니, 실로 몹시 행운입니다. 저는 성이 이(李)이고, 이름은 명계(命啓)이고, 자는 자문(子文)이고, 호는 해고(海皐)입니다.

○삼가 구헌 박공의 문안에 올립니다
敬簡呈矩軒朴公文案

괄낭(括囊)

문익(文鷁)[166]이 멀리 동해의 파도를 뚫고, 비단 돛을 잠시 섭성(攝城)의 객관에 풀었습니다. 산과 바다를 건너고, 바람과 이슬을 무릅

쓰니, 귀하의 노고와 여행의 어려움의 많음을 어찌 헤아릴 수 있겠습니까? 다행히 배가 편리하게 건너오고, 거마(車馬)가 신속하게 달리고, 동정(動定)[167]이 휴창(休暢)[168]하고, 즐겁고 평온한 군자들입니다. 신이 보호해 주신 바인데, 실로 두 나라의 경사입니다. 지난번에 성초(星軺)[169]가 동해에 있다는 소식을 듣고, 목을 빼고 바라보았는데 마치 규곽(葵藿)[170]이 태양을 향해 잎을 기우는 것과 같았습니다. 하늘이 기이한 인연을 내려주셔서, 비로소 의범(懿範)[171]을 잡고 영풍(英風)[172]을 우러르게 되니, 지극한 기쁨과 송구함을 감당할 수 없습니다. 외람되게 율시 1수를 지어서 비리한 회포를 폈습니다.

하늘 밖 규성이 깃발을 비추고　天外奎星映旆旌
긴 바람이 만 리로 강성에 이르렀네　長風萬里赴江城
문장을 바닷물에 던지니 악어가 피하고[173]　文投海水鱷魚避
시로 형산을 읊으니 도로가 맑네[174]　詩賦衡山道路淸

---

166 문익(文鷁) : 채색 문양의 익조(鷁鳥)를 그린 배. 배의 미칭.

167 동정(動定) : 기거동작(起居動作). 정황(情況).

168 휴창(休暢) : 경사스럽게 널리 퍼짐.

169 성초(星軺) : 사신의 수레를 말함.

170 규곽(葵藿) : 해바라기와 콩잎.

171 의범(懿範) : 아름다운 도덕풍범(道德風範).

172 영풍(英風) : 아름다운 풍모.

173 문장을…… 악어가 피하고 : 당나라 한유(韓愈)가 조주자사(潮州刺史)로 있을 때 악계(惡谿)의 악어가 가축을 잡아먹어서 백성들이 고생하자, 「악어문(鰐魚文)」을 지어서 계곡물에 던지자 악어가 떠나갔다고 한다.

174 시로…… 도로가 맑네 : 당나라 한유의 〈謁衡嶽廟遂宿嶽寺題門樓〉시를 송나라 소식

몇 날이나 오구[175]가 갑 속에서 오래 울었던가? 幾日吳鉤鳴匣久
금년에 한사[176]의 오는 배가 경쾌하네 今年漢使來槎輕
건곤에서 함께 만나는 것은 참으로 얻기 어려운데 乾坤共會眞難得
하루아침에 화개를 기우니[177] 가장 기쁘네 最喜一朝華蓋傾

○희재의 혜운을 받들어 차운하다
奉次希齋惠韻

구헌(矩軒)

해를 지나 하늘 남쪽에 그림 깃발 머물러두니 經歲天南駐畵旗
번화함은 낭화성이 최고라고 말하네 繁華最說浪華城
물고기 새우 잡는 고깃배들 마을 연기 속에 가득하고 魚蝦舟楫村烟滿
비단 수 같은 누대엔 바다 기운이 맑네 錦繡樓臺海氣淸
가요와 풍속이 한 하늘에서 가는 곳마다 다르고 謠俗一天隨地別
행장이 만 리에서 바람을 타고 가볍네 行裝萬里馭風輕
새 시에 산하가 다르다고 말하지 않으니 新詩不道山河異
가고 만나는 곳마다 의기를 기울이네 觸處逢場意氣傾

(蘇軾)이 평하기를 형산의 구름을 열었다고 했다. 이것이 성심(誠心)에 사악함을 제거했다는 것을 비유한 것의 전고가 되었음.

175 오구(吳鉤) : 옛날 보검의 이름.

176 한사(漢使) : 조선의 사신을 말함.

177 화개를 기우니[華蓋傾] : 수레의 화개를 기우는 것은 우연한 상봉을 말함.

외람되게 모과(木瓜)를 던졌는데, 잘못 경거(瓊琚)를 내려주시니, 행운이 참으로 소망 밖에서 나왔습니다. 아름다운 재능을 하늘이 주셔서 붓을 휘두름이 나는 듯 하여서 마땅히 한 번 울림이 사람을 놀라게 하니 어찌 구구(區區)한 지중물(池中物)[178]이겠습니까? 진중(珍重)함이 낭간(琅玕)[179]을 지닌 것 같고, 현포(玄圃)[180]를 끼고 있는 듯하고, 균천주악(鈞天奏樂)[181]을 거느린 것 같습니다. 이로써 귀방(貴邦)의 지치(至治)의 유구함과 희희호호(熙熙皡皡)[182]한 풍습이 용모와 언사 사이에서 절로 드러남을 알 수 있습니다.

○공경히 선망하고 복종하며, 다시 원운에 의거하여 구헌 학사의 문안에 올립니다
敬羨敬服，再依原韻，呈矩軒學士文案

괄낭(括囊)

새벽 기마가 맞으러 와서 푸른 깃발 머물러두고	曉騎迎來留翠旌
푸른 구름을 멀리 섭양성을 이끄네	青雲搖曳攝陽城
여러 물수리들이 허공을 치며 지나감을 돌아보고	回顧群鶚搏空過
검에 기대니 쌍룡이 바다 비추며 맑네	倚劍雙龍照海清

178 지중물(池中物) : 칩거하여 이름이 없는 사람.
179 낭간(琅玕) : 좋은 옥의 일종.
180 현포(玄圃) : 전설 속의 곤륜산(崑崙山) 꼭대기에 있다는 신선이 거주하는 곳.
181 균천주악(鈞天奏樂) : 천상의 음악.
182 희희호호(熙熙皡皡) : 화락한 모양.

독보의 기이한 문장은 선골을 드러내고	獨步奇文仙骨見
고풍의 현도[183]는 덕모가 가볍네	高風玄度德毛輕
상봉하여 잠시 세속의 색을 벗고	相逢暫解世塵色
골똘히 읊조리며 해 그림자 기움을 묻지 않네	莫問沈吟日影傾

○다시 희재의 재첩운에 차운하다
又次希齋再疊韻

지헌(矩軒)

봉래바다 풍연이 채색 깃발 휘감고	蓬海風烟繞彩旌
낭서[184]를 잠시 섭진성에 머무네	囊書暫歇攝津城
교문[185]의 밝은 햇살에 주렴 휘장이 찬란하고	鮫紋白日簾帷爛
신시[186]의 맑은 하늘에 세계가 맑네	蜃市晴天世界淸
객의 노가 높은 파도에 있으니 두 눈이 상쾌하고	客棹層波雙眼快
왕령[187]이 만 리에 있어 일신이 가볍네	王靈萬里一身輕
새 시를 보내 노래하여 고아한 모임 이루고	新詩送唱成高會
온 좌석의 봄 술로 모든 뜻을 기우리네	滿座春醪盡意傾

183 현도(玄度) : 동진(東晋) 허순(許詢)의 자. 고양(高陽 : 河北 蠡縣) 사람. 재능이 뛰어나고 문자을 잘 지었음. 평생 벼슬을 하지 않고, 왕희지(王羲之), 손작(孫綽), 지둔(支遁) 등과 문우로서 지냈다. 현리(玄理)를 잘 분석하고, 당시 청담가(淸談家)의 영수(領袖) 중의 한 사람이었다. 『世說新語·棲逸篇』에 보임.

184 낭서(囊書) : 주머니 속의 서찰. 국서를 말함.

185 교문(鮫紋) : 전설 속의 교인(鮫人)이 짠다는 비단을 말함.

186 신시(蜃市) : 신기루(蜃氣樓).

187 왕령(王靈) : 왕조(王朝)의 위덕(威德).

○하늘이 좋은 인연을 빌려주어서, 이에 봉황의 돌아봄을 함께하니 활짝 열림이 안개를 걷어낸 듯하여 특히 저의 회포에 흡족합니다. 삼가 거친 말로 율시 1수를 지어서 해고 이사종의 음탑에 받들어 올립니다

天假良緣，茲諧鳳覩，豁若披霧，殊愜鄙懷．謹賦蕪詞一律，次奉呈海皐李詞宗吟榻

괄낭(括囊)

성사가 이역에 통하니	星槎通異域
맑은 세상의 훈풍이 서늘하네	清世蕙風凉
호해엔 금란[188]의 모임이 있고	湖海金蘭會
건곤엔 밝은 날이 기네	乾坤白日長
누대에 오르니 맑은 그림자 가득하고	登樓清影滿
오래 앉으니 문화의 향기 나네	久坐文華香
문득 용문의 성대함[189]을 일으키니	忽起龍門奐
나눈 즐거움을 언제 잊겠는가?	交歡何日忘

○희재의 경운을 받들어 화답하다

奉酬希齋瓊韵

해고(海皐)

떠나는 배엔 봄눈 가득하고	離舟春雪滿

188 금란(金蘭) : 금란지교(金蘭之交). 쇠처럼 굳고 난초처럼 향기로운 우정을 말함.

189 용문(龍門)의 성대함 : 한(漢)나라 이응(李膺)이 고사로서 명망이 있었는데 사람들이 그를 한 번 만난 것을 용문(龍門)에 올랐다고 했음.

빈관엔 여름바람 서늘하네 賓館夏風凉
날개 펴니 천문이 가깝고 張翼天文近
영주를 만나니 지세가 기네 逢瀛地勢長
시를 남기니 진호에 상당하고 留詩當晉縞
자리를 함께 하니 순향[190]을 쥐네 同席挹荀香
만나는 곳에 이별을 많이 이루니 逢處多爲別
의의하여 잊을 수가 없네 依依不可忘

○오래 연모해 왔는데 갑자기 만나게 되었습니다. 맑은 바람이 가슴으로 들어오니 어찌 기쁨을 버려둘 수 있겠습니까? 삼가 하조(下調：열등한 노래) 1편을 지어서 제암(濟菴) 이사종(李詞宗)의 문궤(文几)에 받들어 올립니다.

괄낭(括囊)

선린을 위해 명을 받들고 오니 善隣銜命至
여러 사람들 스스로 편편[191]하네 諸子自翩翩
부절을 끼고 관내를 떠나서 擁節辭關內
뗏목 타고 해 옆을 향하네 乘槎向日邊
규문[192]이 자해[193]에 임하니 奎文臨紫海

190 순향(荀香)：순령향(荀令香). 순령은 진(晉)나라 때 상서령(尙書令)을 지낸 순욱(荀彧). 기이한 향을 얻었는데, 옷에 쪼이면 여향이 3일 동안이나 사라지지 않았다고 함.

191 편편(翩翩)：풍도나 문채가 아름다움 모양.

192 규문(奎文)：규성(奎星)의 문채. 규성은 문운(文運)을 주관한다고 함.

193 자해(紫海)：전설 속의 바다 이름. 당나라 소악(蘇鶚)의 『두양잡편(杜陽雜編)』에서

검기가 푸른 하늘에 솟아나네 劍氣聳青天
나랏일을 싫어하지 않으니 莫厭勞王事
조정에서 현인을 천거했네 國朝曾擧賢

○희재의 혜운을 받들어 화답하다
奉酬希齋惠韻

제암(濟菴)

은빛 포구엔 배들 평온하고 銀浦帆穡穩
놀빛 성엔 난과 학이 나네 霞城鸞鶴翩
요서의 객을 상봉하니 相逢瑤嶋客
한 웃음이 절간 누대에 있네 一笑梵樓邊
비단 자리는 구름 깔린 곳에 있고 錦席雲垂地
기화[194]는 해가 지나는 하늘가에 있네 琪花日度天
문장은 원래 말단 기예이니 文章元末技
반드시 선비를 알려거든 어짊을 바라야하리 須識士希賢

남창국(南昌國)에 자해가 있다고 했음.

194 기화(琪花) : 선경(仙境) 속의 옥수(玉樹)의 꽃.

○외람되게 파곡(巴曲)[195]을 올려서 황공하게 고아한 화답을 얻었습니다. 공손히 여러 번 읽어보니 임랑(琳琅)[196]이 눈을 놀라게 하고 궁상(宮商)[197]의 소리가 귀에 가득하여 참으로 옛 사람과 힐항(頡頏)[198]할 수 있었습니다. 다시 절구 1수를 지어서 제암·해고 두 분 사안에 받들어 올립니다

猥奏巴曲, 辱蒙高和, 敬讀數回, 琳琅驚目, 宮商滿耳, 眞可頡頏古人. 重綴一絶, 奉呈濟菴·海皐二書記詞案

괄낭(括囊)

대판성 서쪽에 큰 바다가 흐르는데	大阪城西大海流
맑은 바람이 목란 배를 불어 보냈네	淸風吹送木蘭舟
누가 물외에서 성대하게 노님을 아는가?	誰知物外與遊奐
모두 비단 주머니에 넣어서 여수를 푸네	總入錦囊消旅愁

○괄낭의 운을 받들어 화답하다

奉和括囊惠韻

제암(濟菴)

은하수가 밤에 돌아 만 리를 흘러가고	銀河夜轉萬里流
갑각[199]에 맑은 바람 불어 채색 배가 가리었네	匣角淑風隱彩舟

195 파곡(巴曲) : 춘추시대 초(楚)나라의 민간의 노래. 곡조가 쉬워서 화답한 자가 수천 명이었다고 함. 낮은 수준의 작품을 말함.

196 임랑(琳琅) : 주옥(珠玉) 같은 작품을 말함.

197 궁상(宮商) : 시율(詩律) 안의 평측(平仄)과 성운(聲韻) 중의 사성(四聲)을 말함.

198 힐항(頡頏) : 나란할 수 있음. 상당한 것.

199 갑각(匣角) : 갑각(岬角). 바다에 솟은 섬의 사이.

몸이 십주[200]의 난새과 학 속에 이르렀는데　身至十洲鸞鶴裡
무릉[201] 나무꾼이 오히려 고향생각을 하네　武陵樵客尙鄕愁

○괄낭의 혜운을 받들어 화답하다
奉和括囊惠韻

해고(海皐)

하수가 넘실넘실 날마다 북쪽으로 흘러　河水洋洋日北流
계림의 먼 곳 나그네가 이곳에 배를 멈추었네　鷄林遠客此停舟
금종이와 채색 붓으로 누대의 석양에 임하고　金牋彩筆當樓夕
차와 술을 서로 나누며 근심을 잊네　茶酒相酬不記愁

○다시 전운에 의거하여 제암·해고 두 분 서기의 안하에 올려서 사례하다
再攀前韻，奉呈謝濟菴·海皐二書記案下

괄낭(括囊)

만리 먼 여행이 해풍에 접했는데　遠遊萬里接海風
화부[202]에서 잠시 청한주[203]를 머물렀네　華府暫留青翰舟

200 십주(十洲) : 전설 속의 신선이 거주한다는 섬 이름.
201 무릉(武陵) : 무릉도원(武陵桃源). 도연명(陶淵明)의 「도화원기(桃花源記)」에 나오는 이상향 이름.
202 화부(華府) : 낭화(浪華)의 관부(官府). 낭화는 오사카 지역의 옛 이름.

스스로 석교에서 해 뜨는 곳을 볼 것이니 自是石橋觀日地
술잔 앞에서 이향의 근심을 일으키지 마오 樽前莫起異鄉愁

○받들어서 네 분께 화답을 바라다
奉要四賢俯和

해고(海皐)

바다에 떠서 슬픈 노래로 구영[204]을 지나고 浮海悲歌渡九瀛
외로운 거문고로 이역에서 같은 가락을 묻네 孤琴異域問同聲
능라비단 장막은 허공에 이어져 어둡고 綾羅帷幕連空暗
금빛 채색 누대들 땅에 가득하여 밝네 金彩樓臺滿地明
밭과 시장의 인연 속에 소란함이 가라앉지 않고 町市人烟喧不定
하수 다리 구름 낀 나무들 녹음이 처음 고르네 河橋雲樹綠初平
서쪽으로 돌아갈 꿈이 각자에게 끊임없는데 西歸各有依依夢
평수편 안에서 간혹 이름을 기억하리라 萍水篇中儻記名

○해고의 혜운을 차운하여 받들다
次奉海皐惠韻

괄낭(括囊)

사월의 안개 물결 속 동쪽바다 묻는데 烟波四月問東瀛

203 청한주(青翰舟) : 배 이름. 새의 모습을 새겨서 그리고 푸른색으로 칠한 배.
204 구영(九瀛) : 구주(九州)와 구주 밖의 영해(瀛海). 널리 해외의 각국을 말함.

도처의 산천에서 방울소리 울리네	到處山川振鐸聲
백세의 범주가 기성[205]의 은택이니	百世範疇箕聖澤
삼한의 관면에 화풍[206]이 밝네	三韓冠冕華風明
하삭의 술[207]을 마시니 깊은 정이 가득하고	啣盃河朔幽情滿
양원[208]에서 부를 지으니 의기가 평온하네	就賦梁園意氣平
진정 선랑이 출세할 수 있음을 아니	正識仙郎堪出世
긴 무지개 만 장으로 웅장한 명성이 매달렸네	長虹萬丈懸雄名

○받들어 네 분께 화답을 바라다

奉要四賢俯和

해고(海皐)

누대 그림자 깊은 물에 머물고	樓影深水定
은하수의 빛이 개어서 열리려 하네	河光霽欲開
빈번히 상봉을 이루는데	頻成傾蓋□
다시 뗏목을 띄우고 돌아가네	却□泛槎廻
흰 성가퀴 채색구름과 합쳐지고	白堞彫雲合
푸른 숲에 오색 새가 왔네	青林彩鳥來

205 기성(箕聖) : 기자(箕子). 기자조선을 세우고 팔조금법을 만들었다고 함.

206 화풍(華風) : 중국의 풍속.

207 하삭(河朔)의 술 : 후한(後漢) 말에 유송(劉松)이 원소(袁紹)의 자제들과 삼복(三伏) 때 하삭에서 술을 마시며 피서를 하였다고 함.

208 양원(梁園) : 서한(西漢) 양효왕(梁孝王)이 건설한 동원(東苑). 옛 터는 지금의 하남성(河南省) 상구시(商丘市) 동남에 있음. 화려한 원림으로서 당시 명사들인 사마상여(司馬相如), 메승(枚乘), 추양(鄒陽) 등이 상객(上客)으로 출입했음. 일명 토원(兎園)이라고 함.

그대에게 다시 묻노니 　　憑君更相問
어디가 망향대인가? 　　何處望鄕臺

○해고의 혜운을 차운하여 받들다
次奉海皐惠韻

괄낭(括囊)

하늘 끝의 상봉한 모임에서 　　天涯萍水會
회포를 그대 때문에 여네 　　懷抱因君開
말을 에워싸며 자기가 모이고 　　擁馬紫氣簇
누대에 오르니 황학이 돌아오네 　　登樓黃鶴廻
웅장한 바람이 읊음 속에서 일어나고 　　雄風吟裡起
맑은 달빛이 자리 옆으로 오네 　　霽月席邊來
삼신산 길을 보구려 　　請看三山路
금옥대를 지어놓았다오 　　築成金玉臺

○석상에서 구헌·제암·해고 세 분 사안에 급히 받들어 올리다
席上走奉呈矩軒·濟菴·海皐三賢詞案

괄낭(括囊)

푸른 바다 삼천리에 　　碧海三千里
비단 주머니에 오백 편의 시이네 　　錦囊五百篇
시편마다 속된 일이 없으니 　　篇篇無俗事
신선으로 들어갈 수 있네 　　可以入神仙

○괄낭의 운을 받들어 화답하다
奉酬括囊韻

구헌(矩軒)

좋은 자리에서 시로 대화를 대신하니 華筵詩代話
온 시야에 좋은 시편들이 흩어지네 滿眼散瑤篇
난만한 은대 안에서 爛熳銀臺裡
문자 아는 신선을 상봉했네 相逢識字仙

○괄낭의 혜운을 받들어 화답하다
奉和括囊惠韻

제암(濟菴)

해를 가리는 누대의 그림자인데 翳日樓臺影
상자 가득히 월로편[209]이 있네 盈箱月露篇
봉래에서 몸이 만 리에 있는데 蓬萊身萬里
우연한 상봉으로 시선을 만났네 萍水遇詩仙

○괄낭의 혜운을 받들어 화답하다
奉和括囊惠韻

해고(海皐)

풍기가 다름을 논하지 않으니 未論風氣別

209 월로편(月露篇) : 월로풍운(月露風雲)을 읊은 시.

고금에 시편만 있네	今古有詩篇
산해에 높고 넘치는 운치가 있으니	山海峩洋韻
외로운 거문고로 수선을 묻네	孤桐問水仙

○석상의 여러 군자에게 받들어 올려서 화답을 구하다 奉呈席上諸君子求和

구헌(矩軒)

금주와 채색 누각이 어느 가에 있는가?	金舟彩閣以何邊
학창의와 오건으로 또 일 년을 보내네	鶴氅烏巾又一年
높은 바다 아득히 세계와 통하고	層海渺茫通世界
새 시는 아름답게 산천에 답하네	新詩窈窕答山川
누대들은 각각 떠오른 땅을 차지하고	樓臺各占浮來土
초목들은 모두 잠겨 두루 하늘을 덮었네	草木俱涵遍覆天
옛 절에서 맑은 술잔으로 한 즐거움을 만나니	古寺淸尊逢一笑
풍류가 그림으로 전할 만하네	風流堪向畫中傳

○구헌의 혜운을 받들어 화답하다 奉和矩軒惠韻

괄낭(括囊)

동쪽으로 부봉을 바라보니 해 옆인데	東望富峯是日邊
배 안에서 봄이 다하여	舟中春盡不知年

읊는 곳의 운금[210]은 천고의 보배이고	吟頭雲錦寶千古
붓 아래 파란은 온 하천을 막네	筆下波瀾障百川
학문은 연원으로 소급하여 수토를 열었고	學遡淵源開水土
풍속은 변두[211]를 진열하여 균천악[212] 연주하네	風陳籩豆奏鈞天
그대로 인해 지금 원유부를 지으니	因君今作遠遊賦
빛나는 명성이 도처에서 전하리라	燁燁名聲到處傳

○필어(筆語)

○품(稟)

괄낭(括囊)

제가 듣건대 사조(詞藻)라는 것은 학문의 여사(餘事)이고, 문장은 한 티끌로서 모두 본령(本領)이 아니라고 했습니다. 공부는 오직 심신상에서 힘쓰는 것을 가장 요구합니다. 심신의 공(功)에 여력이 있으면, 노닐고 휴식해도 좋을 것입니다. 이에 성병(聲病)[213]의 기예를

210 운금(雲錦) : 중국에서 남경(南京)에서 생산되는 유명한 비단 이름. 여기서는 아름다운 시를 말함.

211 변두(籩豆) : 제기(祭器).

212 균천악(鈞天樂) : 천상의 음악.

213 성병(聲病) : 남북조(南北朝) 시대 남제(南齊)의 심약(沈約)과 주옹(周顒) 등이 제출한 시가의 창작 중의 격률(格律)에 대한 학설. 사성(四聲)의 확립과 운용, 시가 격률의 병범(病犯)에 대한 조목으로 도어 있다. 여기서는 시창작의 기예를 말한 것.

익힌 적이 없지만, 때때로 고아한 회포를 펴고, 막힌 것을 열어서 마음의 감개에 맡겨두고 다시 공졸에 구애됨이 없었습니다. 글자의 사용과 구를 짓는 것이 평범하고 비루함에서 나와서 실로 운(韻)이 있는 비루한 말입니다. 그래서 금일 뇌문(雷門)에서 여러 번 포고(布鼓)[214]를 울리지 않으려고 하고, 여러 공들께서 귀를 씻어주는 감탄을 발해주도록 했습니다. 고아한 자리의 맑은 성대함을 돌아보면, 반드시 많은 작품에 달려있지 않습니다. 심정을 토로함에서 취한다면 혀를 바꿀 수 있습니다. 곧 붓 가는 대로 휘둘러내면서 간혹 멈출 바를 모릅니다. 가령 쇳소리를 울리고 옥 소리를 낸다고 해도 또한 단지 일장(一場)의 한가한 언어로서 군자가 귀하게 여길 바가 아닙니다. 저는 일찍이 주공(周孔)의 도(道)를 사모하고, 한결같이 정주(程朱)의 가르침을 따랐습니다. 그러나 고루하고 견문이 적어서 얕은 학식이 몹시 유감입니다. 가르침의 은택에 목욕하여 나의 싹이 막힌 것을 열고자 하여서 의문을 올립니다. 원(元)나라에서 벼슬한 신하 중에 허노재(許魯齋)[215]가 그 관면(冠冕)인데, 설경헌(薛敬軒)[216]은 지극히 칭송했고, 구경산(丘瓊山)[217]은 지극히 폄하했습니다. 학자들로 하여금

214 뇌문(雷門)에서 여러 번 포고(布鼓) : 뇌문은 중국 남방 회계성(會稽城)의 문. 북이 있는데 소리가 낙양(洛陽)까지 들린다고 함. 포고는 베로 만든 북으로 소리가 나지 않음.

215 허노재(許魯齋) : 허형(許衡, 1209~1281), 자는(仲平), 학자들이 노재선생(魯齋先生)이라 불렀다. 원(元)나라의 저명한 유학자였고 명신(名臣)이었다.

216 설경헌(薛敬軒) : 설선(薛瑄, 1389~1464). 명나라 유학자. 하동학파(河東學派)의 창시자. 자는 덕온(德溫), 호는 경헌(敬軒). 주자학을 신봉했다. 예부시랑(禮部侍郎), 한림원학사(翰林院學士) 등을 지냈다.

217 구경산(丘瓊山) : 구준(丘濬, 1421?~1495). 명나라 유학자. 자는 중심(仲深), 호는

기장(騎牆)[218]을 품은 채 그 의문을 결정하지 못하게 했습니다. 이는 실로 화이출처(夏夷出處)의 대의(大義)에 관계되니, 참으로 범연(泛然)히 사평(史評)할 수 없습니다. 삼가 명확한 판단을 바랍니다.

[위는 박학사(朴學士)에게 질문한 것인데, 한 번 보고 손으로 밀쳐서 해고(海皐)에게 보여주며 서로 이야기했으나 끝내 답변의 말이 없었다.]

○품(稟)

괄낭(括囊)

제공들은 금회(襟懷)가 밝게 통함은 바람 부는 격자창과 달빛 비추는 창문 같고, 운치(韻致)가 맑고 밝음은 눈 내린 산과 얼음이 언 골짜기와 같습니다. 그 과제(科弟)에 오른 것은 실로 매미를 줍는 솜씨였을 것입니다. 지난날 과장(科場)에서 어떤 제목으로 먼저 답안지를 썼습니까?

○복(復)

제암(濟菴)

구헌(矩軒)은 계축진사(癸丑進士)와 임술정시(壬戌庭試)에 올랐습니다. 제암은 계축진사에 올랐고, 해고(海皐)는 신유진사(辛酉進士)에 올

심암(深庵) · 옥봉(玉峰) · 경산(瓊山). 문연각대학사(文淵閣大學士)를 지냈다. 『주자학적(子學的)』 등의 저서가 있다.

218 기장(騎牆) : 입장이 명확하지 못하여 양자 간에 왔다 갔다 하는 것.

랐습니다.[지금 그 답변을 살펴보니, 단지 그 해만 말하고, 과장의 등수와 어떤 품제(品題)였는지는 말하지 않았다. 답변 받은 것은 질문한 바가 아니었다.]

○품(稟)

괄낭(括囊)

귀방(貴邦)의 사재(思齋) 김씨(金氏)[219]가 지은 『경민편(警民編)』이 근래 우리나라에 전해졌습니다. 제가 얻어서 한 번 보니, 어리석은 백성을 떨쳐 일어나게 할 수 있었습니다. 대개 김씨의 명자(名字)와 향리(鄕里)와 학술의 연원을 들어볼 수 있습니까? 적어서 보여주시기를 바랍니다.

○복(復)

김사재(金思齋)는 이름이 정국(正國)입니다. 학술은 순정(純正)하고 문장은 고아(古雅)한데, 입조(立朝)한 대절(大節)과 행기(行己)의 제훈(諸訓)으로 울연(蔚然)히 우리나라의 종사(宗師)가 되었습니다. 『경민편』은 다만 재상을 지낼 때에 한 번 시행한 한 정령(政令)을 부연하여 낸 것입니다.

219 사재(思齋) 김씨(金氏) : 김정국(金正國, 1485~1541). 사재는 그의 호. 자는 국필(國弼). 김안국(金安國)의 동생이다.

○품(稟)

괄낭(括囊)

강부(江府)에 산궁유심(山宮維深)이 있는데, 자는 중연(仲淵)입니다. 저의 막역한 벗입니다. 재능이 민첩하고 뜻이 돈독하여 사문(斯文)을 도와서 심을 수 있습니다. 제공들께서 강부(江府) 사이에 머물 것이라고 생각했는데, 빈관(賓館)에 통자(通剌)하여 제공들을 접견할 수 있을지 모르겠습니다. 만약 와서 알현한다면 저에게 알려서 소개할 수 있게 해주시기를 바랍니다.

○복(復)

제암(濟菴)

산궁씨(山宮氏)가 만약 강호(江戶)에서 접면(接面)한다면 감히 반갑게 고명한 뜻을 맞이하지 않겠습니까? 다만 저희들이 찬화(粲花)한 의론이 없으니, 어찌 칭찬할 겨를이 있겠습니까?

○지금 자리를 떠나야 해서 율시 1수를 지어서 삼가 사례의 청성을 폅니다

今將辭席，因搆一律，敬布謝悰

괄낭(括囊)

낭화의 한 처사가　浪華一處士

적막한 누대의 거처를 좋아하네	寂寞好樓居
무릉에 눕지 못함을 걱정하는데	不臥茂陵病
곧 장자의 수레를 보네	仍觀長者車
주신 시는 〈백설곡〉[220]과 같고	惠詩同白雪
내리주신 가르침은 단서[221]와 같네	授訓比丹書
돌아가서 벽에다 걸어놓으면	歸去壁間揭
환하게 나의 여막을 비추리라	煥然照敝廬

220 백설곡(白雪曲) : 춘추시대 초(楚)나라 도성 영(郢)의 노래. 고아하여 화답할 수 있는 이가 드물다고 함.

221 단서(丹書) : 도교의 연단(煉丹)에 관한 책.

和韓唱和錄 卷上

二邦連璧小引

戊辰之歲, 韓聘至, 暫停于浪華舘, 一時操觚之士, 翕然莫不輻奏焉. 啶噴乘

大東斯文之煥發也 於斯爲盛 書肆跋墨散人, 揖錄以成若干卷, 題曰二邦連璧, 來請序. 余曰 : 夫序也者 冠玉卷上 披萬卷首. 此, 不佞之所不能也. 豈 爲之乎? 山人固請, 於是手凝轆□才 積□人石 只恥冠瓦于珠玉 緣布干錦繡 實活卦影哉 一時之士 罪余固陋僭踰 何以免諸

延享夏四月

西陵源子登甫題

刻和韓唱和述言

正德辛卯歲, 不佞, 刊布『兩東唱和』, 業已四十年. 今歲, 延亭戊辰四月, 韓使至我浪速城. 諸賢唱和堆于案上. 於玆, 復纂集和韓唱和. 不佞, 犬馬過耳順, 而三見此盛事者, 實昇平美觀也. 此編纔集浪速唱和, 欲嗣刻尾備長藝諸刕者, 珠玉到手卽刊之, 謹以告雲告君子

浪華書林醉墨齋欽白

延享戊辰來聘使姓名

○ 正使

通政大夫·曹參議·知制教·洪啓禧, 字純甫, 號澹窩, 南陽之人, 年四十六

○ 副使

通訓大夫·行弘文館典翰·知制教·兼經筵侍讀官·春秋館編修官, 南泰耆, 字洛叟, 號竹裡, 宜寧人, 年五十

○ 從事

通訓太夫·弘文館校理·知制教·兼經筵侍讀官·春秋館記注官, 曹命來, 字疇卿, 號蘭谷, 昌寧人, 四十九

○ 學士

製述官典籍, 朴敬行, 字仁則, 號矩軒, 年三十九

○ 書記三員

正使書記, 奉事李鳳煥, 聖章, 號濟菴, 年三十九

副使書記, 奉事柳逅, 字子相, 號醉雪, 年五十九

從事書記, 李命啓, 字子文, 號海皐, 年三十四

○ 寫字官二員

同知金天壽, 字君實, 號紫峯, 年四十

護軍玄文九龜, 字孝叔, 東岩, 年三十八

○ 良醫一員

趙崇壽, 字敬老, 號活菴, 年三十四, (或云字宗哉)

○ 侍醫二員

主簿趙德祚, 字聖哉, 號松齋, 年四十
主簿金德崙, 字子相, 號探玄, 年四十六

○ 畵員

主簿李聖麟, 字德厚, 號蘇齋, 年三十

○ 上上官

僉知朴尙淳, 字子淳, 號竹窗, 年四十九
僉知玄德淵, 字李深, 號踈窩, 年五十五
僉知洪聖龜, 字大年, 號壽巖, 年五十一

○ 上判事三員

僉正鄭道行, 字汝一, 號靜菴, 年五十五
訓導李昌基, 字大卿, 號廣灘, 年五十三
主簿金弘喆, 字聖叟, 號葆眞齋, 年三十四

○ 次上判事二員

主簿黃大中, 字正叔, 號蒼崖, 年三十四
副司猛玄大衡, 字穉久, 號長湖, 年三十一

○ 押物判事四員

判官黃垕成, 字大而, 號敬菴, 年五十四

僉正崔鶴齡, 字君聲, 號芳滸, 年三十九

主簿崔壽仁, 字大來, 號美谷, 年四十

判官崔嗚齊, 字汝高, 號水菴, 年五十九

○ 治官

別破陣二人, 馬上才二人, 理馬一人, 典樂二人, 伴倘三人, 騎船將三人, 右自上上官至次官五十二員

都訓導三人, 卜船將三人, 禮單直三人, 廳直三人, 盤纏直三人, 小通事十人, 小童十六人, 三使奴子六人, 一行奴子四十□人, 吸唱六人, 使令八人, 吹手十八人, □尺六人, 炮手六人, 纛奉持二人, 節鉞奉持四人, 旗手八人, 右中官百六十三人 後增三人

○ 正使軍官

學士洪景海, 同知白尙輝, 昌城府使趙東晋, 竹山府使金桂岳, 監察李伯詥, 卽廳李鴻儒, 同知金壽晰

○ 副使軍官

卽廳南行明, 司杲尹世佐, 宣傳官田醫國, 同李摘, 同李邦一, 內□李逸濟, 僉知林世載

○ 從事軍官

司杲李喜春, 咸陽府使李桂國, 宣傳官曹命傑

右人數別計

上上官三人, 上判事三人, 製述官一人,
上官(四十五人 內十三人 次官) 中官百六十人, 合支四百八十三人

延享和韓唱和錄卷之上
唱和姓氏
菅榮 (河劦人)
豊微 (氏豊川, 號蒲城)
惠迪 (氏木村, 字丈右衛門)
必東 (氏泉浪花人)
臺 (氏賀美, 名臺藝劦人)
丹山 (姓桐, 名澄, 字玄淑)
碧山 (姓桐, 名熊充, 字玄闊)
九皐 (姓隺, 名純, 字仙柳)
鶴洲 (氏上月, 名信敬, 字丹藏)
振岡 (姓佐野, 名安貞, 字原泉)
銀臺 (姓向井, 名璣, 字子玉)
東嶽 (姓管, 名斐卿, 字伯錦)
括囊 (姓留守, 名友信, 字退藏)

延享唱和卷之上
浪速村上秀範輯
今年四月廿日, 韓使船入浪速河港. 同二十三日, 諸賢有唱和. 衆作隨得錄之, 前後不次, 君子亮察.

○ 浪花城下贈韓客 菅榮

驛使翩翩書記才, 江南白雲動潮來. 一枝隔海重相贈, 此地梅花爲汝開.

○ 奉次菅公芳韻 朴矩軒

艤舟數識有丈才, 萬里扶桑知已來. 客館復驚三疊裡, 故鄕歸思笛聲開.

○ 猝和甚羞 李世寶

軒轅能作才, 滄海一帆來. 客裡逢佳句, 吟來爽意開.

○ 同和 綠野

天地東南浮一海, 片舟泛泛任風來. 蒼松綠竹艶陽處, 芙蓉芍藥西岸開(開子才字不見而只見

來開兩字次之矣)

○ 呈韓客伏請高和 豊微

萬里舟行乘碧空, 貴州元自有流風. 堪驚白雲高歌色, 総入翩翩書記中.

○ 次韻 李世寶

見來江上隔蒼空, 客裡秋心佳句風. 千里東南浮一海, 奇才又識駐舟中.

○ 奉呈東岩君案下　　木惠迪

使君推轂在仙曹，自是才名稱鳳毛．紫氣頻年東海動，初知彩鷁蹴風濤．

○ 次木君韻　　玄東岩

萬里泛泛東國曹，嘗知一帆見微毛．客中可愛高歌處，天地終驚滄海濤．

○ 呈大學士朴公執事　　泉必東

使星光動日東天，果爾江漢繁客船，六月圖南鵬翼影，蓬蒿叢裡望相懸．

○ 和必東詞案　　朴矩軒

浪華城外水連天，岸泊青立萬里船．世界不隨桑海變，詩名長與斗先懸．

○ 呈奉大韓製述官矩軒朴先生　　日本萩府賀美臺

不才何幸入新盟，慙喜交加是識荊．闔國曾傳文苑望，逢場彌仰席珍榮．五千里別鯉鴻斷，三十韻詩雲樹生．試問海風明月裏，醉吟時作越人聲．

○ 奉和賀大雅寄來　　小華矩軒

聞說高才夙主盟，詩來足以代班荊．滄波玉節元存信，短髮烏紗與有榮．陸賈詩書凌萬里，扶桑日月償平生．孤舟悵望山河屬，竹岸羈愁繞雨聲．

○ 奉送矩軒先生之東都　賀美臺

分襟柳岸發西風, 風逐錦帆東更東. 到處騷人拂翰墨, 過時驛樹生玲瓏. 仲宣樓賦暮雲外, 越石笳聲邊月中. 屈指歸期卜重會, 相看此日意忡忡.

○ 次賀大雅送別韻　朴矩軒

滿山椶竹雨兼風, 萬里詩名日出東. 錦綏衣冠村窈窕, 畵船燈燭海玲瓏. 大鵬天地經綸內, 紫蜃樓臺造化中. 西夜徘徊人不見, 滄波解纜我心忡忡.

○ 戊辰夏, 於金城下接趙氏活菴, 恭呈小詩一篇　桐丹山

萬里霓旌涉大洋, 將遊不倦斐成章. 祝融司日武城路, 雪疊士峯吹錦裳.

○ 奉詶桐公贈韻　趙活菴

東連滄海浩洋洋. 北接芙蓉翠萬章. 本願寺中孤坐處, 時逢高士倒衣裳.

○ 奉呈趙活公案下　鶴九皐

滄海却隣萬里船, 韓和淸操在文筵. 玉簫吹處月先上, 莞爾指東話太玄.

○ 奉酬確公見寄　趙活菴

海窮河口下樓船, 風暖寺中說彩筵. 更有眞人時枉訪, 話論黃老說玄玄.

○ 桐碧山持中啓扇, 余書短引遺之 東華

顧我長季頭似雪, 繞君壯歲氣如虹. 朱顏今日難顧我, 白髮他時不放君.

○ 奉謝東華翁筆一吟於扇被惠 桐碧山

君老筆頭心似雪, 我開團扇形如虹. 書成一詞足容我, 愛得頻年可敬君.

○ 孟夏下澣, 桐丹山·桐碧山·鶴九皐, 會趙活菴, 居其齋. 東華翁有箇箇筆語贈答書翰等, 他日載之矣.

延享戊辰四月二十三日, 憑對州記室蘭溪阿比留氏, 先容與留守氏·宮崎氏及門人佐野振岡, 會韓客於本願精舍, 唱酬筆語. 上月鶴洲

○ 奉呈朝鮮國朴學士矩軒詞宗足下詩并序代通刺

崑崙長久磅礴鎮, 常慶雲呈瑞, 和氣現祥, 五日之風時, 若十日之雨, 方潤, 雍容揄揚, 熙熙焉, 皞皞焉, 干韓干和, 都都相望, 邑邑相屬, 國藉萬世之基, 家承千載之業. 上則親親賢賢, 從容乎禮樂揖讓之場; 下則樂樂利利, 優遊乎畎畝商鬻之地. 惇睦辨章之化洽於宇內, 巡靖懷保之惠達於黎蒸. 塗歌邑誦而遵遊干自然之勢, 恬淡干無爲之境, 百年昇平, 登春臺於壽域, 樂擊壤於堯天, 豈非此時乎哉? 豈非此時乎哉? 玆歲延享戊辰夏四月, 朝鮮國修聘三大使及諸學士, 淩弱海萬里來, 於日東乃館浪華本願精舍, 道途平安, 萬福萬福. 僕氏上月, 名信敬, 字丹藏, 號鶴洲, 別號專菴, 浪華人也. 不顧襪綿戈, 叨裁下里巴人調, 汚大家案下云

27쪽
-없음

28쪽
鄕情. 從今已了層派險, 橘柚人烟去路平.

○ 又
面面高城海色開, 蓬壺顔面數篇來. 誰言異域繁華盛, 爭奈孤舟歲月催. [前詩遠字及此詩三面字草卒失照]

○ 奉呈朝鮮國李書記濟菴詞宗足下詩幷序代通剌　鶴洲
太極剖□, 造花權輿, 嵬嶷嶢屼者, 爲山嶽; 湏漑淼漫者, 爲江海; 幽峡廻繚者, 爲川澤; 精微純粹者, 爲州土. 疆場各分, 接壤或異. 禹貢所屬, 諸史所載可觀. 而朝鮮國在干輿地, 其東我邦, 又其最東箕國, 仁風揚揚, 大敷日國, 昇平治敎, 休明普天, 化育周率, 土蒙王澤, 禮樂丕熙, 而衆知揖讓, 於變時雍, 而人識廉隅, 民俗抃舞乎, 康衢謳吟乎, 淸世兩露之恩, 獻曝之忱, 實葛天氏之民者有焉, 無懷氏之民者有焉, 嗚呼! 美哉! 歲斯延享戊辰夏四月, 鷄林三大使及諸學士來, 修國盟文物威儀之盛, 冠珮衣裳之美, 逸馬競繡鞍, 巨舟發櫂謳到干浪華本願紺園, 動靜安寧, 多福多福. 僕, 氏上月, 名信敬, 字丹藏, 號鶴洲, 別號專菴, 浪華人也. 幸得天假機緣, 諧鳳覩, 因不問公磨丈, 恭呈拙詞一章云.

迢遞錦帆司馬遊, 海濤万里碧雲浮. 乘槎氣秀轆轤劒, 授簡才高翡翠裘. 赤縣州中看土俗, 白旄手裏賞山幽. 一擧玄况眞奇遇, 瓊樹瑤林日月悠.

○ 奉和鶴洲瓊韻　　書記濟菴

風馭冷然汗漫遊, 廣桑山色隔雲浮. 卽看歇處花飄岸, 回想來時雪滿裘. 燈影虹橋蓮葉隱, 鐘色佛埢梵音幽. 被襟一玩江卽錦, 文軏何論萬里悠.

○ 奉呈朝鮮國李書記海皐詞宗足下詩幷序代通刺　　鶴洲

天章毓粹, 地紀儲精, 太虛遼廓, 而无閡渺茫, 而无際肇基, 化元五運, 忽而代序, 萬物紛而廻薄, 國土錯列於其間, 在其東者, 朝鮮與日東也. 當今淸穆之世, 泰階之平, 可升王者之軓, 可接醴泉涌於池圃, 靈芝生於丘園. 搢紳大夫, 修道問禮於宮都國學之上, 農夫庶人講學論文於閭黨塾庠之下, 嗚呼! 非皐陶歌虞, 奚斯頌魯之秋乎哉! 朝鮮國三大使及諸學士修盟於日東, 靑槎乘處, 山靈護野, 天吳守海, 雨師汎灑, 風伯淸塵, 萬里海路, 鰲波无恙, 直到於豊葦原洲. 歲是延享戊辰夏四月, 館於攝之浪花本願蘭若, 至祝至祝. 僕, 氏上月, 名信敬, 字丹藏, 號鶴洲, 別號專菴, 浪花人也. 賴得荊識, 望忘斗筲器, 叨呈蜂腰於大方門云.

東指蓬瀛地, 星槎萬里飛. 節通韓國信, 學照日邦畿. 落筆蛇龍走, 開談錦繡輝. 幸憑傾蓋切, 意氣發淸機.

○ 奉酬鶴洲瓊韻　　書記海皐

海檝春雲逈, 河橋錦浪飛. 勞歌停佛殿, 羈夢隔王畿. 彩翰花生影, 金屛劍映輝. 未須論異域, 今古一天機.

○ 奉呈朝鮮國柳書記醉雪詞宗足下詩竝序代通刺 鶴洲

乾坤交泰, 而烟熅日月, 綱乎上地里紀乎下九土, 星分萬國, 錯峙祥雲之應, 玉燭之氣. 風雨時若海波不揚, 仁風隆於上, 膏澤行於下, 輿地之大, 玄化所甄, 國風所稟, 兩邦恊和, 施德肅愼, 王宮國都, 黼黻冠珮之美, 閭閻闤闠, 詩書文章之雅, 民彝物則家懷克讓之風, 人詠康哉之詩, 文質彬彬焉. 百姓士民, 安堵樂業, 農不易畝, 而學讓畔之道, 市不迵肆, 而有不拾遺之美, 各天共雍, 異地同歡. 斯歲延享戊辰夏四月, 鷄林三大使及諸學士來, 賀嗣於東都途歷攝津館浪花本願寺, 旅路平安, 至幸至幸. 僕, 氏上月, 各信敬, 字丹藏, 號鶴洲, 別號專菴, 浪華人也. 不惴固陋賤蕪詞一

章, 聊述登龍門仰意云

盍簪文會地, 終日對淸揚. 精鍊白裘午, 涉獵黃縹囊. 俯驚鴻筆速, 仰見翼雲翔. 高趣自无敵, 常時李繡腸. [醉雪, 蓋有事故, 不會於此席, 故無和]

○ 走和矩軒學士玉酬 鶴洲

梵宮逢着管絃色, 終日幸爲水石盟. 專對才英釜浦客, 抽毫氣象浪華城. 詩成梁苑戞金調, 德韞藍田珮玉情. 今倚龍蛇振大澤, 野人激烈忘生平.

○ 奉和濟菴玉酬 鶴洲

三都賦就卜壯遊, 好是支機此地浮. 意氣淸新迎雜珮, 德容瀟洒擁輕裘. 塤篪館裏驪珠吐, 文字飮中蘭若幽. 席上秖今聞郢調, 曲終佳興共悠悠.

○ 奉和海皐玉酬　鶴洲

靑槎館裡會，彩筆彩雲飛．賦就梁園客，詩傳日國畿．三韓文物美，二陸今各輝．已聽歌流水，悠然感玉機．

○ 奉呈席上諸君子求和　矩軒

金舟粉閣此何邊，鶴氅烏巾又一年．層海渺茫通世界，新詩窈窕答山川．樓臺永占浮成土，艸木俱涵遍覆天．古寺淸樽逢一笑，風流堪向畵中傳．

○ 奉和矩軒玉礎　鶴洲

滿坐豪雄畵閣邊，一交手釆似多年．生華筆下文與賦，改觀眸中山又川．酬唱罄歡萍水地，卷舒慰得浪江天．由來此會不容易，二國餘音四海傳．

○ 奉贈鶴洲　濟菴

畵舫三韓客，彫雲百尺樓．愛君明月珮，慙我木瓜酬．洗硯魚龍近，揮毫花鳥愁．秋來重把袂，瑤席橘香浮．

○ 奉和濟菴　鶴洲

翩翩書記客，何幸共登樓．才秀談難敵，調高和叵酬．詩膓眞得健，醉態更忘愁．東路刀頭後，鏧驪秋色浮．

○ 奉要四賢俯和　海皐

樓影深水定，河光霽欲開．頻成傾盖□，却□泛槎廻．白堞彫雲合，靑林彩鳥來．憑君更相問，何處望鄕臺．

○ 奉和海皐瑤什 鶴洲

萬里傳君命，大風此地開．青箱武庫在，白雲詩囊回．海上丹鵬躍，人中彩鳳來．忽逢飛摶翼，高趣坐高臺．

○ 筆語

○ 稟 矩軒

僕，姓朴，名敬行，字仁則，號矩軒．孤舟萬里，得此諸君子枉顧兼以瓊貺，可慰客愁，何幸加之．

○ 答 鶴洲

萬里波濤，海陸無恙，眞如高喩至祝

○ 稟 鶴洲

貴國儒先退溪李子·栗谷李子·晦齊李子·陽村權子，共是程朱家之白眉，可比肩於薛敬軒·胡敬齊，在於丘瓊山·蔡虛濟之上．退溪『自省錄』·『退溪集』·『啓蒙傳疑』·『朱書節要』·『聖學十圖』，栗谷『啓蒙補要解』·『聖學輯要』·『擊蒙要訣』，晦濟『中庸九經衍義』，陽村『入學圖說』·『陽村集』云云之外，闡明程朱之旨者，在於此外也．請示之．

○ 答 矩軒

所示弊邦四賢，優於薛·胡·丘·蔡，則誠如尊敎，看得可謂的確．圖說·要訣，此數者，可以盡之其間諸儒之說，充棟汗牛，而要不出四賢圈內．其外理氣論難之書，性命剖析之說，降天蟠地，浩如烟海，何可枚擧而歷數耶？然程朱書中，有餘師矣．何必近求新說乎？

○ 再答　　　　　　鶴洲

僕, 非求新意於程朱書外, 問闡明程朱之書耳.

○ 稟　　　　　　鶴洲

貴國道以孔孟爲龜鑑, 學以程朱爲標的, 不雜湖南知見之論, 陸王良智之說. 其他元明紛紛之論, 起敬起敬, 信如也.

○ 答　　　　　　矩軒

此亘天地, 不易之道, 未知貴國性學, 所道尙者, 何道也?

○ 再答　　　　　　鶴洲

吾國所主, 亦如貴國. 昔年, 東郭李子, 聘吾國時, 吾黨三宅周晦告以此語焉. 則所主盟者, 山崎敬義子也. 俱近時從學於李攀龍·王世貞, 排程朱, 徒於明清海薄來書視之, 是以語及云云之.

○ 稟　　　　　　濟菴

貴國伊藤氏之童子問論孟字義等書, 一反程朱之道, 則淺解之頗僻, 殆有甚干象山·陽明之徒, 未知貴國學者, 獨無拒楊墨之意耶?

○ 答　　　　　　鶴洲

伊藤仁齋之駁程朱, 不只童子問語孟字義而已. 而闇齊子先於仁齋沒門人網齋盡辨之歸於一是也.

辨王氏者, 馮貞白陳淸瀾辨之可謂至矣. 俱斥之書有一二耳.

○ 稟 矩軒

前後使行時, 萍水集, 想皆刊傳, 可使僕輩得見否?

○ 答 鶴洲

後日問問比留氏無禁則呈之

書肆村上氏, 來自遠方, 需余唱酬筆語, 再三旦限以若干刻, 是以不能盡記之, 錄其强半贈之

云.

○ 奉呈朝鮮國矩軒朴君吟壇下 原泉

白雲蒼海預期程, 桂掉蘭舟來坂城. 城外梵宮看紫氣, 迎君此日樂昇平.

僕, 姓佐野, 名安貞, 字原泉, 號振岡, 讚岐丸龜人也. 不顧蕪陋, 而呈鄙詞一章, 慰大家羈旅之情則倖甚.

○ 奉酬振岡惠韻 矩軒

一路繁華滿客程, 金舟繡帊耀層城. 千家烟火波相接, 萬里王靈海已平.

○ 再以前韻奉和朴先生瑤吟, 伏乞慈斤 原泉

知君客路也勞程, 詩賦檀名過坂城. 東武往還應計日, 歸期爲報斤心平.

○ 再答振岡韻 矩軒

王事空關不計程, 穹鯨噴海蹙高城. 男兒到此遊方始, 萬海層波踏

已平.

○ 奉呈海皐李君梧下 原泉

國望千里外, 盟是爲金蘭. 相對緝園裡, 薰風自入歡.

○ 奉酬振岡瓊韻 海皐

襟期憑筆翰, 山海得金蘭. 數作班荊語, 難成一日歡.

○ 奉酬矩軒先生瓊韻 原泉

桂舟掛纜浪華邊, 萬戶千門歡樂年. 異域盛音連巷陌, 兩邦冠佩映前川. 文名捋轟東方地, 詩賦漸振四月天. 酬唱卽今蘭若裏, 淸談不盡暮鍾傳.

○ 奉呈濟菴李君 原泉

客路雲山何處新, 浪花花鳥接風塵. 芙蓉白雲爲君富, 御苑鎖春迎遠人.

○ 奉酬振岡瓊什 濟菴

明珠滄海氣淸新, 五色毫端不染塵. 二十四橋霞起處, 預將雲幅待行人.

○ 辱貺高和看之翫之, 欣依抃躍之餘, 再裁鄙詩, 汚大家之案下云. 原泉

梵園瀟洒氣正新, 終日淸談脫世塵. 名震螭州韓使客, 詩成自厭謫仙人.

○ 奉酬 濟菴

金箔銀屛橘影新, 東溟淸淺問桑塵. 等間鮫錦題相贈, 星斗他時萬里人.

○ 奉呈醉雪柳君 原泉

使星天上落, 此地自芳蘭. 幸遇長卿器, 山川入賦歡.

○ 呈矩軒朴學士 銀臺

玉節辭鄕國, 仙槎幾月程. 應同陵宿漢, 得似問逢瀛. 風物張騫輿, 才賢季札名. 余受瑤草贈, 下調獻芹情.

○ 和銀臺韻 朴矩軒

孤舟王事重, 不敢筭波程. 夢繞三千海, 才非十八瀛. 新詩還絶域, 短髮尙虛名. 諸君珍重意, 淹留到處情.

○ 卒賦呈學士朴公 菅東嶽

名震翰林第一人, 蜻州草木映佳賓. 相看搦管新知樂, 莫道異邦不可親.

○ 次東嶽惠韻 朴矩軒

滿座新詩肅遠人, 樓臺處處可寅賓. 孤槎萬里春風歇, 脉脉銀河不可親.

○ 贈東嶽 李濟菴

溶溶海上雨, 淸晝笑談遲. 藉手華啣去, 何煩月露詩.

○ 次濟菴韻 東嶽

爲望星斗影, 却訝日華遲. 手裏明珠色, 照來幾許詩.

○ 贈東嶽 李海皐

海日樓臺暗, 榕林雨氣昏. 逢場還是別, 悒悵與誰言.

○ 次海皐韻 東嶽

相逢香閣裏, 淸話惜黃昏. 再會知何日, 離情不可言.

○ 延享五年戊辰夏四月二十三日, 會朝鮮國矩軒朴學士·濟菴李書記·海皐李書記於浪華西本願寺客

館醉說柳書記有事, 故不會一堂 通刺 括囊

僕, 氏留守, 名友信, 字退藏, 號希齋, 又號括囊, 浪華處士也. 兩國脩有隣之好, 諸公隨聘使來, 海路平安, 文旆到此, 敢不敬賀? 今日請館事有間, 得謁見諸公. 此千載一遇, 生前榮幸也.

韓客, 亦各書示云.

僕, 姓朴, 名敬行, 字仁則, 號矩軒. 孤舟萬里, 得此諸君子枉顧, 兼以瓊貺, 可慰客愁, 何幸加之.

隨槎萬里, 班荊一席, 以是三十年後, 罕有之緣, 山川炳靈, 翰墨播香, 使天涯地甬之人, 團圞唱酬, 良幸良幸

僕, 姓李, 名鳳煥, 字聖章, 號濟菴. 自兩境脩好, 冠蓋不絶. 每憑前人萍水集星槎答響

文字, 翹想貴邦文華. 今萬里海路, 抵館無事, 得奉諸君子芝宇, 庶酬宿願, 實爲深幸.

僕, 姓李, 名命啓, 字子文, 號海皐.

○ 敬簡呈矩軒朴公文案　括囊

文鷁㚍衡東海之浪, 錦帆暫稅攝城之館, 跋涉山海蒙犯風露, 賢勞覊難更僕何罄, 幸得舟揖之利涉, 車馬之載馳, 動定休暢愷悌, 君子神之所扶, 實惟兩境之慶也. 曩者, 聞星軺東海, 引領望之, 若葵藿之傾葉太陽, 天賜奇緣, 始把懿範, 仰向英風, 不堪欣悚之至. 猥裁一律, 以攄鄙懷.

天外奎星映旆旌, 長風萬里赴江城. 文投海水鱷魚避, 詩賦衡山道路淸. 幾日吳鉤鳴匣久, 今年漢使來槎輕. 乾坤以會眞離得, 最喜一朝華蓋傾.

○ 奉次希齊惠韻　矩軒

經歲天南駐畵旌, 繫華最說浪華城. 魚蝦舟楫村炯滿, 錦繡樓臺海氣淸. 謠俗一天隨地別, 行裝萬里取風輕. 新詩不道山河異, 觸處逢場意氣傾.

叨投木瓜, 謬賜瓊琚, 幸固出望外也. 才美天授, 揮翰如飛, 當一鳴驚人, 豈區區池中物哉? 珍重之如持琅玕, 攝玄圃, 領鈞天奏也. 以知貴邦至治之久, 熙熙皡皡之風習, 自著見於容貌言辭之間也.

○ 敬羨敬服再依原韻, 呈矩軒學士文案　括囊

曉騎迎來留翠旌, 靑雲搖曳攝陽城. 回顧群鶚搏空過, 倚劍雙龍照海淸. 獨步奇文仙骨見, 高風玄度德毛輕. 相逢暫解世塵色, 莫問沈吟日影傾.

○ 又次希齋再疊韻 矩軒

蓬海風烟繞彩旌，囊書蹔歇攝津城．鮫紋白日簾帷爛，蜃市晴天世界淸．客棹層波雙眼快，王靈萬里一身輕，新詩送唱成高會，滿座春醪盡意傾．

○ 天假良緣，玆諧鳳覯，豁若披霧，殊愜鄙懷．謹賦蕪詞一律，次奉呈海皐李詞宗吟榻 括囊

星槎通異域，淸世蕙風凉．湖海金蘭會，乾坤白日長．登樓淸影滿，久坐文華香．忽起龍門奐，交歡何日忘．

○ 奉酬希齋瓊韻 海皐

離舟春雪滿，賓館夏風凉．張翼天文近，逢瀛地勢長．留詩當晉縞，同席挹萄香．逢處多爲別，依依不可忘．

○ 久懷慕藺，忽得盍簪．淸風入懷，曷任欣躍．恭賦下調一篇，以奉呈濟菴李詞宗文几 括囊

善隣銜命至，諸子自翩翩．擁節辭關內，乘槎向日邊．奎文臨紫海，劍氣聳靑天．莫厭勞王事，國朝曾擧賢．

○ 奉酬希齋惠韻 濟菴

銀浦帆穡橒，霞城鸞鶴翩．相逢瑤嶋客，一笑梵樓邊．錦席雲垂地，琪花日度天．文章元末技，須識士希賢．

○ 猥奏巴曲，辱蒙高和，敬讀數回，琳琅驚目，宮商滿耳，眞可頡䪼古人．重綴一絶，奉呈濟菴·海皐二書記詞案 括囊

大阪城西大海流，淸風吹送木蘭舟．誰知物外與遊奐，總入錦囊消旅愁

○ 奉和括囊惠韻　濟菴

銀河夜轉萬里流，匣甬淑風隱彩舟．身至十洲鸞鶴裡，武陵樵客尙鄕愁．

奉

○ 和括囊惠韻　海皐

河水洋洋日北流，鷄林遠客以停舟．金牋彩筆當樓夕，茶酒相酬不記愁．

○ 再攀前韻，奉呈謝濟菴·海皐二書記案下　括囊

遠遊萬里接海風，華府暫留靑翰舟．自是石橋觀日地，樽前莫起異鄕愁．

○ 奉要四賢俯和　海皐

浮海悲歌渡九瀛，孤琴異域問同聲．綾羅帷幕運空暗，金彩樓臺滿地明．町市人烱喧不定，河橋雲樹緣初平．西歸各有依依夢，萍水篇中儻記名．

○ 次奉海皐惠韻　括囊

烱波四月問東瀛，到處山川振鏵聲，百世範疇箕聖澤．三韓冠冕華風明，喞盃河朔幽情滿．就賦梁園意氣，平正識仙卽堪出世．長虹萬丈懸雄名．

○ 奉要四賢俯和 海皐

樓影深水定，河光霽欲開. 頻成傾蓋□，却□泛槎廻. 白堞彫雲合，青林彩鳥來. 憑君更相問，何處望鄕臺.

○ 次奉海皐惠韻 括囊

天涯萍水會，懷抱因君開. 擁馬紫氣簇，登樓黃鶴廻. 雄風吟裡起，霽月席邊來. 請看三山路，築成金玉臺.

○ 席上走奉呈矩軒·濟菴·海皐三賢詞案 括囊

碧海三千里，錦囊五百篇. 篇篇無俗事，可以入神仙.

○ 奉酬括囊韻 矩軒

華筵詩代話，滿眼散瑤篇. 爛熳銀臺裡，相逢識字仙.

○ 奉和括囊惠韻 濟菴

翳日樓臺影，盈箱月露篇. 蓬茉身萬里，萍水遇詩仙.

○ 奉和括囊惠韻 海皐

未論風氣別，今古有詩篇. 山海峩洋韻，孤桐問水仙.

○ 奉呈席上諸君子求和 矩軒

金舟彩閣以何邊，鶴鷺鳥中又一年. 層海渺茫通世界，新詩窈窕答山川. 樓臺各占浮來土，草木俱涵遍覆天. 古寺淸尊逢一笑，風流堪向畵中傳.

○ 奉和矩軒惠韻 括囊

東望富峯是日邊, 舟中春盡不知年. 吟頭雲錦宝千古, 筆下波瀾障百川. 學遡淵源開水土, 風陳邊豆奏鈞天. 因君今作遠遊賦, 燁燁名聲到處傳.

○ 筆語

○ 稟 括囊

僕聞之詞藻者, 學問餘事. 文章一塵, 皆非本領. 工夫, 惟於身心上, 用力最要. 身心之功有餘力, 則遊焉息焉, 可也. 於是, 未曾習聲病之技, 時暢雅懷, 時披堙欝, 任於中心之所感, 無復拘巧拙, 使字造句出乎凡陋, 實有韻鄙語也哉. 故今日不欲屢鳴布鼓於雷門, 以使群公發洗耳之歎. 顧雅筵清奐, 不在必多, 取諸吐露心情, 以足換舌耳, 卽信筆揮出, 或無知所止焉. 假令鏗金戛玉, 亦唯一場閑言語, 非君子之所貴也. 僕, 嘗慕周孔之道, 一隨程朱之訓. 然固陋寡聞, 淺識多感, 願沐敎澤開我芽塞, 因呈疑問. 仕元之臣, 許魯齋爲之冠冕, 而薛敬軒極褒之, 丘瓊山極貶之. 使學者抱騎牆不決之疑, 是實係夏夷出處之大義, 固非泛然史評也. 伏請明斷.

[右問朴學士, 一觀手推以示海皐, 而私語卒無答語]

○ 稟 括囊

諸公襟懷瑩徹, 如風櫺月牖, 韻致淸曠, 似雪山永壑. 其登科弟, 實掇蟬之手也. 昔日, 科場因何等題目, 首錄賢書.

○ 復 濟菴

矩軒登癸丑進士, 壬戌庭試. 濟菴登癸丑進士, 海皐登辛酉進士.[今按以答徒言其歲, 不言科場次何等品, 願被試所答, 非所問也]

○ 稟 括囊

貴邦思齋金氏所作『警民編』, 近傳于我邦. 僕得一觀, 足以振起愚民. 蓋金氏名字鄕里及學術淵源, 可得聞與? 請見錄示.

○ 復

金思齋, 名正國, 爲學術之純正, 文章之古雅, 立朝大節, 行己諸訓, 蔥然爲鄙邦宗師.『警民編』, 特其作宰時, 一施爲一政令之演出者也.

○ 稟 括囊

江府有山宮維深, 字仲淵者. 僕莫逆友也. 才敏志篤, 以扶槇斯文. 爲念諸公留止於江府之間, 不知得通刺於賓館, 接見於諸公否. 若來謁則請告僕爲先容

○ 復 濟菴

山宮氏, 若接面於江戶, 則敢不拭靑而致高明之意. 但僕輩無粲花之論, 焉有齒牙之假耶?

○ 今將辭席, 因搆一律, 敬布謝悰 括囊

浪華一處士 寂寞好樓居. 不臥茂陵病, 仍觀長者車. 惠詩同白雪, 授訓比丹書. 歸去壁間揭, 煥然照敝廬.

和韓唱和錄卷上終

화한창화록 권하

和韓唱和錄 卷下

화한창화록 권하

창화성씨(唱和姓氏)

원동곽(源東郭) [족(族)은 관소(菅沼), 이름은 대간(大簡), 자는 자행(子行), 호는 문암(文菴), 일칭 봉주산인(鳳州山人), 동도인(東都人)]

원사명(源四明) [자는 간자(简子), 이름은 반염(攀髯), 자는 자등(子登), 별호는 비파산인(琵琶山人), 서궁인(西宮人), 나이 17세]

관금곡(菅錦谷) [이름은 정국(貞國), 자는 영경(永卿), 천마인(天馬人)]

강용문(江龍門) [이름은 원명(元明), 자는 자운(子雲), 천마인(天馬人), 나이 17세]

등문곡(滕文谷) [이름은 영창(榮昌), 자는 용등(龍登), 일호(一號)는 옥양산인(玉陽山人), 천마인(天馬人), 나이 18세]

삼남간(森南澗) [이름은 승풍(勝豊), 자는 자천(子泉), 천마인(天馬人)]

등파총(藤皤冢) [이름은 조효(朝皛), 자는 자욱(子旭), 천마인(天馬人), 나이 19세]

석등관(釋等觀) [원융(元隆), 자는 관해(觀海), 호는 등관(等觀)]

건도구(乾桃丘) [이름은 만예(滿裔), 자는 대중(大仲), 낭화인(浪華人), 호는 주안(周安)]

화란대(華蘭臺) [이름은 봉우(鳳羽), 자는 원등(原登). 일호(一號)는 옥통산인

(玉筒山人), 낭화인(浪華人), 나이 17세]

서남계(西南溪) [이름은 오구(吳丘), 자는 백동(伯東), 일칭(一稱) 취월산인(醉月山人), 낭화인(浪華人)]

평룡동(平龍洞) [족은 삼보(三浦), 이름은 문(文), 자는 자린(子麟), 일호는 봉산산인(鳳山山人), 낭화인(浪華人)]

목송강(木松江) [이름은 혜적(惠迪), 자는 자달(子達), 별호는 (방학산인(放鶴山人), 낭화인(浪華人)]

고대륙(高大陸) [족은 고전(高田), 이름은 경관(敬簡), 자는 자정(子政), 호는 수일(元秀), 다른 호는 대륙(大陸)]

여선재야구씨문(與膳宰野口氏文)

부록(附錄) : 녹문(鹿門), 습취(拾翠), 동산(東山)

이방연벽(二邦連璧)

서릉(西陵) 원반염자등(源攀髯子登)[1] 집(輯)

1 원반염자등(源攀髯子登) : 원사명(源四明). 자는 간자(簡子), 이름은 반염(攀髯), 자는 자등(子登), 별호는 비파산인(琵琶山人), 서궁인(西宮人).

○박공[2] 학사 안하에 올리다
呈朴公學士案下

원동곽(源東郭)[3]

대국의 제현들을 해후하여 만나서	大國諸賢邂逅逢
이 나라에서 뵙기를 청함이 의봉인[4]에 부끄럽네	是邦請見恥儀封
하늘이 준 재덕은 삼태의 관작[5]이고	天縱才德三台爵
사람들이 칭송하는 문장은 한 시대의 종장이네	人稱文章一代宗
평양은 승경이 많아서 열여섯 풍경이 있고	平壤勝多雙八景
금강산은 험준함을 다투는 만 봉우리가 있네	金剛嶮競十千峰
사림의 목탁[6]이 동해에서 울리니	詞林木鐸鳴東海
누가 만 균[7]의 강한 쇠노 활대를 꺾겠는가?	誰折萬鈞强弩衡

2 박공(朴公) : 박경행(朴敬行). 제술관전적(製述官典籍). 자는 인칙(仁則), 호는 구헌(矩軒).

3 원동곽(源東郭) : 족(族)은 관소(菅沼), 이름은 대간(大简), 자는 자행(子行), 호는 문암(文菴), 일칭 봉주산인(鳳州山人), 동도인(東都人)

4 의봉인(儀封人) : 의봉은 춘추시대 위(衛)나라 읍(邑) 이름. 『논어·팔일(八佾)』에 "의봉인(儀封人)이 알현을 청하기를 '군자(君子)가 이곳에 이르면 내가 일찍이 만나보지 않은 적이 없다'고 했다."고 했음.

5 삼태(三台)의 관작 : 삼공(三公)의 관작. 고관(高官)을 말함.

6 목탁(木鐸) : 나무로 만든 혀와 쇠로 만든 방울. 문교(文教)를 진발시키고자 하는 상징물. 전하여 세상의 지도자를 말함.

7 균(鈞) : 무게의 단위. 1균은 30근(斤).

○동곽의 시안에 차운하여 주다
次贈東郭詩案

박구헌(朴矩軒)[8]

강산의 좋음을 십 열로 만나고	江山悅好十列逢
천 가옥의 뽕과 삼밭은 소봉[9]에 비할 만하네	千室桑麻比素封
내가 이방에서 필력이 없음이 부끄러운데	愧我殊邦無筆力
그대가 백발로 사종으로 발탁됨이 기쁘네	喜君華髮擢詞宗
명성 높은 사직의 삼천 선비들인데	名高稷社三千士
집은 봉래산 제 몇 봉우리에 있는가?	家在蓬山弟幾峰
맑은 무지개 웅장한 기운이 쌍검에 비껴있어	晴虹壯氣橫雙劍
밤마다 두성과 우성[10] 사이를 찌름을 알겠네	知應夜夜斗牛衝

○석상에서 다시 박학사의 경운에 화답하다. 2수
席上再和朴學士瓊韻 二首

원동곽(源東郭)

만 리의 가인을 평수[11]처럼 만나니	萬里佳人萍水逢
의연한 문물이 주나라 봉역에 있네	依然文物有周封

8 박구헌(朴矩軒) : 박경행(朴敬行), 구헌은 그의 호.

9 소봉(素封) : 관직과 봉읍(封邑)은 없지만 부유함이 봉군(封君)에 비할 만한 것.

10 두성(斗星)과 우성(牛星) : 모두 28수(宿) 중의 하나임. 진(晉)나라 장화(張華)가 두성(斗星)과 우성(牛星) 사이에 자기(紫氣)가 항상 머물러 있는 것을 보고 뇌환(雷煥)을 파견하여 예장(豫章) 풍성(豊城)에서 보검 두 자루를 얻었다고 한다.

11 평수(萍水) : 부평초가 물에 정처 없이 흘러 다니는 것. 우연한 상봉을 말함.

함께 〈인지〉[12]를 노래하는 의상회[13]인데 共歌麟趾衣裳會
서로 견제하는 견아의 반석종[14]이네 相制犬牙磐石宗
팔괘에서 후덕한 의표를 새로 보고 八卦新觀厚德表
천심[15]의 큰 재능의 봉우리에 문득 놀라네 千尋忽駭大才峰
공연히 구유에 엎드린 피로한 나귀의 힘으로 空將伏櫪疲驢力
공명[16]의 전후의 계책을 어찌 대적하겠는가? 豈敵孔明前後衡

제2수

요대[17]의 달빛 아래 한 번 상봉하니 瑤臺月下一相逢
매우[18]와 장운[19]이 옥을 품어 봉했네[20] 梅雨瘴雲抱玉封
마부를 다투며 이원례[21]를 칭송하고 爭御人稱李元禮

12 인지(麟趾) : 『시경 · 주남(周南) · 인지지(麟之趾)』. 공자(公子)의 신후(信厚)한 덕을 노래한 시.

13 의상회(衣裳會) : 국가와 국가 간의 예(禮)로써 우호를 나누는 모임.

14 견아(犬牙)의 반석종(磐石宗) : 『사기(史記) · 효문본기(孝文本紀)』에 "고제(高帝)가 자제들을 왕으로 봉하여서 땅이 개의 이빨처럼 서로 견제하게 했다. 이는 이른바 반석종(盤石宗)이다"고 했음. 지계(地界)가 서로 연결됨이 개의 이빨처럼 교착되어서 서로 견제하는 것을 말함.

15 천심(千尋) : 대단히 높은 것을 말함. 심(尋)은 길이의 단위. 1심은 8척(尺).

16 공명(孔明) : 중국 삼국 때 촉한(蜀漢)의 제갈량(諸葛亮)의 자.

17 요대(瑤臺) : 전설 속의 서왕모(西王母)가 거주한다는 대의 이름.

18 매우(梅雨) : 매실이 익을 때 내리는 초여름의 비.

19 장운(瘴雲) : 장기(瘴氣)를 품은 구름. 장기는 습하고 더운 독기를 품은 남방의 기운.

20 옥을 품어 봉했네 : 좋은 고을을 말함. 『신론(新論) · 숭학(崇學)』에 "山抱玉而草木潤焉, 川貯珠而岸不枯焉"이라고 했음.

21 이원례(李元禮) : 동한(東漢) 이응(李膺). 이응에게 현명(賢名)이 있었는데, 당시 사대부들이 한 번 알현하는 것을 영광으로 삼아서 등용문(登龍門)이라고 했음. 순상(荀爽)이

마당을 쓸며 스스로 곽림종[22]에게 부끄럽네　拂庭自恥郭林宗
지혜 깊음은 압록강의 천 심의 물과 같고　智深鴨綠千尋水
재능 빼어남은 금강산의 만이천봉과 같네　才秀金剛萬二峰
여러 말들이 물결 뒤집어 바다색에 문채나니　群馬飜波文海色
그대의 필력이 마음껏 내달림을 아네　知君筆力恣奔衝

○이공[23] 봉사의 안하에 주다
寄李公奉事案下

원동곽(源東郭)

기묘한 계책을 쟁론함은 좌거[24]와 같고　奇策爭論似左車
주옥같은 글씨 붓으로 써내니 단정하면서도 기울었네　揮毫珠玉整還斜
상봉한 빈관에서 어염[25]으로 위로하고　相逢賓館慰魚鹽
돌아가니 성조에서 〈자화〉[26]를 노래하네　歸去聖朝歌者華
흥치는 세 잔의 이백의 술[27]을 압도하고　興壓三杯李白酒

이응을 배알하고, 아울러 그의 수레를 몰고서는 이를 자랑하였다고 함.

22 곽림종(郭林宗) : 곽태(郭太). 박학하고 담론을 잘하고 청빈하여서 이응이 예우하였음. 그로 인하여 경사에서 명성을 떨쳤음.

23 이공(李公) : 이봉환(李鳳煥), 정사서기(正使書記). 자는 성장(聖章), 호는 제암(濟菴).

24 좌거(左車) : 이좌거(李左車). 한(漢)나라 초에 군략(軍略)이 뛰어난 인물이었음.

25 어염(魚鹽) : 해산물의 음식을 말함.

26 자화(者華) : 『시경·소아(小雅)』의 편명 〈裳裳者華〉. 천자가 제후를 찬미한 시라고 함.

27 세 잔의 이백의 술 : 당나라 이백(李白)의 〈月下獨酌〉시에서 "三杯通大道"라고 했음.

풍류는 일곱 잔의 노동의 차[28]보다 맑네	風淸七碗盧仝茶
시를 진설하여 국풍은 구분한 연릉객[29]인데	陳詩分國延陵客
어디에 성대한 동해의 놀이 있는가?	何處泱泱東海霞

○동곽의 시안에 받들어 화답하다
奉和東郭詩案

이제암(李濟菴)[30]

어찌 구름 파도가 해 수레를 적심을 막으랴?	何限雲濤浸日車
높은 누대에 홀로 오르니 비가 들이치네	高樓獨上雨斜斜
요잠의 기색에서 선계를 보는데	瑤岑氣色看仙界
강절[31] 행장이 나라의 광영에 부끄럽네	絳節行裝愧國華
객이 와서 시를 적으니 주옥을 꿰어놓았고	客到題詩知綴玉
중이 정오의 차를 이미 끓였다고 말하네	僧言亭午已煎茶
또한 마땅히 남방엔 그대와 같은 이가 적으리니	也應南紀如君少
채색 붓에 오색 놀이 섞여 빛나네	綵筆交輝五色霞

28 일곱 산의 노동의 차 : 당나라 노동(盧仝)의 〈走筆謝孟諫議寄新茶〉시에서 "七椀喫不得也"라고 했음.

29 연릉객(延陵客) : 연릉계자(延陵季子). 춘추시대 오(吳)나라 계찰(季札). 여러 나라를 방문하여 가요를 듣고 그 국풍의 풍기를 변별했음.

30 이제암(李濟菴) : 이봉환(李鳳煥), 제암은 그의 호.

31 강절(絳節) : 사신이 지니는 붉은 부절(符節).

○석상에서 다시 이제암의 요운에 화답하다
席上再和李公濟菴瑤韻

원동곽(源東郭)

바다 건너온 기이한 서적이 다섯 수레에 가득하고 渡海奇書滿五車
배를 스치는 흰 무지개의 기움을 때때로 보네 掠船時見白虹斜
복사[32]의 〈사기〉와 〈한서〉가 특히 근원이 깊고 腹笥史漢殊元邃
사신의 경비[33]가 자화[34]와 같네 星使輕肥似子華
점획은 봉황이 나는 듯한 우군[35]의 붓이고 點畫鳳翔右軍筆
풍류는 〈다경〉을 지은 경릉[36]의 차이네 風流經就竟陵茶
동행하여 비파호[37] 가에서 손뼉 치고 東行抵掌琵湖上
천태산에 붉은 놀 일어남을 괴이 여기지 않네 莫怪天台起赤霞

32 복사(腹笥) : 마음속에 기억하고 있는 서적.

33 경비(輕肥) : 경구비마(輕裘肥馬). 가벼운 갖옷과 살찐 말. 부유함을 말함. 『논어』에 "乘肥馬, 衣輕裘"라고 했음.

34 자화(子華) : 춘추시대 공서적(公西赤). 공자(孔子)의 제자로서 "乘肥馬, 衣輕裘"하고 제(齊)나라에 가서 활동했음.

35 우군(右軍) : 진(晉)나라 왕희지(王羲之). 영우장군(領右將軍)을 지내서 왕우군(王右軍)이라 불림. 서법의 대가였음.

36 경릉(竟陵) : 당나라 유우(陸羽)의 호. 『다경(茶經)』을 지었음. 다성(茶聖)으로 불림.

37 비파호(琵琶湖) : 일본 최대 호수 비와코(琵琶湖). 나고야에서 교토로 가는 중간쯤에 위치하고 있다.

○이해고[38] 진사의 안하에 주다
寄李海皐進士案下

원동곽(源東郭)

편편한 가자가 구름 헤치고 오니 翩翩佳子拂雲來
자기가 관문[39]에서 일어나서 사람들 절로 시기하네 紫氣生關人自猜
조서 받든 원춘은 백호관[40]에 임용되고 奉詔元春裁白虎
휘호한 백화는 난대[41]에 임명되었네 揮毫伯化拜蘭臺
촉도[42]에서 함께 벼슬한 이랑[43]의 의론이고 蜀都同署二郎議
당대에 제명한 삼소[44]의 재능이네 唐代齊名三少才
본래 그대 집에 〈문선〉[45]의 표가 있으니 本有君家文選表
환하게 이미 오신[46]보다 먼저 열었네 炳然已先五臣開

38 이해고(李海皐) : 이명계(李命啓), 종사서기(從事書記). 자는 자문(子文), 호는 해고(海皐).

39 자기(紫氣)가 관문 : 자기는 상서로운 구름기운, 노자(老子)가 함곡관(函谷關)을 나가서 서역으로 갈 때 자기가 서렸다고 함.

40 원춘(元春)은 백호관(白虎館) : 원춘은 후한(後漢) 이육(李育)의 자. 공양춘추(公羊春秋)에 정통하여 장제(章帝) 때 박사가 되어 백호관(白虎館)에서 강론했다. 당시 통유(通儒)로서 시중(侍中)을 지냈다.

41 백화(伯化)는 난대(蘭臺) : 백화는 미상. 한(漢)나라 때 난대령사(蘭臺令史)라는 관직을 두고 책을 간행하고 문서를 담당하게 했음. 반고(班固)와 반초(班超) 등이 이 관직을 지냈다.

42 족도(蜀都) : 촉국(蜀國)의 도성인 사천성 성도(成都).

43 이랑(二郎) : 진(晉)나라 두진(杜軫)과 이양(李驤). 모두 촉인(蜀人)으로서 상서랑(尙書郎)을 지냈다. 모두 의론이 뛰어나서 조정에서 그들을 당할 사람이 없었다.

44 삼소(三少) : 당나라 때 이사진(李嗣眞)·유헌신(劉獻臣)·서소(徐昭)가 젊어서 홍문관(弘文館)에서 근무하며 명성이 있었음.

45 문선(文選) : 남조(南朝) 양(梁)나라 소통(蕭統, 501~531)이 편찬한 시문집의 이름.

○동곽의 혜운을 받들어 답하다

奉酬東郭惠韻

이해고(李海皐)

선사[47]가 두우성을 범하여 해 옆으로 오니 仙槎犯斗日邊來
푸른 바다 어룡도 감히 시기하지 못하네 滄海魚龍不敢猜
만 밭두둑에 안개 높은데 귤과 유자가 늘어지고 萬町烟高橫橘柚
칠교에 조수 들어오니 누대가 떴네 七橋潮入泛樓臺
사람들은 큰 거북의 등[48]에 이어져 새로 풍속을 이루고 人連鰲背新成俗
하늘은 부상 가를 향하여 또 재능을 내리네 天向桑隅又降才
나그네 수심 다 베껴내어 의향이 없는데 寫盡羈愁無意緖
금종이 채색 붓을 그대 위해 여네 金牋彩筆爲君開

46 오신(五臣) : 『문선』을 주석한 당나라의 여향(呂向)·여연제(呂延濟)·유량(劉良)·장선(張銑)·이주한(李周翰).

47 선사(仙槎) : 사신의 배를 말함. 『박물지(博物志)』에 "옛 설(說)에 은하수[天河]와 바다가 통했다고 했다. 근세 어떤 사람이 해변에 살았는데, 해마다 팔월이면 뜬 뗏목[浮槎]이 오고가며 날짜를 어기지 않았다. 그 사람은 기특한 뜻을 지니고 뗏목을 타고 떠났다. …… 10여 개월 만에 어느 한 곳에 도착했는데 성곽 형상이 있었다. 궁중에 베 짜는 부인이 있었는데, 한 장부가 소를 끌고 물가에서 물을 먹이고 있었다. 그곳이 어디인지 물었더니, 대답하기를 '엄군평(嚴君平)을 찾아가면 알 수 있으리라'고 했다. 돌아올 때 촉(蜀)에 이르러 군평에게 물었더니, '모년(某年) 모월(某月)에 객성(客星)이 견우성(牽牛星)을 범했다'라고 했다. 그 연월을 계산해보니 바로 그 사람이 은하수에 도착했던 때였다"라고 했다. 『형초세시기(荊楚歲時記)』에는, 한무제(漢武帝)가 장건(張騫)을 대하(大夏)에 사신을 보내 하수(河水)의 근원을 찾게 했는데 뗏목을 타고 은하수를 방문했다고 함.

48 오배(鰲背) : 전설 속의 삼신산을 짊어지고 있다는 큰 자라의 등. 삼신산을 말함.

○석상에서 이공 해고의 혜운을 받들어 화답하다. 2수
席上奉和李公海皐惠韻二首

원동곽(源東郭)

말을 수행한 객성이 서해로 오니	隨馬客星西海來
소뿔에 책을 매단 것[49]을 또한 누가 시기하랴?	掛書牛角亦誰猜
언홍[50]은 문림관[51]에서 대조를 지냈고	彦鴻待詔文林館
소립[52]은 어사대에서 연달아 관직을 지냈네	素立連官御史臺
가락 높은 〈백설곡〉을 한 번 부르니	一唱調高白雪曲
당에 가득히 바람 일어나는 청련[53]의 재능이네	滿堂風起青蓮才
스스로 순상처럼 오르지 못한 것[54]이 부끄러운데	自慙荀爽登不耐
이응[55]의 문이 이미 열림이 몹시 기쁘네	深喜李膺門已開

49 괘서우각(掛書牛角) : 당나라 이밀(李密)이 소를 타고 다니면서 소뿔에 책을 펼쳐놓고 독서에 골몰하였음.

50 언홍(彦鴻) : 북제(北齊) 이저(李翥)의 자. 약관에 문장으로 명성을 떨치고, 동평태수(東平太守)를 지냈음. 나중에 통직산기상시(通直散騎常侍)가 되었음.

51 문림관(文林館) : 북제 때 관서(官署)로서 문학사(文學士)를 소집하여 두고 저술을 담당하게 했음.

52 소립(素立) : 당나라 이소립(李素立). 무덕(武德) 초에 감찰어사(監察御史)를 지냈음.

53 청련(青蓮) : 당나라 청련거사(青蓮居士) 이백(李白).

54 순상(荀爽)처럼 오르지 못한 것 : 순상이 용문(龍門)에 오른 것을 말함. 당시 이응(李膺)을 만난 것등룡문이라고 했다. 순상은 동한(東漢) 영음(穎陰 : 河南 許昌市) 사람. 자는 자명(慈明). 순욱(荀彧)의 숙부. 품행이 고결하고, 박학다식하여 신군(神君)이란 칭호가 있었음. 형제가 모두 재명이 있어서 '순씨팔룡(荀氏八龍)'이라 불렸음. 일찍이 순상(荀爽)은 이응을 배알하고, 아울러 그의 수레를 몰고서는 이를 자랑하였다고 함.

55 이응(李膺) : 동한 때의 고사(高士). 이응에게 현명(賢名)이 있었는데, 당시 사대부들이 한 번 알현하는 것을 영광으로 삼아서 등용문(登龍門)이라고 했음.

제2수

사자의 수레가 멀리서 장기 낀 구름으로 향해 오니
星軺遠向瘴雲來
절기가 매우 시절[56]에 가까워 비의 색이 시기하네
節近梅天雨色猜
맑은 소리 세 가락이 금전[57]에서 울려나고　鏗戛三調響金殿
문장은 천년 동안 난대[58]에서 드러났네　文章千載顯蘭臺
계장[59]의 와표의 덕[60]을 누가 대적하랴?　季長誰敵臥彪德
정원이 양사의 재능[61]임을 원래 알았네　定遠元知良史才
고삐 잡고 동해 길을 끝없이 가니　攬轡騑騑東海路
부용산의 백설이 그대 기다려 열리네　芙蓉白雪待君開

56 매천(梅天) : 매실이 익는 5월의 비 내리는 시절.

57 금전(金殿) : 황금으로 장식한 궁전.

58 난대(蘭臺) : 한(漢)나라 때 국가의 문서와 서적을 보관하던 곳.

59 계장(季長) : 동한(東漢) 마융(馬融 : 79~166)의 자. 우부풍(右扶風) 무릉(茂陵 : 陝西興平東北)사람. 동한의 저명한 유학자로서 많은 저서가 있음. 세상에서 통유(通儒)라고 불렀음.

60 와표(臥彪)의 덕 : 표은(豹隱)의 고사를 말함. 유향(劉向)의 『열녀전(烈女傳)』에, 도답자(陶答子)의 처가 답자에게 말하기를, "첩은 들으니 남산에 검은 표범이 있어 안개 속에서 7일을 내려오지도 않고 먹지도 않는데, 그것은 그 털을 윤택케 하여 무늬를 만들려고 함이며 숨어서 해를 피하려는 것이라고 합니다." 하였다. 능력이 있는 자가 은둔함을 형용하는 말.

61 정원(定遠)이 양사(良史)의 재능 : 정원은 반초(班超)의 봉호 정원후(定遠侯). 난대령사(蘭臺令史)를 지냈는데, 붓을 내던지고 서역으로 종군하여 전공을 세우고 봉후에 임명되었다. 부친은 저명한 사학가(史學家) 반표(班彪)이고, 형은 반고(班固)이고, 누이는 반소(班昭)이다. 모두 저명한 사학가였다.

○서기 세 분 안하에 삼가 올립니다
謹呈書記三公案下

원사명(源四明)

어찌 삼걸이 일시에 열릴 것을 알았으랴?	豈思三傑一時開
곧 서기들의 재능을 원래 알았네	翩爾元知書記才
다시 쌍룡의 자기[62]가 높음이 괴이한데	却怪雙龍高紫氣
채색 붓[63]이 낭화대를 나란히 비추네	彩毫竝照浪華臺

○사명 수재에게 받들어 화답하다
奉酬四明秀才

이제암(李濟菴)

단청한 절간에 바다구름이 열리고	丹靑佛宇海雲開
해후한 시인은 봉황 재능을 토하네	邂逅詩人吐鳳才
산천의 빼어난 기운을 나눠 얻으니	分得山川靈秀氣
한 자리의 쌍 명주가 난대에서 나란하네	雙珠一座竝蘭臺

62 쌍룡(雙龍)의 자기(紫氣) : 보검의 검기를 말함. 진(晉)나라 장화(張華)가 두성(斗星)과 우성(牛星) 사이에 자기(紫氣)가 항상 머물러 있는 것을 보고 뇌환(雷煥)을 파견하여 예장(豫章) 풍성(豊城)에서 보검 두 자루를 얻었다고 한다.

63 채색 붓 : 남조(南朝) 강엄(江淹)이 젊었을 때 꿈속의 사람에게서 오색필을 받았는데, 이로부터 문사(文思)가 크게 진보했다. 그런데 어느 날 꿈속에서 자칭 곽박(郭璞)이라고 자칭하는 사람이 오색필을 돌려달라고 하며 가지고 갔는데, 구로부터 짓는 시에 가구(佳句)가 없었다고 함.

○석상에서 다시 이공 제암의 경운에 화답하다. 2수
席上再和李公濟菴瓊韻 二首

원사명(源四明)

문득 문장이 칠보[64]만에 열림을 보니	忽見文章七步開
누가 팔두의 업중 재능[65]을 따르겠는가?	誰追八斗鄴中才
경쾌하게 오색구름의 붓을 놀려서	翩翩一弄五雲翰
선인의 백옥대[66]를 휘둘러서 내네	揮出仙人白玉臺

제2수

어찌 한 말의 술에 백편을 지음을 논하랴?	何論一斗百篇開
곧장 천추의 태백[67]의 재능을 압도하네	直壓千秋太白才
날리는 붓과 풍류는 예전에도 짝이 없는데	飛翰風流古無竝
높은 명성을 누가 봉황대[68]에서 다투겠는가?	高名誰競鳳凰臺

64 칠보(七步) : 삼국 위(魏)나라 조식(曹植)이 7걸음만에 〈七步詩(칠보시)〉시를 지었음.

65 팔두(八斗)의 업중(鄴中) 재능 : 『남사(南史)·사령운전(謝靈運傳)』에 "천하의 재능이 모두 1석(石)인데, 조자건(曹子建 : 曹植)이 홀로 팔두(八斗)를 얻었고, 내가 1두를 얻었고, 고금에서 함께 나머지 1두를 사용했다"고 했음. 업중은 위나라 도성.

66 백옥대(白玉臺) : 백옥당(白玉堂). 전설 속의 신선이 거주한다는 곳.

67 태백(太白) : 이백(李白). 두보(杜甫)의 〈飮中八仙歌〉에 "李白一斗詩百篇"라고 했음.

68 봉황대(鳳凰臺) : 중국 강소성 남경(南京 : 金陵)에 있는 대 이름. 이백에게 〈登金陵鳳凰臺〉시가 있음.

○사명의 경운을 받들어 화답하다
奉酬四明瓊韻

이해고(李海皐)

해관에서 상봉하여 한묵을 여니	海館相逢翰墨開
붕운[69]이 장막을 지나가니 재능 없음이 부끄럽네	鵬雲過帳愧無才
꽃 지고 새 우는 것이 모두 꿈결인데	花落鳥啼供夢境
백년 후 이처럼 대에 오른 것을 기억하겠는가?	百年能記此登臺

○석상에서 다시 이공 해고의 혜운을 잇다
席上再賡李公海皐惠韻

원사명(源四明)

채필을 한 번 휘두름이 낭화[70]에서 열리니	一揮彩筆浪華開
다시 종횡하는 강좌의 재능[71]이 사랑스럽네	憐再縱橫江左才
천년의 문장에서 누가 송옥[72]인가?	千載文章誰宋玉
웅장한 바람이 다시 난대에서 일어나네	雄風還可起蘭臺

69 붕운(鵬雲) : 커다란 구름. 큰 재능을 말한 것. 『莊子·逍遙遊』에 "붕(鵬)의 등은 몇 천 리인지 알 수 없다. 노하여 날면 그 날개가 하늘의 구름에 드리운 듯하다"고 했음.

70 낭화(浪華) : 오사카 지역의 옛 이름.

71 강좌(江左)의 재능 : 강좌는 장강(長江) 하류 동쪽인 강동(江東). 『남사(南史)·사령운전(謝靈運傳)』에 "사령운이 젊어서 학문을 좋아했는데 군서(群書)를 박람(博覽)하고 안연지와(顔延之)와 함께 강좌 제일이 되었다"고 했음.

72 송옥(宋玉) : 초(楚)나라의 저명한 사부가(辭賦家).

○학사 박공의 안하에 받들어 올리다
奉寄學士朴公案下

건도구(乾桃丘)[73]

사신 배가 멀리 대동성을 향하고	仙査遙指大東城
금패가 휘날리는 파도가 맑네	金旆飄飄波浪淸
높이 오른 붕새가 만 리를 넘어서	高擊溟鵬凌萬里
멀리 요절[74]이 모여 양국의 맹약을 맺네	遠臻瑤節結雙盟
취성[75]이 뒤따라 청운의 색을 잇고	聚星隨係靑雲色
오마[76]는 머물러 백옥의 소리를 울리네	五馬留鳴白玉聲
합포의 명주[77]가 업하[78]에서 밝고	合浦明珠昭鄴下
즐겁게 조식[79]을 좇아서 시정을 씻네	好從曹植洗詩情

73 건도구(乾桃丘) : 이름은 만예(滿裔), 자는 대중(大仲), 낭화인(浪華人), 호는 주안(周安).

74 요절(瑤節) : 사신의 부절을 말함.

75 취성(聚星) : 별들이 집단으로 모여 있는 별자리를 부르는 이름. 인재들의 모임을 비유하기도 함. 당(堂)의 명칭이기도 한데, 송나라 구양수(歐陽脩)가 여음(汝陰) 태수로 있을 때 눈이 내리는 날에 취성당(聚星堂)에서 빈객들을 모아서 금체(禁體)시를 지었다고 한다.

76 오마(五馬) : 남제(南齊) 유원백(柳元伯 : 元景)의 아들 5명이 모두 다섯 고을을 거느려서 마당에 5필 말이 늘어져 있었는데, 은문규(殷文圭)가 "순가(荀家)의 문 안에는 팔룡(八龍)이 늘어지고, 유씨(柳氏)의 마당 앞엔 오마(五馬)가 들쭉날쭉하네"라고 했다.

77 합포(合浦)의 명주(明珠) : 합포는 합포현(合浦縣). 광서성(廣西省) 장족(壯族) 자치구 남단. 옛날부터 진주의 생산지로 유명함.

78 업하(業下) : 중국 하남성 임치현(臨漳縣) 서남에 있는 지명. 한(漢)나라 헌제(獻帝)의 건안(建安) 때 조조(曹操)가 업성(鄴城)에 의거하고 있었던 곳임. 조조는 여기서 문사(文士)를 초빙하여 시문을 즐겼는데, 건안칠자(建安七子)와 더불어 강개한 시풍을 창출했음. 이를 건안풍골(建安風骨)이라 하는데, 그들 중요 시인을 건안칠자 혹은 업하칠자(鄴下七子)라고 함.

79 조식(曹植, 192~232) : 자는 자건(子建). 부친 조조(曹操)와 형 조비(曹丕)와 함께 '삼조(三曹)'로 불리며 건안시대를 대표하는 문인이었다.

○도구의 혜운을 받들어 답하다
奉酬桃丘惠韻

박구헌(朴矩軒)

강이 천리에 열려 물이 성을 매달고	江開千里水懸城
곳곳의 누대가 연무 속에 맑네	處處樓臺烟霧淸
큰 재능은 고금의 채색 봉황의 붓이고	才大古今彩鳳筆
높은 명성은 천지의 금란의 맹약이네	名高天地金蘭盟
청산이 낭화[80]의 색으로 새로 들어오고	青山新入浪華色
백설이 영의 가락[81]으로 한 번 날아오네	白雪一飛郢裏聲
문득 맑은 무지개가 자기에 이어짐을 보니	忽見晴虹連紫氣
그대의 사부가 나그네 마음을 위로함을 아네	知君詞賦慰羈情

○이공 제암의 안하에 올리다
呈李公濟菴案下

관금곡(菅錦谷)[82]

비단 돛이 만 리로 파도를 부수며 오니	錦帆萬里破波來
채색 의장이 삼률[83]에서 밝은 햇살을 열었네	彩仗三律映日開
분야의 사성이 높이 빛나고	分野使星高炤燿

80 낭화(浪華) : 오사카 지역의 옛 지명.

81 영(郢)의 가락 : 전국시대 초(楚)나라 도성인 영(郢)의 노래를 말함. 유명한 〈백설곡(白雪曲)〉과 〈양춘곡(陽春曲)〉이 있었음.

82 관금곡(菅錦谷) : 이름은 정국(貞國), 자는 영경(永卿), 천마인(天馬人).

83 삼률(三律) : 일 년 절기의 12율(律) 중에 3번 째 율.

사람을 놀라게 하는 큰 붓이 절로 춤추네	驚人大筆自毰毸
가장 두터운 구명[84]이 온화한 덕과 함께 하니	元優九命共和德
어찌 사방에 전대하는 재능[85]뿐이겠는가?	何啻四方專對才
이처럼 부용산을 떠나가며 〈백설곡〉을 노래하니	此去芙蓉歌白雪
함곡관의 자기[86]가 언제 돌아오려는가?	函關紫氣幾時回

○관금곡의 혜운을 받들어 화답하다
奉和管錦谷惠韻

이제암(李濟菴)

날렵한 한 노가 부산진에서 오니	翩翩一掉釜津來
사월에 봉래산의 선각이 열렸네	四月蓬山仙閣開
매천[87]에 이르기 전에 자욱한 구름에 기대니	未到梅天凭靉靆
문득 조한[88]을 활짝 펼치네	忽見藻翰敷毰毸
어찌 북두성을 범하는 자웅의 검[89]을 의심하랴?	豈疑犯斗雌雄劒

84 구명(九命) : 주(周)나라 때 천자가 제후에게 내린 관작(官爵)의 9개 등급.

85 전대(專對)하는 재능 : 사신의 재능.

86 함곡관(函谷關)의 자기(紫氣) : 전설에 노자(老子)가 서역으로 가기 위해 함곡관을 지날 때 자기가 서렸다고 한다.

87 매천(梅天) : 매실이 열리는 계절. 초여름을 말함.

88 조한(藻翰) : 아름다운 깃털. 아름다운 문장을 말함.

89 북두성을 범하는 자웅의 검 : 진(晉)나라 장화(張華)가 두성(斗星)과 우성(牛星) 사이에 자기(紫氣)가 항상 머물러 있는 것을 보고 뇌환(雷煥)을 파견하여 예장(豫章) 풍성(豐城)에서 보검 두 자루를 얻었다고 한다.

양원[90]에서 노니는 시부의 재능에 스스로 부끄럽네　自愧遊梁詩賦才
나랏일에 마음 쓰며 소금 없음[91]을 탄식하고　王事關心嘆無鹽
가을 후에 서쪽으로 돌아감을 논하지 않네　不論秋後向西回

○삼가 이공 해고의 안하에 올리다
謹呈李公海皐案下

서남계(西南溪)

놀이 열린 낭화관의 저녁 물가가 맑고　霞開華舘晩汀淸
흥을 이끈 풍류가 금성을 마주했네　携興風流對錦城
햇살 비추는 붉은 깃발에 용호가 움직이고　映日紅旗龍虎動
하늘에 뜬 채익선에 짙은 안개가 갰네　浮天彩鷁靄烟晴
문심으로 누가 상여의 부[92]를 압도하랴?　文心誰壓相如賦
호기는 태백의 마음[93]을 높이 추구하네　豪氣高追太白情
시편으로 겨우 위로함이 도리어 부끄러운데　却恥詩篇纔耐慰
그대가 업하의 재명[94]을 업신여김을 아네　知君鄴下傲才名

90 양원(梁苑) : 서한(西漢) 양효왕(梁孝王)이 건설한 동원(東苑). 옛 터는 지금의 하남성(河南省) 상구시(商丘市) 동남에 있음. 화려한 원림으로서 당시 명사들인 사마상여(司馬相如), 매승(枚乘), 추양(鄒陽) 등이 상객(上客)으로 출입했음. 일명 토원(兎園)이라고 함.

91 소금 없음[無鹽] : 소금 양념 없는 거친 식사를 말함.

92 상여(相如)의 부(賦) : 한(漢)나라 사마상여(司馬相如)의 부. 한나라 때 최고의 부의 작가였다.

93 태백(太白)의 마음 : 당나라 이백(李白)의 마음. 호방(豪放)한 시로 유명했다.

○남계의 혜운에 차운하여 화답하다

酬次南溪惠韻

이제암(李濟菴)

멀리 봉래를 방문하니 선경이 맑고　　遠問蓬萊仙境清
행장 씻고 잠시 낭화성에 머물렀네　　洗裝暫駐浪華城
만봉[95]에 쌓인 푸름이 구름하늘과 격하고　　巒峰積翠雲空隔
귤과 유자에 안개 피어나 비의 색이 갰네　　橘抽生烟雨色晴
북두성을 범한 쌍검의 기[96]를 어찌 의심하랴?　　犯斗何疑雙劒氣
시를 암송하며 새로 두 나라의 정을 짜네　　誦詩新識二邦情
비단을 주었는데 보답할 푸른 옥의 책상[97]도 없고
投來錦段無青案
그대가 칭해준 업하의 이름이 부끄럽네　　還耻君稱鄴下名

---

94 업하(鄴下)의 재명(才名) : 업하(業下) : 중국 하남성 임치현(臨漳縣) 서남에 있는 지명. 한(漢)나라 헌제(獻帝)의 건안(建安) 때 조조(曹操)가 업성(鄴城)에 의거하고 있었던 곳임. 조조는 여기서 문사(文士)를 초빙하여 시문을 즐겼는데, 건안칠자(建安七子)와 더불어 강개한 시풍을 창출했음. 이를 건안풍골(建安風骨)이라 하는데, 그들 중요 시인을 건안칠자 혹은 업하칠자(鄴下七子)라고 함.

95 만봉(巒峰) : 남방 지역의 봉우리를 말함.

96 북두성을 범한 쌍검의 기 : 진(晉)나라 장화(張華)가 두성(斗星)과 우성(牛星) 사이에 자기(紫氣)가 항상 머물러 있는 것을 보고 뇌환(雷煥)을 파견하여 예장(豫章) 풍성(豊城)에서 보검 두 자루를 얻었다고 한다.

97 비단을 주었는데 보답할 푸른 옥의 책상 : 동한(東漢) 장형(張衡)의 〈사수시(四愁詩)〉에 "衡美人贈我錦繡段, 何以報之青玉案"이라고 했다.

○이서기 제안의 안하에 받들어 올리다
奉呈李書記濟菴案下

목방학(木放鶴)[98]

재자가 즐겁게 동해에서 유람하니	才子翩翩東海遊
의관과 문물이 한나라 풍류이네	衣冠文物漢風流
파도 넘는 푸른 배가 오히려 근심 없으니	凌波青舫猶無恙
밝은 달이 문득 노복주에 매달렸네	明月忽懸蘆茯洲

○방각의 경운을 받들어 화답하다
奉和放寉瓊韻

이제암(李濟菴)

먼 뗏목이 만 리에서 한만히 노니는데	遙槎萬里汗漫遊
봉래와 영주에 자기가 흐름을 한 번 바라보네	一望蓬瀛紫氣流
채필로 그대가 객의 눈을 놀라게 하는데	彩筆知君驚客眼
낭화에 달뜨니 몇 천 개 물섬인가?	浪華月上幾千洲

98 목방학(木放鶴) : 목송강(木松江). 이름은 혜적(惠迪), 자는 자달(子達), 별호는(방학산인(放鶴山人), 낭화인(浪華人).

○박공 학사의 안하에 받들어 올리다
奉寄朴公學士案下

등옥양(縢玉陽)[99]

성초[100]가 새로 낭화 가에 이르니	星軺新到浪華隅
용문의 어리[御李龍門][101]가 이날 열렸네	御李龍門此日開
난만한 채색 붓이 동해를 진동하고	爛熳彩豪動東海
부를 지어 높이 비추는 동량의 재능이네	賦成高照棟梁才

○옥양의 경운에 차운하여 주다
次贈玉陽瓊韻

박구헌(朴矩軒)

천리의 한 뗏목이 지는 해 옆에 있는데	千里一槎斜日隅
봉래산 기색이 하늘에 접하여 열렸네	蓬山氣色接天開
묘령의 사필이 더욱 무적이니	妙齡詞筆更無敵
문득 한림의 독보의 재능을 아네	忽識翰林獨步才

99 등옥양(縢玉陽) : 등문곡(縢文谷). 이름은 영창(榮昌), 자는 용등(龍登), 일호(一號)는 옥양산인(玉陽山人), 천마인(天馬人).

100 성초(星軺) : 사신의 수레를 말함.

101 용문의 어리[御李龍門] : 동한(東漢)의 이응(李膺)에게 현명(賢名)이 있었는데, 당시 사대부들이 한 번 알현하는 것을 영광으로 삼아서 등용문(登龍門)이라고 했음. 순상(荀爽)이 이응을 배알하고, 아울러 그의 수레를 몰고서는 이를 자랑하였다고 함.

○박구헌 학사 안하에 삼가 올리다
謹寄朴矩軒學士案下

등파총(藤嶓冢)[102]

선범이 이른 곳에 향기로운 구름 비끼고	仙帆到處鄉雲橫
객들의 수레가 별처럼 머문 대판성이네	客軺星留大阪城
문채가 넘치게 일역에서 빛나니	文彩優優輝日域
우리 무리 낮은 정을 품은 것이 부끄럽네	吾儔却愧抱卑情

○파총의 혜운에 화답하다
和酬嶓冢惠韻

박구헌(朴矩軒)

멀리 뜬 선사가 천리에 비껴있는데	遙泛仙槎千里橫
문채 나는 문장이 연성벽[103]의 가격이네	翩翩藻翰價連城
종래에 두우의 기[斗牛氣][104]가 있음을 알았는데	從來知有斗牛氣
남해의 명월주가 객의 정을 놀라게 하네	南海明珠驚客情

102 등파총(藤嶓冢) : 이름은 조효(朝皛), 자는 자욱(子旭), 천마인(天馬人).

103 연성벽(連城璧) : 화씨벽(和氏璧)을 말함. 원래 초(楚)나라의 소유였으나 나중에 조(趙)나라의 국보가 되었음. 진(秦)나라가 이를 탐하여 여러 성(城)과 바꾸자고 했음. 그래서 연성벽이라고 함.

104 두우의 기[斗牛氣] : 두성(斗星)과 우성(牛星)의 사이를 쏘는 보검의 검기.

○박공 학사의 안하에 삼가 올리다
謹寄朴公學士案下

원사명(源四明)

상국의 풍류가 시단에서 제일인데	上國風流第一騷
문채 나는 사부에서 웅호함을 보네	翩翩詞賦見雄豪
옥수를 새로 사모하니 사정[105]에서 수려하고	新思玉樹謝庭秀
용문에 다투어 오르는데 이어[106]가 높네	登競龍門李御高
재능은 여러 봉우리에 자기가 열림과 같고	才似群峰開紫氣
문채는 만 리에 파도를 일으켜 날림과 같네	藻如萬里起飛濤
원래 태백의 백편의 일[107]을 알는데	元知太白百篇事
천고에서 누가 팔두[108]의 호건함이 풍부한가?	千古誰富八斗毫

105 옥수(玉樹)를 …… 사정(謝庭) : 사정은 사안(謝安)의 문정(門庭). 사안은 진(晉)나라 태부(太傅)를 지냈는데 당대의 고문(高門) 세족(世族)의 집안이었음. 옥수는 훌륭한 자손을 비유한 말이다. 사안(謝安)이 일찍이 여러 자질(子姪)들에게 "어찌하여 사람들은 자기 자제가 출중하기를 바라는가?"하고 묻자, 그의 조카인 사현(謝玄)이 "비유하건대, 지란옥수가 자기 집 뜰에서 자라기를 바라는 것과 같습니다."라고 대답했다. 『晉書 卷79 謝玄列傳』.

106 용문(龍門)에 …… 이어(李御) : 이어는 한(漢)나라 이응(李膺)의 수레. 이응에게 현명(賢名)이 있었는데, 당시 사대부들이 한 번 알현하는 것을 영광으로 삼아서 등용문(登龍門)이라고 했음. 순상(荀爽)이 이응을 배알하고, 아울러 그의 수레를 몰고서는 이를 자랑하였다고 함.

107 태백(太白)의 백편(百篇)의 일 : 두보(杜甫)의 〈飮中八仙歌〉에 "李白一斗詩百篇"라고 했음.

108 팔두(八斗) : 『남사(南史)·사령운전(謝靈運傳)』에 "천하의 재능이 모두 1석(石)인데, 조자건(曹子建 : 曹植)이 홀로 팔두(八斗)를 얻었고, 내가 1두를 얻었고, 고금에서 함께 나머지 1두를 사용했다"고 했음.

○사명 수재에게 차운하여 답하다
次酬四明秀才

박구헌(朴矩軒)

피곤한 여행에 스스로 게으르게 〈이소〉[109]를 읽고
倦遊自懶讀離騷
〈사모〉[110]을 크게 노래하니 뜻이 더욱 호건하네 四牡放歌意更豪
외로운 객관에서 비바람 치는 지금을 견디기 어려운데
孤館難堪風雨今
젊은이의 시 읊는 재능 높음에 문득 놀라네 妙年忽駭賦才高
위가의 조개에서 나온 명주[111]의 색이고 韋家蚌出明珠色
영곡의 가락에서 나온 백설[112]의 파도이네 郢曲調飜白雪濤
쌍검이 빛을 다투는 용저[113]의 기운이고 雙劒爭光龍渚氣
벽 사이의 운무가 나는 붓에 있네 壁間雲霧在飛毫

109 〈이소(離騷)〉: 초(楚)나라 굴원(屈原)의 초사(楚辭) 제목. 참소를 당하여 쫓겨난 슬픔과 원망을 노래한 것임.

110 사모(四牡):『시경·소아』의 편명. 사신이 왕사(王事)에 근로함을 위로하는 노래임. 일설에는 사신이 스스로 노래한 것이라고 함.

111 위가(韋家)의 조개에서 나온 명주(明珠):『삼보결록(三補決錄)』에 "공융(孔融)이 위원장(韋元將 : 韋康)과 중장(仲將 : 韋誕)을 보고 그 부친(韋端)에게 편지를 하기를 '뜻밖에 쌍주(雙珠)가 늙은 조개에게서 나왔다'고 했다"고 했다.

112 영곡(郢曲)의 가락에서 나온 백설(白雪): 전국시대 초(楚)나라 도성인 영(郢)의 노래를 말함. 유명한 〈백설곡(白雪曲)〉과 〈양춘곡(陽春曲)〉이 있었음.

113 쌍검이 빛을 다투는 용저(龍渚): 용저는 쌍룡검이 빠진 물을 말함. 진(晉)나라 장화(張華)가 두성(斗星)과 우성(牛星) 사이에 자기(紫氣)가 항상 머물러 있는 것을 보고 뇌환(雷煥)을 파견하여 예장(豫章) 풍성(豊城)에서 보검 두 자루를 얻었다. 각각 한 자루씩 가졌는데, 나중에 장화가 죽고 나서 보검은 분실되었다. 뇌환이 죽자 그 아들이 보검을 가지고 연평진(延平津)을 건너다가 물에 빠뜨렸다. 사람을 시켜 물속에서 검을 찾게 했는데 검은 보이지 않고 다만 두 마리 용만 보았다고 한다.

○석상에서 다시 박공 구헌의 고운에 차운하다
席上再步朴公矩軒高韻

원사명(源四明)

한림에서 웅장했던 이백의 풍소인데	翰林磊落李風騷
일대의 문장에서 그대가 홀로 호걸이네	一代文章君獨豪
명성이 삼태[114]에 진동하여 도하에 가득하고	名動三台都下滿
재능이 팔준[115]을 겸하니 업중에서 최고이네	才兼八俊鄴中高
진정 금강산 만 봉우리의 색을 아니	定知金嶽萬峰色
새로 낭화강의 천리 파도를 말아대네	新捲華江千里濤
일찍이 능대의 양자[116]의 부를 들었는데	曾聽淩臺揚子賦
오색구름이 휘호로 들어감을 문득 괴이 여기네	五雲忽怪入揮毫

○박학사 구헌의 안하에 받들어 올리다
奉寄朴學士矩軒案下

강용문(江龍門)[117]

옥백으로 오래 대국의 빈객 통하는데	玉帛長通大國賓

114 삼태(三台) : 한(漢)나라 때 상서(尙書)·어사(御史)·알자(謁者)를 칭하던 말. 당(唐)나라 때는 상서성(尙書省)·중서성(中書省)·문하성(門下省)을 칭하던 말이었음. 조정을 말함.

115 팔준(八俊) : 8명의 준재. 시대마다 그 대상 인물이 달랐음.

116 양자(揚子) : 한(漢)나라 양웅(揚雄). 자는 자운(子雲). 유명한 사부가(辭賦家)로서 사마상여(司馬相如)와 병칭되었음.

117 강용문(江龍門) : 이름은 원명(元明), 자는 자운(子雲), 천마인(天馬人).

이응의 문에서 마부 되니 스스로 순상에게 부끄럽네[118]
膺門得御自慙荀
오색 깃발이 잠시 낭화관에 머물고　文旌暫駐浪華館
채익선이 이미 요동 바다의 봄을 지나왔네　彩鷁旣過遼海春
구유의 절뚝이는 나귀가 한 번 살펴줌을 만나고　伏櫪蹇驢逢一顧
구름을 뚫는 굳건한 붓이 삼진[119]을 비추네　凌雲健筆照三津
그대 난간 밖 금강산의 색을 보구려　君看欄外金剛色
만 이천 봉우리의 명성이 홀로 변함없네　萬有二千名獨匀

○용문의 경운에 차운하다
次龍門瓊韻

박구헌(朴矩軒)

낭화 인사는 평범한 객이 아니니　浪華人士不凡賓
좌석을 놀라게 하는 말이 맹자와 순자 같네　驚座巵言似孟荀
수레 덮개를 한 번 기울이고 〈사모〉를 노래하니　車蓋一傾歌四牡
산천 만 리에 삼촌이 지났네　山川萬里過三春
우리 왕의 옥백을 받들고 객관에 투숙하고　我王玉帛奉投館

118 이응(李膺) …… 순상(荀爽)에게 부끄럽네 : 동한(東漢) 이응(李膺). 이응에게 현명(賢名)이 있었는데, 당시 사대부들이 한 번 알현하는 것을 영광으로 삼아서 등용문(登龍門)이라고 했음. 순상(荀爽)이 이응을 배알하고, 아울러 그의 수레를 몰고서는 이를 자랑하였다고 함.

119 삼진(三津) : 세 번 건너야 하는 곳. 『수경(水經)·약수주(若水注)』에 "험난한 삼진의 막힘에 이르면, 행인들이 그것을 괴롭게 여긴다"고 했음.

열국에서 송영하니 어찌 나루를 묻겠는가?	列國送迎何問津
여기서 떠나면 새로 동해 위에서 보리니	此去新看東海上
부사봉의 백설은 고금에서 변함없네	富峯白雪古今匀

○석상의 제현들에게 주어서 화장을 구하다
寄席上諸賢以求和章

이해고(李海皐)

한차례 비가 쓸쓸한데 흥은 더욱 많고	一雨蕭條興轉多
운연이 자욱하게 산하에 가득하네	雲烟靄靄滿山河
객관 중의 가객들이 모두 문사들인데	館中佳客皆文雅
붓 휘두르니 명주가 낭화를 비추네	揮筆明珠照浪華

○석상에서 재빨리 이공 해고의 고운에 차운하다
席上走筆次李公海皐高韻

원동곽(源東郭)

양원에서 노니는 사마[120]의 시 읊음이 많은데	遊梁司馬賦詩多
도리어 채색 무지개가 구하[121]를 빨아들임이 의아하네	

120 양원(梁苑)에서 노니는 사마(司馬) : 양원(梁苑)은 서한(西漢) 양효왕(梁孝王)이 건설한 동원(東苑). 옛 터는 지금의 하남성(河南省) 상구시(商丘市) 동남에 있음. 화려한 원림으로서 당시 명사들인 사마상여(司馬相如), 매승(枚乘), 추양(鄒陽) 등이 상객(上客)으로 출입했음.

	還訝虹霓吸九河
금일 상봉함은 두 나라의 뜻인데	今日相逢二邦意
그대 대함이 어찌 담화와 같을 뿐이겠는가?	對君何啻似曇華

우(又)

화려한 객관에 오색구름 많음을 새로 보고	新看彫館五雲多
찬란하게 객성이 얕은 은하에서 빛나네	爛燦使星輝澱河
밝은 햇살의 신선의 붓엔 좌측자리가 없는데	映日仙毫無左席
사람들이 천하에 전하여 명성이 화려하네	人傳天下名如華

우(又)

원사명(源四明)

문득 용문에 이어[122]가 많음을 보니	忽見龍門李御多
채색 붓이 천 리에서 산하를 진동하네	彩毫千里動山河
빼어난 재기가 삼준[123]을 압도하고	卓然才氣壓三俊
한 시대 풍류 있는 사람들이 꽃과 같네	一代風流人似華

121 구하(九河) : 우(禹) 임금 때 황하(黃河)의 9줄기 지류. 널리 황하를 지칭함.

122 이어(李御) : 명사 이응(李膺)을 맞으려는 수레. 사신을 면담하려는 사람들을 말한 것.

123 삼준(三俊) : 3명의 준재. 시대마다 삼준이 있었는데, 그 중에 문인으로서는 진(晉)나라의 고영(顧榮), 육기(陸機), 육운(陸雲)이 있었다.

○서둘러 동곽의 화답을 받들어 차운하다
走奉次東郭見和韻

이해고(李海皐)

객중에 비바람 많은 것을 어찌 견디랴?	客裏何堪風雨多
그대가 입을 열어 강하를 토함에 놀라네	驚君開口吐江河
누가 낭화성 위의 은자를 아는가?	誰識浪華城上隱
일동의 이태백의 붓에 꽃이 피어나네	日東太白筆生花

○바삐 해고 이공의 경운에 다시 차운하다
卒再次海皐李公瓊韻

원동곽(源東郭)

그대의 〈백설곡〉은 화답이 어려운데	知君白雪難和多
빼어난 시구가 샘물처럼 거의 변치 않는 강이네	俊句如泉幾恒河
옥가루 찬란하게 입술 사이에서 떨어지니	玉屑燦燦吻間落
도리어 하늘에서 만타화[124]를 뿌리는 듯 싶네	却疑天散曼陀花

124 만타화(曼陀花) : 만타라화(曼陀羅花). 부처가 설법할 때 하늘에서 만타라화의 꽃비가 내렸다고 한다.

○박공 학사의 안하에 삼가 올리다

謹呈朴公學士案下

평룡동(平龍洞)[125]

옥절이 멀리 부산바다를 지나서 열리니　玉節遙過釜海開
푸른 봄에 채익선이 물결 깨뜨리며 왔네　靑春彩鷁破波來
수놓은 의상이 햇살에 비치니 금강산의 색이고　繡衣映日金剛色
용 깃발이 구름 뒤집는 금수의 모퉁이이네　龍旆飜雲錦水隅
노나라에 사신 가서 국풍을 논한 계자[126]의 학문이고　使魯論風季子學
양원에서 노닐며 부를 지은 사마상여의 재능이네　游梁裁賦相如才
이로부터 검기가 두성 사이에서 일어나니　從斯劍氣斗間起
그대는 대판성의 천 길 누대를 보리라　君見阪城千尺臺

○용동의 청운에 차운하여 답하다

次酬龍洞淸韻

박구헌(朴矩軒)

천리의 풍랑이 낭화에 열리니　風濤千里浪華開
도리어 봉래산으로 약초를 구하러 온 듯 싶네[127]　還似蓬山求藥來

125 평룡동(平龍洞) : 족(族)은 삼보(三浦), 이름은 문(文), 자는 자린(子麟), 일호는 봉산산인(鳳山山人), 낭화인(浪華人).

126 계자(季子) : 춘추시대 오(吳)나라 연릉계자(延陵季子) 계찰(季札). 사방의 나라에 사신을 가서 그곳의 국풍을 듣고 품평을 했음.

127 봉래산…… 싶네 : 전설에 진(秦)나라 서불(徐市)이 진시황의 명을 받고 동해의 삼신

비 뿌리는 용의 신음[128]이 화려한 객관에 있고	洒雨龍吟彫館裡
붓 휘두르는 옥소리가 붉은 구름 옆에 있네	揮毫玉響紫雲隅
육경의 유술을 논함을 게으르지 않는데	六經不懈論儒術
삼초[129]엔 부 읊는 인재가 많다고 들었네	三楚元聞多賦才
두성을 범하는 검광을 내가 바라지 못한데	犯斗劒光非我冀
그대의 채색 붓이 누대를 비춤을 아네	知君彩筆照樓臺

○석상에서 다시 박공 학사 안하에 화답하다
席上再和朴公學士案下

평룡동(平龍洞)

아득한 푸른 바다에 오색구름 열리니	渺茫滄海五雲開
붕새 날개 하늘을 날아 만 리를 왔네	鵬翼摩天萬里來
초록 수레덮개가 놀에 비추니 평양의 색이고	綠蓋映霞平壤色
문관이 시야를 놀라게 하는 낭화 모퉁이이네	文冠驚眼浪華隅
붓 아래 꽃을 피우는 사조[130]의 부이고	生花筆下謝眺賦
입술 사이로 봉황을 토하는 왕찬[131]의 재능이네	吐鳳吻間王粲才

산으로 불로초를 구하러 갔다고 함.

128 비 뿌리는 용의 신음 : 먹물을 뿌려대며 시를 읊는 것을 말함.

129 삼초(三楚) : 전국시대 초(楚) 땅을 진한(秦漢) 때에 서초(西楚), 동초(東楚), 남초(南楚)로 분할하여 삼초(三楚)라고 했음. 부(賦)의 저명한 작가들인 사마상여, 매승, 추양 등이 모두 초(楚)나라 출신이다.

130 사조(謝眺, 464~499) : 남조(南朝) 제(齊)나라 시인. 자는 현휘(玄暉). 5언시로 유명했다.

연성벽[132]을 껴안으니 빛이 더욱 움직이고 一抱連城光猶動
지금 새로 황금대[133]를 비추네 唯今新照黃金臺

○삼공 서기 안하에 받들어 올리다
奉寄三公書記案下

평룡동(平龍洞)

성사가 잠시 황금성에 머무르니 星槎暫駐黃金城
멀리 푸른 바다를 넘어 자기가 일어나네 遙度滄溟紫氣生
용문에서 마부를 다투는 업도의 객인데 爭御龍門鄴都客
문장이 이응의 정에 몹시 부끄럽네 操觚深恥李膺情

○용동의 혜운을 받들어 답하다
奉酬龍洞惠韻

이제암(李濟菴)

초록 물이 굽이지는 흰 성가퀴의 성인데 綠水逶迤白堞城
높은 누대에 떠서 움직이는 채색 놀이 피어나네 層樓浮動綵霞生

131 왕찬(王粲, 177~217) : 동한(東漢) 말의 문인. 자는 중선(仲宣). '건안칠자(建安七子)' 중의 한 사람이었다. 문재가 출중하여 칠자 중의 관면(冠冕)이라 불렸다.

132 연성벽(連城璧) : 전국시대 조(趙)나라 벽옥(璧玉). 진(秦)나라가 여러 성(城)과 바꾸자고 하여서 붙여진 이름.

133 황금대(黃金臺) : 전국시대 연(燕)나라 소왕(昭王)이 천하의 인재를 부르기 위해 누대를 세우고 천금의 황금을 현상금으로 매달아 두었던 누대 이름.

별들 떠나고 비 흩어짐은 훗날의 한인데 星離雨散他時恨
꽃 피고 새 우는 삼신산에 정을 다하지 못했네 花鳥三山不盡情

○석상에서 이공 제암의 안하에 받들어 다시 화답하다 席上奉再和李公濟巖案下

평룡동(平龍洞)

금절이 멀리 대판성에 오니 金節遙來大坂城
화려한 객관에 상서로운 구름이 일어남을 놀라서 보네 驚看華館景雲生
원래 문채가 몹시 날아오름을 아는데 元知文藻飛揚甚
채색 붓 찬란함은 강엄[134]의 정이네 彩筆爛煸江淹情
고운 햇살의 누대가 물 가득한 성에 있고 麗日樓臺水滿城
높은 종려나무 조밀한 대나무에 푸른 안개가 피네 高棕蜜竹翠烟生
하늘에 격하여 성기[135]가 다시 서로 응하니 隔天聲氣還相應
삼각[136]이 부처의 정을 이루게 하네 三閣供成佛氏情

134 채색 붓 찬란함은 강엄(江淹) : 남조(南朝) 강엄(江淹)이 젊었을 때 꿈속의 사람에게서 오색필을 받았는데, 이로부터 문사(文思)가 크게 진보했다. 그런데 어느 날 꿈속에서 자칭 곽박(郭璞)이라고 자칭하는 사람이 오색필을 돌려달라고 하며 가지고 갔는데, 구로부터 짓는 시에 가구(佳句)가 없었다고 함.

135 성기(聲氣) : 소식.

136 삼각(三閣) : 비서랑(秘書郎)의 별칭. 중외(中外) 삼각(三閣)의 경서(經書)를 관장했음.

○석상에서 이해고의 혜운에 다시 화답하다
席上再和李海皐惠韻

평룡동(平龍洞)

〈백설곡〉 가락 높아서 금성을 진동하고　白雪調高動錦城
하늘에 드리운 붕새 날개에 서광이 생기네　垂天鵬翼瑞光生
구름 가에 쌍으로 나는 기[137]를 괴이 보는데　怪看雲際雙飛氣
명주를 몰래 던져주고 검을 매만지는 정이네　投暗明珠撫劍情

○조선 제암의 안하에 받들어 올리다
奉寄朝鮮濟賢案下

삼남간(森南澗)[138]

성사가 만 리로 하늘 끝에 이르니　星槎萬里到天涯
금절이 빛나며 잠시 머물 때이네　金節輝輝暫駐時
용문의 백 척을 오를 수 없어서　不得龍門登百尺
빈번히 객관 아래 파조의 시[139]를 던지네　頻投館下巴調詩

137 구름 가에 쌍으로 나는 기 : 쌍룡검의 검기를 말함.
138 삼남간(森南澗) : 이름은 승풍(勝豊), 자는 자천(子泉), 천마인(天馬人).
139 파조(巴調)의 시 : 열등한 가락의 시.

○남간 수사에게 화답하여 주다
和贈南澗秀士

박구헌(朴矩軒)

외로운 뗏목이 아득히 무애로 들어와서　孤槎渺渺入無涯
술 차린 화려한 자리에서 필화를 할 때이네　酒綠華筵筆話時
금수의 산천이 미우에 비추니　錦繡山川眉宇映
봉주[140] 문하의 젊은이의 시이네　鳳州門下妙齡詩

○남간이 준 운에 화답하여 주다
和贈南澗惠寄韻

이제암(李濟菴)

한 배가 푸른 바다 가에 날아오니　一棹飄颻滄海涯
절간 누대에 문묵의 자리가 많을 때이네　佛樓文墨坐多時
강에 떨어져 흐르는 물을 따라가고 싶은데　落江有意隨流水
그 사람을 볼 수 없어 다만 시를 암송하네　不見其人但誦詩

○남간이 준 운에 화답하여 주다
和贈南澗惠寄韻

이해고(李海皐)

목란 배가 멀리 푸른 허공 가에 머무니　蘭舟遙滯碧空涯

140 봉주(鳳州) : 원동곽(源東郭)의 호.

누대 밖의 지는 해를 볼 때이네　樓外看山落日時
맑은 무지개 백 장의 빛이 비추는데　晴虹百丈光相映
상자 속엔 가을에 강남의 생활시를 첨가하네　匧裡秋添南活詩

○박구헌·이제암·이해고 세 분 선생의 옥초를 받들어 다시 화답하다. 2수

奉再和朴矩軒·李濟菴·李海皐三先生惠賡玉礎 二首

삼남간(森南澗)

채색 붓이 날며 물가를 비추니　彩筆韹韹照水涯
대방의 요절[141]이 부산을 볼 때이네　大邦瑤節見富時
스스로 용문으로 가서 어리가 되니　自從龍門□御李
양 쪽이 함께 노닐며 일대의 시를 이루네　兩地同遊一代詩

제2수

고국 떠난 목란 배가 하늘 한 끝에 있는데　辭國蘭船天一涯
사성이 찬란히 밝게 비출 때이네　使星爛熳照明時
대붕이 구만리에 두 날개 드리우니　大鵬九萬垂雙翼
마땅히 가볍게 나는 메추라기의 시를 웃으리라　應笑翩翩斥鷃詩

141 대방(大邦)의 요절(瑤節) : 조선의 사신을 말함.

○박공 학사의 안하에 받들어 올리다
奉呈朴公學士案下

화란대(華蘭臺)[142]

푸른 바다 천리에 선사를 저어오니	滄溟千里掉仙查
주머니 속의 명주가 가격이 얼마이던가?	囊裡明珠若價何
오색으로 구름 넘는 양자[143]의 붓인데	五色淩雲楊子筆
부를 지어 낭화강 파도를 가까이 진동시키네	賦成近動華江波

○난대의 혜운을 차운하여 받들다
次奉蘭臺惠韻

박구헌(朴矩軒)

서쪽 언덕 누대에서 먼 뗏목을 근심하는데	西岸樓臺病遠查
창주[144]에 해 지니 뜻이 어떠한가?	滄洲日落意如何
문장이 온갖 모습으로 원기를 첨가하니	文章百像添元氣
대판의 강물이 비단결로 물결 이루네	大阪江流錦作波

142 화란대(華蘭臺) : 이름은 봉우(鳳羽), 자는 원등(原登). 일호(一號)는 옥통산인(玉筒山人), 낭화인(浪華人).

143 양자(楊子) : 한(漢)나라 양웅(揚雄). 저명한 부(賦)의 작가였다.

144 창주(滄洲) : 물가의 섬. 주로 은거지를 말함.

○박공 구헌의 안하에 다시 받들어 화답하다
奉再和朴公矩軒案下

화란대(華蘭臺)

선객이 문득 달빛 뚫는 뗏목을 띄우니	仙客忽浮貫月査
새로 온 의기가 스스로 누구이던가?	新來意氣自誰何
재능 있는 붓은 출중하고 얼굴은 옥 같은데	才毫卓犖顔如玉
오작교 가의 구름은 물결 같네	烏鵲橋邊雲似波

○제암과 해고 두 서기 안하에 받들어 올리다
奉寄濟菴·海皐二書記案下

화란대(華蘭臺)

낭화강을 올려서 높은 하늘을 진동하니	揚浪華江動九天
영가의 〈백설곡〉이 몇 천 편이던가?	郢歌白雪幾千篇
채색 붓이 오색구름의 색을 물들여 일으키니	彩毫染起五雲色
풍류가 이적선[145]인가 싶네	疑是風流李謫仙

○난대의 운을 받들어 화답하다
奉和蘭臺示韻

이제암(李濟菴)

붕새 구름을 흔들어 이끈 돛을 내리는 하늘인데	鵬雲搖曳落帆天

145 이적선(李謫仙) : 당나라 이백(李白).

우저[146]에서 누가 영사편을 읊는가? 牛渚誰吟詠史篇
봄 향기를 거듭 맡는 유란[147] 옆인데 春香三嗅幽蘭側
금 거북을 풀어서 적선을 방문하네[148] 笑解金龜問謫仙

○난대의 경운을 받들어 화답하다

奉酬蘭臺瓊韻

이해고(李海皐)

높은 누대에서 붓 휘두르는 낭화의 하늘인데 高樓揮翰浪華天
구름 파도의 팔 천리 길로 머리를 돌리네 回首雲濤道八千
매번 지미를 만나니 속기가 없고 每遇芝眉無俗氣
동쪽으로 와서 그대에게 진선을 물어보네 東來向汝問眞仙

146 우저(牛渚) : 남경(南京) 남쪽에 있는 못의 이름. 진(晉)나라 원굉(袁宏)이 달밤에 우저에서 배를 띄우고 영사시(詠史詩)를 읊고 있을 때, 때마침 태수 사상(謝尙)도 미복 차림으로 뱃놀이를 하고 있다가 원굉이 읊는 시를 듣고 자신의 배로 맞이하여 밤새워 담화를 했다. 이로 인하여 원굉의 명성이 전해졌다고 한다.

147 유란(幽蘭) : 난초. 옛 금곡(琴曲)의 명칭이기도 함.

148 금 거북을…… 방문하네 : 당나라 하지장(賀知章)이 이백(李白)의 〈촉도난(蜀道難)〉를 보고 적선(謫仙)이라 부르고, 패용하고 있던 금 거북을 술집에 주고 여러 날을 함께 술을 마시며 담화를 했다고 함.

○두 분 서기의 안하에 받들어 다시 화답하다
奉再和二書記案下

화란대(華蘭臺)

풍랑 치는 만 리 하늘을 멀리 건너왔는데 遙涉風濤萬里天
붓이 꽃을 피운 것이 〈녹명편〉[149]과 같네 筆花開似鹿鳴篇
구중 구름 가에 단봉이 나니 九重雲際翔丹鳳
다시 봉래산 골짜기의 신선인가 싶네 還訝蓬萊洞裡仙

○대학사 박공의 안하에 받들어 올리다
奉寄大學士朴公案下

석등관(釋等觀)[150]

선랑이 절부 들고 맑은 아침에 내려오니 仙郎持節下淸朝
푸른 날개가 요동 바다의 물결에 높이 나네 靑翰高飛遼海潮
채색 날개가 하늘에 솟아 봉황이 오고 彩翼摩天翔鳳到
옥 깃발이 물결로 들어가니 노한 용이 요동치네 玉旄入浪怒龍搖
멀리서 온 자기는 관문의 색[151]이고 遠來紫氣關門色
근래 수습한 명주[152]는 금석의 가락이네 近搜明珠金石調

---

149 녹명편(鹿鳴篇) : 『시경』〈소아(小雅)〉의 편명. 아름다운 손님에게 잔치를 베푸는 노래이다.

150 석등관(釋等觀) : 이름은 원융(元隆), 자는 관해(觀海), 호는 등관(等觀).

151 자기(紫氣)는 관문의 색 : 자기는 상서로운 구름기운, 노자(老子)가 함곡관(函谷關)을 나가서 서역으로 갈 때 자기가 서렸다고 함.

152 명주(明珠) : 시편을 비유한 말임.

물결 속의 평경[153]의 일을 깊이 생각하고	漣漪深思萍梗事
다시 이별 후를 감개하니 초 따 구름이 머네	還憾別後楚雲遙

○등관 선사의 혜운에 차운하다

次等觀禪師惠韻

박구헌(朴矩軒)

바람 속 가지가 성조를 앎이 부끄러운데	自愧風條認聖朝
부상나무[154] 아래 마땅히 조수가 통하네	扶桑樹下應通潮
천 봉우리 귤과 유자는 안개에서 깊고 얕고	千峰橘柚烟深淺
많은 집들의 누대는 언덕에서 흔들리네	萬井樓臺岸動搖
교룡과 악어의 파도 속에서 짧은 꿈을 이루고	蛟鱷波濤唯短夢
소순 기운[155]의 미목은 스스로 높은 가락이네	蔬筍眉目自高調
앉으니 청명한 기운이 술잔에서 생기니	坐來灝氣生盃酒
또한 신선이 멀리 있지 않음을 아네	也識神仙不在遙

153 물결 속의 평경(萍梗) : 정처 없이 물결에 흘러 다니는 부평초와 나뭇가지.

154 부상(扶桑)나무 : 전설 속의 동해에 있다는 신목(神木). 해가 뜨는 곳이라고 함.

155 소순(蔬筍) 기운 : 채소와 죽순 같은 채식만 하는 승려의 시와 같은 맑고 조용한 경지를 말함.

○석상에서 박공 학사의 혜운을 다시 받들어 화답하다
席上再奉和朴公學士惠韻

석등관(釋等觀)

덕업이 주나라를 성대하게 했다고 들었는데	仄聞德業盛周朝
사해가 지금 팔월 조수를 이루었네	詞海今成八月潮
걸친 납의는 호계의 삼소[156]에 도리어 부끄러운데	蔽衲還慚虎溪笑
채색 붓이 낭화강을 흔듦을 문득 보네	彩毫忽見華江搖
찬란한 삼보[157]는 비단 주머니의 색이고	爛煸三步錦囊色
탈속한 높은 노래는 〈백설곡〉의 가락이네	磊落高歌白雪調
부디 큰 나라의 선객의 호의에 부탁하니	幸託大邦仙客好
속세의 정을 한 번 씻어서 소요하게 해주시오	塵情一洗轉逍遙

○석상에서 이공의 안하에 받들어 올리다
席上奉寄李公案下

석등관(釋等觀)

원례[158]의 문전에서 의기가 웅장하고	元禮門前意氣雄
문채 나는 시상을 읊으니 더욱 공교롭네	翩翩藻思賦尤工

156 호계(虎溪)의 삼소(三笑) : 호계는 여산(廬山) 동림사(東林寺) 앞에 있는 냇물. 진(晉)나라 승려 혜원(慧遠)은 동림사에 있을 때 객을 전송할 때 냇물을 건너지 않았다. 하루는 도잠(陶潛)과 도사(道士) 육수정(陸修靜) 내방하여 함께 대화를 했는데 서로 뜻이 맞아서 자신도 모르게 냇물을 건너가고 말았는데 호랑이가 곧 포효하자 세 사람은 웃으며 헤어졌다고 한다.

157 삼보(三步) : 춤을 출 때 세 번 발을 굴려 박자로 삼는 것.

158 원례(元禮) : 동한(東漢) 이응(李膺)의 자.

휘호는 삼진의 물결을 새로 비추니 揮毫新照三津浪
한나라 팔준[159] 중에 있다고 다퉈 말하네 漢代爭稱八俊中

○등관사께 받들어 화답하다

奉和等觀師

이제암(李濟菴)

정토의 자운[160]이 대웅[161]에게 읍하니 淨土慈雲挹大雄
낭선[162]의 재조에서 천공[163]을 보네 浪仙才調見天工
용당[164]의 꽃비는 휘호의 뜻인데 龍堂花雨揮毫意
훗날 그리움이 바다 달빛 속에 있으리라 他日相思海月中

159 한(漢)나라 팔준(八俊) : 팔준은 8명의 준재. 시대마다 대상이 다른데, 그 중 하나는 동한(東漢)의 이응(李膺), 순욱(荀昱), 두밀(杜密), 왕창(王暢), 유우(劉佑), 위랑(魏朗), 조전(趙典), 주우(朱寓) 등 8명을 말한다.

160 정토(淨土)의 자운(慈雲) : 서방정토의 자비로운 구름.

161 대웅(大雄) : 부처의 존칭.

162 낭선(浪仙) : 당나라 승려시인 가도(賈島, 779~843)의 자. 명구를 많이 남긴 고음시파(苦吟詩派) 중의 한 사람으로 유명함.

163 천공(天工) : 천연스럽게 나온 솜씨.

164 용당(龍堂) : 용을 그린 궁전.

○석상에서 이공 제암의 안하에 다시 화답하다
席上再和李公濟菴案下

석등관(釋等觀)

이군의 사부는 모두 웅장하다 칭찬하는데	李君詞賦竝稱雄
문득 화답하기 어려운 〈백설곡〉의 공교함을 보네	忽見難和白雪工
선심의 시구가 졸렬함이 몹시 부끄러운데	深恥禪心詩句拙
영중의 한 곡이 누대 안에 가득하네	郢中一曲滿樓中

○박공 학사의 안하에 받들어 올리다
奉寄朴公學士案下

고대륙(高大陵)[165]

한성의 옥절이 구름 떨치고 오니	漢城玉節拂雲來
굳센 붓이 찬란한 왕리[166]의 재능이네	健筆燦然王李才
객들이 등룡문을 다투는 낭화관에	客競龍門浪華館
오성의 빛이 봉황대에 진동하네	五星光動鳳皇臺

165 고대륙(高大陵) : 족(族)은 고전(高田), 이름은 경관(敬簡), 자는 자정(子政), 호는 수일(元秀), 다른 호는 대륙(大陸).

166 왕리(王李) : 명나라 왕세정(王世貞)과 이반룡(李攀龍). 후칠자(後七子)의 영수로서 진한(秦漢)의 문장과 성당(盛唐)의 시를 배우자는 복고(復古)를 주창하여 조선과 일본의 시단에 많은 영향을 주었음.

○대륙의 혜운에 차운하여 답하다
次酬大陵惠韻

박구헌(朴矩軒)

멀리 봉래산을 향해 만 리를 오니	遠向蓬山萬里來
본성이 빼어난 서복[167]이 신선 찾는 재능이네	本殊徐福覓仙才
낭화관 안의 나그네 정의 밤인데	浪華館裡羈情夜
채필을 누가 명월대에서 휘두르는가?	彩筆誰揮明月臺

○박공 구헌의 경운에 다시 화답하다
再和朴公矩軒瓊韻

고대륙(高大陵)

가인이 금단을 문득 보내오니	佳人錦段忽投來
당나라 태백의 재능에 못지않네	不滅唐家太白才
이은 문장이 모두 금옥인데	纚纚文章皆金玉
풍류의 채필이 선대를 비추네	風流彩筆照仙臺

167 서복(徐福) : 서불(徐市). 전설에 진시황(秦始皇)의 명을 받고 불로초를 구하기 위해 선남선녀를 거느리고 동해의 삼신산을 찾으러 갔다고 함.

○서계 제공들 안하에 삼가 올리다
謹寄書記諸公案下

고대륙(高大陵)

사성이 낭화의 하늘로 멀리 향하니	使星遙指浪華天
채익선이 압록강 물 앞에 가볍게 떴네	彩鷁輕浮綠水前
사필이 찬란히 비관을 비추니	詞筆爛煸煸照飛館
난초의 맹약으로 한나라 군현들을 깊이 사모하네	蘭盟深慕漢群賢

○대륙이 주신 운에 차운하여 주다
次贈大陵惠寄韻

이제암(李濟菴)

선사로 만 리 하늘로 멀리 오니	遙傍仙槎萬里天
문장을 낭화 앞에서 새로 보네	文章新見浪華前
아름다운 재자들의 사부가 많은데	翩翩才子多詞賦
풍류의 죽림칠현[168]을 오래 압도하네	長壓風流竹裡賢

168 죽림칠현(竹林七賢) : 중국 위(魏)나라, 진(晉)나라 때 완적(阮籍), 혜강(嵇康), 산도(山濤), 상수(向秀), 유령(劉伶), 완함(阮咸), 왕융(王戎)을 가리킨다. 정치권력에는 등을 돌리고 죽림에 모여 거문고와 술을 즐기며, 청담(淸談)을 주고받고 세월을 보낸 일곱 명의 선비들이다. 개인주의적, 무정부주의적인 노장사상(老莊思想)이 그들의 근본 사상이었다.

○이공 제암의 옥암 아래에 다시 화답하다
再和李公濟巖玉菴下

고대륙(高大陵)

채색 붓이 난만히 부상 하늘을 비추니	彩毫爛熳照桑天
매일매일 여관 앞에 꽃을 피우네	日日生花旅館前
한 노래가 화답이 어려운 영중의 곡인데	一唱難和郢中曲
방종하게 제현을 대함이 몹시 부끄럽네	深慙疎放對諸賢

○판성선재 야구씨에게 주는 글
與阪城膳宰野口氏文

이제암(李濟菴)

풍기(風氣)의 변화는 작은 데서부터 드러나게 됩니다. 도예(道藝)의 완성은 화려함에서 박실함으로 나아갑니다. 참으로 구역의 멂과 연대의 하강으로써 혼잡하게 논할 수 없습니다. 조선과 일본은 사대해(四大海)에 접하여 이웃이 되었습니다. 땅의 서로의 거리가 거의 5천여 리입니다. 그 풍요(風謠)와 세속의 숭상이 막연(邈然)히 같지 않음은 참으로 그 때문입니다. 습니다. 내가 사신 행렬을 수행하여 마도(馬島)로 건너온 이래 그 산천의 명미(明媚)함과 인물의 은성(殷盛)함을 보았는데, 머문 곳마다 모두 그랬습니다. 그러나 다만 그 강론하는 바가 다른 것이 한스러웠습니다. 간혹 시문(詩文)을 짓는 인사가 지은 것을 폐백으로 삼아서 가지고 빈관(賓館)으로 보러오는데, 기려조전(綺麗彫篆)[169]의 습성을 대략 모방하여 과다투미(誇多闘靡)[170]를 이루고서 그치려고 합니다. 염연(厭然)히 피곤하지 않은 적이 없었습니다. 섭주(攝州)에 이르러서 야구씨(野口氏)가 소장한 조선인 필적(筆蹟)을 보고서 비로소 이연(犁然 : 만족한 모양)한 기쁨이 있었습니다. 야구씨는 선재(膳宰)라는 직임을 세습한 사람에 불과한데, 유독 어찌 이웃나라 학사(學士)의 심화(心畫)를 귀하게 여기고, 여러 세대에 걸쳐 진보로 수장함이 벽옥(璧玉) 같은 보배를 받드는 것과 다름이 없습니까? 애석하게도 그 글로 써서 준 것들은 단지 그 문식을 함께하고 아름다움을 연모하는 정성일 뿐입니다. 다만 석호(石湖) 이공(李公)이 지은 것이 선왕(先王)의 문물의 성대함을 언급했지만 또한 그 설을 끝내지 못했습니다. 내가 야구씨를 위하여 그것을 추대하여 확대하여도 옳을 것입니다. 선왕의 문물의 성대함은 모두 서책 안에 있습니다. 우리 조선에서는 그것을 익혀서 시행합니다. 존중하는 사람은 요순(堯舜)·문무(文武)·공맹(孔孟)·정주(程朱)이고, 익히는 것은 『시(詩)』·『서(書)』·『사자(四子)』·『소학(小學)』·『근사(近思)』이고, 정성을 드리는 것은 관혼상제(冠昏喪祭)이고, 복응(服應)한 바는 충신독경(忠信篤敬)입니다. 문장은 사도(斯道)를 돕는데 있고, 시는 풍아(風雅)를 창명(昌明)함에 힘씁니다. 군자(君子)는 도의(道義)를 즐기고, 염치(廉恥)를 중요하게 여깁니다. 소인(小人)도 (貪冒 : 명예나 이익을 탐하는 것)를 수치스럽게 여기고, 기교(機巧)를 싫어합니다. 만약 좌도(左道)를 잡고 말지(末技)에 힘쓰는 자가 있다면 모두 배척하여 멀리

169 기려조전(綺麗彫篆) : 시문을 화려하게 꾸미는 것.

170 과다투미(誇多鬪靡) : 지식이 많은 것을 자랑하고 화려함을 다투는 것.

해야 합니다. 풍기(風氣)가 열림이 부사(父師)부터 명왕(明王)·석유(碩儒)들이 창명(彰明)하고 흥기(興起)함이 누적되어서 이씨(李氏)의 시대가 있게 되었고, 지금에 이르게 되었습니다. 대개 그 예악의문(禮樂儀文)은 찬연(燦然)히 명백한데, 본래 사사롭거나 거리낄 문물이 아니기 때문에 천하의 이웃 나라들에 알릴 수 있었습니다. 대저 일본은 산천이 명미하기 때문에 반드시 풍기를 한 번 여는 운(運)을 지녔고, 인물이 은성한데 어찌 풍부하게 교화할 기회가 없겠습니까? 종명(鬷明)[171]은 당하(堂下)의 천사(賤士)인데, 숙향(叔向 : 羊舌肸)[172]이 장려하여 이끌었고, 문창(文暢)[173]은 부도(浮屠)의 외도(外道)인데, 한유(韓愈)[174]가 즐겁게 알려주었습니다. 풍기가 그 단서를 드러냄은 몹시 미미합니다. 만약 그것으로써 추대함이 있다면, 한 선부(膳夫) 또한 어찌 죽은 말의 뼈들 사이에 있겠습니까? 나는 야구씨가 단지 그 예능만 연모하지 말고 그 도를 존숭하기를 바랍니다. 그러면 거의 구역과 연대에 구속되지 않을 것입니다. 이것이 어찌 야구씨 한 사람만이 벗어나야 할 바이겠습니까? 야구씨가 소장한 글은 하나가 아니

171 종명(鬷明) : 춘추시대 정(鄭)나라 대부(大夫) 종멸(鬷蔑). 자는 명연(明然). 용모가 추악했다. 당시 숙향(叔向)이 정나라에 왔을 때 종명이 보고자 했다. 숙향이 있는 당 아래로 가서 한 말을 아뢰었는데 숙향이 그 목소리를 듣고 "반드시 종명일 것이다"라고 하고, 당 위로 맞이하여 대화하고 칭찬했다.

172 숙향(叔向) : 양설힐(羊舌肸), 성은 양설(羊舌), 이름은 종(腫), 자는 숙향(叔向). 춘추시대 진(晉)나라 대부를 지냈다.

173 문창(文暢) : 당나라 승려. 한유(韓愈)와 유종원(柳宗元) 등과 교유하였다.

174 한유(韓愈, 768~824) : 당나라 문인. 자는 퇴지(退之). 당송팔가(唐宋八家) 중의 한 사람. 한유의 〈送文暢師北遊〉시가 전한다.

지만, 취해야 할 것은 석호의 설입니다. 일동(日東)의 문사 중 자리를 접한 자가 또한 많습니다. 그러나 반드시 한 선부에게서 나올 것입니다. 내가 실언이나 실인(失人)을 한 것이 아니고, 대개 미현(微顯)·화실(華實)의 기(機)에 대하여 감개가 있을 뿐입니다.

무진년 초여름, 청구(青丘) 이제암(李濟菴)이 낭화 객관에서 적다.

○하루는 판성선부(阪城膳夫) 야구씨(野口氏)가 조선 이제암(李濟菴)[175]이 준 글을 가지고 와서 나에게 보여주었다. 내가 그것을 읽어보니, 대략 그 논한 바는 대개 우리나라 조고사(操觚士 : 문인)들이 단지 사장(詞章)만을 섬기고 실학(實學)이 없음을 비난한 것이었다. 나는 전일에 객관 안에서 알현했는데, 참으로 시를 폐백으로 가지고 와서 화답을 구하는 자들이 많았다. 그러나 선왕의 도를 경황없이 말한 적이 없었다. 또한 저 나라의 학자들은 사맹(思孟)[176]·정주(程朱)가 공자(孔子)보다 낫다고 몹시 믿는다. 우리나라 학자들은 사맹에게 폐단이 있고, 정주에게는 착오가 많음을 안다. 어찌 저 나라 사람의 노한 눈동자에 대항하여 주자(朱子)와 육상산(陸象山)의 아호사(鵝湖寺)의 논쟁[177]을 추구하겠는가? 대

175 이제암(李濟菴) : 이봉환(李鳳煥), 자는 성장(聖章), 호는 제암(濟菴).

176 사맹(思孟) : 자사(子思)와 맹자(孟子).

177 송나라 순희(淳熙) 2년에 주희(朱熹)와 육상산(陸象山)이 신주(信州) 아호사(鵝湖寺)에서 만나서 각자의 소신을 논했음. 좌석에는 영동래(呂東萊)·주희·육사산(陸梭山)·육복재(陸復齋)·육상산 외에 수명이 함께 했다. 주희는 박람(博覽)한 후에 요약해야 한다고 했고, 육상산은 먼저 사람의 본심을 천명(闡明)해야 한다고 했다. 주희는 육상산의 가르침

저 군자는 논쟁하는 바가 없는데, 논쟁을 하면 어찌 사맹 · 정주와 다르겠는가? 그래서 논하여 말하는 자와 함께 하지 않는다. 나는 스스로 고루(固陋)함을 잊고, 그 뜻을 진술하여 여러 동지들에게 아래와 같이 보이고자 한다.

원동곽(源東郭)

대동(大東)의 문운(文運)의 성대함은 진한(秦漢) 이래 지금보다 성대한 적이 없다. 대개 칠십자(七十子 : 공자의 제자들) 후에 선왕(先王)의 도(道)는 하대로 내려와서 유가자(儒家者)의 류(流)가 되었다. 우리 대동의 삼하물(三河物) 선생이 여기에 대해 견해를 지니고, 고학(古學)을 크게 열었는데 도라는 것은 고선(古先) · 성왕(聖王)이 천하를 다스려서 조민(兆民)을 안정시키고자 한 방도이다. 큰 것은 시서(詩書) · 예악(禮樂) · 형정(刑政) · 금령(禁令)이고, 작은 것은 사어(射御) · 서수(書數)에서 의무(醫巫) · 온조(醞造)의 작은 것까지 도가 아닌 것이 없다. 군자는 그 큰 것을 알고, 소인은 그 작은 것을 아는데, 통명(統名)을 도라고 한다. 또 이름을 문(文)이라고 한다. 대저 선왕의 도는 환하게 문장(文章)을 지닌다. 그래서 문은 그것을 경유하여 실행된다고 한다. 그래서 또한 도라고 하는 것이다. 대저 도에는 정미(精微)한 것, 고명(高明)한 것, 거친 것, 낮은 것, 먼 것, 가까운 것, 직경(直徑)한 것, 우곡(迂曲)한 것이 있어서 차차분분(差差紛紛)[178]하여 하루아침에 궁구할 수 없는 것이다. 천하의 넓음, 조민(兆民)의 많음, 풍속의 다

을 태간공소(太簡空疏)하다고 했고, 육상산은 주희의 가르침을 지리(支離)하다고 했다.

178 차차분분(差差紛紛) : 정돈되지 않고 어지러운 것.

름, 호상(好尙)의 구분 등, 이와 같이 하지 않는다면 얻어서 다스릴 수 없다. 이런 까닭에 고선·성왕의 도는 연대의 오램을 겪고 수십 성현들의 지교(智巧)를 다하여서 이루어졌다. 어찌 사물의 당연한 여길 수 있겠는가? 역도(易道)를 도체(道體)로 여긴 것은 송(宋)나라 유가(儒家)의 말이다. 역도는 스스로 역도이고, 성인(聖人)의 도는 스스로 성인의 도인데 어찌 뒤섞을 수가 있는가? 또한 체용(體用)으로써 도를 논한 것은 부도(浮屠)의 외도(外道)에서 설명한 것이고, 우리 성인이 말한 바가 아니다. 대저 육경(六經)의 전기(傳記)는 우리 도가 머무르는 장소이고, 예의의 부(府)이다. 도는 만민을 평안하게 하는 술(術)이다. 예(禮)로써 마음을 억제하고, 의(義)로써 일을 억제한다. 대저 심(心)이란 것은 지키면 있고 버리면 없어지고, 출입이 일정한 때가 없으며, 그 향하는 바를 알 수 없다. 그래서 성인이 예로써 억제시키고, 악(樂)으로써 탕척(蕩滌)한다. 대저 일이라는 것은 하루에 만기(萬機)가 분분(紛紛)히 다단(多端)하다. 그래서 의(義)로써 억제하고, 중정(中正)으로써 처리한다. 대저 예의라는 것은 성인이 제정한 도의 권형(權衡)이다. 어떤 이는 천리(天理)의 절문(節文)이고, 인사(人事)의 마땅한 것으로 여긴다. 이는 스스로 억탁(臆度)하여 만들어서 권형을 삼은 것이다. 대저 예의는 또한 수천백 년의 실험을 겪고, 수십 성현들의 지교를 단서로 삼은 후에 이루어진 것이다. 어찌 후인이 억탁하여 얻은 바로써 만들겠는가? 『역(易)』에 '형이상(形而上)을 도라고 하고, 형이하(形而下)는 기(器)라고 한다'고 했다. 도가 역도를 가리키는 것이라고 말하는 것은 고선·성왕이 천하를 다스려서 조민을 편안하게 하려는 도가 아니다. 기(器)는 곧 제기(制器)의 기(器)이고, 기

(氣)를 말함이 아니다. 어떤 이가 이기(理氣)라고 여기는 것은 억지이다. 대저 형이상이란 것은 일음(一陰)과 일양(一陽)이 비로소 그 상(象)을 드러낸 것이다. 형이하라는 것은 이미 그 상을 취하여 기(器)를 제작한 것이다. 물선생(物先生)[179]이 일찍이 「변도(辨道)」·「변명(辨名)」 2편과 「논어징(論語徵)」·「학용(學庸)」 2해(解)와 「학칙(學則)」 등 여러 편을 지어서 갖추어서 논했는데, 정정(諄諄)히 상세했다. 그 무리 춘대(春臺)[180]가 약간의 편을 이어서 저술하여 맹자(孟子)와 순자(荀子)를 논했다. 지금에 이르러 동도(東都)에는 남곽(南郭)[181]과 난대(蘭臺)[182], 장문(長門)에는 주남(周南)[183], 기부(紀府)에는 남해(南海)[184],

---

179 물선생(物先生) : 적생조래(荻生徂徠 : 오규우소라이, 1666~1728). 강호(江戶) 사람. 이름은 쌍송(雙松 : 나베마츠), 자는 무경(茂卿), 통칭은 총우위문(總右衛門). 호는 조래(徂徠)·훤원(蘐園)·적성옹(赤城翁). 별칭은 물조래(物徂徠). 임봉강(林鳳岡)에게 배웠다. 관직은 군산유택후유(郡山柳澤侯儒)를 지냈다. 처음에는 주자(朱子)를 신봉했으나 나중에 자신의 견해를 세워서, 선유(先儒)의 설을 모두 배격하였다. 명나라 이반룡(李攀龍)을 본받아 고문사(古文辭)을 배웠다. 향보(享保) 13년 63세로 죽었다. 수많은 저서가 전한다.

180 춘대(春臺) : 태재춘대(太宰春臺). 신농(信濃) 사람. 이름은 순(純), 자는 덕부(德夫). 호는 춘대(春臺)·자지원(紫芝園). 연향(延享) 4년에 68세로 죽었다. 『성학문답(聖學問答)』·『척비(斥非)』 등의 저서가 많다.

181 남곽(南郭) : 복부남곽(服部南郭 : 핫도리난가크, 1683~1759). 경도(京都) 사람. 이름은 원교(元僑 : 겐코오), 자는 자천(子遷), 호는 남곽(南郭)·부거관(芙蕖館)·주설(周雪). 적생조래(荻生徂萊)에게 배웠다. 관직은 유택후(柳澤侯 : 柳澤吉保, 야나기사와요시야스)의 유관(儒官)를 지냈다. 관직에서 물러난 후 강호(江戶)에서 숙사(塾舍)를 열고 교수했다. 시문으로 한 시대를 풍미했다. 저서가 많이 전한다. 보력(寶曆) 9년 77세로 죽었다.

182 난대(蘭臺) : 정상난대(井上蘭臺). 강호(江戶) 사람. 이름은 통희(通熙), 자는 숙(叔), 호는 난대(蘭臺)강산번유(岡山藩儒)를 지냈다. 절충학(折衷學)을 제창했다. 보력(寶曆) 11년에 57세로 죽었다.

183 주남(周南) : 산현주남(山縣周南). 주방국(周防國) 사람. 성(姓)은 산현(山縣), 이름은 효유(孝孺), 자는 차공(次公), 일자(一字)는 소개(少介), 통칭은 소조(少助), 호는 주

서파(西播)에는 용주(龍洲)[185], 적석(赤石)에는 태암(蛻巖)[186]의 무리가 천고(千古)에서 웅장하게 울리고, 한 때에 횡행했다. 기타 여러 군자들이 백(百)의 숫자였다.

대동(大東)의 문운(文運)이 가장 성대하다. 대개 고문사(古文辭)를 읽을 줄 안 후에야 성인의 도를 알 수 있다. 만약 고문사를 알지 못한다면, 고서(古書)를 읽을 수 없는데, 어찌 고선·성왕의 도를 알겠는가? 또한 송유(宋儒)의 천리인욕(天理人欲)의 설은 『악기(樂記)』에 근본을 두었는데, 그러나 『악기』에서 말한 바는 대개 악(樂)을 주로 논하여 말한 것이다. 성인이 교화로 삼고자 한 바가 아니다. 대저 성(性)과 천도(天道)는 성인이 드물게 말한 바이다. 비록 자공(子貢)의 무리라도 들은 적이 없다고 말했다. 그래서 『논어(論語)』 안에서 다만 '성(性)은 서로 가까우나, 습관에 의해 서로 멀어진다'고 말했는데, 또한 습관을 주로 하여 말한 것이고, 성(性)을 앞세운 것이 아니다. 구양영숙(歐陽永叔 : 歐陽修)이 그것을 말했다. 맹자(孟子)가 곧 심성(心

남(周南). 적생조래(狄生徂萊)의 설을 받들어 고문사학(古文辭學)을 닦았다. 문장에 가장 뛰어났다. 관직은 장주추부기실(長州萩府記室 : 萩藩儒)을 지냈다. 보력(寶曆) 2년에 66세로 죽었다. 저서로 『주남시문집(周南詩文集)』 등이 있다.

184 남해(南海) : 기원남해(祇園南海). 기이(紀伊) 사람. 이름은 유(瑜)·정경(正卿), 자는 백옥(伯玉), 호는 남해(南海). 목하순암(木下順庵)에게 베우고, 경학은 정주(程朱)를 위주로 했다. 시서화에 뛰어났다. 보연(寶延) 4년에 75세로 죽었다.

185 용주(龍洲) : 이등용주(伊藤龍洲). 경도(京都) 사람. 이름은 도기(道基), 자는 자숭(子崇). 호는 용주(龍洲). 복정번유(福井藩儒)를 지냈다. 경학은 정주(程朱)를 위주로 했다. 보력(寶曆) 5년에 73세로 죽었다.

186 태암(蛻巖) : 양전태암(梁田蛻巖). 강호(江戶) 사람. 이름은 방미(邦美), 자는 경란(景鸞), 호는 태암(蛻巖). 산기암재(山崎闇齋)의 학문을 좇았다. 시에 뛰어났다. 보력(寶曆) 7년에 86세로 죽었다.

性)을 논한 것은 고자(告子)·양묵(楊墨)의 무리와 항형(抗衡)한 말로서, 그 웅변에 맡겨서 논설했는데 스스로 그 말에 폐단이 있음을 몰랐다. 끝내 후세의 성리학(性理學)을 배태(胚胎)했다. 송유(宋儒)들이 요란하게 성리를 말한 것은 사맹(思孟)을 잘못 읽은 것인데, 마침내 조술하여서 불로(佛老)를 배척하려고 했다. 또한 항형(抗衡)의 말이다, 위대하다! 성인의 도여! 어찌 노불(佛老)·양묵(楊墨)의 무리와 더불어 말할 수 있겠는가? 변설(辨說)하지 않아도 절로 분명히 깨달을 수 있다. 만약 성리로써 논한다면, 변설할수록 더욱 미혹해지고, 궁구할수록 더욱 어긋나게 될 것이다. 아! 슬프다! 야구씨가 조선 제공들의 글을 보배로 여긴 것은 그것이 이방인의 수필(手筆)이기 때문이다. 어찌 도를 논한 것이 마땅하다고 알아서였겠는가? 아! 우리 대동의 문운은 성대하다. 선부(膳夫)는 미천하지만 오히려 간혹 고문사를 읽는데, 군자에게 있어서겠는가? 내가 이에 기록해놓는다.

화한창화(和韓唱和) 권하, 부록(附錄)

녹문(鹿門) [성은 하합(河合), 이름은 유명(維明), 자는 자남(子南), 호는 녹문(鹿門), 세리동진인(勢劦洞津人), 대판(大坂)에서 우거(寓居)했다.]

습취(拾翠) [성은 강(岡), 이름은 장평(章平), 자는 숙명(叔明), 호는 습취(拾翠)]

동산(東山) [성은 북곡(北谷), 이름은 양조(良調), 자는 자절(子斷), 별호(別號)는 동산(東山), 낭화(浪華)에서 태어났다.]

○구헌께 받들어 주다
奉贈矩軒

녹문(鹿門)

북쪽 땅 재능 있는 신하가 흑두주[187]에 능한데 北地才臣黑杜能
화려한 배가 먼 바다에 멀리 서로 이어지네 華船絶海遠相仍
하늘 먼 안개 속에 여러 갈매기들 잠기고 天遙煙裡郡鷗沒
조수는 자갈밭의 만 마리 말의 뛰는 소리를 내네 潮洩磧中萬馬騰
선녀가 수레 돌려 객을 위해 몰고 仙女回車爲客馭
고래를 채찍질하여 그대 수레를 호위하게 하네 鯨魚著策衛君乘
채색 붓은 강령[188]의 힘을 도울 수 있고 彩毫可助江靈力
시 적은 곳에 소호[189]의 음향이 성대하네 題處簫韶響鬱蒸

○녹문의 혜운을 받들어 사례하다
奉謝鹿門惠韻

구헌(矩軒)

청삼이 이역에서 무능함이 부끄러운데 青彩異域愧無能
만 리 험한 길에서 질병이 이어지네 萬里間關疾病仍

187 흑두주(黑杜酒) : 중국 강음(江陰)에서 생산되는 술 이름.

188 채색 붓은 강령(江靈) : 남조(南朝) 강엄(江淹)이 젊었을 때 꿈속의 사람에게서 오색필을 받았는데, 이로부터 문사(文思)가 크게 진보했다. 그런데 어느 날 꿈속에서 자칭 곽박(郭璞)이라고 자칭하는 사람이 오색필을 돌려달라고 하며 가지고 갔는데, 구로부터 짓는 시에 가구(佳句)가 없었다고 함.

189 소호(簫韶) : 순(舜) 임금의 음악 이름.

세계에 신령한 신기루가 자욱함에 문득 놀라고　世界忽驚靈蜃漫
사봉이 늙은 교룡처럼 뛰어오른다고 누가 인정하는가?
詞鋒誰許老蛟騰
곧 객의 배가 삼신산에서 묵는 것을 보니　卽看客棹三山宿
어찌 찬바람을 칠일 간 탄 것을 부러워하랴?　何羨冷風七日乘
번화함이 한 나라에서 제일임을 아니　也識繁華專一國
누대 높은 곳에 채색 놀이 오르네　樓臺高處彩霞蒸

○석상에서 다시 화답하다
席上再和

녹문(鹿門)

사방에 전대함은 옛날부터 능하기 어려운데　四方專對古難能
한국 사신의 수레가 날로 이어지네　韓國使君車日仍
기가 합한 붉은 슬의 가락을 다시 아니　氣合更知朱瑟調
웅장한 재간이 진정 흰 파도가 오르는 것 같네　才雄正似白波騰
영중[190]에서 곡을 전하니 고아한 가락이 들을 만하고
郢中傳曲堪聞雅
업하[191]에서 영재를 발탁하니 즐겁게 수레를 미네　鄴下擢英好托乘

190 영중(郢中) : 전국시대 초(楚)나라 도성. 〈백설곡〉과 같은 고아한 노래가 있었다고 함.
191 업하(鄴下) : 중국 하남성 임치현(臨漳縣) 서남에 있는 지명. 한(漢)나라 헌제(獻帝)의 건안(建安) 때 조조(曹操)가 업성(鄴城)에 의거하고 있었던 곳임. 조조는 여기서 문사(文士)를 초빙하여 시문을 즐겼는데, 건안칠자(建安七子)와 더불어 강개한 시풍을 창출했음. 이를 건안풍골(建安風骨)이라 하는데, 그들 중요 시인을 건안칠자 혹은 업하칠자

대판에서 빈객 여러 학사를 모시고　大坂侍賓諸學士
균천악[192]을 한 번 연주하니 안개가 자욱하네　鈞天一奏霧相蒸

○제암께 받들어 올리다
奉贈濟菴

녹문(鹿門)

사절이 아침에 돌아가며 해동을 향하니　使節朝回向海東
구름 속 돛이 한 길의 북쪽 바다 안에 있네　雲帆一路北溟中
하늘 사이에 기를 토하며 보도가 진동하고　天間吐氣寶刀動
갑 속에 빛을 품은 강필[193]이 웅장하네　匣裡含光杠筆雄
〈앵전부〉를 이루니 재능을 드러내고　鸚鳴賦成才耐見
화류마[194] 늙었지만 걸음이 더욱 뛰어나네　驊騮齒老步愈工
한림에서 오늘 슬픈 정이 간절하데　翰林今日㒞情切
흰 구름 분분한 중토의 바람이네　白雲紛紛中土風

(鄴下七子)라고 함.
192 균천악(鈞天樂) : 천상의 음악.
193 강필(杠筆) : 장대 같은 큰 붓.
194 화류마(驊騮馬) : 천리마의 일종.

○녹문께 받들어 화답하다

奉酬鹿門

제암(濟菴)

아침 햇볕에 머리 말리는 채색 구름 동쪽인데 朝陽晞髮綵雲東
객을 맞아 상봉한 불탑 안이네 仰客相逢佛塔中
반과산[195] 가을 수심 속 두보를 보고 飯顆春愁看杜甫
현정[196]의 도기 속에 양웅[197]을 방문하네 玄亭道氣問楊雄
구름 그림자 밀치고 오는 붕새의 날음이 웅장하고 排來雲影鵬飛壯
천기를 짜내는 교인[198]의 베틀북이 공교롭네 織出天機鮫杼工
경거로 갚음이 옥벽에 해당하니 可報瓊琚當玉璧
누가 만 리에서 바람을 함께 하지 않는다고 말하는가? 誰言萬里不同風

195 반과산(飯顆山) : 당나라 때 장안(長安) 부근에 있었다고 전하는 산 이름. 이백(李白)의 〈희증두보(戱贈杜甫)〉시에 "飯顆山頭逢杜甫, 頭戴笠子日卓午. 借問別來太瘦生, 總爲從前作詩苦"라고 했음.

196 현정(玄亭) : 초현정(草玄亭). 중국 사천성 성도(成都)에 있는 정자. 양웅(揚雄)의 유적이라고 함.

197 양웅(楊雄) : 양웅(揚雄, 기원전53~기원전18), 서한(西漢)의 학자 겸 문인. 자는 자운(子雲), 촉군(蜀郡) 성도(成都 : 四川 成都 郫縣 友愛鎭) 사람. 여러 서적을 널리 열람하고, 사부(辭賦)에 뛰어났다. 〈감천(甘泉)〉, 하동(河東)〉 등의 부(賦)를 지었고, 저서로 『태현경(太玄經)』, 『법언(法言)』 등이 있다.

198 교인(蛟人) : 전설 속에 바다 속에 산다는 신인. 비단을 잘 짠다고 함.

○석상에서 다시 화답하다
席上再和

녹문(鹿門)

낭화의 도랑물이 성 동쪽을 두르고　浪華溝水繞城東
여름날 빈객을 맞은 절간 안이네　夏日迎賓梵刹中
빼어난 시대에 단장[199]에서 큰 기량을 만나니　奇代壇場逢器大
이역에서 나란히 태어나서 웅장한 재능을 사랑하네　竝生異域孩才雄
청담이 옥을 토하니 두루 고가이고　淸談吐玉偏高價
채색 붓이 꽃을 피워내니 더욱 묘하고 공교롭네　采筆摛花更妙工
천하의 문운이 한국에서 성대한데　天下文運韓國盛
홀로 지난날의 왕풍을 숭상하네　獨能曩昔尙王風

○해고께 받들어 올리다
奉贈海皐

녹문(鹿門)

대사가 끊임없이 바다 나라로 나오니　大使翩翩出海邦
약화의 물결이 오강[200]에 접했네　若華波浪接吳江
북주의 우성의 빛남이 삼 열을 이루고　北州牛晰爲三列
동국의 진주조개의 진주가 어찌 한 쌍이겠는가?　東國蠙珠豈一雙

199 단장(壇場) : 부처를 모신 불단.
200 오강(吳江) : 중국 강소성 동남에 있는 강 이름.

길고 짧은 역로는 길 막힘이 많고　　驛路短長多經阻
원근의 산천에서 몇 번 징검다리를 건넜나?　　山川遠近幾過矼
맑은 아침 예를 닦는 성대한 기운 속에　　淸朝修禮氤氛裡
채색 붓의 풍류가 온 마음을 토하네　　彩筆風流吐滿腔

○녹문의 경운을 받들어 답하다
奉酬鹿門瓊韻

해고(海皐)

면면히 이어지는 섬들 바다가 나라를 이루고　　綿綿島嶼海爲邦
누대 위에서 조수를 보니 절강[201]과 같네　　樓上觀潮似浙江
문채 나는 수가 서로 빛나 푸름이 한결 같고　　文繡相輝蒼一一
맑은 무지개가 각각 검을 쌍쌍으로 지녔네　　晴虹各有劍雙雙
천 집 연화 속에 사람들이 밭두둑을 함께 하고　　千家烟火人同町
양 언덕 교량의 물엔 징검다리가 잠겼네　　兩岸橋梁水沒矼
어찌 문장으로 이역을 놀라게 하겠는가?　　豈爲文章驚異域
영의 〈백설곡〉이 새 곡조를 연주함에 몹시 부끄럽네
多慚郢雪奏新腔

201 절강(浙江) : 중국 절강성.

○석상에서 다시 화답하다
席上再和

녹문(鹿門)

이웃과 우호 맺어 동방을 방문하니	比隣結好問東邦
해가 목욕하고 바다 잠긴 오초[202]의 강이네	日浴海浸吳楚江
백옥이 빛을 머금음을 두루 마주해서 보고	白玉含光偏見對
청룡이 광채를 떨치니 스스로 무쌍이네	靑龍揚采自無雙
신사는 달아나 피하여 항상 안개 속에 노닐고	神蛇走避常遊霧
천마는 뛰어올라 날아서 징검다리를 건너네	天馬騰驤飛渡矼
원래 화려한 풍속이 가까움을 아니	元識麗華風俗近
금속소리 진동하는 맑은 가락을 듣네	金聲振處聽淸腔

○해고 이선생 안하에 받들어 올리다
奉呈海皐李先生案下

강습취(岡拾翠)

누선이 며칠 만에 파도를 건넜는가?	樓船幾日度波瀾
신궐[203]의 교주[204]를 손에서 보네	蜃闕蛟珠指掌看
부를 올려 객심을 위로할 수 있다면	獻賦客心苟能慰
연석[205]이 낭간[206]에 섞임이 어찌 방해되랴?	何妨燕石雜琅玕

202 오초(吳楚) : 중국 남방의 오나라 초나라였던 지역.

203 신궐(蜃闕) : 신루(蜃樓). 신기루가 변하여 생긴 궁궐.

204 교주(蛟珠) : 전설 속의 교인(蛟人)이 흘린 눈물이 진주가 된다고 함.

○습취의 경운을 받들어 화답하다
奉酬拾翠瓊韻

해고(海皐)

신선 배가 탈 없이 큰 파도를 지나오니 仙舟無恙度鯨瀾
절간의 맑은 구름 속 가득한 뜻을 보네 蕭寺晴雲滿意看
가는 곳마다 우연히 빈주의 모임을 이루니 隨處偶成賓主會
어찌 모과로 보답함이 낭간[207]에 부끄럽지 않겠는가? 幾將瓜報愧琳玕

○제암 이공의 안하에 받들어 올리다
奉呈濟菴李公案下

강습취(岡拾翠)

두 나라가 태평하여 옛 맹약을 찾으니 兩地升平尋舊盟
사성이 멀리 낭화성을 비추네 使星遙映浪華城
아응의 고아함을 고금에서 논하는데 李膺高雅論今古
곽태[208]의 풍류를 송영함이 부끄럽네 郭泰風流辱送迎

205 연석(燕石) : 북경(北京) 부근의 연산(燕山)에서 나는 옥과 비슷한 돌.

206 낭간(琅玕) : 아름다운 옥의 일종.

207 낭간(琳玕) : 좋은 옥의 일종.

208 고태(郭泰, 128~169) : 동한(東漢) 말의 학자. 자는 임종(林宗). 이응(李膺) 등과 교제했다. 당시 이응은 고사로서 명성이 높았는데 사람들이 그를 만나는 것을 용문에 오른다고 했다. 이러한 이응이 곽태를 칭송하며 접대를 공손히 했다고 한다.

○습취께 받들어 답하다
奉和拾翠

제암(濟菴)

바닷가 객이 백조맹[209]에 무심한데	海客無心白鳥盟
빗속에 금절이 하성에 체류하네	雨中金節滯霞城
선랑 습취가 와서 문안하니	仙郎拾翠來相問
불탑의 천화를 한 웃음으로 맞이하네	佛塔天花一笑迎

○저의 성은 북곡(北谷)이고, 이름은 낭조(良調)이고, 자는 자절(子晰)이고, 별호는 동산(東山)이고 낭화(浪華) 태생입니다. 삼가 율시를 지어 조선국 학사 구헌 박선생의 사단 아래에 올립니다. 삼가 바로잡아주시기를 청합니다
僕姓北谷, 名良調, 字子晰, 別號東山, 浪華之産也. 恭裁律奉呈朝鮮國大學士矩軒朴先生詞壇下, 伏請斤正

절부 끼고 동방으로 만 리를 가니	擁節東方萬里行
선사의 물결 잔잔해 봉영[210]이 끊겼네	仙槎波靜絶蓬瀛
옛 맹약으로 신의를 전함이 천년 후인데	舊盟傳信千年後
새 우호에 얼굴 편 양 나라의 정이네	新好解顔兩地情
하늘에 도는 사성에 상서로운 기운이 움직이고	天轉使星祥氣動

209 백조맹(白鳥盟) : 갈매기와의 맹약. 은거를 말함.

210 봉영(蓬瀛) : 봉래(蓬萊)와 영주(瀛洲). 모두 삼신산의 하나임.

바람에 날리는 문패에 명성이 울리네	風飜文旆彦名鳴
우연히 한묵장 안의 객을 만나니	偶逢韓墨場中客
다행히 세상에서 소망 밖의 영광을 얻었네	幸得人間望外榮

○해고 이선생의 안하에 받들어 올리다
奉呈海皐李先生案下

동산(東山)

배를 바다에 띄워 동쪽 끝에 가려 하니	舟船泛海欲窮東
연무가 서늘하게 명멸하는 중에 있네	烟霧蕭蕭明滅中
먹물이 향기 토해 채색을 칠하고	墨水吐香漆彩色
한림에서 붓 휘두르며 문웅을 다투네	翰林揮筆競文雄
신룡이 가까이 서리어 빛이 더욱 진동하고	神龍近屈光愈動
천마가 먼 길 가니 걸음이 더욱 공교롭네	天馬遠征步更工
구름 속 여러 나라 한국과 일본인데	雲裡諸邦韓與和
두 나라에 같은 바람이 상서로움을 몹시 아네	最知二國祥同風

○제암 이공의 안하에 받들어 올리다
奉呈濟菴李公案下

동산(東山)

귀객이 배를 정박하고 무릉을 찾는데	貴客泊舟尋武陵
부용봉을 동쪽으로 바라보니 쌓인 눈이 높네	芙蓉東望雪峻嶒

강해에서 부를 지을 수 있음을 알아주니 更知江海幾堪賦
다행히 용문에 한 번 올랐네 幸是龍門一得登
차라리 나는 파리를 천리마에 붙일지언정 寧附飛蠅千里驥
어찌 메추라기가 구만리 하늘의 붕새를 좇겠는가? 何追斥鷃九天鵬
이미 문패가 이곳에 들어옴을 따르니 已從文旆入斯地
지묵의 낙양 가격[211]이 날로 오르네 紙墨洛陽價日增

○취설 유선생의 안하에 받들어 올리다
奉呈醉雪柳先生案下

동산(東山)

관산의 긴 길에서 여정을 헤아리고 關山長路預期程
해신을 채찍질하여 큰 바다를 건너려 하네 欲策海神渡大瀛
타향의 자리에서 상봉하여 두터운 호의를 전하고 他席相逢傳厚意
이향에서 깊은 맹약을 맺음을 싫어하지 않네 異鄕不厭結深盟
휘호하는 문원에서 아보[212]가 부끄럽고 揮毫文苑愧鵝步
서로 친한 시단에서 〈녹명〉[213]을 부르네 交臂騷壇唱鹿鳴
계림이 천리로 멀다고 말하지 마오 莫道鷄林千里遠
빙례를 닦으로 오니 이웃의 영광이 가깝네 由來修聘比隣榮

211 지묵(紙墨)의 낙양(洛陽) 가격 : 진(晉)나라의 좌사(左思)의 〈삼도부(三都賦)〉를 사람들이 베끼기 위해 서로 종이를 사자 낙양의 종이 값이 올랐다고 한다.

212 아보(鵝步) : 거위와 같은 완만한 걸음걸이.

213 녹명(鹿鳴) : 『시경』, 〈소아(小雅)〉의 편명. 아름다운 손님에게 잔치를 베푸는 노래이다.

○동산의 경운을 받들어 화답하다
奉和東山瓊韻

해고(海皐)

아득히 흰 구름의 동쪽이 다 끝나려 하는데	迢迢將盡白雲東
초록 귤 푸른 종려가 나그네 한 속에 있네	綠橘青棕旅恨中
관패는 가면서 풍속 물음이 얼마였던가?	冠珮幾多行問俗
문장은 힘써 웅발함을 다투지 못하네	文章非是强爭雄
높은 누대 비단자리에서 만났다 다시 이별하니	高樓錦席逢還別
먼 바다 요금소리는 변화가 공교롭지 못하네	窮海瑤琴化未工
구름바다의 하늘에 한계가 있음을 믿지 못하니	不信雲濤天有限
만방의 서궤가 동일함을 기뻐하네	萬方書軌喜同風

○동산께 받들어 화답하다
奉和東山

제암(濟菴)

부상에 한을 남기니 두릉[214]에 눈 내리고	遺恨扶桑雪杜陵
나그네 수척한 뼈는 날로 높아지네	羈人瘦骨日峻嶒
신선산을 이미 돛대 옆에서 바라보고	仙山已向帆邊望
불탑을 때때로 빗속에 올라가네	佛塔時從雨裡登

214 두릉(杜陵) : 중국 섬서성(陝西省) 서안시(西安市) 남쪽 교외 두릉원(杜陵原) 위에 있음. 서한(西漢) 후기 선제(宣帝) 유순(劉詢)의 능묘(陵墓). 당나라 두보(杜甫)가 이곳에서 거주했음.

푸른 그늘 짙은데 채익선이 머물고	翠蔭濃來停彩鷁
채색 붓이 나는 곳엔 나는 붕새가 다투네	綵毫飛處鬪翔鵬
부질없는 생애의 우연한 상봉을 어찌 묻겠는가?	浮生萍水何須問
한국 문사가 당에 오르니 의기가 더해지네	詞韓升堂意氣增

○해고 이군의 고아한 화답을 받들어 다시 차운하다
奉再次海皐李君高和

동산(東山)

성초가 만 리의 낭화 동쪽에 있는데	星軺萬里浪華東
해후하여 한묵장에서 상봉했네	邂逅相逢翰墨中
옥절이 당에 오르니 얼마나 기이한 모임인가?	玊節登堂幾奇會
채색 붓으로 자리 비추는 한 영웅이네	彩毫照席一英雄
시단에서 겨우 문장의 색을 빌리는데	騷壇纔借文章色
영곡 〈백설곡〉의 공교로운 소리를 놀라며 듣네	郢曲驚聞白雪工
수창시 두세 편은 이별한 후에	酬唱二三分手後
우체통에 넣어서 무명 돛대 바람에 부치리라	遞筒爲寄布帆風

○제암 이군의 고아한 화답을 받들어 다시 차운하다
奉再次濟菴李君高和

동산(東山)

경락[215]의 풍진 속 오릉[216]에서 노닐며	京洛風塵遊五陵

시 짓고 술 들고 높은 산을 바라보네　裁詩携酒望峻嶒
후산의 영학[217]을 특히 이끌 만하고　侯山靈鶴殊堪控
봉래도 선운에 함께 오를 수 있네　蓬島仙雲共可登
기는 식우[218]처럼 평범한 새를 능가하고　氣似食牛凌凡鳥
재능은 사마[219]처럼 높은 붕새를 읊네　才如司馬賦高鵬
온 나라에서 방어를 듣는 것을 알 수 있으니　能知通國聞方語
이역의 영화가 이로써 날로 증가하네　異域榮華此日增

화한창화(和韓唱和) 하권

이웃나라 의관(衣冠)이 구맹(舊盟)을 찾으니, 양국의 문물이 승평을 보네. 진정 기쁘게 나에게 출판을 부탁하니, 종이 값이 이로부터 낙성(洛城)에서 오르리라.

취묵재가 적다.

215 경락(京洛) : 낙양(洛陽). 널리 도성(都城)을 말함.

216 오릉(五陵) : 중국 장안(長安)에 있는 한(漢)나라의 장릉(長陵 : 高帝), 안릉(安陵 : 惠帝), 양릉(陽陵 : 景帝), 무릉(茂陵 : 武帝), 평릉(平陵 : 소제(昭帝).

217 후산(侯山)의 영학(靈鶴) : 전설 속의 왕자교(王子喬)의 고사가 아닌가 싶음. 왕자교는 누영왕(周靈王)의 태자 진(晉)인데, 생(笙)을 잘 불어서 봉황소리를 냈다고 한다. 도사 부구공(浮丘公)를 만나 30년 동안 도를 수련하고 백학을 타고 구씨산(緱氏山) 꼭대기로 날아와서 며칠 후 떠나갔다고 한다.

218 식우(食牛) : 청소년의 뜻이 장하고 마음이 웅발하고, 기개가 호매(豪邁)함을 말함. 『시자(尸子)』에 "호표(虎豹)의 새끼는 무늬를 이루지 못했어도 소를 잡아먹으려는 기세가 있고, 홍곡(鴻鵠)의 새끼는 날개를 다 펴지 못했어도 사해(四海)를 날아갈 마음이 있다. 현자의 탄생도 또한 그러하다"고 했음.

219 사마(司馬) : 한(漢)나라 사마상여(司馬相如). 저명한 부(賦)의 작가였다.

연향(延享) 무진년 5월

대판서림(大坂書林) 백원옥여시(柏原屋與市)·촌상옥청삼랑(村上屋淸三郞)이 간행하다.

和韓唱和錄 卷下

唱和姓氏

源東郭 [族菅沼, 名大简, 字子行, 號文菴, 一稱鳳州山人, 東都人]

源四明 [大筒子, 名攀髯, 字子登, 別號琵琶山人, 西宮人, 年十有七]

菅錦谷 [名貞國, 字永卿, 天馬人]

江龍門 [名元明, 字子雲, 天馬人, 年十有七]

滕文谷 [名榮昌, 字龍登, 一號玉陽山人, 天馬人, 年十有八]

森南澗 [名勝豊, 字子泉, 天馬人]

藤嶓冢 [名朝晶, 字子旭, 天馬人, 年十有九]

釋等觀 [元隆, 字觀海, 號等觀]

乾桃丘 [名滿裔, 字大仲, 浪華人, 號周安]

華蘭臺 [名鳳羽, 字原登, 一號玉筒山人, 浪華人, 年十有七]

西南溪 [名吳丘, 字伯東, 一稱醉月山人, 浪華人]

平龍洞 [族三浦, 名文, 字子麟, 一號鳳山山人, 浪華人]

木松江 [名惠迪, 字子達, 別號放隺山人, 浪華人]

高大陸 [族高田, 名敬簡, 字子政, 號元秀一, 號大陸]

與膳宰野口氏文

附錄 鹿門 拾翠 東山

二邦連璧

西陵 源攀髯子登 輯

○ 呈朴公學士案下　　源東郭

大國諸賢邂逅逢, 是邦請見恥儀封. 天縱才德三台爵, 人稱文章一代宗. 平壤勝多雙八景, 金剛嶮競十千峰. 詞林木鐸鳴東海, 誰折萬鈞强弩衡.

○ 次贈東郭詩案　　朴矩軒

江山悅好十列逢, 千室桑麻比素封. 愧我殊邦魚筆力, 喜君華髮擢詞宗. 名高稷社三千士, 家在蓬山弟幾峰. 晴虹壯氣橫雙劍, 知應夜夜斗牛衡.

○ 席上再和朴學士瓊韻二首　　源東郭

萬里佳人萍水逢, 依然文物有周封. 共歌麟趾衣裳會, 相制大牙磐石宗. 八卦新觀厚德表, 千尋忽駭大才峰. 空將伏櫪疲驢力, 豈敵孔明前後衡?

其二

瑤臺月下一相逢, 梅雨瘴雲抱玉封. 爭御人稱李元禮, 拂庭自恥郭林宗. 智深鴨綠千尋水, 才秀金剛萬二峰. 群馬飜波文海色, 知君筆力恣奔衝.

○ 寄李公奉事案下　　源東郭

奇策爭論似左車, 揮毫珠玉整還斜. 相逢賓館慰魚監, 歸去聖朝歌者華. 興壓三杯李白酒, 風淸七碗盧同茶. 陳詩兮國延陵客, 何處泱泱東海霞.

○ 奉和東郭詩案 李濟菴

何限雲濤浸日車, 高樓獨上雨斜斜. 瑤峇氣色看仙界, 絳節行裝愧國華. 客到題詩知綴玉, 僧言亭午已煎茶. 也應南紀如君少, 綵筆交輝五色霞.

○ 席上再和李公濟菴瑤韻 源東郭

渡海奇書滿五車, 掠船時見白虹斜. 腹笥史漢殊元邃, 星使輕肥似子華. 點畵鳳翔右軍筆, 風流經就竟陵茶. 東行抵掌琶湖上, 莫愧天台起赤霞.

○ 寄李海皐進士案下 源東郭

翩翩佳子拂雲來, 紫氣生關人自猜. 奉詔元春裁白虎, 揮毫伯化拜蘭臺. 蜀都同署二郎議, 唐代齊名三少才. 本有君家文選表, 炳然已先五臣開.

○ 奉酬東郭惠韻 李海皐

仙槎犯斗日邊未, 滄海魚龍不敢猜. 萬町烟高橫橘柚, 七橋潮入泛樓臺. 人連鰲背新成俗, 天向桑隅又降才. 寫盡羈愁無意緖, 金牋彩筆爲君開.

○ 席上奉和李公海皐惠韻二首 源東郭

隨馬客星西海來, 掛書牛角亦誰猜. 彥鴻待詔文林館, 素立連官御史臺. 一唱調高白雪曲, 滿堂風起青蓮才. 自慙荀爽登不耐, 深喜李膺門已開.

其二

星軺遠向瘴雲來, 節近梅天雨色猜. 鏗戛三調響金殿, 文章千載顯蘭臺. 季長誰敵臥彪德, 至遠元知良史才. 攬轡騑騑東海路, 芙蓉白雪待君開.

○ 謹呈書記三公案下 源四明

豈思三傑一時開, 翩爾元知書記才. 却怪雙龍高紫氣, 彩毫竝照浪華臺.

○ 奉酬四明秀才 李濟菴

丹青佛宇海雲開, 邂逅詩人吐鳳才. 分得山川靈秀氣, 雙珠一座竝蘭臺.

○ 席上再和李公濟菴瓊韻二首 源四明

忽見文章七步開, 誰追八斗鄴中才. 翩翩一弄五雲翰, 揮出仙人白玉臺.

其二

何論一斗百篇開, 直壓千秋大白才. 飛翰風流古無竝, 高名誰競鳳凰臺.

○ 奉酬四明瓊韻 李海皐

海館相逢翰墨開，鵬雲過帳愧無才．花落鳥啼供夢境，百年能記此登臺．

○ 席上再賡李公海皐惠韻 源四明

一揮彩筆浪華開，憐再縱橫江左才．千載文章誰宋玉，雄風還可起蘭臺．

○ 奉寄學士朴公案下 乾桃丘

仙查遙指大東城，金旆飄飄波浪清．高擊溟鵬凌萬里，遠臻瑤節結雙盟．聚星隨係青雲色，五馬留鳴白玉聲．合浦明珠昭鄴下，好從曹植洗詩情．

○ 奉酬桃丘惠韻 朴矩軒

江開千里水懸城，處處樓臺烟霧清．才大古今彩鳳筆，名高天地金蘭盟．青山新入浪華色，白雪一飛郢裏聲．忽見晴虹連紫氣，知君詞賦慰羈情．

○ 呈李公濟菴案下 菅錦谷

錦帆萬里破波來，彩仗三律映日開．分野使星高熖燿，驚人大筆自磑磓．元優九命共和德，何啻四方專對才．此去芙蓉歌白雪，亟關紫氣幾時回．

○ 奉和菅錦谷惠韻 李濟菴

翩翩一掉釜津來，四月蓬山仙閣開．未到梅天凭靉靆，忽見藻翰敷磑磓. 豈疑犯斗雌雄劍, 自愧遊梁詩賦才. 王事關心嘆無鹽, 不論秋後向西回.

○ 謹呈李公海皐案下 　　西南溪

霞開華館晩汀淸, 携輿風流對錦城. 映日紅旗龍虎動, 浮天彩鷁靄炯晴. 文心誰壓桐如賦, 豪氣高追大白情. 却恥詩篇纔耐慰, 知君鄴下傲才名.

○ 酬次南溪惠韻 　　李濟菴

遠問蓬萊仙境淸, 洗裝暫駐浪華城. 巒峰積翠雲空隔, 橘抽杜烱兩色晴. 犯斗何疑雙劍氣, 誦詩新識二邦情. 投來錦叚無青自案, 還恥君稱鄴下名.

○ 奉呈李書記濟菴案下 　　木放崔

才子翩翩東海遊, 衣冠文物漢風流. 凌波青舫猶無恙, 明月忽懸蘆獲洲.

○ 奉和放崔瓊韻 　　李濟菴

遙槎萬里汗漫遊, 一望蓬瀛紫氣流. 彩筆知君驚客眼, 浪華月上幾千洲.

○ 奉寄朴公學士案下 　　騰玉陽

星軺新到浪華隅, 御李龍門以日開. 爛熳彩豪動東海, 賦成高照棟梁才.

○ 次贈玉陽瓊韻 朴矩軒

千里一槎斜日隅, 蓬山氣色接天開. 妙齡詞筆更無敵, 忽識翰林獨步才.

○ 謹寄朴矩軒學士案下 藤嶓冢

仙帆到處鄉雲橫, 容軺星留大阪城. 文彩優優輝日域, 吾儔却愧抱卑情.

○ 和酬嶓冢惠韻 朴矩軒

遙泛仙槎千里橫, 翩翩藻翰價連城. 從來知有斗牛氣, 南海明珠驚客情.

○ 謹寄朴公學士案下 源四月

上國風流第一騷, 翩翩詞賦見雄豪. 新思玉樹謝庭秀, 登競龍門李御高. 才似群峰開紫氣, 藻如萬里起飛濤. 元知太白百篇事, 千古誰富八斗毫.

○ 次酬四月秀才 朴矩軒

倦遊自懶讀離騷, 四牡放歌意更豪. 孤館難堪風雨今, 妙年忽駭賦才高. 韋家蚌出明珠色, 郢曲調龢白雪濤. 雙劍爭光龍淸氣, 壁間雲霧在飛毫.

○ 席上再步朴公矩軒高韻 源四月

翰林磊落李風騷, 一代文章君獨豪. 名動三台都下滿, 才兼八俊鄴中高. 定知金嶽萬峰色, 新捲華江千里濤. 曾聽凌臺揚子賦, 五雲忽怪入揮毫.

○ 奉寄朴學士矩軒案下　江龍門

玉帛長通大國賓, 膺門得御自慙荀. 文旌暫駐浪華館, 彩鷁旣過遼海春. 伏櫪蹇驢逢一顧, 凌雲健筆照三津. 君看欄外金剛色, 萬有二千名獨匀.

○ 次龍門瓊韻　朴矩軒

浪華人士不凡賓, 驚座巵言似孟荀. 車盖一傾歌四牡, 山川萬里過三春. 我王玉帛奉投館, 列國送迎何問津. 此去新看東海上, 富峯白雪古今匀.

○ 寄席上諸賢以求和章　李海皐

一雨蕭條興轉多, 雲炯靄靄滿山河. 館中佳客皆文雅, 揮筆明珠照浪華.

○ 席上走筆次李公海皐高韻　源東郭

遊梁司馬賦詩多, 還訝虹霓吸九河. 今日相逢二邦竟, 對君何啻似曇華.

又

新看彫館五雲多, 爛燦使星輝澱河. 映日仙毫無左席, 人傳天下名如華.

又 源四月

忽見龍門李御多, 彩毫千里動山河. 卓然才氣壓三俊, 一代風流人似華.

○ 走奉次東郭見和韻 李海皐

客裏何堪風雨多, 驚君開口吐江河. 誰識浪華城上隱, 日東太白筆生花.

○ 卒再次海皐李公瓊韻 源東郭

知君白雪難和多, 俊句如泉幾恒河. 玉屑燦燦吻間落, 却疑天散曼陀花.

○ 謹呈朴公學士眼下 平龍洞

玉節遙過釜海開, 青春彩鷁破波來. 繡衣映日金剛色, 龍旆飜雲錦水隅. 使曾論風季子學, 遊梁裁賦相如才. 從斯劍氣斗間起, 君見阪城千尺臺.

○ 次酬龍洞淸韻 朴矩軒

風濤千里浪華開, 還似蓬山求藥來. 酒雨龍吟彫館裡, 揮毫玉響紫雲隅. 六經不懈論儒術, 三楚元聞多賦才. 犯斗劒光非我冀, 知君彩筆照樓臺.

○ 席上再和朴公學士案下 平龍洞

渺茫滄海五雲開, 鵬翼摩天萬里來. 綠蓋映霞平壤色, 文冠驚眼浪華隅. 生花筆下謝眺賦, 吐鳳吻間王粲才. 一抱連城光楢動, 唯今新照黃金臺.

○ 奉寄三公書記案下 平龍洞

星槎暫駐黃金城, 遙度滄溟紫氣生. 爭御龍門鄰都客, 操觚深恥李膺情.

○ 奉酬龍洞惠韻 李濟菴

綠水逶迤白堞城, 層樓浮動綵霞生. 星離雨散他時恨, 花鳥三山不盡情.

○ 席上奉再和李公濟巖案下 平龍洞

金節遙來大坂城, 驚看華館景雲生. 元知文藻飛揚甚, 彩筆爛熇江淹情.

○ 奉酬龍洞瓊韻 李海皐

農日樓臺水滿城, 高棕蜜竹翠炯生. 隔天聲氣還相應, 三閣供成佛氏情.

○ 席上再和李海皐惠韻 平龍洞

白雪調高動錦城, 垂天鵬翼瑞光生. 怪看雲降雙飛氣, 投暗明珠撫劍情.

○ 奉寄朝鮮濟賢案下 林南澗

星槎萬里到天涯, 金節輝輝暫駐時. 不得龍門登百尺, 頻投館下巴調詩.

○ 和贈南澗秀士 朴矩軒

孤槎渺渺入無涯, 酒綠華筵筆話時. 錦繡山川眉宇映, 鳳州門下妙齡詩.

○ 和贈南澗惠寄韻 李濟菴

一掉飄颻滄海涯, 佛樓文墨坐多時. 落江有意隨流水, 不見其人但誦詩.

○ 和贈南澗惠寄韻 李海皐

蘭舟遙滞碧空涯, 樓外看山落日時. 晴虹百丈光相映, 匧裡秋添南活詩.

○ 奉再和朴矩軒·李濟菴·李海皐三先生惠賡玉礎二首 森南澗

彩筆毰毸照水涯, 大邦瑤節見富時. 自從龍門□御李, 兩地同遊一代詩.

其二

辭國蕭船天一涯, 使星爛熳照明時. 大鵬九萬垂雙翼, 應笑翩翩斥鷃詩.

○ 奉呈朴公學士案下 華蘭臺

滄溟千里掉仙査, 囊裡明珠若價何. 五色凌雲楊子筆, 賦成近動華江波.

○ 次奉蘭臺惠韻　　朴矩軒

西岸樓臺病遠査, 滄洲日落意如何? 文章百傢漆元氣, 大阪江流錦作波.

○ 奉再和朴公矩軒案下　　華蘭臺

仙客忽浮貫月査, 新來意氣自誰何? 才毫卓犖顔如玉, 烏鵲橋邊雲似波.

○ 奉寄濟菴海皐二書記案下　　華蘭臺

楊浪華江動九天, 郢歌白雪幾千篇. 彩毫染起五雲色, 疑是風流李謫仙.

○ 奉和蘭臺示韻　　李濟菴

鵬雲搖曳落帆天, 牛渚誰吟詠史篇. 春香三嗅幽蘭側, 笑解金龜問謫仙.

○ 奉酬蘭臺瓊韻　　李海皐

高樓揮翰浪華天, 回首雲濤道八千. 每遇芝眉無俗氣, 東來向汝問眞仙.

○ 奉再和二書記案下　　華蘭臺

遙涉風濤萬里天, 筆花開似鹿鳴篇. 九重雲際翔丹鳳, 還訝蓬萊洞裡仙.

○ 奉寄大學士朴公案下 釋等觀

仙郎持節下清朝，青翰高飛遼海潮．彩翼摩天翔鳳到，玉旄入浪怒龍搖．遠來紫氣關門色，近搜明珠金石調．漣淃深思萍梗事，還憾別後楚雲遙．

○ 次等觀禪師惠韻 朴矩軒

自愧風條認聖朝，找桑樹下應通潮．千峰橘柚炯深淺，萬井樓臺岸動搖．蛟鱷波濤唯短夢，蔬筍眉目自高調．坐來灝氣生盃酒，也識神仙不在遙．

○ 席上再奉和朴公學士惠韻 釋等觀

仄聞德業盛周朝，詞海今咸八月潮．蔽衲還慚虎溪笑，彩毫忽見華江搖．爛煸三步錦囊色，磊落高歌白雪調．幸託大邦仙客好，塵情一洗轉逍遙．

○ 席上奉寄李公案下 釋等觀

元禮門郎意氣雄，翩翩藻思賦尤工．揮毫新照三津浪，華代爭稱八俊中．

○ 奉和等觀師 李濟菴

淨土慈雲挹大雄，浪仙才調見天工．龍堂花雨揮毫意，他日相思海月中．

○ 席上再和李公濟菴案下 釋等觀

李君詞賦竝稱雄，忽見難和白雪工．深恥禪心詩句拙，郢中一曲滿樓中.

○ 奉寄朴公學士案下 高大陵

漢城玉節拂雲來, 建筆燦然王李才. 客競龍門浪華館, 五星光動鳳皇臺.

○ 次酬大陵惠韻 朴矩軒

遠向蓬山萬里來, 本殊徐福覓仙才. 浪華館裡羈情夜, 彩筆誰揮明月臺.

○ 再和朴公矩軒瓊韻 高大陵

佳人錦叚忽投來, 不減唐家太白才. 纚纚文章皆金玉, 風流彩筆照仙臺.

○ 謹寄書記諸公案下 高大陵

使星遙指浪華天, 彩鷁輕浮綠水前. 詞筆爛煸照飛館, 蘭盟深慕漢群賢.

○ 次贈大陵惠寄韻 李濟菴

遙傍仙槎萬里天, 文章新見浪華前. 翩翩才子多詞賦, 長壓風流竹裡賢.

○ 再和李公濟巖玉菴下 高大陵

彩毫爛熳照桑天, 日日生花旅館前. 一唱難和郢中曲, 深慚疎放對諸賢.

○ 與阪城膳寄野口氏文　李濟菴

風氣之變, 由徵而之顯. 道藝之成, 自華而就實. 固不可以區域之遠, 年代之降, 混而論之也. 朝鮮與日本, 接四大海而爲隣, 地之相去, 殆五千餘里. 其風謠俗尙之邈然不同, 固其所也, 自余隨信行, 渡馬島以來, 見其山川之明媚, 人物之殷盛, 所在皆然, 而獨恨其所講者異耳. 間有詩文之士, 挾所業爲贄, 來見於賓館, 而率倣綺麗彫篆之習, 欲爲誇多鬪靡而止, 則未嘗不厭然而倦. 及到攝州, 見野口氏所藏朝鮮人筆蹟, 始有犂然之喜. 野口氏, 不過世襲膳宰之任者, 獨何貴於隣邦學士之心畫, 而珍藏累代, 無異拱璧之寶也哉. 惜乎其所書贈, 只貴其同文慕艶之誠而已. 獨石湖李公所著者, 能及於先王文物之盛, 而亦未能卒其說. 余爲野口氏推而廣之, 可乎. 先王文物之盛, 具在方冊. 我朝鮮講而行之所尊者, 堯舜文武孔孟程朱; 所講者, 詩書四子小學近思; 所致謹者, 冠昏喪祭; 所服應者, 忠信篤敬. 爲文, 在羽翼斯道; 爲詩, 務昌明風雅. 君子, 樂道義而重廉恥; 小人, 恥貪冒而厭機巧. 苟有執左道而務末技者, 皆斥而遠之. 風氣之闢, 肇自父師. 而明王碩儒彰明興起積有李代, 以至干今, 凡其禮樂儀文燦然明白者, 旣非自私自諱之文物, 足以使聞於天下隣國也. 夫以日本山川之明媚, 必有風氣一闢之運, 人物之殷盛, 豈無富庶可敎之機耶? 鼷明堂下賤士也. 叔向獎而延之文暢浮屠外道也. 韓愈樂而告之, 風氣之發其端甚徵, 苟有以推之, 一膳夫亦何間於死馬之骨哉. 余願野口氏無徒慕其藝而尊其道, 則庶不爲區域年代之所囿. 此豈獨野口氏一人之所勉哉? 野口所藏之書非一, 而所取者, 石湖之說. 日東文士之接席者, 亦多矣. 而必發之於一膳夫. 余非失言而失人, 盖有感於微顯華實之機云爾.

戊辰孟夏, 靑丘李濟菴題于浪華之館

○ 一日阪城膳夫野口氏, 携朝鮮李濟菴所與之書, 以示我. 不佞讀之, 率其所論, 盖譏我邦操觚之士 徒事詞章而無實學也. 不佞前日得謁于館中, 允多贄詩來乞和者矣. 而未嘗遑談先王之道也. 且彼邦之學者深信思孟程朱勝於孔子也. 我邦學者知思孟之有弊, 程朱之多差, 則何與彼邦人怒目杭衡以追朱陸鵝湖之爭乎? 夫君子無所爭, 爭則何以異於思孟程朱哉? 故無與論道者也. 不佞自忘固陋, 竊述其意以示諸同志如左.

源東郭

大東文運之盛也, 秦漢以來, 莫盛於今. 爲蓋七十子之後, 先王道降爲儒家者流. 我大東三河物先生有見于此, 大創古學曰 : "道也者, 古先聖王所以治天下安兆民之方也. 大而詩書·禮樂·刑政·禁令, 小而射御書數以至醫巫醞造之微, 莫非道焉. 君子知其大者, 小人知其小者, 統名曰道也. 又名曰文也. 夫先王之道, 煥乎有文章. 故謂之文由之以行, 故亦謂之道. 夫道者, 有精微者; 有高明者; 粗者, 卑者, 遠者, 近者, 直徑者, 迂曲者, 羞羞紛紛而不可一旦而究者也. 天下之廣, 兆民之衆, 風俗之殊, 好尙之區, 不如斯則不可得而治也, 是故, 古先聖王之道, 歷年代之久, 竭數十聖賢之知巧, 以成焉. 豈以爲事物當然之理哉. 以易道爲道體者, 宋儒家言也. 易道自易道, 聖人之道自聖人之道, 何以混之乎? 且以體用論道者, 浮屠外道之所說, 而我聖人之所不言也. 夫六經傳記者, 我道之所寓而禮義之府也. 道者, 安萬民之術也. 禮以制心, 義以制事. 夫心也者, 操存舍亡出入無時無知, 其所嚮故聖人制之以禮, 蕩之以樂. 夫事也者, 一日萬機紛紛多端, 故制之以義, 處之以中. 夫禮義者, 聖人之所制道之權衡也. 或以爲天理之節文, 人事之宜者. 此自以臆度以作爲權衡者也. 夫禮義, 亦經數千百年之實驗, 端數十聖賢之智巧, 而後成者也. 豈以後人臆度之所得而作爲哉. 易曰形而上之謂道, 形而下之謂器. 道指易道而言之, 非古先聖王所以治天下安兆民之道也. 器卽制器之器, 而非氣之謂也. 或以爲理氣者, 强也. 夫形而上者, 一陰一陽, 纔見其象者也. 形而下者, 已取其象以制器者也. 物先生嘗著辨道辨名二篇及論語徵學庸二解學則等諸篇, 以具論之諄諄悉之, 而其徒春臺繼著若干篇論及孟荀. 當今時東都, 則南都蘭臺; 長門, 則周南; 紀府, 則南海; 西播, 則龍洲; 赤石, 則蛻巖之徒, 雄鳴千古, 橫行一時. 其他諸君子以百數.

大東之文運, 莫盛焉. 蓋能讀古文辭而後, 可知聖人之道, 若不識古文辭, 則不能讀古書爲知古先聖王之道哉. 且宋儒天理人欲之說, 本於樂記, 而樂記所謂者, 蓋主論樂而言之也. 非聖人之所以爲敎也. 夫性與天道, 聖人所罕言也. 雖子貢之徒, 以未聞稱之. 故論語中獨言性, 相近習相遠亦主習, 而言之性非所先也. 歐陽永叔之言□, 故孟子動論心性者, 與告子楊墨之徒, 抗衡之言□, 任其雄辨以論說之, 自不知其言之有弊也. 終肧胎乎後世性理之學也. 宋儒嚚嚚說性理者, 誤讀思孟, 遂祖之以欲批斥佛老者也. 亦抗衡之言也, 大哉! 聖人之道, 何可與佛老·楊墨之徒, 同日而語哉? 不用辨說而自分曉矣. 苟以性理論之, 則彌辨彌惑, 彌究彌違, 噫噫悲哉! 而野口氏寶朝鮮諸公之書者, 以其異邦人之手筆也. 豈知論道之當否哉. 嗚呼! 我大東文運之盛也. 膳夫之微, 猶且或讀古文辭者, 況於君子乎? 我於是乎書.

和韓唱和下附錄

鹿門 [姓河合, 名維明, 字子南, 號鹿門, 勢劦洞津人, 寓居于大坂]

拾翠 [姓岡, 名章平, 字叔明, 號拾翠]

東山 [姓北谷, 名良調, 字子晰, 別號東山, 浪華之產也]

○ 奉贈矩軒 鹿門

北地才臣黑杜能, 華船絶海遠相仍. 天遙煙裡郡鷗沒, 潮洩磧中萬馬騰. 仙女回車爲客馭, 鯨魚着策□君乘. 彩毫可助江靈力, 題處簫韶響鬱蒸.

○ 奉謝鹿門惠韻 矩軒

青彩異域愧無能, 萬里間關疾病仍. 世界忽驚靈蜃漫, 詞鋒誰許老蛟騰. 即看客棹三山宿, 何羨泠風七日乘. 也識繁華專一國, 樓臺高處彩霞蒸.

○ 席上再和 鹿門

四方專對古難能, 韓國使君車日仍. 氣合更知朱瑟調, 才雄正似白波騰. 郢中傳曲堪聞雅, 鄴下約擢英好托乘. 大坂侍賓諸學士, 鈞天一奏霧相蒸.

○ 奉贈濟菴 鹿門

使節朝回向海東, 雲帆一路北溟中. 天間吐氣寶力動, 匣裡含光杠筆雄. 鸚鳴賦成才耐見, 驊騮齒老步愈工. 翰林今日惟情切, 白雲紛紛中土風.

○ 奉酬鹿門 濟菴

朝陽晞髮綵雲東, 仰客相逢佛塔中. 飯顆春愁看杜甫, 玄亭道氣問楊雄. 棑來雲影鵬飛壯, 織出天機鮫杼工. 可報瓊琚當玉璧, 誰言万里不同風.

○ 席上再和 鹿門

浪華溝水繞城東，夏日迎賓梵刹中．奇代壇場逢器大，竝生異域孩才雄．清談吐玉偏高價，采筆摛花更妙工．天下文運韓國盛，獨能曩昔尙王風．

○ 奉贈海皐 鹿門

大使翩翩出海邦，若華波浪接吳江．北州牛晰爲三列，東國蠙珠豈一雙．驛路短長多經阻，山川遠近幾過矼．淸朝修禮氤氛裡，採筆風流吐滿腔．

○ 奉酬鹿門瓊韻 海皐

綿綿島興海爲邦，樓上觀潮似浙江．文繡相輝蒼一一，晴虹各有劍雙雙．千家烟火人同町，兩岍橋梁水沒矼．豈□文章驚異域，多慚郢雪奏新腔．

○ 席上再和

比隣結好問東邦，日浴海浸吳楚江．白玉含光偏見對，靑龍楊采自無雙．神蛇走避常遊霧，天馬騰驤飛渡矼．元識麗華風俗近，金聲振處聽淸腔．

○ 奉呈海皐李先生案下 岡拾翠

樓船幾日度波瀾，蜃闕蛟珠指掌看．獻賦客心苟能慰，何妨燕石雜琅玕．

○ 奉酬拾翠瓊韻 海皐

仙舟無恙度鯨瀾，蕭寺晴雲滿意看．隨處偶成賓主會，幾將瓜報愧琳玕．

○ 奉呈濟菴李公案下 岡拾翠

兩地升平尋舊盟，使星遙映浪華城．李膺高雅論今古，郭泰風流辱送迎．

○ 奉和拾翠 濟菴

海客無心白鳥盟，雨中金節滯霞城．仙郎拾翠來相問，佛塔天花一笑迎．

○ 僕姓北谷，名良調，字子晰，別號東山，浪華之產也．恭裁律奉呈朝鮮國大學士矩軒朴先生詞壇下，伏請斤正

擁節東方萬里行，仙槎波靜絶蓬瀛．舊盟傳信千年後，新好解顏兩地情．天轉使星祥氣動，風飜文旆奇名鳴．偶逢韓墨場中客，幸得人間望外榮．

○ 奉呈海皐李先生案下 東山

舟船泛海欵窮東，烟霧蕭蕭明滅中．墨水吐香漆彩色，翰林揮筆競文雄．神龍近屈光愈動，天馬遠征步更工．雲裡諸邦韓與和，最知二國祥同風．

○ 奉呈濟菴李公案下 東山

貴客泊舟尋武陵，芙蓉東望雪峻嶒．更知江海幾堪賦，幸是龍門一

得登. 寧附飛蠅千里驥, 何追斥鷃九天鵬. 已從文旆入斯地, 紙墨洛陽價日增.

○ 奉呈醉雪柳先生案下 東山

關山長路預期程, 欲策海神渡大瀛. 他席相逢傳厚意, 異鄕不厭結深盟. 揮毫文苑愧鵝步, 交臂騷壇唱鹿鳴. 莫道鷄林千里遠, 由來修騁比隣榮.

○ 奉和東山瓊韻 海皐

迢迢將盡白雲東, 綠橘靑棕旅恨中. 冠珮幾多行問俗, 文章非是强爭雄. 高樓錦席逢還別, 窮海瑤琴化未工. 不信雲濤天有限, 萬方書軌喜同風.

○ 奉和東山 濟菴

遺恨扶桑雪杜陵, 羈人瘦骨日峻嶒. 仙山已向帆邊望, 佛塔時從雨裡登. 翠蔭濃來停彩鷁, 綵毫飛處鬪翔鵬. 浮生萍水何須問, 詞韓升堂意氣增.

○ 奉再次海皐李君高和 東山

星軺萬里浪華東, 邂逅相逢翰墨中. 王節登堂幾奇會, 彩毫照席一英雄. 騷壇纔借文章色, 郢曲驚聞白雪工. 酬唱二三分手後, 遞筒爲寄布帆風.

○ 奉再次濟菴李君高和 東山

京洛風塵遊五陵, 裁詩携酒望峻嶒. 侯山靈隺殊堪控, 蓬島仙雲共可登. 氣似食牛凌凡鳥, 才如司馬賦高鵬. 能知通國聞方語, 異域榮華此日增.

和韓唱和卷之下

隣國右冠尋舊盟 直敍文物見昇平 正欣屬我□梨棗 紙價從斯重洛城

醉墨齋題

延享戊辰年五月

大坂書林 柏原屋與市 村上屋清三郎 刊行

화한창화부록

和韓唱和附錄

화한창화부록(和韓唱和附錄)

화한창화록(和韓唱和錄)의 부록은 낭속(浪速)의 촌상수범(村上秀範)이 편집했다. 무진년(1748) 8월에 낭화서림(浪華書林)에서 출간한 것이다. 출판인은 심재(心齋) 교근순경정(橋筋順慶町)과 삽천여시재(澁川與市梓)이다.

필담과 창수에 참여한 조선 통신사 일행은 학사(學士) 박경행(朴敬行), 서기(書記) 이봉환(李鳳煥)·유후(柳逅)·이명계(李命啓), 양의(良醫) 조숭수(趙崇壽) 등이고, 일본 측 인사들은 난고(蘭皐) 목실문(木實聞), 옥계(玉溪) 원제(源濟), 소고(嘯皐) 전중상열(田中常悅) 등 22명인데 이 중에는 10대 소년들이 다수 포함되어 있다.

본 부록에 수록된 시문과 필담은 거의 모두 친선을 내용으로 한 것들로서 특별한 것은 없다.

다만 일본의 의원 소고 전중상열이 조선의 양의 활암 조숭수에게 질문한 의학에 관한 '의문7조(疑問七條)'가 주목된다. 소고 전중상열은 나이가 35세이고, 3대째 의학에 종사해온 집안 출신이다. '의문칠조'의 내용에는 의서, 약제, 광견병 등의 질의응답이 있다.

화한창화부록

창화부록성씨(唱和附錄姓氏)

난고(蘭皐) [성(姓)은 목(木), 이름은 실문(實聞), 자는 공달(公達), 미주인(尾州人)]

십주(十洲) [난고(蘭皐)의 아들, 이름은 희(希), 자는 선장원(善長元)]

난우(蘭宇) [성은 등(藤), 이름은 송(崧), 자는 준경(峻卿), 미주인(尾州人)]

금부(錦部) [성은 귤(橘), 이름은 정려(正麗), 자는 공택(公澤), 미주인(尾州人)]

관봉(冠峯) [성은 이(伊), 이름은 춘향(春鄕), 자는 자경(子京), 일자(一字)는 현적(玄適), 미주인(尾州人)]

담수(澹水) [성은 판창(坂倉), 이름은 통관(通貫), 자는 우보(友輔), 낭화인(浪華人). 공명(公名)은 장빈옥원좌문(長濱屋源左門)]

자란(子蘭) [성은 편강(片岡), 이름은 정수(正秀), 자는 자란(子蘭), 별호(別號)는 대강산인(大江散人), 낭화인(浪華人). 공명(公名)은 정옥중우문(淀屋重右門)]

남산(南山) [성은 엄전(巖田), 이름은 절(節), 자는 원미(元彌), 호는 남산(南山), 낭화인(浪花人), 나이는 17세]

옥계(玉溪) [성은 원(源), 씨(氏)는 천나변(川那邊), 이름은 제(濟), 자는 이섭(利涉), 다른 호는 정암(正菴), 어사중중극산중공(御史中亟山中公) 아래서 벼슬했다.]

송계(松溪) [씨는 좌산(佐山), 이름은 종기(宗紀), 자는 字□進□□□]

도계(桃溪) [씨는 무전(武田), 이름은 정온(貞穩), 자는 주전(主殿), 나이는 17세]

춘계(春溪) [씨는 도본(稻本), 이름은 장영(長盈), 자는 도겸(道謙), 나이는 18세]

학계(鶴溪) [씨는 서전(西田), 이름은 뇌고(賴古), 자는 팔삼랑(八三郞), 나이는 16세]

죽계(竹溪) [씨는 전전前田), 이름은 봉(鳳), 자는 오동(梧桐)]

매계(梅溪) [씨는 천나변(川那邊), 이름은 학(鶴), 자는 구고(九皐), 호는 정순(正順).]

(위의 송계(松溪)에서 매계(梅溪)까지 모두 6인은 옥계(玉溪)의 문인(門人)이다.)

문휘(文徽) [성은 원내(垣內), 자는 정보(鼎輔), 호는 웅악(熊岳), 기주(紀州) 재전군인(在田郡人)]

소고(嘯皐) [성은 전중(田中), 이름은 상열(常悅), 자는 용행(庸行)]

매계(梅溪) [성은 중미(中尾), 이름은 춘경(春卿), 낭화인(浪華人)]

학주(鶴洲) [씨는 상월(上月), 이름은 신경(信敬), 자는 단장(丹藏)]

진강(振岡) [성은 좌야(佐野), 이름은 안정(安貞), 자는 원천(原泉)]

남래(南來) [씨는 중촌(中村), 이름은 오현(五絃), 자는 남래(南來), 다른 호는 백설산인(白雲山人), 미주인(尾州人)]

용계(龍溪) [씨는 태전(太田), 이름은 기생(基生), 자는 삼성(三省), 호는 용계(龍溪)·괴암(槐菴), 낭화인(浪華人)]

낭속(浪速) 촌상수범(村上秀範) 편집

○품(稟)

난고(蘭皐)

저는 성이 목(木)이고, 이름은 실문(實聞)이고, 자는 공달(公達)이고, 별호(別號)는 난고(蘭皐)이고, 본번(本藩)의 설어(褻御)의 신하입니다. 기해년(1719) 귀국 사신이 내빙(來聘)했을 때 청천(靑泉) 신공(申公 : 申維翰)·강(姜 : 姜柏)·성(成 : 成汝弼)·장(張 : 張應斗) 삼기실(三記室)·서초(西樵) 백공(白公 : 白興詮) 등을 해후하여 두터운 은혜를 많이 받았습니다. 신학사(申學士)와 저는 같은 나이로서 마음이 취하고 내심을 쏟아서 철야의 담화를 실컷 이루었습니다. 이 분들은 지금 별고 없으시고, 현관고위(顯官高位)에 이르셨는지요? 그날 밤 창수한 시편들은 우연히 이조가(梨棗家 : 출판가)에 떨어져서 세상에 간행되었습니다. 그래서 그 1본(本)과 저의 시 1장(章) 등 한두 비의(菲儀 : 보잘것없는 예물)를 각자의 위좌(位左)에 올려서 작은 뜻을 펴고자 하니, 질납(叱納)해 주시기를 바랍니다.

○구헌 박공께 올리다
寄矩軒朴公

난고(蘭皐)

금강산과 부사산이 바다 동서에 있는데	金剛富嶽海東西
이처럼 떨어져서 우측에서 끌고 또 좌측에서 끄네	此去右提又左携
양국이 태평하여 형제들 모였으니	兩國昇平昆季會
우열을 논하지 않고 함께 서로 시를 적네	不論優劣共相題

○제안 이공께 올리다

寄濟菴李公

난고

현담을 마치지 못하고 또 공담을 나누며	談玄不罷也談空
현하[1]를 본받아 바다 동쪽에 붓네	準擬懸河傾海東
이 땅에도 천년의 자질이 넉넉한데	此地猶餘千載質
그대의 신령한 팔이 바람을 잘 일으키나 묻네	問君神腕好成風

○취설 유공께 드리다

寄醉雪柳公[이 사람은 병으로 다른 자리에 있었기 때문에 화답이 없다.]

난고

팔도의 준영이 팔준[2]의 재능인데	八道俊英八駿才
긴 바람 만 리에 하늘을 차며 오네	長風萬里蹴天來
사람들이 한혈마[3]가 악와[4]에 떨어짐을 보고	人看汗血渥洼墜
해내에서 다퉈 용종[5]을 전하네	海內爭傳龍種哉

1 현하(懸河) : 원래 폭포인데, 논변이 도도하여 끊이질 않고, 문사(文辭)가 유창하고 분방(奔放)함을 비유함.

2 팔준(八駿) : 전설 속의 주목왕(周穆王)의 8필의 명마. 말의 털의 색깔로 이름을 지었는데, 적기(赤驥)·도려(盜驪)·백의(白義)·유륜(逾輪)·산자(山子)·거황(渠黃)·화류(華騮)·녹이(綠耳)임.

3 한혈마(汗血馬) : 한(漢)나라 때 서역(西域)에서 생산된 명마의 일종. 피부가 붉은 색이어서 땀을 흘리면 피를 흘린 것처럼 보인다고 함.

4 악와(渥洼) : 물 이름. 지금의 감숙성(甘肅省) 안서현(安西縣) 경내에 있음. 전설에 신마(神馬)의 생산지라고 함. 『사기(史記)·악서(樂書)』에 "와수(窪水) 안에서 신마를 얻었는데, 다시 〈태일지가(太一之歌)〉를 지었다"고 했다.

○해고 이공께 드리다
寄海皐李公

난고(蘭皐)

구름길에 아득히 한 미인이 있어	雲路迢迢一美人
피부가 빙설처럼 투명하여 참 되네[掇皮][6]	膚如氷雪掇皮眞
이 밤에 봉래궁 옆에 수레 머무니	此霄息駕蓬萊畔
잠자지 않고 다만 약목[7] 땔감을 태우네	不寐唯燃若木薪

[부(府) 남쪽에 봉래궁(蓬萊宮)이 있다.]

○답(答)

구헌(矩軒)

저의 성은 박(朴)이고, 이름은 경행(敬行)이고, 자는 인칙(仁則)이고, 호는 구헌(短軒)입니다. 문득 주복관(洲服館)에서 족하의 이름을 듣고 이미 귀를 씻었는데, 이처럼 먼저 방문해주시니 더욱 감사합니다. 청천(靑泉)은 지금도 옛날 같이 확삭(矍鑠)[8]합니다. 제가 올 때 일동(日東)의 시반(詩伴)들을 설명함을 기운차게 그만 두지 않았습니다.

---

5 용종(龍種) : 천마(天馬)를 말함.

6 피부가 빙설처럼 투명하여 참 되네(掇皮) : 철피는 안과 밖이 투명한 것, 『세설신어(世說新語)·상예(賞譽)』에 "사공(謝公)이 남전(藍田)을 칭찬하여 철피(掇皮)가 참되다고 했다"고 했음. 『장자(莊子)소요유(逍遙遊)』에 막고야(藐姑射) 산에 신인(神人)이 산다. 피부가 빙설(冰雪) 같고, 처자(處子)처럼 아름답다"고 했다.

7 약목(若木) : 전설 속의 곤륜산(崑崙山) 서쪽 끝에서 자란다는 신목(神木)의 이름. 일설에는 부상(扶桑)을 말한다고 함.

8 확삭(矍鑠) : 노인의 안광이 형형하고 기운이 왕성한 것.

지금 연일태수(延日大守)로서 노년을 보내며 한가롭게 지낼 계책입니다. 강(姜)도 또한 별탈이 없습니다. 성(成)과 장(張) 두 사람은 이미 구원(九原)에서 일어나기 어렵습니다.

○난고의 혜운을 받들어 사례하다
奉謝蘭皐惠韻

구헌(矩軒)

강 흐름 담담한데 서쪽으로 갈 수 없고 江流湛湛不能西
달과 함께 동쪽으로 와서 몇 번 서로 이끌었던가? 與月東來幾度携
난만한 맑은 술자리 화촉의 밤인데 爛熳淸樽華燭夜
월 중의 산수가 세 시를 비추네 越中山水映新題

○답(答)

제암(濟菴)

저의 성은 이(李)이고, 이름은 봉환(鳳煥)이고, 자는 성장(聖章)이고, 호는 제암(濟菴)입니다. 강공(姜公)은 저의 스승입니다. 기해년에 돌아온 후 일동(日東) 문화(文華)의 성대함과 많은 선비들의 제제(濟濟)[9] 한 상황을 자제들에게 가르쳤습니다. 저는 겨우 10살이어서 귀로 듣고도 마음에 머물러두지 못했는데, 지금 공들을 만나니 과연 좋은

9 제제(濟濟) : 재능이 있는 사람들이 많은 모양.

인연을 얻은 것이 30년입니다. 기이하고 기이합니다.

○난고께 받들어 답하다

奉酬蘭皐

제암(濟菴)

도유[10]년 산수의 달빛 허공에 머물고	屠維山水月留空
삼십년 만에 선사가 또 동으로 향하네	三紀仙槎又向東
봉래산 맑은 물의 소식을 웃으며 물으니	笑問蓬萊淸淺信
고란[11] 향기 속 선풍이 날리네	皐蘭香氣颺璇風

○답(答)

해고(海皐)

저의 성은 이(李)이고, 이름은 명계(命啓)이고, 자는 자문(子文)이고, 호는 해고(海皐)입니다. 종사기실(從事記室)로서 왔습니다. 취설(醉雪)은 병으로 여기에 없습니다.

10 도유(屠維) : 십간(十干) 중에 기(己)를 칭하는 말. 여기서는 기해년(1779)을 말함.

11 고란(皐蘭) : 고란초과(皐蘭草科 Polypodiaceae)에 속하는 상록다년초. 산의 그늘진 바위틈이나 낭떠러지 또는 벼랑에 붙어 자란다. 뿌리줄기가 옆으로 길게 뻗으면서 마디마디에서 고사리잎처럼 생긴 잎이 달리는데, 가죽처럼 약간 두껍고 광택이 나는 홑잎이지만 가끔 2~3갈래로 갈라졌으며, 윗면은 진한 초록색이며 아랫면은 약간 하얀색을 띤다. 잎자루는 길이 5~25㎝ 정도이다. 포자낭은 잎 뒤쪽에 동그랗게 무리져 달리고 포막(苞膜)은 없다.

○난고께서 준 운을 받들어 화답하다
奉和蘭皐贈韻

해고(海皐)

아득한 객로에서 매일 사람을 만나서	迢迢客路日逢人
평수를 서로 맞으니 뜻이 도리어 참되네	萍水相迎意却眞
어찌 재능 지니고 푸른 바다 나라에 갇혀있는가?	何限抱才滄海國
가련하게 난과 계수가 꺾이어 땔나무가 되네	可憐蘭桂折爲薪

○기해년의 사인들의 물고(物故 : 사망) 소식을 듣고 절구 1수를 지어 석상의 제현들에게 올리다
聞己亥使人物故，賦一絶呈席上諸賢

난고(蘭皐)

삼십년 전이 한바탕의 꿈인데	三十年前夢一場
두견새 울고 비 내리면 얼마나 상심했던가?	鵑啼雨灑幾傷腸
떼로 날던 호랑나비는 지금 어디 있는가?	群飛胡蝶今何在
황홀히 없는데 나는 고향에 있네	恍惚于亡我有鄕

○난고가 기해년 여러 사인들을 애도한 시에 화답하다
和蘭皐悼己亥諸詞人之作

구헌(矩軒)

이역에 향기 남긴 시장을 기억하는데	遺芳異域記詩場
천대[12]의 금수장[13]을 일으키기 어렵네	難作泉臺綿繡腸

당일 기가 남두성을 범했는데　當日氣干南斗野
지금 명성이 백운향[14]에서 무겁네　卽今名重白雲鄕

○난고가 기해년 제현들을 추모한 작품을 받들어 답하다
奉酬蘭皐追傷己亥諸賢之作

제암(濟菴)

세월이 끊임없는데 사장을 둘러보니　星霜荏苒閱詞場
금혜[15]가 공연히 금수장을 전하네　金薤空傳錦繡腸
외로운 등불 보슬 비 속에 이전의 일을 말하며　孤燈細雨談前事
사람이 부상 불사향에 있네　人在扶桑不死鄕
[사(死)는 일작(一作) 노(老)이다.]

○난고의 석상운에 다시 화답하다
疊和蘭皐席上韻

해고(海皐)

백년의 남북에 문장이 있는데　百年南北有文場
〈최찬편〉 안에서 수장을 듣네　璀餐編中聞繡腸

12 천대(泉臺) : 황천(黃泉).
13 금수장(錦繡腸) : 아름다운 시문을 짓는 재능을 말함.
14 백운향(白雲鄕) : 천제(天帝)가 거주하는 곳. 선향(仙鄕).
15 서체(書體)의 이름.

유유한 인간세상의 존망에 감개하니	悠悠人世存亡感
백발의 그대가 지금 바닷가 고을에서 늙었네	華髮君今老海鄕

[귀방의 객관에 〈최찬록(璀璨錄)〉이 있었다.]

○양의 활암 조공께 올리다
寄良醫活庵趙公

난고(蘭皐)

편작[16]이 지금 후신으로 나오니	扁鵲只今出後身
명망이 실질의 빈객일 뿐이라고 사양하지 말게	勿辭名望實之賓
한 순갈 묘한 재주가 생사를 마음대로 하니	一匙妙伎能生死
별호 활암에 절로 참됨이 있네	別號活菴自有眞

○난고의 경운을 받들어 답하다
奉酬蘭皐瓊韻

활암(活庵)

푸른 바다 속 좁쌀 같은 작은 몸이	蒼溟一粟渺然身
공연이 거친 재능으로 외람되게 빈객이 되었네	空以踈才濫充賓
졸렬한 기예가 어찌 국수를 만났던가	拙業何曾逢國手
공의 높은 의술을 대하니 가장 맑고 참되네	對公高術最淸眞

16 편작(扁鵲, 기원전407~기원전310) : 희성(姬姓), 진씨(秦氏), 이름은 월인(越人), 호는 노의(盧醫), 춘추시대 명의(名醫). 『난경(難經)』을 지었다고 한다.

○ 문(問) 활암(活庵)

공(公)의 연세는 얼마인지요?

○ 답(答) 해고(海皐)

제 나이는 68세입니다.

○ 문(問) 활암(活庵)

공의 연령이 이처럼 높으니, 섭양(攝養)의 공이 작지 않음을 더욱 알겠습니다. 몹시 축하하고 축하합니다.

○ 답(答) 난고(蘭皐)

평생 수미남자(須眉男子)[17]를 저버리지 않고 저 사명성(司命星)[18]에 일임했는데, 어찌 섭생이 있겠습니까?

17 수미남자(須眉男子) : 수염과 눈썹이 조밀한 남자. 당당한 남자를 말함.

18 사명성(司命星) : 사람의 운명을 관장한다는 별.

○문(問) [내가 석상에서 창화를 화음(華音)으로 읊었기 때문에 이런 희문(戲問)이 있게 되었다.] 활암(活庵)

공의 독서하는 소리는 금석의 음향이 있는 듯하니, 평범한 무리의 짝이 아님을 더욱 알겠습니다. 어려운 공을 닦아 이룬다면, 마침내 신선이 되어 하늘로 오를 것이니, 더욱 축하하고 축하합니다.

○답(答) 난고(蘭皐)

저에게 관청일이 있습니다. 웃으며 답하지 않고 물러나왔다.

○제현들에게 묻습니다
稟諸賢

제암(濟菴)

매번 공들과 함께 필담을 하고자 하는데, 만남과 이별이 금방이어서 뜻을 이루기가 쉽지 않습니다. 내일 아침 저희들이 늦게 출발하게 된다면, 공들께서도 혹시 다시 왕림해 주실 수 있습니까?

이때 닭이 울어서 그만 마칠 것을 알렸다. 객관 안에 약간 날이 밝았다. 한인(韓人)들은 자못 피곤한 기색이 있었다. 그래서 우리들은 각자 서로 인사를 하고 떠나왔다.

○품(稟) 십주(十洲)

저의 성은 목(木)이고, 이름은 희원(希元)이고, 자는 선장(善長)이고, 별호는 십주(十洲)이고, 또 무양산인(舞陽山人)이라 칭합니다. 곧 목난고(木蘭皐)의 아들입니다. 삼가 파가(巴歌)[19] 1장(章)을 올리니, 고아한 화답을 내려주시기를 바랍니다.

국신 제술관 안하에 받들어 올리다
奉呈國信製述官案下

큰 재능이 명을 받고 높은 파도를 건너오니 大才御命涉層波
돛 그림자 구름 같고 이날 방문했네 帆影如雲此日過
상봉하여 담화가 풍아의 모임을 이루니 傾蓋譚成風雅會
한 편의 새 곡이 생황노래로 들어가네 一篇新曲入笙歌

○십주가 준 운을 받들어 차운하다
奉次十洲惠贈韻

구헌(矩軒)

연이은 배가 쇠사슬 묶고 서친 파도를 끊으니 聯舟結鎖斷橫波
은은한 누대가 차례로 지나가네 隱隱樓臺取次過

19 파가(巴歌) : 열등한 노래.

이역의 세월에 풀색이 사랑스러운데　　異域光陰憐草色
석양의 행장이 나무꾼 노래로 들어가네　　斜陽行李入樵歌

○두 분 서기기실의 안하에 받들어 올리다
奉呈二書記室案下

십주(十洲)

긴 하늘에 자욱한 오색구름인데　　靉靆長天五色雲
무지개깃발 멈춘 곳에 채색 난새 무리가 있네　　霓旌停處彩鸞群
어찌 따로 선원을 물어서 찾아가랴?　　何須別訊仙源去
옥진[20]의 향기로운 바람 속에 이군의 수레를 모네[21]　　玉塵風薰御李君

○십주께 받들어 화답하다
奉和十洲

제암(濟菴)

옛 절에서 시를 적으니 먹물이 구름을 씻고　　古寺題詩墨灑雲
빗소리 등불그림자 속 모두가 신선 무리이네　　雨聲燈影共仙群

20 옥진(玉塵) : 꽃을 비유한 것.

21 이군의 수레를 모네 : 이군은 동한(東漢) 이응(李膺). 이응에게 현명(賢名)이 있었는데, 당시 사대부들이 한 번 알현하는 것을 영광으로 삼아서 등용문(登龍門)이라고 했음. 순상(荀爽)이 이응을 배알하고, 아울러 그의 수레를 몰고서는 이를 자랑하였다고 함.

산천 만 리에 맑고 신령한 기운인데 山川萬里淸靈氣
봉황을 토하는 기재로 다만 그대를 손꼽네 吐鳳奇才獨數君

○십주의 운을 받들어 화답하다

奉和十洲韻

해고(海皐)

가는 곳마다 자욱한 구름 속에 자주 멈추고 隨處頻停靄靄雲
이방의 세월 속 무리를 떠남이 애석하네 殊方日月惜離群
십주[22]의 난새와 학이 간혹 오고가니 十洲鸞鶴間來往
연하 속 모습에서 그대를 비로소 보네 眉宇煙霞始見君

○품(稟) 구헌(矩軒)

공의 필력이 호건(豪健)한데, 누구에게서 배운 것입니까?

○답(答) 십주(十洲)

동도(東都)에 오석산인(烏石山人)[23]이란 사람이 있는데, 제가 스승

22 십주(十洲) : 전설 속의 신선이 거주한다는 곳.

23 오석산인(烏石山人) : 무장(武藏) 사람. 본성(本姓)은 갈산(葛山), 이름은 진(辰), 자는 군악(君岳), 호는 오석(烏石), 별칭은 갈오석(葛烏石). 복부남곽(服部南郭)·세정광택

으로 섬긴지가 여러 해입니다. 비록 그렇지만, 관청일이 겨를이 없어서 배울 틈이 없었습니다. 황송하고 부끄럽습니다.

○품(稟) 십주(十洲)

저는 일찍이 고전예(古篆隸)를 좋아하여 인새(印壐)를 본받아 새긴지가 여러 해입니다. 지금 다만 제 팔에 말 못할 사정이 있어서 그 재주를 다 할 수 없는 것이 한스럽습니다. 지난번 부친을 위하여 사가인보(私家印譜)와 저희들 것까지 만들려고 했습니다. 비록 일을 마치지는 못했지만 한 책을 좌우에 올립니다. 족하(足下)께서 동도(東都)에 체류하시는 동안 혹시 여가가 있다면 붓을 휘둘러서 서문(序文)을 하사해주시고, 또한 이 뜻을 세 분 서기들께 전하여 발어(跋語)나 제언(題言)을 주신다면, 얼마나 기쁘겠습니까? 두루 족하의 추장(推獎)을 바라오니, 반드시 어기지 말아주십시오. 목을 빼고 수레를 돌리는 날을 기다린 지 오래입니다.

○답(答) 구헌(矩軒)

마땅히 가르침을 받들겠습니다.

(細井廣澤)에게 배웠다. 송평씨(松平氏)의 서역(書役)으 지냈다. 나중에 동도(東都)로 와서 본원사(本願寺) 빈사(賓師)가 되었다. 글씨를 잘 썼다. 안영(安永) 원년에 80세로 죽었다.

○품(稟) 구헌(矩軒)

뜻이 특히 무궁하지만, 도중의 질병과 피로 때문에 오래 앉아있을 수가 없습니다. 내일은 비 때문에 빨리 출발하지 못할 듯합니다. 내일 아침 다시 방문하여서 남은 회포를 풀었으면 하는데, 어찌 여기실지 모르겠습니다.

○답(答) 십주(十洲)

삼가 마땅히 명하신대로 하겠습니다. 간절히 내일 아침을 기다릴 뿐입니다.

○고아한 화답을 주시는 것을 기뻐하지 않으시니, 따로 절구 1수를 지어서 제암·해고 두 분 서기께 받들어 사례합니다
惠高和, 不堪喜, 別賦一絶, 奉謝濟菴·海皐二書記

십주(十洲)

오늘밤 영중[24] 사람을 상봉하니 相逢今夜郢中人
문득 아름다운 〈백설곡〉의 새로움을 듣네 忽聽翩翩白雪新
이 곡 또한 속세의 가락이 아니니 此曲亦非塵世調
노래하면 두루 따뜻한 봄을 되돌릴 것 같네 唱來偏似回陽春

24 영중(郢中) : 전국시대 초(楚)나라 도성. 영의 노래에 〈백설가〉가 있는데 고아하여 화답하는 사람이 드물었다고 한다.

○십주께 받들어 화답하다
奉和十洲

제암(濟菴)

비바람 치는 높은 누대에 만 리의 사람이 있는데 風雨高樓萬里人
도는 등불의 꽃 그림자는 누구를 위해 새로운가? 旋燈花影爲誰新
십주의 난새 수레가 항상 오니 十洲鸞駕尋常至
부상의 초록 잎의 봄을 문답하네 問答扶桑綠葉春

○십주 목군의 운을 받들어 화답하다
奉和十洲木君韻

해고(海皐)

부평초 인연이 문득 비를 뿌려 사람을 머물게 하니 萍緣忽作雨留人
긴 대나무와 푸른 솔의 기색이 새롭네 脩竹青松氣色新
창해에서 관개[25]의 길을 다 가지 못했는데 滄海未窮冠蓋路
선도화 피니 몇 번의 봄이던가? 仙桃花見幾回春

○품(稟)

해고(海皐)

두세 분은 이미 물러가서 쉽니까? 어찌 좌석에 없는지요? 대인(大人)께서는 또한 어디 계신지요?

25 관개(冠蓋) : 의관과 수레. 사신의 일행을 말함.

○답(答) 십주(十洲)

제자(諸子)들은 모두 글씨 쓰는 자리에 있습니다. 난고(蘭皐)도 또한 그렇습니다.

○통자(通刺) 난우(蘭宇)

천리를 건너오시며 동정(動定)이 즐거움을 누리시고, 용 깃발이 엄연(儼然)이 여기에 임하시니 삼가 절하며 축하합니다. 저의 성은 등(藤)이고, 이름은 숭(崧)이고, 자는 준경(峻卿)이고, 호는 난우(蘭宇)이고, 미장(尾張)의 일민(逸民)입니다.

○품(稟)

문기(文旂)[26]가 동쪽으로 향했다는 소식을 들은 후 서쪽을 바라본 지 여러 날입니다. 큰 가뭄의 구름무지개일 뿐만 아닙니다. 다행히 하늘이 좋은 인연을 주셔서 제공들의 좌석 아래를 알현하게 되니 기쁨이 어찌 끝이 있겠습니까? 그래서 거친 시를 읊어서 제공들 안하에 받들어 올립니다.

26 문기(文旂) : 채색의 용이 그려진 깃발. 사신의 깃발을 말함.

제술관 박공 안하에 받들어 올리다
奉呈製述官朴公案下

구름 돛 용절이 청주를 비추니	雲帆龍節照蜻洲
별들의 채색 빛이 조망 속에 떠있네	星斗文光望裏浮
한궁의 사부객[27]을 먼저 알현하니	先見漢宮詞賦客
당년의 양마[28]의 옛 풍류이네	當年楊馬舊風流

○난우의 혜운을 받들어 화답하다
奉和蘭宇惠韻

박구헌(朴矩軒)

근래 필력을 창주[29]에 붙이고	邇來筆力寄滄洲
해를 넘기 외로운 배가 만 리에 떠있네	經歲孤舟萬里浮
그대 문장이 원기가 회통함을 아니	知子文章元氣會
부사산이 높게 솟고 월강이 흐르네	富山高峙越江流

27 한궁(漢宮)의 사부객(詞賦客) : 한나라 양원(梁苑)의 문객들을 말함. 양원은 서한(西漢) 양효왕(梁孝王)이 건설한 동원(東苑). 옛 터는 지금의 하남성(河南省) 상구시(商丘市) 동남에 있음. 화려한 원림으로서 당시 명사들인 사마상여(司馬相如), 매승(枚乘), 추양(鄒陽) 등이 상객(上客)으로 출입했음. 일명 토원(兎園)이라고 함.

28 양마(楊馬) : 한(漢)나라의 양웅(揚雄)과 사마상여(司馬相如). 유명한 사부가(辭賦家)들임.

29 창주(滄洲) : 전설 속의 신선이 거주하는 곳.

○서기 두 분의 안하에 받들어 올리다
奉呈書記兩公案下

등란우(藤蘭宇)

문부 사림에서 마음껏 노니니	文府詞林自在遊
흉중에 만권의 서루가 있네	胸中萬卷有書樓
꽃 피우는 붓 아래 구름안개가 일어나고	生華筆下雲煙起
웅변은 높이 날아 폭포와 흐르네	雄辯高飛瀑布流

○난우의 혜운을 받들어 화답하다
奉和蘭宇惠韻

이제암(李濟菴)

바람 수레 구름 곁말로 한만히 노니니	風馭雲驂汗漫遊
빗소리와 소나무 푸름이 다루에 가득하네	雨聲松翠蒲茶樓
눈썹 가엔 삼신산의 기를 몹시 띠었고	眉端剩帶三山氣
필세는 마땅히 만 리의 물결을 뒤집네	筆勢應傾萬里流

○난우의 경운을 받들어 화답하다
奉酬蘭宇瓊韻

이해고(李海皐)

선계의 인연으로 와서 해산에서 노니니	仙緣來作海山遊
말 멈추고 상봉한 옛 역루이네	駐馬相逢古驛樓

가장 한스러운 것은 바쁜 우중의 이별인데 最恨悤悤雨中別
객행은 물과 같이 일동으로 흘러가네 客行如水日東流

○난우께 받들어 올리다
奉呈蘭宇

위로의 노래 한 곡에 닻줄을 푸니 勞歌一曲解□舟
붉은 나무 푸른 산이 물과 함께 흘러가네 紅樹青山水□流
석양에 술 깼는데 사람들 이미 멀어지고 日暮酒醒人已遠
하늘 가득한 비바람에 서루를 내려오네 滿天風雨下西樓

○해고께 받들어 화답하다
奉和海皐

등란우(藤蘭宇)

긴 바람이 만 리로 목란 배를 보내고 長風萬里送蘭舟
창해의 파란이 붓 아래 흐르네 蒼海波瀾筆底流
반가운 눈으로 상봉한 이향의 객인데 青眼相逢異鄉客
부를 지은 왕찬[30]이 홀로 누대에 오르네 賦成王粲獨登樓

30 왕찬(王粲) : 생몰은 177~217. 자는 중선(仲宣), 한(漢)나라 말의 산양(山陽) 고평(高平 : 산동성 鄒城) 사람. 건안칠자(建安七子) 중의 한 사람. 처음에는 유표(劉表)에게 있다가 나중에 조조(曹操)에게 귀순했음. 일찍이 〈등루부(登樓賦)〉를 지어서 고향생각을

○양의 조공께 받들어 올리다
奉呈良醫趙公

등란우(藤蘭宇)

처음 신선객을 알현하고	初見神仙客
그대가 갈홍[31]의 재능임을 알았네	知君葛洪才
거둬들인 주머니 속의 옥을	摘收囊裡玉
옛 봉래에 가져와서 비추네	携照古蓬萊

○난우가 주신 운을 받들어 화답하다
奉酬蘭宇贈韻

조활암(趙活庵)

교주[32]처럼 의술이 없음을 탄식하고	膠柱嘆無術
조충[33]처럼 재능 없음이 부끄럽네	雕蟲慙不才
항상 대약을 구하기 위해	尋常求大藥
노력하여 봉래산을 향하네	努力向蓬萊

(유취설(柳醉雪)은 병으로 한가하고 조용한 곳으로 갔기 때문에 화답이 없다.)

붙인 적이 있음.

31 갈홍(葛洪, 284~364?) : 동진(東晉)의 도교학자(道教學者), 연단가(煉丹家), 의약학가(醫藥學家). 자는 치천(稚川), w호는 포박자(抱樸子). 나부산(羅浮山)에 은거하여 연단(煉丹)을 했다. 저서로 『신선전(神仙傳)』, 『포박자(抱樸子)』 등이 있다.

32 교주(膠柱) : 교주고슬(膠柱鼓瑟). 융통성이 없이 고루한 것.

33 조충(雕蟲) : 조충전각(雕蟲篆刻). 벌레나 아로새기는 하찮은 재간.

○품(稟) 금부(錦部)

저의 성은 귤(橘)이고, 이름은 정려(正麗)이고, 자는 공택(公澤)이고, 호는 금부(錦部)이고, 미장주시의(尾張州市醫)입니다. 다행히 이날 빈관 안에서 봉황의 바라봄을 함께 하니 감개가 더할 것이 없습니다.

활암 조공의 안하에 받들어 올립니다
奉呈活庵趙公案下

바다 위 신선이 붉은 구름을 밟으니 海上神仙蹈紫雲
인간세상에서 서로 바라보며 성대한 기운을 접하네 人間相望接氤氳
이때 푸른 소[34]를 타고 내려오니 않으니 爾時非跨青牛下
다퉈 유룡[35]의 오채 문양을 보네 爭見猶龍五綵文

○문(問) 활암(活庵)

군(君)의 나이는 얼마입니까? 시와 글씨를 바랄 수가 없습니다.

34 청우(靑牛) : 전설에 노자(老子)가 푸른 소를 타고 함곡관(函谷關)관을 나가 서역으로 갔다고 함.

35 유룡(猶龍) : 노자(老子). 『사기(史記)·노자한비열전(老子韓非列傳)』에 "공자(孔子)가 말하기를 '내가 오늘 노자(老子)를 알현했는데 용과 같지 않나 싶다!'고 했다"고 했음.

○ 답(答) 금부(錦部)

제 나이는 22세입니다. 성품이 게을러서 전념하여 닦지 못했는데, 어찌 지나친 칭찬을 받을 수 있겠습니까?

○ 품(稟) 활암(活庵)

묘년(妙年)의 기재(奇才)가 부럽고 부럽습니다. 소활한 재능이 감당할 수 없는데, 억지로 제 정성을 펴서 화답을 받듭니다. 다만 발행이 가까워서 조용히 즐거움을 다 나누지 못함이 원망스럽습니다.

귤공의 경운을 받들어 화답하다
奉和橘公瓊韻

바위 위 봉래산이 항상 구름이 덮어서　海上蓬萊常覆雲
사시에 자욱하게 기운이 성대하네　四時靄靄氣氤氳
그대에게 신선의 일을 묻고자 한데　憑君欲問神仙事
소활한 말이 여러 문자를 밝히기 어렵네　疎語難明數字文

○ 답(答) 금부(錦部)

뜻밖에 은근히 대해 주시고 또한 고아한 화답을 주시니, 기쁨과 부끄러움이 섞여서 이릅니다. 여기서 말을 다하지 못했는데, 닭 우는 소리가 아침을 알립니다. 그대께서 장차 화서(華胥)에서 노니신다면, 동방이 밝아지면 또 당연히 와서 알현하겠습니다.

○품(稟) 활암(活庵)

서기(書記) 유취설(柳醉雪)이 병으로 다른 자리에 있는데 군께서 가서 보는 것이 어떠합니까? (금부(錦部)가 승낙했다.)

○유공께 묻다(稟柳公) 금부(錦部)

공께서 취설(醉雪) 유공(柳公)이십니까?

○답(答) 취설(醉雪)

제가 곧 부사서기(副使書記) 유취설(柳醉雪)입니다.

○품(稟) 금부(錦部)

저의 성은 귤(橘)이고, 이름은 정려(正麗)이고, 자는 공택(公澤)이고, 호는 금부(錦部)입니다. 귀하의 병을 돌아보지 않고, 그대의 뜻을 알고자 왔습니다. 그대께서 저를 생각해주신다면 제가 감히 건상(褰裳)[36]을 읊지 않겠습니까?

○답(答) 취설(醉雪)

병이 심하여 힘쓰기 어려워서, 제현(諸賢)들의 부름을 많이 사양했습니다. 오직 공의 말만 듣겠습니다. (금부(錦部)가 감사하고 감사하다고 했다.)

○취설 유공의 안하에 받들어 올리다
奉呈醉雪柳公案下

금부(錦部)

대국의 현신이 사명을 받든 해에	大國賢臣奉使年
상종하는 기실들이 모두 문채 나네	相從記室共翩翩
바다를 건너온 것은 승경을 찾고자 함인데	爲過海上探奇絶
모두 한나라 조정의 사마천[37]이라고 하네	總說漢朝司馬遷

36 건상(褰裳) : 『시경』 〈정풍(鄭風)〉의 편명. 님을 따르겠다는 사랑의 노래임.
37 사마천(司馬遷) : 『사기(史記)』의 저자. 젊은 시절에 중국의 사방 지역을 유람했었음.

○금부의 사안에 받들어 화답하다
奉和錦部詞案

취설(醉雪)

일역의 풍류를 젊은이에게서 보니	日域風流見妙年
상봉한 채색 붓이 진정 문채나네	相逢彩筆正翩翩
대택과 명산을 찾아보고 가더라도	縱探大澤名山去
승경을 기록함이 어찌 사마천 같겠는가?	記勝何能以馬遷

○국신 제술관 안하에 받들어 올리다
奉呈國信製述官案下

금부(錦部)

해외의 삼한 사절이 통하니	海外三韓使節通
비단 돛이 탈 없이 관동으로 향하네	錦帆無恙向關東
즐거운 유람이 절로 오공자[38]와 같아서	優遊自似吳公子
가는 곳마다 능히 응대하여 국풍을 관람하네	到處能應觀國風

[빈관에 많은 학사와 두 분 서기의 화답이 없었다. 그래서 조활암(趙活菴)에게 부탁하고, 귀로(歸路)를 기다렸다.]

38 오공자(吳公子) : 춘추시대 오(吳)나라 계찰(季札). 여러 나라를 방문하여 국풍(國風)을 관람하고 평가를 했음.

○활암 조공의 안하에 받들어 올리다
奉呈活庵趙公案下

관봉(冠峯)

한나라 조정에서 넘침을 노래한 태창[39]의 재능인데	漢朝唱滿太倉才
좌우에서 즐겁게 유람하니 뜻이 웅장하네	左右優遊意壯哉
어찌 반드시 신선이 아름다움을 거리끼랴?	何必神仙妨好美
이 행차가 약을 찾아 봉래산으로 들어가네	此行採藥入蓬萊

○奉和冠峯申公贈韻

活庵

박상[40]은 예로부터 인재가 많다고 하는데	搏桑自古稱多才
공처럼 고상한 모습이 몇인가 묻네	高標如公問幾哉
곤곤한 썩은 재능이 가소로운데	袞袞腐□還可笑
공연히 강절을 수행하여 먼 길을 왔네	空隨絳節遠途來

○稟

活庵

제 성은 조(趙)이고, 이름은 숭수(崇壽)이고, 호는 활암(活庵)인데. 우리나라 양의(良醫)로서 왔습니다. 족하께서 간절히 오셔서, 존귀한

39 태창(太倉) : 한(漢)나라 때 도성에 설치했던 나라의 곡식창고.

40 박상(搏桑) : 부상(扶桑)과 같음. 일본을 지칭하는 말.

노래를 주셨는데 졸렬한 화답으로 어찌 높은 안목을 번거롭게 하겠습니까? 공의 성명은 무엇입니까? 연세는 몇이십니까? 제세(濟世)[41]를 생업으로 삼으셨습니까?

○답(答) 관봉(冠峯)

제 성은 이(伊)이고, 이름은 춘경(春卿)이고, 자는 자경(子京)이고, 또 다른 자는 현적(玄適)이고, 호는 관봉(冠峯)입니다. 견마(犬馬) 같은 제 연령은 25세이고, 그대와 동업(同業)입니다.

국신 세 분 기실의 안하에 받들어 올리다
奉呈國信三記室案下

우객[42]의 행장이 가장 웅장한데	羽客行裝最壯哉
구름수레 소리 나는 곳에 오색구름이 열리네	雲車轔處五雲開
날아오름이 일순간에 삼천리인데	飜飛一息三千里
문득 금강산 만 길에서 오네	忽自金剛萬丈來

41 제세(濟世) : 의업(醫業).

42 우객(羽客) : 도교의 도사(道士). 선인(仙人).

○관봉의 사안에 받들어 화답하다
奉和冠峯詞案

취설(醉雪)

푸른 바다 누선에서 뜻이 긴데　樓船滄海意悠哉
신선 행렬에 이르니 시야가 비로소 열리네　及到仙列眼始開
손수 지은 갱장한 소리의 시가 문득 이르니　入手鏗鏘詩忽至
아득하게 생학[43]이 하늘에서 오네　依稀笙鶴自天來

○품(稟)
관봉(冠峯)

삼가 근래 병이 있음을 들었는데 그 근심을 돌아보지 않고 외람되게 파가(巴歌)를 올렸습니다. 다행히 화답의 시를 주셔서 기쁨을 말할 수가 없습니다. 잠깐 만났다가 금방 헤어짐이 원망스러운데, 하물며 이날 비바람 치고 어두움에 있어서겠습니까? 앞길이 여전히 가깝지 않는데, 길을 갈 때 자중하시고, 나부끼는 채색 깃발이 반드시 이곳에 오기를 기대하겠습니다. 바라고 또 바랍니다.

43 생학(笙鶴) : 전설 속에 주령왕(周靈王)의 태자 왕자교(王子喬)가 생(笙)을 불기를 좋아하여 봉황소리를 냈는데, 도사 부구공(浮丘公)에게 신선술을 배워서, 30년 후 구씨산(緱氏山)에 백학(白鶴)을 타고 와서 머물렀다가 사람들에게 손을 흔들어 인사하고 신선이 되어 떠나갔다고 함. 생황은 신선이 타는 선학(仙鶴)을 말함.

○답(答)

취설(醉雪)

보여주신 뜻을 잘 알았습니다. 저는 치통(齒痛) 때문에 붓을 잡기 어려운데, 외람되게 화답을 하여서 감히 대적할 수가 없습니다. 두 서기와 학사는 저쪽에 있으니 화답을 구하는 것이 어떠한지요?

○답(答)

관봉(冠峯)

빈객의 자리에는 무리들이 많아서 화답을 받기를 다투고 싶지 않습니다. 학사와 두 서기의 말은 공에게 부탁드리고, 훗날 주시기를 기다릴 뿐입니다.

구헌 박공의 안하에 받들어 올리다
奉呈矩軒朴公案下

관봉(冠峯)

빈빈한 문질[44]은 누구를 향한 논의인가?	彬彬文質向誰論
좋은 성가를 깊이 감추어 말할 수 없네	良賈深藏不可言
정화를 잘 복용한 그대가 지나감을 보니	善服精華望君過
형형한 자기가 관문[45]에 가득하네	熒熒紫氣滿關門

44 빈빈(彬彬)한 문질(文質) : 문식과 실질이 잘 갖추어짐을 말함.

45 형형한 자기(紫氣)가 관문(關門) : 자기는 상서로운 구름기운, 노자(老子)가 함곡관(函谷關)을 나가서 서역으로 갈 때 자기가 서렸다고 함.

○제 성은 판창(坂倉)이고, 이름은 통관(通貫)이고, 자는 우보(友輔)이고, 호는 담수(澹水)이고, 대판(大坂) 사람입니다. 화식(貨殖)을 생업으로 삼는 수전로(守錢虜)로서, 대인군자(大人君子)들의 뜰에 이름을 알릴 수가 없습니다. 비록 그렇지만 저는 일찍이 문(文)은 천하의 고도(公道)로서 높고 낮음을 논하지 않는다고 들었습니다. 삼가 졸작 2수를 지어서 한국 구헌 선생의 안하에 받들어 올립니다. 부디 고아한 화답을 내려주시기를 바랍니다.

성사가 푸른 바다 동쪽에 멀리 임하니	星使遙臨滄海東
상아 노와 금 닻줄이 긴 바람에 올랐네	牙橈金纜乘長風
선왕의 예악이 여전히 풍부하고	先王禮樂猶殷賑
지금 시대 공경들이 모두 웅걸하네	今代公卿皆傑雄
연작이 상수의 그늘에서 무리지어 우는데	燕雀群鳴桑樹影
홍붕은 계림 안에서 높이 나네	鴻鵬高搏鷄林中
작은 재간의 조고객[46]이 아닌데	小才不是操觚客
다행히 맑은 시절 한묵의 융성함을 만났네	幸遇淸時翰墨隆

우(又)

크게 잠긴 큰 강의 천리 길인데	巨浸大江千里程
사신이 동쪽 낭화성으로 들어왔네	使君東入浪華城

46 조고객(操觚客) : 문인(文人).

봉황 퉁소와 용 피리 소리 비단 돛 그림자가 있으니 鳳簫龍笛錦帆影
다소의 명산들이 하루 만에 맑아지네 多少名山一日淸

○담수 천백의 안우에 받들어 화답하다
奉和澹水泉伯案右

구헌(矩軒)

보슬비 내리는 선림에 여정을 머무니 細雨禪林駐客程
번화하고 화려난 기마가 강성에서 빛나네 繁華錦騎耀江城
또한 화식[47]을 마땅히 없애지 않음을 아니 又知貨殖不宜闕
잠실에서 오히려 과부의 청렴을 전하네 蠶室猶傳寡婦淸

○박선생이 나의 시를 버리지 않고 황공하게 높은 화답을 주시니 기쁨을 이길 수 없습니다. 다시 원운을 사용하여 8수를 받들어 사례합니다
朴先生不捨予襪綿，忝惠尊和，不勝雀躍，再用原韻，奉謝八首.

창담수(倉澹水)

1

화마[48]가 낭화강 동쪽에 잠시 멈추니 花驂暫駐華江東

47 화식(貨殖) : 재물을 늘리는 일.

사람들이 기방[49]의 만 리 풍에 목욕하네　人浴箕邦萬里風
명을 받듦은 사방에 사신 간 자공[50]을 바라고　銜命四方望子貢
저서는 천년의 양웅[51]을 본받네　著書千歲擬楊雄
선하가 수레를 옹위하여 산하의 그림자 속에 있고　仙霞擁輅河山影
하늘의 해는 아침에 임하여 연우 안에 있네　天日臨朝煙雨中
시정의 천신을 그대가 버리지 않으니　市井賤臣君不棄
대우가 다른 사람에 대한 융숭함에 비할 만하네　故教待遇比它隆

2

신선 깃발이 아득히 바다동쪽에 이르니　仙旆悠悠到海東
뱃노래가 이로부터 서풍을 향하네　棹歌從是向西風
가을 성에 머물고 떠나는 당에 가득한 객들인데　秋城留別滿堂客
그림 비단처럼 몹시 영화로운 일세의 영걸이네　畵錦蜚榮一世雄
푸른 바다 밖에서 어룡을 멀리 알아보고　遙識魚龍滄海外
흰 구름 속에서 섬들을 여러 번 읊네　數吟島嶼白雲中
시와 술을 나눌만 한데 송영이 급하니　可堪詩酒送迎急

---

48 화마(花馬) : 오화마(五花馬). 반점이 알록달록한 말.

49 기방(箕邦) : 기자(箕子) 나라. 조선을 말함.

50 자공(子貢) : 공자(孔子)의 제자 단목서(端木賜, 기원전520~기원전456)의 자. 노(魯)나라와 위(衛)나라 양국의 상(相)을 지냈다. 구변을 잘하고 웅변에 뛰어났다. 공자가 '호련지기(瑚璉之器)'라고 평가했다.

51 양웅(揚雄, 기원전53~기원전18) : 서한(西漢)의 학자 겸 문인. 자는 자운(子雲), 촉군(蜀郡) 성도(成都 : 四川 成都 郫縣 友愛鎭) 사람. 여러 서적을 널리 열람하고, 사부(辭賦)에 뛰어났다. 〈감천(甘泉)〉, 하동(河東)〉 등의 부(賦)를 지었고, 저서로 『태현경(太玄經)』, 『법언(法言)』 등이 있다.

머리 들고 오히려 덕택의 융숭함을 바라네	擧首猶望德澤隆

3

태평한 일월이 동서를 비추고	太平日月照西東
뽕나무가 가지 늘이고[52] 덕풍을 맞이하네	桑樹技垂迎德風
헌면[53]은 성대하여 천고의 전례이고	軒冕熙熙千古典
문장은 찬란하여 백부의 웅걸이네	文章爛爛百夫雄
향 사르는 금압향로[54]는 선상 아래 있고	燒香金鴨仙牀下
비 일으키는 화룡은 선각 안에 있네	起雨畫龍禪閣中
상봉하여 곧 이별함을 탄식하지 마오	莫嘆相逢卽相別
황화[55]의 성대한 일에 누가 융숭함을 다투는가?	皇華盛事孰爭隆

4

찬란한 사성이 서쪽으로 왔다 동으로 가니	燦爛使星西又東
돌아가는 돛에 띤 햇살에 가을바람 매달렸네	歸帆帶日掛秋風
낭화성 밖에 비단 빛 움직이고	浪華城外錦光動
전수교 앞에 깃발 형세 웅장하네	澱水橋頭旂勢雄
맑은 섬들 허공에 이어져 아침 안개 속에 있고	洌嶼連空朝霧裡
음악으로 송별하는 석양 안이네	筦絃送別夕陽中

52 뽕나무가 가지 늘이고 : 부상(扶桑)을 말함. 일본의 별칭.
53 헌면(軒冕) : 관리의 수레와 복식을 말함.
54 금압(金鴨)향로 : 금색 오리 문양이 있는 화로.
55 황화(皇華) : 『시경』, 〈소아(小雅)〉의 편명. 임금이 사신을 파견하며 부르는 노래.

수레방울 패옥소리 삼천리인데	鳴鑾佩玉三千里
부산포로 돌아가면 명망이 융숭하리라	釜浦歸來名望隆

5

옛 부의 나루 남쪽이 수십 정인데	古府津南數十程
선사가 한양성에서 멀리 왔네	仙槎遠自漢陽城
천공이 하루 밤의 상서로움을 허락하고	天公一夜許嘉瑞
다시 영중의 〈백설곡〉 맑은 가락을 내리네	更降郢中白雪淸

6

신선 깃발이 며칠 동안 행정을 재촉했는가?	仙旗幾日促行程
이미 가을바람을 향해 옛 성을 바라보네	已向秋風望故城
시 읊은 백편이 천년의 고운가락이고	詩賦百篇千歲雅
동서의 넓은 물은 그대를 위해 맑네	東西淼漫爲君淸

7

아늑한 객로가 몇 천 정인데	悠悠客路幾千程
오마가 크게 울며 낭성으로 들어오네	五馬高嘶入浪城
내일 돌아가는 배에서 한 번 머리 돌리고	明日歸舟一回首
다만 하늘 위 은하수의 맑음을 보리라	只看天上漢雲淸

8

수많은 산과 물에서 행정을 헤아리니	千山萬水占行程

별빛 동쪽에서 밝아 빛이 성에 가득하네 星彩炤東光滿城
근대 문장에 규성[56]의 상서로움이 있는데 近代文章奎瑞在
다시 붓과 벼루의 먼지를 털어 맑게 하네 更教筆硯拂塵清

○다른 운을 사용하여 받들어 사례하다. 2수
用別韻奉謝 二首

창담수(倉澹水)

1

객관의 거문고 노래가 매일 새로운데 客館絃歌日日新
청담의 옥로가 다시 흘러나네 清談玉露更津津
등용문에 오르니 얼마나 넓은가? 登龍門上廣多少
우리 무리 비루한 자들을 꺼리지 않네 不礙吾曹謭陋人

2

오색 기운이 바다를 비춰 맑으니 五色氛氳映海清
그대가 조선 봉황성으로 돌아감을 아네 知君歸朝鳳凰城
가을날 하루저녁 밝은 달을 바라보니 秋天一夜望明月
진정 배를 스쳐가는 외로운 학의 울음이 있네 定有掠船孤鶴鳴

56 규성(奎星) : 문운(文運)을 주관한다는 별 이름.

○저의 성은 편강(片岡)이고, 이름은 정수(正秀)이고, 자는 자란(子蘭)이고, 낭화인(浪華人)이고, 별호는 대강산인(大江散人)입니다.

삼가 율시 1수와 절구 1수를 한국 학사 구헌선생의 대하에 받들어 올립니다. 삼가 화답을 내려주시기를 바랍니다
謹賦一律一絕 奉呈韓國學士矩軒先生臺下, 伏乞賜和

1

연일 용 그림자를 바라보니	連日望龍影
선기가 옴을 멀리서 아네	遙知仙氣來
선린하는 사절이 융숭한데	善隣隆使節
국풍을 관람하는 어진 인재[57]를 선발했네	觀國選賢才
푸른 바다의 연파가 합쳐지고	碧海煙波合
비단 돛의 운무가 열리네	錦帆雲霧開
풍류가 천리에 접하니	風流千里接
요대[58]에 오름이 얼마나 행운인가?	何幸上瑤臺

57 국풍을 관람하는 어진 인재 : 춘추시대 오(吳)나라 계찰(季札)이 사방의 나라에 사신으로 가서 그곳 국풍을 관람하고 품평을 했음.

58 요대(瑤臺) : 전설에 신선이 거주한다는 곳.

2

비단 돛이 탈이 없어 좋은 손님을 알현하고　　綿帆無恙謁嘉賓
채색 붓[59]이 난대[60]에 있으니 봄에 앉아있는 듯하네　　采翰蘭臺如坐春
하루의 즐거움 나눔이 천년의 일인데　　一日交歡千載事
영곡과 파인의 곡[61]을 논하지 않네　　不論郢曲與巴人

○저는 전적(典籍) 박경행(朴敬行)인데, 자는 인칙(仁則)이고, 호는 구헌(矩軒)입니다. 편강(片岡)의 대아(大雅)를 받들어 화답합니다.

황금 배와 수 휘장에 좋은 손님이 체류하는데　　金舟繡帕滯嘉賓
외로운 배를 전송하는 이역의 봄이네　　新送孤舟異域春
채색 붓이 성대한 기운을 띠고 오니　　綵筆帶來磅礴氣
원래 산하가 옥으로 이루어 준 사람이네　　山河元是玉成人

59 채색 붓 : 남조(南朝) 강엄(江淹)이 젊었을 때 꿈속의 사람에게서 오색필을 받았는데, 이로부터 문사(文思)가 크게 진보했다. 그런데 어느 날 꿈속에서 자칭 곽박(郭璞)이라고 자칭하는 사람이 오색필을 돌려달라고 하며 가지고 갔는데, 구로부터 짓는 시에 가구(佳句)가 없었다고 함.

60 난대(蘭臺) : 한(漢)나라 때 난대령사(蘭臺令史)라는 관직을 두고 책을 간행하고 문서를 담당하게 했음. 반고(班固)와 반초(班超) 등이 이 관직을 지냈다.

61 영곡(郢曲)과 파인(巴人)의 곡 : 영곡은 전국시대 초(楚)나라 도성 영(郢)의 노래. 그 중에 〈백설곡〉 같은 고상한 노래가 있었다. 파인의 곡은 열등한 곡을 말함.

○구헌선생이 항공하게 고아한 화답을 주시니, 원운을 사용하여 대하에 다시 올리다. 4수

矩軒先生辱賜高和, 乃用原韻, 再呈臺下 四首.

강자란(岡子蘭)

1

사성이 만 리를 오니	使星行萬里
소승[62]이 또 동으로 왔네	炤乘又東來
선뢰[63]는 구름 색을 넘고	仙籟凌雲色
큰 소리의 노래는 부를 짓는 재능이네	高歌作賦才
하늘가에 놀 기운이 퍼지고	天邊霞氣偏
길가엔 탁한 먼지 열렸네	道上濁埃開
상국의 문장이 아름다운데	上國文章美
옥인이 옥대에 오르네	玉人登玉臺

2

규벽이 손안으로 떨어지고	圭璧掌中落
채색구름은 어디서 오는가?	彩雲何處來
난간에 기댄 밝은 달의 색이고	憑欄明月色
별을 쏘아 하늘 찌르는 재간이네	射斗揬天才
숙야[64]의 맑음에 어찌 미치겠는가?	叔夜淸奚及

62 소승(炤乘) : 조승주(照乘珠). 빛이 수레를 비출만한 보주(寶珠).

63 선뢰(仙籟) : 신선의 음악. 좋은 음악을 비유한 것임.

64 숙야(叔夜) : 진(晉)나라 혜강(嵇康)의 자. 죽림칠현(竹林七賢) 중의 한 사람. 인품이

휴문[65]의 아름다움이 이미 열렸네	休文美已開
용문은 바랄 수 없는데	龍門不可企
붓을 던지고 높은 대를 우러르네	閣筆仰高臺

3

소광[66]한 이가 하루에 좋은 손님을 접하니	疎狂一日接嘉賓
〈백설가〉를 이루니 봄에 취한 듯하네	白雪歌成如醉春
도리어 마침 〈앵무부〉[67]가 없음이 부끄러운데	却恥時無鸚鵡賦
동화[68]의 문채가 홀로 사람을 놀라게 하네	東華文藻獨驚人

4

한사의 간곡한 정에 주빈을 잊고	韓使懇情忘主賓
난릉[69]의 여러 말의 술로 푸른 봄을 사네	蘭陵數斗買青春
그대의 새 벗에 지기가 없음이 가련한데	怜君新友無知已
원객이 다만 마땅히 취한 사람이네	遠客唯宜醉裏人

고결하고 시문과 음악에 정통했음.

65 휴문(休文) : 심약(沈約, 441~513)의 자. 남조(南朝) 때의 저명한 문인.

66 소광(疎狂) : 호방(豪放)하여 구속되지 않는 것.

67 앵무부(鸚鵡賦) : 동한(東漢) 예형(禰衡, 173~198)의 작품. 예형은 자가 정평(正平)이고, 당시 명사로서 공융(孔融) 등과 친했음.

68 동화(東華) : 조선의 이칭.

69 난릉(蘭陵) : 중국 기주(沂州) 서남에 있는 현 이름. 명주(名酒)로 유명한 곳. 이백(李白)의 〈객중행(客中行)〉시에, "蘭陵美酒鬱金香, 王碗盛來琥珀光。但使主人能醉客, 不知何處是他鄕."이라 했음.

○첩운으로 송별시 3수를 짓다
疊韻送別三首

강자란(岡子蘭)

1

비단 돛 뱃머리 단 것은 유명한 객인데 錦帆掟艫是名賓
거문고 소리 속 남쪽 훈풍[70]이고 피리소리 속의 봄이네 琴裏南薰篴裡春
근일 병주[71]에서 체류함이 오래인데 近日幷州留滯久
상건수[72]로 머리 돌리고 누구를 그리는가? 桑乾回首憶何人

2

선관의 맑은 바람 속에 큰 손니을 알현하니 仙館淸風見大賓
술잔 앞 〈백설곡〉은 따뜻한 봄의 맛이네 尊前白雪味陽春
투할[73]로 나를 억지로 머물게 함을 감당할 수 없는데 不堪投轄苦留我
그대는 밝은 조정의 천리 사람이네 君是明朝千里人

---

70 거문고 소리 속 남쪽 훈풍 : 순(舜) 임금이 오현금(五絃琴)을 타면서 〈남풍가(南風歌)〉를 지었다고 함. 내용은 남풍이 훈훈하여 백성들의 분노를 풀어줄 것이라고 했음.

71 병주(幷州) : 산서성 태원현(太原縣). 당나라 가도(賈島)의 〈도상건(渡桑乾)〉시에 "客舍幷州已十霜, 歸心日夜憶咸陽. 無端更渡桑乾水, 却望幷州是故鄕"이라고 했음.

72 상건수(桑乾水) : 물 이름. 옛 이름은 누수(灅水). 지금의 영정하(永定河)의 상류.

73 투할(投轄) : 서한(西漢) 진준(陳遵)이 연회를 베풀고, 빈객들의 수레비녀장을 우물에 던져버리고 돌아가지 못하게 하고 술자리를 계속했다고 함.

3

그대의 반마[74]가 떠나감이 슬픈데	怜君班馬去
취한 후 시를 부쳐왔네	醉後寄詩來
반면식의 자에게 시 주는 것을 아끼지 않으니	半面不慳贈
마음이 두루 재능을 사랑하네	寸臘偏愛才
이별 술잔으로 정이 잠시 즐거우니	離觴情暫悅
이별의 눈물이 한을 열지 않네	別淚恨無開
울릉도가 냉이 같이 작음을 아는데	鬱島知如薺
어느 곳 누대에서 고향을 바라보나?	望鄉何處臺

○세 분 서기 사백의 대하에 받들어 올리다. 3수
奉呈三書記詞伯臺下 三首

강자란(岡子蘭)

1

서쪽 객의 돌아옴이 이미 동쪽으로 오니	西客歸來已自東
사신들 모두 고인의 풍이 있네	使臣悉有古人風
부용곡과 백설곡으로 쌍벽을 얻으니	芙蓉白雪得雙璧
문채 나는 풍류가 좌석 안을 비추네	文彩風流照席中

74 반마(班馬) : 무리를 떠난 말. 이별하는 말을 말함.

2

구주의 동쪽 어느 곳인지 물어보니	借問九州何處東
서쪽 사람이 나라 향할 때 가을바람이 부네	西人向國値金風
지금 사해가 모두 형제인데	只今四海盡兄弟
기방이 한 조망 안에 있음을 탄식 마오	莫噫箕邦一望中

3

그대가 일동으로 왔다가 일동을 떠나니	君入日東出日東
봄바람이 객중에 가을바람으로 바뀌었네	春風客裏更秋風
부산포 위에서 멀리 머리 돌리면	釜山浦上遙回首
만 리에서 함께 노닐던 것이 꿈결 같으리라	萬里同遊似夢中

○신주변(神州辨)

강자란(岡子蘭)

연향(延享) 무진년 여름 4월에 조선 빙사(聘使)가 화부(華府)에 수일간 체류했다. 원근의 조고사(操觚士 : 문사)가 창화(倡和) 필담(筆譚)을 하려고 운집했다. 마침 한 의인(醫人) 아무개가 제술관(製述官) 박구헌(朴矩軒)에게 시를 올렸다. 그 시에서 일본을 신주(神州)라고 칭했는데, 박(朴)이 한 번 열람하고서 곧 발연(勃然)히 얼굴을 붉히며 "천하에 중화(中華)를 제외하고는 신주라고 칭할 수 없다. 헤아리지 못한 말을 나는 읽고 싶지 않다" 고 했다. 아무개는 부끄러워 얼굴을 붉히며 답변을 못하고 떠났다. 부(府)에서는 서로 전하며 웃음거리로 삼았다. 내가 그것을 듣고서 "심하구나! 박(朴)의 비루하고 거만함이여!"라고 했다. 대저 중화를 신주라고 칭한 것은 그 근원이 추연(鄒衍)이 이른바 신주적현(神州赤縣)[75]이라 한 데서 나왔다. 그러나 육예(六藝) 경전(經傳)에는 다시 명문(明文)이 없다. 대개 중국을 찬양하여 위호(偉號)로 세운 것일 뿐이다. 우리 신주는 이것과 다르다. 상고(上古)를 살펴보면 낙존(諾尊)[76]이 제초(諸初)를 열고, 일신(日神)이 제후(諸後)를 이었다. 천지칠오(天地七五) 때에 개물성무(開物成務)하여서 덕(德)이 생민(生民)에게 끼쳐짐이 양양(洋洋)히 성대했다. 이 이후로 천손(天孫)이 대대로 지켜서서 보새(寶壐)가 억만년을 지나도록 끝이 없이 지금까지 면면히 이어졌다. 저 사수정장(泗水亭長)[77]과 함께 황옥좌독(黃屋左纛)[78]에 올라서, 도적(盜賊)과 갈로(羯虜)들이 멋대로 황제를 호칭하고, 스스로 모멸하여 천자를 점청(黠靑)했다. 저쪽이 폐(廢)하면 이쪽이 흥(興)하여서 천위(天位)를 보기를 객사(客舍)처럼

75 추연(鄒衍)이 이른바 신주적현(神州赤縣) : 전국시대 제(齊)나라 사람 추연(鄒衍)이 화하(華夏)의 당을 "적현신주(赤縣神州)"라고 했음. 《史記 · 孟子荀卿列傳》에 보임.

76 낙존(諾尊) : 이자나기(イザナギ)는 고지키에는 이장낙(伊奘諾)라 기록되어 있으며 니혼쇼키에는 이사나기(伊邪那岐)로 기록되어 있다. 그 밖에 이장낙존(伊奘諾尊)으로도 불리며, 일본 신화의 창조신이다. 그는 이자나미의 배우자로서 많은 섬들과 신들을 낳았고 일본의 선조이며, 이자나미가 푼수로 죽자 이자나기는 그녀를 요미(지하 세계)에서 구출하려고 하였다. 그러나 결국 이자나미를 구출하지 못하고 돌아온 그의 왼쪽 눈에서는 태양의 여신 아마테라스를, 오른쪽 눈에서는 츠쿠요미를, 그리고 코로는 바람의 신 스사노를 낳았다.

77 사수정장(泗水亭長) : 한고조(漢高祖) 유방(劉邦)이 진(秦)나라 말에 사주정장을 지냈음. 사수는 현 이름. 지금의 산동성(山東省) 제녕시(濟寧市)에 속함.

78 황옥좌독(黃屋左纛) : 한(漢)나라 때의 천자의 거복(車服). 황옥은 수레 위에 청개(靑蓋)를 세우고, 황견(黃絹)을 개(蓋) 안의 안감으로 덧댄 것. 좌독은 좌방(左方)에 세운 상기(喪旗).

하였으니, 같은 시대로써 말할 수 없다. 이로써 살펴보면, 일본을 신주라고 칭한 것이 어찌 한 사람의 사적인 말이겠는가? 가령 주공(周公)과 공자(孔子)가 그것을 듣더라도 또한 잘못이라고 여기지 않을 것이다. 조선이 중국 천조(天朝)에서 책봉하여 왕이 되었음을 돌아보면, 그 나라 사람들은 중국을 숭상하기를 상제(上帝)를 대한 것처럼 한다. 그렇다면 박(朴) 등은 어려서부터 그것에 익숙함이 오래여서 다른 것이 있음을 알지 못하기 때문에 문득 일본을 신주라고 칭하는 것을 보고 놀라고 화를 낸 것이다. 참으로 마땅히 살펴야 한다. 의인(醫人)이 대답하지 않은 것은 할 수가 없어서가 아니다. 대개 그 마음은 빙사(聘使)는 국가의 큰 손님인데, 이에 대항하여 함께 소란하게 승부를 구하는 것은 예의가 아니라고 여겼던 것이다. 감히 참고 침묵하지 못하는 것은 그들이 사방에 웃음거리로 전하면서 부끄러워하지 않기 때문이다. 이 때문에 지금 내가 애오라지 그 사람을 대신하여 그것을 변론하는 것이다. 변론을 잘해서가 아니라 신(神)을 존중하기 때문이다.

○구헌 학사의 대현의 구좌 아래에 받들어 올리다
奉呈矩軒學士大賢鈎座下

엄남산(巖南山)

서복[79]의 선사가 이 고을에 멈추었고　　徐福仙槎停此州

79 서복(徐福) : 서불(徐市). 전설에 진시황(秦始皇)의 명을 받고 불로초를 구하기 위해 선남

왕인[80]의 유교가 지금도 흐르네　王仁儒教至今流
낭화강 가 배를 매어둔 곳에　浪華江上繫船處
모린[81]의 생각이 한 모임에서 아름답네　慕藺意思一會休

○남산의 운을 받들어 사례하다
奉謝南山韻

박구헌(朴矩軒)

큰 거북이 동남 육십 주[82]를 머리에 이고　鼇載東南六十州
부용봉이 높이 대치하고 낭강이 흐르네　芙蓉高峙浪江流
매일 산 구름이 금방 자태를 변하니　海日山雲俄變態
묵묵히 이별생각에 이 생애가 멈추네　默然離思此生休

[이 시는 점격(粘格)을 잃었는데, 황연(惚然)히 살피지 못한 것이던가?]

선녀를 거느리고 동해의 삼신산을 찾으러 갔다고 함. 오사카에 그 유적이 남아있다고 함.

80 왕인(王仁) : 4세기 후반 무렵 왜국(倭國)에 건너가서 활동한 백제의 학자. 『논어』와 『천자문』을 전해주었다고 한다.

81 모린(慕藺) : 사모함. 한(漢)나라 사마상여(司馬相如)가 전국시대 인상여(藺相如)를 사용하여 이름을 상여라고 지었다고 한다.

82 동남 육십 주 : 일본을 말함. 모든 지역이 육십 주로 되어 있다고 함.

○황공하게 고아한 화답을 주셔서, 다시 전운을 사용하여 받들어 사례하다
辱賜高和再疊前韻奉酬

남산(南山)

사람을 놀라게 하는 좋은 말이 청주를 비추고　驚人佳語映蜻州
붓을 대면 신이 있어 급류와 같네　下筆有神如急流
이 자리에서 흩어지면 다시 만남이 없으니　此席散場無再會
근심의 정이 이로부터 언제 그칠 것인가?　愁情從是何時休

○제암 이서기 영군 안하에 받들어 올리다
奉呈濟菴李書記英君案下

남산(南山)

동로의 연꽃 향기가 면류관에 끼치고　東路荷香襲冕旒
용 깃발이 태평주에서 반짝이네　龍旗閃閃太平州
홍로관 아래 수레 멈춘 곳　鴻臚館下停車處
풀에 오르는 고풍이 화려한 누대에 가득하네　上草高風滿畵樓

○남산께 받들어 화답하다
奉和南山

제암(濟菴)

돌아가는 꿈속에 가을 아침 옥류에 절을 하니　歸夢秋晨拜玉旒

몸이 낭화주에 있는 줄 몰랐네　不知身在浪華州
매미소리 온 나무에서 구름 열며 일어나니　蟬聲滿樹披雲起
우객들이 상봉하여 절간 누대에 앉았네　羽客相逢坐佛樓

○다시 전운을 사용하여 제암선생께 받들어 사례하다

再疊前韻奉謝濟菴先生

남산(南山)

부용에 맺힌 이슬이 철류를 꿰고　滴露芙蓉貫綴旒
명성이 불후하여 황주에 충당되었네　聲譽不朽充皇州
한 번 포효한 사자가 짐승들을 복종시키고　一哮獅子伏諸獸
코끼리를 도와 포위를 풀고 월루에서 울부짖네　相象解圍嘯月樓

○취설 유서기 아공의 오우에 받들어 올리다

奉呈醉雪柳書記雅公梧右

남산(南山)

무더위가 사람에게 끼쳐오는 가을날인데　酷暑逼人秋日天
역정의 피곤함이 매단 돛 앞에 있네　驛程困憊掛帆前
그대가 옥주의 노래로 화답하기 바라니　勞君求報玉珠詠
도성에서 황금으로 다퉈 전하리라　都下萬金須競傳

○남산께 받들어 화답하다
奉和南山

취설(醉雪)

바람이 남은 더위를 몰고 해가 흘러가는 하늘인데	風驅殘暑日流天
만 나무의 서늘한 매미소리가 옛 절 앞에 있네	萬樹凉蟬古寺前
연소자의 향기로운 명성이 누가 그대와 같겠는가?	年少香名誰似子
훗날 말발굽을 만 사람이 전하리라	異日蹄兮萬口傳

○다시 전운에 차운하여 취설선생께 받들어 화답하다
再次前韻奉酬醉雪先生

남산(南山)

이방의 수십 리가 강 하늘에 격했는데	異邦數里隔江天
창화를 자리 앞에 걸어두니 얼마나 행운인가?	何幸唱酬鉤座前
순식간에 시를 이루어 치는 창날을 기만하니	瞬息詩成欺擊鋒
일동의 천년에 아름다운 명성을 전하네	日東千載美名傳

○해고 이서기 사백께 받들어 올리다
奉呈海皐李書記詞伯

남산(南山)

은하수를 도려내온 천장[83]이고	抉來雲漢兮天章
미산의 백설의 향기 모두 붙들었네	攀盡眉山白雪香

높은 명예가 해내를 놀라게 함을 아니	知得高譽驚海內
많은 이가 자신도 모르게 청량함에서 목욕하네	衆人不覺沐淸涼

○남산께 받들어 화답하다

奉和南山

해고(海皐)

칠양[84] 베틀 북이 무늬를 게을리 놓는데	七襄機杼懶成章
그대가 보내온 시로 입에 향기남이 부끄럽네	媿爾詩來牙頰香
하늘가에 이별가가 석양에 임했는데	天畔離歌當落日
은하수의 가을기운에 한 매미소리 서늘하네	銀河秋氣一蟬涼

○항공하게 고아한 화답으로 인하여 해고선생께 받들어 화답하다

辱高和因奉酬海皐先生

남산(南山)

문에 이어지는 시객들이 문장을 올려서	踵門騷客呈文章
옥을 받아가지고 가니 두 소매에 향기 나네	酬玉携歸雙袖香
부용봉 위의 눈을 찾으니	摸索芙蓉峯上雪
그대의 시편으로 들어가서 사람을 서늘하게 하네	入君佳什令人涼

83 천장(天章) : 천문(天文), 좋은 시문을 말함.

84 칠양(七襄) : 직녀성(織女星).

○남산 소년에게 적어주다
題贈南山少年

제암(濟菴)

천향 속 오색이 난만하고　　天香爛五色
밝은 달의 계수나무 천 가지이네　　明月桂千柯
맑은 바람 불기를 그치지 않고　　淸風吹不盡
그대 붓 머리의 꽃을 비추네　　映爾筆頭花

[위는 그림부채를 꺼내어 글을 구하자, 신속하게 이 시를 적어서 나에게 주었다(右出畵扇乞書神速記此詩贈余)]

○항공하게 제 부채 면에 적어주시니, 방초에 차운하여 받들어 사례하다
辱題僕扇面因次芳礎奉謝

남산(南山)

신선객을 만났는데　　邂逅神仙客
창수가 썩은 가지가 되려하네　　唱酬欲朽柯
인풍이 매번 얼굴에 부니　　仁風每吹面
천 리에서 향기로운 꽃을 생각하네　　千里思香花

○삼가 조선국 제술관 구헌 박군께 올리니, 인자하게 고쳐주시기를 바랍니다

恭呈朝鮮國製述官矩軒朴君, 伏乞慈斤

옥계선생(玉溪先生)의 문인(門人) 송계(松溪)

청구[85]의 한 한림을 전해 들었는데	傳聽靑丘一翰林
영재의 사부가 절로 그윽하게 깊네	英才詞賦自幽深
비루한 이가 다행히 지미[86]의 빛을 대하니	鄙生幸接芝眉耀
제월광풍[87]이 금옥처럼 귀하네	霽月光風貴玉金

○송계의 혜운을 받들어 화답하고, 이어서 금사초 선물에 사례하다

奉酬松溪惠韻, 仍謝金絲草之貺

구헌(矩軒)

의관과 수레가 아득히 귤과 유자 숲에 있는데	冠蓋迢迢橘柚林
선루의 가을 색에 관문이 깊네	禪樓秋色關門深
담배연기가 난향을 띤 듯하니	絲煙帶得如蘭臭
잠든 후 맑은 향이 백금에 해당하네	睡後淸香直百金

85 청구(靑丘) : 조선의 별칭.

86 지미(芝眉) : 남의 안용(顔容)에 대한 경칭.

87 제월광풍(霽月光風) : 광풍제월(光風霽月), 맑은 날의 시원한 바람과 비 갠 날의 상쾌한 달빛. 북송 황정견(黃庭堅)이 주돈이(周敦頤)의 고결한 인품을 비유한 말이었음.

○박선생이 황공하게 고아한 화답을 주시니, 전운을 다시 차운하여 받들어 사례하오니 바로잡아주십시오
朴先生辱賜高和，再次前韻，奉謝是正

송계(松溪)

향기로운 소리 먼 반향이 계림에서 들려오니	芳聲遠響自鷄林
서로 만난 두터운 정이 의외로 깊네	相遇厚情意外深
다행히 고아한 시를 얻으니 조승벽[88]과 같고	幸得雅章如照乘
익숙한 읊음이 어찌 천금의 가격에 그치겠는가?	熟吟何止價千金

○송계께 다시 화답하다
疊和松溪

구헌(矩軒)

매미소리의 가을기운이 선림에 가득하고	鳴蟬秋氣滿禪林
강물이 동으로 흘러 이별의 뜻이 깊네	江水東流別意深
만 리의 외로운 배는 더운 바다에서 먼데	萬里孤舟炎海遠
돛 앞의 뜨거운 해가 쇠를 녹이려 하네	帆前火日欲流金

88 조승벽(照乘璧) : 빛이 수레를 비출 만한 벽옥(璧玉).

○조선국 활암 조의국의 돌아감을 받들어 축하하오니, 바로잡아주시기를 바랍니다

奉賀朝鮮國活庵趙醫國錦旋, 伏乞風斤

도계(桃溪)

비단 돛이 낭화 나루에서 새벽에 출발하니	錦帆曉發浪華津
삼첩의 이별가[89]로 월인을 전송하네	三疊離歌送越人
빙례를 마치고 고국으로 돌아가면	聘禮克終還故國
〈녹명〉을 크게 연주하여 공신을 포상하리라	鹿鳴高奏賞功臣

○도계가 준 운에 차운하다

次桃溪贈韻

활암(活庵)

누선이 내일 은하나루를 건너가는데	樓船明日渡河津
서로의 이별에 새 시를 주는 사람이 있네	相別新詩更有人
해를 넘겨 머물며 대약을 구할 수 없으니	大藥駐年求不得
해바라기처럼 해를 향하며 천한 신하가 부끄럽네	葵傾向日愧微臣

89 삼첩(三疊)의 이별가 : 당나라 왕유(王維)의 〈送元二使安西〉시를 말함. 칠언절구로서 이별가로 유명하다.

○삼가 조선 제군들이 영광스럽게 돌아감을 축하하오니, 바로잡아주시기를 바랍니다

恭賀朝鮮諸君榮旋，伏乞是政

춘계(春溪)

바다 하늘을 서쪽으로 바라보니 길이 아득하고	海天西望路漫漫
만 리의 객중에 가을이 무르익으려 하네	萬里客中秋欲闌
다만 제군들을 위해 비단 돛을 재촉하니	只爲諸君錦帆促
이별가 한 곡조로 평안함을 기원하네	離歌一曲祈平安

○춘계의 운을 받들어 화답하다

奉和春溪韻 [소화(小華) 오호당(五好堂)]

이사적(李士迪)

만 리 동쪽 유람에 세월이 흘러가고	萬里東遊歲月漫
가을바람 속 돌아가는 배의 객의 수심이 짙네	秋風歸棹客愁闌
이별시를 화답하려 하는데 산이 해를 머금고	離詩欲和山含日
내 문장이 자안[90]에 부끄러움을 탄식하네	喟我文章愧子安

90 자안(子安) : 당나라 시인 왕발(王勃)의 자. 초당사걸(初唐四傑) 중의 한 사람.

○삼가 여러 군자들이 청구로 돌아감을 축하하오니, 바로잡아 주시기를 바랍니다

恭賀諸君子還靑丘, 伏祈斤正

학계(鶴溪)

멀리 돌아가는 선사가 섭성을 출발하니 遠返仙槎發攝城
넘실대는 푸른 바다에 상서로운 구름이 비껴있네 漫漫滄海瑞雲橫
사신의 빙례가 임금의 명을 완수하니 使乎聘禮克君命
고향에 돌아가면 영광이 빛날 것을 미리 아네 預識還鄕耀錦榮

○조선국 석유 구헌 박군께 받들어 올리니, 자애롭게 고쳐주시기를 바랍니다

奉呈朝鮮國碩儒矩軒朴君, 伏祈慈斤

죽계(竹溪)

펄럭이는 깃발이 긴 하늘에 스치고 翩翩旌旆拂長空
멀리 사성을 좇아 바다동쪽에 이르렀네 遠從使星到海東
문장이 한국을 진동할 뿐만 아니라 非獨文章動韓國
부상주에서 아름다운 명성을 쥐었네 扶桑洲裏掬英風

○죽계의 혜운을 받들어 화답하다

奉和竹溪惠韻

구헌(矩軒)

돌아가는 배의 구름 하늘에 만상이 비었고 歸棹雲天萬象空

가을매미가 울며 낭화 동쪽으로 전송하네　　秋蟬啼送浪華東
농주의 설색에 시면을 남겨놓으니　　濃州雪色留詩面
편편히 계자[91]의 풍류를 전하여 보네　　片片傳觀季子風

○구헌 박군께서 황공하게 고아한 화답을 주셔서 다시 전운을 차운하여, 삼가 영광스럽게 돌아감을 축하하다
矩軒朴君辱賜高和, 再次前韻, 以恭祝榮旋

죽계(竹溪)

돌아가는 배가 여기서 떠나 먼 허공을 향하니　　歸舟此去向遙空
양사의 재명이 일동을 승복시켰네　　良史才名服日東
바다 서쪽이 몇 천리임을 미리 아는데　　預識海西幾千里
비단 돛이 높이 올라 가벼운 바람을 부리네　　錦帆高擧御輕風

○비루한 시 1장을 삼가 조선국 대유 구헌 박군께 올리니, 바로잡아주시기를 바랍니다
鄙詩一章, 恭呈朝鮮國大儒士矩軒朴君, 伏乞郢政

매계(梅溪)

웅걸한 천재가 사성을 수행하여　　傑爾天才隨使星
목란 배를 잠시 낭화 물가에 매었네　　蘭舟暫繫浪華汀

91 계자(季子) : 춘추시대 오(吳)나라 공자 계찰(季札). 열국을 방문하여 국풍을 관람하고 평가를 내렸음.

도를 지님을 목격하고 기쁘게 서로 보고 道存目擊喜相見
영주에 오름[92]을 몹시 우러르니 덕이 진정 향기 나네 深仰登瀛德正馨

○매계의 혜운을 받들어 화답하고, 이어서 금사연 선물에 사례하다

奉和梅溪惠韻, 仍謝金絲烟之貺

구헌(矩軒)

화포[93]의 긴 바람이 객성을 전송하고 花浦長風送客星
슬픈 이별생각이 봉래 물가에 가득하네 黯然離思滿蓬汀
금사 담배 하늘하늘한 연기가 꿈결 같은데 金絲裊裊煙如夢
한 방의 지란 향기를 나누어 가네 分去芝蘭一室馨

○구헌 박군이 황송하게 내려준 고아한 화답에 다시 전운에 차운하여 받들어 사례하다

矩軒朴君辱賜高和, 再次前韻, 奉謝

매계(梅溪)

경요를 주시니 문성이 빛나고 瓊瑤辱賜耀文星

92 영주(瀛洲)에 오름 : 당나라 태종(太宗)이 진왕(秦王)으로 있을 때 문학관(文學館)을 설치하고 방현령(房玄齡)·두여회(杜如晦) 등 18인을 선발하여 분전(墳典)을 토론하게 했음. 당시 사람들이 이를 영주(瀛洲)에 올랐다고 했음.

93 화포(花浦) : 낭화(浪花)의 포구, 낭화(浪花)는 낭화(浪華), 오사카의 예 지명.

맑은 가락에 서늘함 피어나는 가을 물가이네 清調涼生秋水汀
낮은 재능이 두터운 은혜를 받으니 얼마나 다행인가? 何幸樗才霑厚惠
필화의 향기를 띠고 돌아오네 這回帶得筆花馨

○대한 서기 이제암·유취설·이해고 세 분 선생께 받들어 올리다
奉呈大韓書記李濟菴·柳醉雪·李海皐三先生

매계(梅溪)

한국 한림사에게 놀랄 만하니 堪驚韓國翰林士
멀리 부상을 향해 무성한 재능을 분발하네 遠向扶桑奮茂才
양 조정의 맑은 세상의 교화를 알려고 하여 欲識兩朝淸世化
준걸을 보기를 청하러 일시에 오네 請看俊傑一時來

○매계의 혜운을 받들어 화답하다
奉和梅溪惠韻

제암(濟菴)

낭화의 사객을 가을에 서로 보니 浪華詞客秋相見
학 같은 풍신이고 꽃 같은 재능이네 鶴似風神花似才
비단 돛이 내일 새벽엔 만 리 파도에 있는데 錦帆明晨波萬里
뜬구름처럼 한 번 흩어지니 어찌 다시 오겠는가? 浮雲一散豈重來

○매계의 경운을 받들어 화답하다
奉酥梅溪瓊韻

해고(海皐)

진주는 예로부터 산천이 수려한데	津州終古山川麗
정수가 흘러 비단 수의 재능을 이루었네	精粹流爲綿繡才
얕은 물가의 매화는 돌아갈 꿈 막혔는데	淺水梅花歸隔夢
구고[94]의 맑은 소리가 달빛 속에 오네	九皐淸響月中來

○다시 전운을 이어서 서기 세 분이 주신 화답에 받들어 사례하다
再賡前韻, 奉酬書記三君賜芳和

매계(梅溪)

멋대로 연석[95]을 던져서 수옥[96]을 얻으니	謾投燕石得隋玉
영재가 재능 없는 이를 깨우쳐줌을 믿겠네	且信英才誨不才
남국의 초가을 더위 속에	南國初秋炎熱裏
맑은 시를 읽으니 이른 서늘함이 오네	淸詩讀了早凉來

위는 육계창화록(六溪唱和錄)이다.

94 구고(九皐) : 학(鶴)의 별칭. 『시경』〈소아小雅)〉〈학명(鶴鳴)〉에 "鶴鳴於九皐, 聲聞於野"라고 했음.

95 연석(燕石) : 옥과 비슷한 돌로 가치가 없는 것임.

96 수옥(隋玉) : 수후(隋侯)가 얻은 주옥(珠玉). 수후는 성이 축(祝)이고, 자는 원창(元暢)이다. 『회남자(淮南子)』에 보임.

○조선국 학사 박공·서기 이공 각하께 받들어 올리다. 3수
奉呈朝鮮國學士朴公·書記李公閣下三首.

응악(態嶽)

1

사신수레가 삼월에 봄바람을 타고	使軺三月乘春風
옥절이 겹겹이 푸른 구름을 터네	玉節重重拂碧雲
이국의 포도가 상객을 맞이하고	異國葡萄迎上客
한경의 문마[97]가 화친을 통하네	韓京文馬和親通
차음 자리에서 마침 〈녹명〉편을 연주하니	初筵時奏鹿鳴什
밝은 세상에 누가 기린각의 공을 자랑하는가?	明世誰誇麟閣功
옛날의 풍류에 어찌 뒤지겠는가?	昔日風流何得減
조정 의례에 손숙통[98]을 빌리지 않네	朝儀不借叔孫通

2

화류마[99]가 햇살 비추는 채색구름 끝에 있고	驊騮日映彩雲端
작자들이 사림에서 난을 읊기를 다투네	作者詞林競詠蘭
별의 분야가 이미 석목[100]에 올랐음을 아는데	星野已知攀析木
두성 문채의 빛이 반짝이며 동관에 매달렸네	斗文光動掛東關

97 한경(韓京)의 문마(文馬) : 한국 경사의 문채 있는 말.

98 손숙통(叔孫通) : 일명 손숙가(叔孫何, ?~기원전194), 서한(西漢) 초기의 유학자. 한고조(漢高祖)가 조정의 의례를 제정하는데 협력했다.

99 화류마(驊騮馬) : 하루에 천리를 간다는 준마의 이름.

100 석목(析木) : 성차(星次)의 이름. 기성(箕星)과 두성(斗星) 사이.

화려한 배가 아작의 행열에 익숙하고	畵舟固熟鵝鸛列
조정 의례는 지작관[101]에서 연습하네	朝儀兼習鳷鵲觀
청역[102]이 서왕모[103]의 사자를 오래 영접하니	蜻域永迎王毋使
벽도가 열매 맺어 굽어 서렸네	碧桃結實屈爲蟠

3

화려한 수레가 한 때의 주맹을 추진하니	華轂一時推主盟
풍류가의 달리는 수레들이 강성을 진동하네	風流飛蓋動江城
전 조정의 패기는 이미 맑게 없어지고	前朝覇氣已淸盡
백세의 제도가 절로 웅장하고 성대하네	百歲帝圖自壯盛
총애 독점하려 천안을 지척에서 다투고	擅寵天顔爭咫尺
양원에서 몇 사람이 간찰을 기울었나?	梗簡梁苑幾人傾
초나라 노래가 더욱 슬프다고 말하지 마오	勿言楚調更悲切
사군의 만 리 정을 위로하려 한다오	欲慰使君萬里情

지난번에 항공하게 원내씨(垣內氏)가 시 약간 수를 주셨는데, 긴 길의 소란 속에서 이미 그 원고를 분실하여 죄송하고 죄송합니다. 다시 알현하여 학주자(鶴洲子)에게 화답을 청했는데, 학주자가 유추주(流秋州) 세 글자를 보여주셔서, 이에 그 운을 사용하여 빚을 충당

101 지작관(鳷鵲觀) : 한무제(漢武帝)가 감천궁(甘泉宮)에 세운 건물 이름.

102 청역(蜻域) : 일본의 별칭.

103 서왕모(西王母) : 곤륜(昆侖) 선도(仙島)에 산다는 여신. 서왕모의 반지(瑤池)에 반도원(蟠桃園)이 있는데, 반도(蟠桃)를 먹으면 불로장생한다고 함.

합니다.

○원해 사백의 운을 받들어 화답하다
奉和垣海詞伯韻

박구헌(朴矩軒)

화려한 연석의 술자리에 험한 바람 흐르고	華筵樽酒阻風流
이별의 뜻은 상관 귤원의 가을에 있네	別意相關橘院秋
다만 시장의 인연이 끊이지 않아서	只爲詩場緣未斷
돌아가는 삼일 간 강가 고을에 머물렀네	歸舟三日駐江州

섭주(攝州)에서 은거하는 의원인데 성은 전중(田中)이고, 이름은 상열(常悅)입니다. 조선국 의원관(醫院官) 활암(活菴) 조군(趙君) 족하께 삼가 아룁니다. 삼가 생각건대 족하께서는 귀국(貴國)의 엄명을 받들고 사신을 모시고 일본에 오셨습니다. 배와 수레를 타고 오는 노고를 겪고 바람과 추위를 무릅쓰셨는데 행장이 편안하시고 건강에 탈이 없으셨으니 심가 기쁘고 기쁩니다. 저는 초야에서 늦게 나와서 비록 취할 만한 분수는 없으나 도(道)에 나아가고 학업에 근면하려는 의지는 멈춘 적이 없습니다. 그래서 고루함을 부끄럽게 여기지 않고 족하의 여관으로 가서 고명하신 분을 뵙고 한두 가지 가르침을 받는 것이 참으로 저의 소원입니다. 지금 땔나무를 못할 정도로 병이 들어서 오랜 생각을 이루지 못하니 그 유감을 말로 할 수 없습니다. 의도(醫道)의 고전(古典)은 비록 제현(諸賢)의 주해(註解)를 종종 구비

해 놓았지만 제가 노둔하고 우매하여 깨치기 어려운 것이 적지 않았습니다. 그러나 창졸지간에 여러 대방(大方)의 앞에 진술할 겨를이 없었습니다. 다만 의가(醫家)에서 매일 완삭(玩索)하는 바에 있어서 판명하지 못한 것들 중에서 몇 조항을 아래에 열거하여 질문하여 가르침을 바랍니다. 부디 꾸짖어 내버리지 마시고 저를 위해 유감을 풀어주시고 인도해 주신다면 얼마나 다행이며 그 은혜를 말로 할 수 있겠습니까. 때가 이미 무더위를 떨치고 있는데 하물며 먼 길을 위해서 진중하실 시기가 아니겠습니까.

○의문7조(疑問七條) 지금 여기에는 간략하나마 뒤 조목(條目)에 보인다.

아래 의문7조에 대해 삼가 가르침을 청했고, 다행히 마음에 두고 관심을 가져 밝게 살폈다.

필어(筆語) 7월 3일

"제 성은 전중(田中 : 타나카)이고, 이름은 상열(常悅 : 조우에쓰)이며, 자는 용행(庸行)이고, 호는 소고(嘯皐) 또는 신재(信齋)인데, 섭주(攝州 : 셋슈)[104]의 숨어사는 의원(醫員)입니다.

지난번 사신(使臣) 깃발이 동무(東武)[105]로 나아갔을 때, 날마다 저는 대단치 않은 병이 있어 높으신 의범(儀範)을 대접할 수 없었습니다. 의문(疑問) 몇 가지를 아비루[阿比留]씨[106]와 난암(蘭菴)[107]에게 부쳐서 번거로움이 주위 분들에게 이르렀습니다. 이미 들어갈 수 있었을 텐데, 살펴보셨습니까? 오늘은 다행히 지미(芝眉)[108]를 대접할 수 있으니, 무엇으로 기쁨을 더하겠습니까?"

대답 활암(活菴)[109]

"어제 분에 넘치는 방문(訪問)을 받았고, 의심나는 몇 가지를 은혜롭게 베풀어주셨습니다. 연달아 손님들로 어지러웠기 때문에 우러러 답변드림에 미치지 못했습니다. 다만 뜻한 것은, 앞으로 물길을 떠나가다가 한가하고 조용한 때에 깊이 생각해 풀어서 난암에게 부쳐, 편지를 가까운 분께 전달해드릴 것입니다. 특별히 방문을 받게 되어 더욱 매우 감사하고, 몹시 편하지 못한 듯합니다."

---

104 섭주(攝州) : 현재 일본의 오사카부[大阪府] 모리구치시[守口市] 지역.

105 동무(東武) : 에도[江戸] 바쿠후[幕府]를 가리킴.

106 아비루[阿比留]씨 : 니시야마 순태[西山順泰, 1660~?]. '니시야마[西山]씨'로도 알려져 있음. 후기노시타 준안에게 사사(師事)한 쓰시마(對馬島)의 유생(儒生).

107 난암(蘭菴) : 키노쿠니 주이[紀國瑞]의 호. 아메노모리 호슈[雨森東]의 문인이고, 당시 쓰시마[對馬島] 번주의 가신(家臣)이자 서기(書記)로, 조선통신사 일행을 안내했음.

108 지미(芝眉) : 지초(芝草)같은 눈썹. 고대에 귀상(貴相)으로 여김. 상대방의 얼굴을 높여 일컫는 말.

109 활암(活庵) : 조숭수(趙崇壽)의 호. 자는 경로(敬老). 1748년에 조선통신사 양의(良醫)로 일본을 방문하였음.

소고(嘯皋)

"청안(靑眼)[110]을 분에 넘치게 받고, 본래부터 품은 생각을 통할 수 있으니, 감히 감사드리지 않겠습니까? 지난번 드려서 살펴보신 의문은 손님들로 어지럽고 떠들썩한 가운데 감히 청했으니, 예(禮)가 아닙니다. 비록 그대에게 이미 수청(垂靑)[111]을 입었더라도 헛되이 떠나간다면, 남은 한(恨)은 어찌해야겠습니까? 지금 곧 한두 번 가르치셔서 깨우침을 얻게 된다면 공경하며 가슴 속에 품겠습니다. 청(請)을 잃지 않으신다면 다행이겠습니다.

『난경(難經)』[112]에는 원래 서문(序文)이 빠져 있습니다. 이것은 화타(華陀)[113]의 타고 남은 잿더미에서 탈간(脫簡)[114]되어 전하지 않는 것인 듯합니다. 제가 『문원영화(文苑英華)』[115] 제735권을 살펴보니, 『황제81난경(黃帝八十一難經)』[116] 서문이 실려 있는데, 당(唐)대 왕발(王勃)[117]

110 청안(靑眼) : 기뻐하는 눈. 귀여워하는 눈. '백안(白眼)'에 대한 일컬음.

111 수청(垂靑) : '청'은 청안(靑眼)이고, 청안으로 본다는 뜻. 우대(優待)하거나 중시(重視)함의 형용.

112 『난경(難經)』 : 전국(戰國) 때 편작(扁鵲)이 『황제내경(黃帝內經)』의 뜻을 밝힌 의서(醫書). 문답 형식으로 『황제내경』 경문 중의 의문을 해석하였음. 2권.

113 화타(華陀) : 후한(後漢) 말기의 명의(名醫). 자는 원화(元化). 위(魏) 조조(曹操)의 시의(侍醫)가 되었다가 그의 노여움을 사서 고문을 당해 죽었음.

114 탈간(脫簡) : 죽간(竹簡)이 떨어져 나감. 인신해, 책의 빠진 쪽수나 문장의 빠진 글자.

115 『문원영화(文苑英華)』 : 송(宋) 태종(太宗) 때 이방(李昉) 등이 편찬한 책. 『문선(文選)』의 뒤를 이어, 남조(南朝)의 양(梁)대 말기부터 당(唐)말까지 2,200여 명의 작품을 37종의 체재별로 분류·수록했음. 1,000권.

116 『황제81난경(黃帝八十一難經)』 : 의경(醫經)의 비록(秘錄)인데, 차례로 기백(岐伯)·황제(黃帝)·이윤(伊尹)·탕(湯)·태공(太公)·문왕(文王)·의화(醫和)·진월인(秦越人)·화타(華陀)·황공(黃公)·조원(曹元) 등에게 전해졌다고 왕발(王勃)의 〈황제81난경

이 지은 것이라 하고, 원(元)대 활백인(滑伯仁)[118]이 지은 『본의(本義)』[119]에는 자신의 서문과 아울러 여러 서문이 있습니다. 비록 이 경서(經書)가 전해짐을 거친 것이라 말한다고 이르더라도, 그러나 발(勃)의 원래 서문이 있다고 말하지 않았으니, 가만히 의심컨대 이 서문을 위조(僞造)되었다고 여겨 그것을 두고 말하지 않은 것입니까? 가령 활씨(滑氏)가 섭렵(涉獵)했다 하더라도, 이 책까지는 이르지 못해서입니까? 『영화(英華)』라는 책을 만든데 이르면, 송(宋)나라 최고인 세 부서(部署)의 하나인데, 일찍이 위조된 것을 망령되게 싣지는 않았을 테고, 그 원래 서문도 살펴보았을 텐데 성인(聖人)이 지은 책을 더하지 않았으니, 또한 유감스럽다고 할 것입니다. 그대는 어떻게 생각하시는지 써서 보여주시기를 청합니다."

서(黃帝八十一難經序)〉에 기록되어 있음.

117 왕발(王勃, 648~675) : 당(唐)대 강주(絳州) 사람. 자는 자안(子安). 궁정시풍(宮廷詩風)을 반대하고, 새로운 시풍을 일으킨 초당4걸(初唐四傑)의 한 사람. 〈등왕각서(滕王閣序)〉가 특히 유명함.

118 활백인(滑伯仁) : 활수(滑壽)의 자. 호는 영녕생(攖寧生). 원(元)대 양성(襄城) 사람. 명의(名醫) 왕거중(王居中)에게 의학을 배웠고, 저서에 『십사경발휘(十四經發揮)』 3권, 『독상한론초(讀傷寒論抄)』, 『진가추요(診家樞要)』, 『치루편(痔瘻篇)』, 『난경본의(難經本義)』 등이 있음.

119 『본의(本義)』 : 『난경본의(難經本義)』. 1361년 원(元)대 활수(滑壽)가 주해(注解)한 책. 『난경(難經)』을 주해한 11인의 주해서를 채집해 오자(誤字)를 정정하고, 각 의가(醫家)들의 학설을 종합해 자신의 의견으로 절충한 것. 2권.

대답 활암(活菴)

"『난경』 서문은 왕발이 지은 것이 아니라, 당(唐)대 왕빙(王冰)[120]이 지은 것입니다."

물음 소고(嘯皐)

"그렇다면 『영화』에 잘못 기록한 것입니까?"

대답 활암

"『영화』에 잘못 기록한 것이 아니라, 판목(版木)을 팠던 사람의 잘못입니다."

소고 말함

왕발의 이 서문은 판목(版木)을 팠던 사람의 잘못이 아니니, 서문을 살펴보면 분명할 것이다. 대체로 활암은 이 서문에 대한 물음을 대할 줄 몰라서, 조급히 망령되게 대답한 것인 듯하다.

120 왕빙(王冰) : 당(唐)대 유명한 의원. 호는 계현자(啓玄子). 저서에 『소문답(素問答)』 81편 24권, 『원주(元珠)』 10권, 『소명은지(昭明隱旨)』 3권이 있음. 그가 일찍이 당나라 태복령(太僕令)을 맡았었기 때문에 '왕태복(王太僕)'이라 일컫기도 함.

물음

소고

"지금 여러 『난경』이 덧붙지 않은 것은 활씨(滑氏) 등도 그것을 얻지 못해서입니까?"

대답

활암

"『난경』은 월인이 지은 책이고, 후대 사람들의 서문에 비록 혹시 아직 다하지 못한 것이 있을지라도 반드시 버리지는 않았습니다."

의문(疑問) 이(二)

"『위생보감(衛生寶鑑)』[121]에 실려 있는 침향천마탕(沉香天麻湯)[122] 처방 가운데 강설(薑屑)[123]이란 것이 있고, 12가지 약재가 함께 실려 있는데, 『옥기미의(玉機微義)』[124]도 같은 처방을 싣고 있지만, 강설이 없

---

121 『위생보감(衛生寶鑑)』: 1343년 원(元)대 나천익(羅天益)의 저작. 내용은 '약오영감(藥誤永鑑)', '명방유집(名方類集)', '약유법상(藥類法象)', '의험기술(醫驗紀述)'임. 보유(補遺)에는 주로 외감(外感)과 상한(傷寒) 등의 증(證전)을 논술했음. 24권, 보유(補遺) 1권.

122 침향천마탕(沉香天麻湯): 약재는 강호리 · 따두릅 · 방풍 · 천마 · 끼무릇 · 부자 · 침향 · 익시인 · 오두 · 선상 · 당귀 · 감조 · 생강. 어린이가 놀라서 간질이 되어 목구멍에서 가래 끓는 소리가 나고 손발에 경련이 일어나며, 정신이 흐릿한 데 씀.

123 강설(薑屑): 말린 생강. 곽란전근(癨亂轉筋) · 반위(反胃) · 비뉵(鼻衄) · 비색(鼻塞) · 심복냉통(心腹冷痛) · 중악(中惡) · 징벽(癥癖) · 창만(脹滿) · 타박상(打撲傷) · 타혈(唾血) · 하리(下痢) · 풍습비(風濕痺) · 허로불수(虛勞不睡) · 한비(寒秘) · 토혈(吐血) 등에 씀.

124 『옥기미의(玉機微義)』: 명(明)대 서용성(徐用誠)이 찬(撰)했고, 유순(劉純)이 속증

고 강잠(殭蠶)[125]이 있습니다. 그 사리를 따져 결정한 것은 진실로『보감(寶鑑)』과 차이가 없지만, 강잠으로 강설을 대신했다는 뜻을 말하지 않았으니, 유종후(劉宗厚)[126]가 강설이라 잘못 표기함과 비슷합니다. 왕긍당(王肯堂)[127]의「유과준승(幼科準繩)」[128]이나 그대 나라에서 지은『동의보감(東醫寶鑑)』[129] 등이 인용한 것은 곧 나씨(羅氏)[130]의 근

(續增)함. 50여개 병증을 나누고 처방에 대한 설명과 주석을 달았음. 50권.

125 강잠(殭蠶) : 백강잠(白殭蠶). 누에나비과에 속하는 누에나비의 새끼벌레가 흰가루병에 걸려 죽은 것을 말린 것. 경련을 멈추고 담을 삭임.

126 유종후(劉宗厚) : 명(明)대 섬서성(陝西省)에서 이름을 떨쳤던 의원인 유순(劉純). 남의(南醫)인 단계(丹溪) 주진형(朱震亨)의 학문을 이었음.

127 왕긍당(王肯堂, 1551~1622) : 자는 우태(宇泰). 호는 손암(損庵)·염서거사(念西居士). 강소성(江蘇省) 금단현(金壇縣) 사람이기 때문에 '왕금단(王金壇)'으로도 알려져 있음. 한림원검토(翰林院檢討)를 지냈고, 사직(辭職) 후 고향에 머물며 의학연구에 몰두했는데, 천문(天文), 역산(曆算), 서화(書畵), 선학(禪學) 등에도 상당한 조예가 있었음. 환자를 치료할 때 변증시치(辨證施治)의 원칙을 따라 임했고, 저술에 힘썼음. 저서로는 1602년부터 1608년 사이에『6과증치준승(六科證治準繩)』또는『증치준승6종(證治準繩六種)』으로 불리는 총 44권을 편찬했음. 이외에도『윤산전서(胤產全書)』4권,『욱강재의학필진(郁岡齋醫學筆盡)』4권,『율례전해(律例箋解)』,『논어의부(論語義府)』,『고금의통정맥전서(古今醫統正脈全書)』,『동원십서이종(東垣十書二種)』26권,『의경(醫鏡)』4권,『세원록전해(洗寃錄箋解)』,『상서요지(尙書要旨)』,『산보백문(產寶百問)』5권,『동영백문(童嬰百問)』10권 등을 편찬했음.

128「유과준승(幼科準繩)」: 왕긍당(王肯堂)이 저술한『증치준승(證治準繩)』의 1권.『증치준승』은 가려 뽑은 자료가 풍부하고, 조리(條理)가 분명해 옛 의서 중 가장 잘 갖추어진 책의 하나임. 책마다 분과별로 질병의 원인과 증상 및 치료법과 부방(附方)을 곁들여 기록해 놓았음. 물론 선현들의 방론(方論)과 더불어 자신의 견해를 덧붙여 상세하게 논했음. 책 내용이 풍부할 뿐만 아니라, 요점을 추려서 하나하나 구별해 자세하고 일사불란하게 분석했음. '준승'은 '표준이 되는 먹줄'로써 '잘못을 정확하게 바로 잡는다'는 뜻임.

129『동의보감(東醫寶鑑)』: 조선 중기의 태의(太醫) 허준(許浚)이 지은 의서(醫書). 중국과 우리나라의 고전 의방서들을 인용해 만든 것으로, 1613년(광해군5)에 간행되었음. 25권 25책.

130 나씨(羅氏) : 나천익(羅天益). 자는 겸보(謙甫). 원(元)대 진정(眞定) 사람. 동원(東

본이 되는 이론과 처방인데, 손일규(孫一圭)[131]나 왕인암(汪訒菴)[132]의 무리가 함께 말한 바로는 나씨가 사용한 처방은 유씨(劉氏)의 것입니다. 우리나라의 평범한 무리들은 다 유씨의 처방을 쓰는데, 간(癎)[133]을 치료하는 좋은 처방으로 삼으며, 나씨가 만든 뜻을 잃고 후세에서는 유씨의 잘못됨을 바로 잡지 않으며 끊임없이 그것만 좇으니, 유씨의 잘못됨이 도리어 요행(僥倖)[134]인 것입니까? 다행히 의혹(疑惑) 풀게 되기를 간절히 바랍니다."

대답

활암(活菴)

"나는 그것에 대해 자세히 말하지 못하겠습니다."

垣) 이고(李杲)의 제자로 10여년을 수학했음. 저서에 『위생보감(衛生寶鑑)』 24권, 『약상도(藥象圖)』, 『내경유편(內經類編)』 등이 있음.

131 손일규(孫一圭) : 자는 문원(文垣). 명(明)대 신안현(新安縣) 사람. 의서 저술로 이름이 높았음. 저서에 『적수현주(赤水玄珠)』, 『의지서여(醫旨緖餘)』가 있음.

132 왕인암(汪訒菴) : 왕앙(汪昂). '인암'은 그의 자. 청(淸)대 휴녕현休寧縣) 사람. 저서에 『소영유찬약주(素靈類纂約註)』, 『의방집해(醫方集解)』, 『본초비요(本草備要)』, 『탕두가결(湯頭歌訣)』 등이 있음.

133 간(癎) : 전간(癲癎). 발작적으로 의식장애가 오는 것을 주증으로 하는 병증. 7정 내상, 음식, 풍 등으로 간비신이 장애되어 생기지만, 주요 원인은 담이 위로 치밀어서 생김. 그밖에 유전적 요인으로도 옴.

134 요행(僥倖) : 분수에 맞지 않는 것을 추구함. 또는 의외로 성공하거나 불행을 모면함.

물음 소고(嘯皐)

"그대가 만약 천마탕(天麻湯)을 쓴다면, 강잠(殭蠶)을 쓰겠습니까? 강설(薑屑)을 쓰겠습니까?"

대답 활암

"천마탕은 기(氣)를 순조롭게 하고 풍(風)을 다스리는 약이니, 백강잠(白殭蠶)을 씀이 옳다고 하겠습니다."

의문(疑問) 삼(三)

"『단계심법(丹溪心法)』[135]의 달생산(達生散)[136] 가운데 황양뇌(黃楊腦)[137]란 것이 있습니다. 그러나 그것이 어떤 약물인지 모르겠습니다. 만한(蠻漢)[138]의 장삿배에 싣고 오는 사람들도 이러한 약물이 있다함을

135 『단계심법(丹溪心法)』: 1347년 원(元)대 주진형(朱震亨)의 저작. 100문(門)으로 나누었고, 외감(外感)·내상(內傷)·부과(婦科)·소아과(小兒科) 등을 포괄했음. 앞에는 '12경견증(十二經見證)' 등의 6편이 있고, 뒤에는 '단계옹전(丹溪翁傳)이 부기되었음. 5권.

136 달생산(達生散): 약재는 구감초·당귀·흰삽주·집함박꽃뿌리·인삼·귤껍질·차조기잎·탱자열매·축사씨·푸른파잎. 해산달에 쓰면 쉽게 해산할 뿐 아니라, 산후에 합병증이 생기지 않음.

137 황양뇌(黃楊腦): 황양(黃楊)의 진을 증류해 얻은 액을 식혀 얻은 덩어리를 모아 그늘에서 말린 것. '황양'은 회양목과의 상록관목인 회양목. 잎은 길둥글며 두꺼움. 봄에 자잘한 노란 꽃이 잎아귀에서 피고, 여름에 콩알만 한 열매를 맺음. 줄기는 나무질이 단단해 조각(彫刻)의 재료로 씀.

듣지 못했다고 합니다. 『본초강목(本草綱目)』[139]을 살펴보니, 〈황양목(黃楊木)〉 조목(條目) 아래에 '잎의 냄새와 맛은 쓰고 담백하며 독(毒)이 없다. 부인들의 난산(難産)[140]을 주로 치료하고, 달생산 안에 넣어 쓴다.'고 했습니다. 『단계심법』에서는 처방 뒤에 '푸른 파 잎은 5개, 황양뇌는 7개를 넣는데, 이것은 황양(黃楊) 나무 잎의 초아(稍兒)[141]이다.'라 했습니다. 초아도 무엇을 말함인지 모르겠는데, 가만히 의심컨대, 뇌(腦)라 함은 잎 위에 생겨난 물질이 있음을 가지고 일컫는 듯합니다. 비록 이와 같이 『심법(心法)』에서는 황양 나무 잎이라고 말했더라도, 대개 그 잎으로 약을 제조하고 시간이 지난 이후에 뇌(腦) 모양이 된 것일까요? 그대 나라에서 지은 『동의보감』에 실린 달생산 처방에는 황양뇌가 빠져 있던데, 그렇다면 사용하지 않는 것입니까?"

대답

활암

"그대 나라에는 양수(楊樹)[142]가 없기 때문에 볼 수 없습니다. 양수

138 만한(蠻漢) : 중국 장강(長江) 이남의 한족(漢族)과 부속 민족.

139 『본초강목(本草綱目)』 : 중국 명(明)대 이시진(李時珍)이 전대 제가(諸家)의 본초학을 총괄하여 보충·삭제하고 바로잡아 저술한 책.

140 난산(難産) : 태아 만출이 장애되는 여러 가지 이상 해산을 통틀어 이르는 말.

141 초아(稍兒) : 작고 새로 나온 것.

142 양수(楊樹) : 버드나무과의 '모백양(毛白楊)' 또는 '캐나다양'이나 같은 무리에 속하는 식물. 원 식물들은 우리나라에 없는 식물인데, '모백양'은 중국 요령(遼寧)·화북(華北)·서북(西北)·화동(華東)에서 나고, '캐나다양'은 중국 동북(東北)·화북(華北)·감숙(甘肅)과 남으로 장강(長江) 유역에서 복건(福建)·귀주(貴州)·광서(廣西)에 이르는 지역

윗부분에 뇌(腦)처럼 찐득찐득하게 엉긴 것이 있는데, 얻어서 출산을 순조롭게 하는 약 안에 쓰니, 매끄럽게 내려줌을 얻어 출산이 쉽도록 합니다."

소고(嘯皐) 말함

이 대답 또한 마땅하지 않을 것인데, 손님을 대접하는 예의 때문에 감히 따져 밝히지 않았다.

의문(疑問) 사(四)

소고

"인삼(人蔘)의 특별한 종류 중 소인삼(小人蔘)이라 일컬어지는 것은 중국에서 오고 또한 그대 나라에서 오기도 합니다. 모양은 두형(杜蘅)[143] · 세신(細辛)[144] 등의 잔뿌리가 있는 것과 비슷합니다. 우리나라에서는 수인삼(鬚人蔘)이라 부르기도 하는데, 맛이 달고 조금 쓰며, 대인삼(大人蔘)과 똑같지만, 그 효능은 대인삼의 가볍고 부족한 것보다 낫습니다. 『본초(本草)』에는 거두어 싣지 않았는데, 어떤 책에 나오는지 모

에 분포함. 꽃 등을 세균성이질(細菌性痢疾) · 급성장염(急性腸炎) 등의 치료에 씀.

143 두형(杜蘅) : 족두리풀. 쥐방울덩굴과의 다년생초. 뿌리는 '세신(細辛)'이라 하는데, 진해제 · 거담제 · 진통제 · 이뇨제로 쓰고, 감기 · 두통에도 사용함.

144 세신(細辛) : 족두리풀 뿌리. 방울풀과의 여러해살이풀인 민족두리풀과 족두리풀의 뿌리를 말린 것. 풍한을 내보내고 소음경의 한사를 없애며, 담을 삭이고 통증을 멈춤.

르겠습니다. 그대 나라에서도 소인삼이라 일컫습니까? 또는 별도로 일컫는 이름이 있습니까? 써서 보여주시기를 간절히 바랍니다."

대답 활암(活菴)

"인삼에 어찌 두 종류만 있겠습니까? 그 처음 생겨난 것이 가늘고 작으며, 잔뿌리가 많은데, 또 일찍이 공적의 높고 낮음에 따라 크든 작든 다 쓰지는 않습니다."

의문(疑問) 오(五)

"산수유(山茱萸)[145]가 중국에서 온 것은 맛이 신데, 『본초』에 실린 것과 같습니다. 그대 나라에서 온 것은 과육이 얇고 맛은 달며 조금 시어서, 뛰어나고 먹기 좋습니다. 이것이 진짜 산수유이니, 그 땅의 산물임에 따라 그러한 것입니까?"

의문(疑問) 육(六)

"황금(黃芩)[146]은 중국에서 오는 것에 자금(子芩)[147]이 있고, 편금(片

145 산수유(山茱萸) : 층층나무과의 낙엽교목인 산수유나무의 열매를 말린 것. 간신(肝腎)을 보하고 유정을 낫게 하며, 땀을 멈춤.

芩)[148]도 있는데, 모두 맛이 씁니다. 그대 나라에서 오는 것은 모두 새로 난 뿌리인데, 짙은 누런색이고 맛은 쓰지 않습니다. 왕호고(王好古)[149]는 '맛이 조금 쓰면서 달다.'고 말했고, 장원소(張元素)[150]는 '맛이 쓰고 달다.'고 했으며, 『본초강목』에서 '서금(西芩)은 속이 빈 것이 많고 색이 검으며, 북금(北芩)은 속이 꽉 찬 것이 많고 짙은 누런색이다.'라 했습니다. 그대 나라에서 생산되는 것은 『본초강목』에서 말한 것과 비슷합니다. 산수유와 황금은 그대 나라에서 생산되는 것을 좋다고 합니까? 중국에서 생산되는 것을 낫다고 합니까? 여러분께서 헤아려 분명히 정해주시면 다행이겠습니다."

---

146 황금(黃芩) : 속서근풀 · 속썩은풀. 꿀풀과의 여러해살이풀인 황금의 뿌리를 말린 것. 폐열로 기침이 나는 데, 열이 나고 가슴이 답답하며 갈증이 나는 데, 설사, 이질, 황달, 임증, 결막염, 태동불안, 혈열로 인한 출혈 등에 씀.

147 자금(子芩) : 황금(黃芩)의 어린뿌리. 조금(條芩).

148 편금(片芩) : 황금(黃芩)의 묵은 뿌리. 겉은 조금 희고, 속은 검으며 비었음. 부장(腐腸). 숙금(宿芩).

149 왕호고(王好古, 1200~?) : 원(元)대 의학자. 호는 해장(海藏). 동원(東垣) 이고(李杲)에게 배웠고, 의학에 정통했으며, 내인(內因)을 중시해 간비신(肝脾腎) 삼음(三陰)의 온보(溫補)를 주장했음. 저서에 『음증약례(陰證略例)』, 『탕액본초(湯液本草)』, 『의루원융(醫壘元戎)』, 『차사난지(此事難知)』, 『중경상변(仲景詳辨)』, 『활인절요가괄(活人節要歌括)』, 『반진론(斑疹論)』, 『상한변혹론(傷寒辨惑論)』 등이 있음.

150 장원소(張元素) : 중국 금(金)대 역주(易州) 사람. 자(字)는 결고(潔古). 이름 난 의학자로 진사시(進士試)에 실패하자 의원이 되었고, 그 당시 의학계가 지나치게 옛 처방의 기풍에 얽매인 것을 비판하였음. 기후 변화와 환자 체질 등의 정황에 근거하여 융통성 있게 약을 쓰고 임상 실제의 수요에 맞춰야 한다고 주장하였음. 저서에 『진주낭인경좌사(珍珠囊引經佐使)』 · 『병기기의보명집(病機氣宜保命集)』 · 『장부표본약식(臟腑標本藥式)』 · 『의학계원(醫學啓源)』 · 『결고가진(潔古家珍)』 등이 있음.

대답 활암(活菴)

"일찍이 중원(中原)[151]의 수유(茱萸)를 보았더니, 우리나라에서 생산되는 것과 달랐는데, 과육이 많은 것을 좋은 품질로 여기고, 신맛은 비록 간혹 약간의 구별이 있더라도 가지와 뿌리, 꽃과 잎에서는 서로 차이가 없을 뿐입니다. 황금(黃芩)은 중국에서 생산되는 것을 낫다고 여기는데, 색이 누런 것이 좋다고 하고, 맛이 매우 쓴 것이 좋다고 하며, 속이 비고 아래부위는 꽉 차서 뚜렷한 것이 좋습니다."

의문(疑問) 칠(七)

"우리나라에서는 지난해 개들이 앓는 돌림병이 크게 유행해서 고을에 있는 개들이 먹이 먹기를 싫어하고, 날마다 마르며, 꼬리를 늘어뜨리고, 침을 흘렸으며, 갑자기 미쳐 날뛰고, 급히 내달려 막을 바를 몰랐습니다. 사람을 보면 번번이 물었는데, 정신이 이상해지거나 흐리멍덩해지다가 쓰러졌습니다. 사람들은 그를 위해, 다친 곳이 가벼운 사람은 독(毒)을 몰아내는 약을 쓰면, 독이 풀리고 뒷날의 근심도 없었지만, 그것이 무거운 사람은 물린 자국이 나은 뒤에 30~40일이 지나면 갑자기 열이 나고 바람을 싫어했는데, 비록 작은 바람일지라도 감당할 수 없는 듯했고, 미친 듯이 날뛰다 죽었습니다. 이것은 일반적 약제(藥劑)로는 구제할 수 있는 것이 아니었고, 예전의 방법

151 중원(中原) : 한족(漢族)의 발상지인 황하(黃河) 유역. 하북(河北)·하남(河南)·산동(山東)·섬서성(陝西省) 지방.

을 따라서 치료해도 효험이 없었습니다. 그대 나라에 경험이나 좋은 처방이 있으면, 가르침 베풀어주시기를 청합니다." 활암은 몇 번이나 여럿과 돌려가며 읽었는데, 대답하지는 못했다.

물음

소고(嘯皋)

"개들이 앓는 돌림병의 치료법에 대해 가르쳐 깨우쳐주심을 받아 얻을 수 있겠습니까? 보여주신다면 다행이겠습니다." 狗疫

대답

활암

"개들이 앓는 돌림병의 처방은 돼지 똥물을 쓰되, 그것을 마실 따름입니다."

비루한 시를 즉석에서 읊어서 활암 조군 안하에 올리다
鄙詩卽賦以呈 活庵趙君案下

소고(嘯皐)

고아한 자리의 빠른 문장에 영웅을 우러르고　雅筵亟文仰英雄
안개 털고 구름 봄이 가르침 안에 있네　拂霧看雲教誨中
이로부터 귀정이 천리 밖인데　自此歸程千里外
어찌 재회하는 마우풍[152]을 기약하랴　豈期再會馬牛風

소고의 운을 받들어 화답하다
奉和嘯皐韻

석상에서 시를 적으니 필세가 웅발하고　席上題詩筆勢雄
의술과 약을 논함은 짧은 말 속에 있네　論醫說藥片言中
은거하는 맛이 무엇 같은가 물으니　隱居況味問何似
수명 보존하고 참됨을 지킴이 옛 풍류와 같네　保命守眞近古風

전운을 사용하여 활암 선생의 화답시에 사례하다
用前韻奉謝 活庵先生見和

소고(嘯皐)

높은 재능이 어찌 의가로서만 빼어나랴　高才豈啻醫家雄
문식과 실질의 문채를 말에 드러내네　文質彬彬著語中
영조[153]를 읊어 돌이켜서 남은 맛이 풍족하니　吟回餘味饒
온화한 옛날의 당풍을 알겠네　更知溫雅古唐風

152 마우풍(馬牛風) : 발정기의 소와 말이란 뜻으로, 서로 멀리 떨어져 있어서 만날 수 없다는 뜻이다. 『춘추좌전(春秋左傳)』 희공(僖公) 4년 조에, "그대는 북해(北海)에 있고 과인은 남해(南海)에 있으니, 이는 발정기의 말과 소가 서로 미칠 수가 없는 것과 같네. [風馬牛不相及]" 하였다.

153 영조(郢調) : 전국시대 초(楚)나라 도성인 영의 노래. 그 중에 〈백설가〉가 있는데 고아하여 화답하는 사람이 드물었다고 한다.

전운을 사용하여 소고에게 받들어 사례하다
疊前韻奉謝嘯皐

진세의 은거가 가장 뛰어난데	塵世隱居最是雄
진중한 선류가 소란하고 어지러운 곳에 있네	凝然仙柳閙紛中
이별 후 서로 그리는 꿈을 알지 못하니	不知別後相思夢
마땅히 기러기 편지를 북풍에 부치리라	應有雁書寄北風

물음

활암

"그대는 나이가 얼마이고, 의술(醫術)을 일로 삼은 지는 몇 년입니까?"

대답

소고(嘯皐)

"여년(驢年)[154] 35세이고, 집안이 대대로 의술을 일로 삼아 제게 이른 지 3대째인데, 제 부친께서 오히려 의술에 대해 자상하게 일러주고 계십니다." 활암(活菴)이 내가 가진 부채를 보았다.

154 여년(驢年) : 알 수 없는 연월(年月). 십이지(十二支)로 표시하는 해 중에는 당나귀해라는 것이 없는 데서 이름.

소고

"이것은 우리나라에서 중국의 그림을 배워, 팔선당(八仙堂)[155]이라 이름 하는 사람이 그렸습니다." 활암이 환하게 웃으며, 기쁜 얼굴빛이 있었다.

물음 활암

"그대 나라 화공(畵工)[156] 중 훌륭한 사람입니까?"

대답 소고

"지금 잘 그리는 사람은 적은 듯합니다. 70~80년 이전에 탐유재(探幽齋)[157]란 사람이 있었는데, 가장 잘 그리던 사람입니다. 지금 화가들은 이 사람이 남긴 기풍(氣風)을 많이 배웁니다."

---

155 팔선당(八仙堂) : 사카키바라 신엔[榊原眞淵, 1697~1752]의 호. 자는 백천(百川). 호는 봉주(蓬洲)·선관(僊觀)·팔선(八僊). 선조(先祖)가 중국 강소성(江蘇省) 팽성(彭城) 출신임을 따라 성을 바꿨기 때문에 '사카키 히야쿠센[彭城百川]'으로도 알려져 있음. 에도[江戶]시대 중기의 화가. 일본 남화(南畵)의 시조. 본격적으로 중국 남종화(南宗畵) 양식을 산수화에 수용해 활약했음.

156 화공(畵工) : 그림 그리는 일을 직업으로 하는 사람. 또는 그림 그리는 일에 종사하는 공인(工人). 화장(畵匠). 화사(畵師).

157 탐유재(探幽齋) : 카노 탄류우[狩野探幽, 1602~1674]의 법호(法號). 휘(諱)는 수신(守信). 에도[江戶]시대 카노파[狩野派]의 대표적 회사(繪師).

물음 소고

"그대 나라의 먹는 약 1첩(貼)은 무게가 얼마쯤이고, 1첩을 달이는 방법 중 물은 얼마쯤 넣습니까?"

대답 활암

"튼튼한 사람에게는 1첩 무게가 1냥(兩) 또는 1냥 1~2돈쭝(錢)이고, 허약한 사람에게는 7~8돈쭝입니다.

무게 1냥(兩)의 약에는 물 1되(升)를 넣고 반으로 줄 때까지 달입니다.

1돈쭝에는 물 1홉(合)입니다."

○조선국 학사 박공의 안하에 받들어 올리다
奉呈朝鮮國學士朴公案下

매계(梅溪)

비단 돛이 밝은 햇살 속에 강가에 오니	錦帆映日到江濱
만 리 창명의 소식이 이웃나라에 접했네	萬里滄溟信接隣
한 길의 광풍에 깃발 색이 평온하고	一路光風旗色穩
옛 맹약이 오히려 예의의 참신함을 보네	舊盟猶見禮義新

○매계께 받들어 화답하다
奉和梅溪

구헌(矩軒)

낭화강 운수의 물가에서 한 번 웃고　一笑花江雲水濱
화당의 시와 술이 이웃나라에 접했네　華堂詩酒接芳隣
나부산의 옛 꿈[158]을 찾을 곳이 없는데　羅浮舊夢尋無處
개울가에 성근 가지가 새벽 달빛에 새롭네　溪上疎枝曉月新
[말구는 존호(尊號)를 사용하여 뜻을 베풀었을 뿐이다.]

○구헌 박사종이 조선으로 돌아감을 받들어 전송하다
奉送矩軒朴詞宗還朝鮮

상월학주(上月鶴洲)

가을바람 속 파교[159] 앞에서 닻줄을 풀고　秋風解纜灞橋前
이별하니 계림 가는 길이 팔천 리이네　分手鷄林路八千
훗날 두우성 가에서 그대를 그리워하면　他日思君牛斗畔
찬란한 자기가 푸른 하늘에 통하리라　粲然紫氣徹蒼天

158 나부산(羅浮山)의 옛 꿈 : 유종원(柳宗元)의 『용성록(龍城錄)』에, 수(隋)나라 조사웅(趙士雄)이 나부산에서 매화의 정령을 만났다고 했음.

159 파교(灞橋) : 중국 장안(長安)에 있었던 옛 석교(石橋) 이름. 이별의 장소로 유명함.

○학주께 받들어 화답하다
奉和鶴洲

박구헌(朴矩軒)

낭강 앞에 부평초의 푸름이 짙은데 水萍綠重浪江前
암담한 이별의 수심으로 만 술잔에 취하네 黯黯離愁醉十千
화려한 누대에서 시가 백 폭인데 錦繡樓臺詩百幅
맑은 은하수에서 이별하여 두우성의 하늘로 떠나가네 晴虹分去斗牛天

○석상에서 구헌 학사의 옥초에 다시 화답하다
席上奉再和矩軒學士玉礎

학주(鶴洲)

봉황이 정천 앞에 잠시 머물다가 鳳凰暫止淀川前
오늘 바람을 붙들고 수만 리 길을 생각하네 今日搏風思萬千
먼 그림자를 쓸쓸히 남겨둔 외로운 객관의 밤에 遠影空存孤館夜
오동나무 아래서 푸른 하늘을 바라보네 梧桐樹下望青天

○제암 이사종이 조선으로 돌아감을 받들어 전송하다
奉送濟菴李詞宗還朝鮮

학주(鶴洲)

성초가 서쪽으로 섭양성으로 향하니 星軺西指攝陽城

바람 속에 건너는 비단 돛에 뱃노래 들려오네 風渡錦帆欸乃聲
홀로 삼성과 상성[160]을 향해 하늘 밖에서 도니 獨向參商天外轉
만 리 이별의 정을 어찌하는가? 如何萬里別離情

○학주께 받들어 화답하다
奉和鶴洲

제암(濟菴)

높은 산의 불사가 선성에 가까운데 岧嶢佛舍近仙城
오동잎의 가을 매미가 스스로 소리를 내네 梧葉玄蟬自作聲
내일 새벽 하교에서 만 리로 이별하여 明曉河橋分萬里
오주에서 달을 보면 옛 사람의 정이리라 吳洲見月古人情

○제암 서기의 옥집을 받들어 다시 화답하다
奉再和濟菴書記玉什

학주(鶴洲)

동벽[161]이 높이 매달려 화성을 비추고 東壁高懸照化城
두 나라의 승평의 소리가 좋네 兩邦好是昇平聲
지금 서쪽으로 아득한 끝을 향하니 卽今西指溟茫裏

160 삼성(參星)과 상성(商星) : 서로 동서로 떨어져 있어서 만나지 못한다는 별. 이별을 말함.

161 동벽(東壁) : 문장을 주관하는 별 이름. 28수 중의 하나.

남은 광채를 남겨둠은 만 리 이별의 정이네　留得餘光萬里情

(제암(濟菴)이 글을 써서 보여주기를 '청경(淸警)하여 암송할 만합니다. 감사합니다. 돌아갈 때 반드시 무지개와 달빛이 뗏목을 관통함이 있을 것입니다'라고 했다.)

○석상에서 두 분께 올려서 고아한 화답을 요구하다
席上呈二賢要高和

학주(鶴洲)

가을바람이 북해에 이르니　秋風來北海
문채 나는 깃발이 돌아가는 배를 재촉하네　文旆促歸船
부상의 햇살에 검의 빛이 수려하고　劍秀扶桑日
봉래도의 하늘에서 흥이 무르익었네　興闌蓬島天
몽혼이 객사에 남았는데　夢魂殘客舍
버드나무가 이별의 자리를 비추네　楊柳映離筵
〈양관곡〉[162]을 한스러워 하니　耐恨陽關曲
술잔 들고 마음이 아득하네　把杯意渺然

(구헌(矩軒)이 글을 써서 보이기를 '지금 행장을 꾸려야 하니, 홀로 화답하지 못하여 부끄럽습니다'라고 했다. [필어가 수십 통인데, 요약했다.])

162 양관곡(陽關曲) : 당나라 왕유(王維)의 〈送元二使安西〉시를 말함. 이별곡으로 불려지며, 양관삼첩(陽關三疊)이라고 함.

○박공의 안하에 받들어 올리다
奉呈朴公案下

좌야진강(佐野振岡)

떠나는 배를 전송하며 정강 가에 있는데	去舟堪送淀江頭
물 흐르는 소리에 사람이 절로 수심 짓네	水自潺湲人自愁
훗날 천리 밖에서 서로 그리워할 때	他日相思千里外
어찌 지기가 청구에 있음을 헤아리겠는가?	豈料知已在靑丘

○진강께 받들어 화답하다
奉酬振岡

박구헌(朴矩軒)

하루의 청담이 붓 끝에 가득한데	一日淸談滿筆頭
관도의 선박들의 피리소리가 슬프네	官途船舶笛聲愁
그대는 지금 〈양류곡〉[163]을 피리로 불지 마오	君今勿欲管楊柳
함께 남성[164]을 싣고 삼신산을 찾읍시다	共載南星覓三丘

163 양류곡(楊柳曲) : 옛 악곡 이름. 이별의 곡임.

164 남성(南星) : 남기성(南箕星).

○조선국 제술관 박군과 세 분 서기 제군들의 안하에 삼가 받들어 올리다

恭奉呈朝鮮國製述官朴君及三書記諸君案下

중남래(中南來)

1

만 리 구름 파도 밖에	萬里雲濤外
돛을 올린 한사의 배이네	揚帆漢使船
봄바람 속에 일역으로 출발하니	春風發日域
여름 달빛 속에 조선을 향하네	夏月向朝鮮
금고소리 산에 이어져 진동하고	金鼓連山動
붉은 깃발 바다에 떠서 매달렸네	朱旌泛海懸
아득히 이로부터 떠나가면	悠悠從此去
소식 올 날이 진정 어느 때일까?	音信定何年

2

한나라 사절의 기세가 용과 같은데	漢家使節氣如龍
깃발이 바람에 펄럭이고 해그림자가 짙네	旌旆翻風日影重
이처럼 떠나는 비단 돛이 대해를 여니	此去錦帆開大海
구름 사이로 부용봉을 눈으로 전송하네	雲間目送芙蓉峰

3

구름 속 오봉황을 아득히 가리키며	遙指雲中五鳳凰
금포 입고 말 타고 동방에서 왔네	金袍躍馬自東方

만 리로 서행하여 금궐에 조회하고	西行萬里朝金闕
봉래도의 일월의 빛을 보고하네	爲報蓬萊日月光

○중촌 사백이 주신 경운에 화답하다
酬中村詞伯見寄瓊韻

동화(東華) 취설(醉雪)

의장 깃발이 아침에 성을 출발하니	旌幢朝出郭
강 밖에 황금을 아로 새긴 배가 있네	河外鏤金船
순식간에 산 빛을 전송하고	倏忽山光送
자욱한 구름 색이 선명하네	氤氳雲色鮮
바다는 하늘에 이어져 아득하고	海連天共遠
돛은 달과 함께 매달렸네	帆與月同懸
한을 남기고 삼도[165]를 떠나가니	遺恨去三島
반도[166]가 열매 맺는 해이네	蟠桃結子年

(무진년 초가을)

165 삼도(三島) : 삼신산 봉래산(蓬萊山)·방장산(方丈山)·영주산(瀛洲山).

166 반도(蟠桃) : 전설 속의 불로장생한다는 복숭아.

○조선국 조활암 의국이 조선으로 돌아감을 받들어 전송하다
奉送朝鮮國趙活巖醫國還朝鮮

태전용계(太田龍溪)

1

오늘 홍관 안에서 그대를 전송하니　今日送君鴻館中
내일 아침엔 만 리에서 서풍을 대하리라　明朝萬里對西風
이별의 한이 얼마인지 천 가닥 눈물 흘리는데　幾多別恨千行淚
이로부터 누구와 함께 이동을 물어보겠는가?　從是共誰問異同

2

필력이 한국을 울림을 참으로 아니　筆力良知韓國鳴
고금의 박학으로 재능의 명석함을 얻었네　古今博學得才明
편작과 화타[167]도 백성 치료하는 솜씨엔 미치기 어렵고　扁華難及醫民手
이날 그대를 전송하며 많은 정이 있네　此日送君多少情

167 편작과 화타 : 편작(扁鵲, 기원전407~기원전310) : 희성(姬姓), 진씨(秦氏), 이름은 월인(越人), 호는 노의(盧醫), 춘추시대 명의(名醫). 『난경(難經)』을 지었다고 한다. 화타(華陀)는 후한(後漢) 말기의 명의(名醫). 자는 원화(元化). 위(魏) 조조(曹操)의 시의(侍醫)가 되었다가 그의 노여움을 사서 고문을 당해 죽었음.

○용계가 주신 운을 받들어 화답하다

奉和龍溪贈韻

활암(活庵) 조경로(趙敬老)

1

대판의 번화함이 꿈속 같은데	大坂繁華似夢中
창망한 한 잎이 가을바람 일으키네	蒼茫一葉起秋風
용계가 다정한 사람임을 아니	龍溪知是多情者
당시 한 자리에 동석하지 못함이 한스럽네	恨未當時一席同

2

바람 높은 해상에 갈피리소리 울리고	風高海上畵笳鳴
물 넓은 하늘가에 조각달이 밝네	水闊天邊片月明
여관의 외로운 등불 아래 한가히 누운 곳에	旅館孤燈閑臥處
새 시로 송별하니 다정함이 최고이네	新詩送別最多情

화한창화부록(和韓唱和附錄) 끝.

관정(寬延) 개원(改元) 무진(戊辰) 8월

낭화서림(浪華書林)

심재(心齋) 교근순경정(橋筋順慶町)

삽천여시재(澁川與市梓)

和韓唱和附錄

唱和附錄姓氏

蘭皐 [姓木, 名實聞, 字公達, 尾州人]

十洲 [蘭皐子, 名希, 字善長元]

蘭宇 [姓藤, 名崧, 字峻卿, 尾州人]

錦部 [姓橘, 名正麗, 字公澤, 尾州人]

冠峯 [姓伊, 名春鄉, 字子京, 一字玄適, 尾州人]

澹水 [姓坂倉, 名通貫, 字友輔, 浪華人. 公名長濱屋源左門]

子蘭 [姓片岡, 名正秀, 字子蘭, 別號大江散人, 浪華人. 公名淀屋重右門]

南山 [姓巖田, 名節, 字元彌, 號南山, 浪花人, 年十有七]

玉溪 [姓源, 氏川那邊, 名濟, 字利涉, 又號正菴, 仕于御史中亟山中公]

松溪 [氏佐山, 名宗紀, 字□進□□□]

桃溪 [氏武田, 名貞穩, 字主殿, 年十七]

春溪 [氏稲本, 名長盈, 字道□, 年十八]

鶴溪 [氏西田, 名頼古, 字八三郎, 年十六]

竹溪 [氏前田, 名鳳, 字梧桐]

梅溪 [氏川那邊, 名鶴, 字九皐, 號正順.]

(右自松溪至梅溪, 凡六人爲玉溪之門人)

文徽 [姓垣內, 字鼎輔, 號熊岳, 紀州在田郡人]

嘯皐 [姓田中, 名常悅, 字庸行]

梅溪 [姓中尾, 名春卿, 浪華人]

鶴洲 [氏上月, 名信敬, 字丹藏]

振岡 [姓佐野名安貞字原泉]

南來 [氏中村, 名五絃, 字南來, 一號白雲山人, 尾州人]

龍溪 [氏太田, 名基生, 字三省, 號龍溪, 號槐菴, 浪華人]

和韓唱和附錄

浪速 村上秀範輯

○ 稟 蘭皐

余姓木, 名實聞, 字公達, 別號蘭皐, 本藩暬御之臣也. 已亥, 貴國信來聘之際, 邂逅青泉申公·姜·成·張三記室·西樵白公等, 多荷厚惠矣. 申學士與余, 同庚心醉, 膽傾飽成, 徹夜之談. 此曹今猶亡恙, 到顯官高位乎否? 其夜唱酬之詩篇, 偶落梨棗家, 行于世, 因以一本併鄙什一章一二菲儀, 欲呈各位左右, 伸微志, 叱納維析.

○ 寄矩軒朴公 蘭皐

金剛富嶽海東西, 此去右提又左攜. 兩國昇平昆季會, 不論優劣共相題.

○ 寄濟菴李公 同

談玄不罷也談空，準擬懸河傾海東，此地猶餘千載質．問君神腕好成風.

○ 寄醉雪柳公 [此人病在別席故無和] 同

八道俊英八駿才，長風萬里蹴天來，人看汗血渥洼墜，海內爭傳龍種哉.

○ 寄海皐李公 蘭皐

雲路迢迢一美人，膚如氷雪掇皮直．此霄息駕蓬萊畔，不寐唯燃若木薪 [府南蓬萊宮在]

○ 答 矩軒

僕姓朴，名敬行，字仁則，號短軒，俄於洲服館，聞足下名，已灌耳，如何此先問，已感感．青泉今矍鑠如舊．僕來時，說日東詩件亹亹不置．方以延日大守，欲送老優閑之計．姜亦無恙，而成·張兩人，已九原難作耳.

○ 奉謝蘭皐惠韻 矩軒

江流湛湛不能西，與月東來幾度携．爛熳淸樽萊燭夜，越中山水映新題.

○ 答 濟菴

僕姓李，名鳳煥，字聖章，號濟菴．姜公，僕師也．己亥，歸後，說日東文華熾甚，多士濟濟之狀，訓子弟．僕也，僅十歲，耳聽意不駐．即今會公輩, 果得好因緣于三十年矣, 可奇可奇.

○ 奉酬蘭皐 濟菴

屠維山水月留空, 三紀仙槎又向東. 笑問蓬萊淸淺信, 皐蘭香氣颸璇風.

○ 答 海皐

僕姓李, 名命啓, 字子文, 號海皐, 以從事記室來. 醉雪病不在此.

○ 奉和蘭皐贈韻 海皐

迢迢客路日逢人, 萍水相迎意却眞. 何限抱才滄海國, 可憐蘭桂折爲薪.

○ 聞己亥使人物, 故賦一絶呈席上諸賢 蘭皐

三十年前夢一場, 鵑啼雨灑幾傷腸. 群飛胡蝶今何在? 恍惚于亡我有鄕.

○ 和蘭皐悼己亥諸詞人之作 矩軒

遺芳異域記詩場, 難作泉臺綿繡腸. 當日氣干南斗野, 卽今名重白雲鄕.

○ 奉酬蘭皐皐追傷己亥諸賢之作 濟菴

星霜荏苒閱詞場, 金薤空傳錦繡腸. 孤燈細雨談前事人, 在扶桑不死鄕 [死一作老]

○ 疊和蘭皐席上韻　　海皐

百年南北有文場, 璀餐編中聞繡腸. 悠悠入世存亡感, 華髮君今老海鄉 [貴邦有客館璀璨錄]

○ 寄良醫活庵趙公　　蘭皐

扁鵲只今出後身, 勿辭名望實之賓. 一匙妙伎能生死, 別號活菴自有眞.

○ 奉酬蘭皐瓊韻　　活庵

蒼溟一粟渺然身, 空以踈才濫充賓. 拙業何曾逢國手, 對公高術最淸眞.

○ 問　　活庵

公寶筭, 幾何?

○ 答　　海皐

犬馬之齡, 七十除二

○ 問　　活庵

公年齡此高, 已知攝養之功不細也. 大賀大賀

○ 答　　蘭皐

平生不負須眉男子, 一任這箇司命星, 何攝生之有?

○ 問 [余席上唱和以華音吟之故有此戲問] 活庵

公讀書之聲, 恰有金石之響倍, 知非凡侶之匹, 脩艱功成, 則終以上仙登天, 愈之賀之賀之.

○ 答 蘭皐

余有官事, 笑不答而退了.

○ 稟諸賢 濟菴

每欲與公輩, 作筆談, 而逢別忽忽, 未易遂意. 明朝, 僕輩若晩發, 則公等或當再枉否? 時鷄鳴報罷, 館中梢生白. 韓人頗有困倦之色. 因我曹各相揖去.

○ 稟 十洲

僕姓木, 名希元, 字善長, 別號十洲, 又稱舞陽山人. 乃木蘭皐男也. 伏呈巴歌一章, 冀賜高和.

奉呈國信製述官案下

大才御命涉層波, 帆影如雲此日過. 傾蓋譚成風雅會, 一篇新曲入笙歌.

○ 奉次十洲惠贈韻 矩軒

聯舟結鎖斷橫波, 隱隱樓臺取次過. 異域光陰憐卓色, 斜陽行李入樵歌.

○ 奉呈二書記室案下　十洲

靉靆長天五色雲, 霓旌停處彩鸞群. 何須別訙仙源去, 玉塵風薰御李君.

○ 奉和十洲　濟菴

古寺題詩墨灑雲, 雨聲燈影共仙群. 山川萬里淸靈氣, 吐鳳奇才獨數君.

○ 奉和十洲韻　海皐

隨處頻停靄靄雲, 殊方日月惜離群. 十洲鸞鶴間來往, 眉宇煙霞始見君.

○ 稟　矩軒

公筆力豪健, 因何學之耶?

○ 答　十洲

東都有烏石山人者, 余師事之有年矣. 雖然官事無暇, 無由學. 惶愧惶愧

○ 稟　十洲

僕, 夙好古篆隷, 摹刻印璽有年, 于玆唯恨拙腕有鬼, 而不能盡其伎耳. 頃爲家父, 欲作私家印譜併及僕等雖未遂功畢, 聊以一冊, 呈左右矣. 足下, 東都留滯中, 倘有貴暇, 則揮椽筆, 賜序文, 且使此意傳三記室, 惠跋語, 或題言, 則何喜加之? 偏冀足下之推奬, 必以勿違. 引領竢回轅之曰久云.

○ 答 矩軒

應奉敎耳.

○ 稟 矩軒

意殊無窮, 而路中病憊, 不能久坐. 明日以雨, 似未早發. 更訪來朝以畢餘薀, 未知如何.

○ 答 十洲

謹當應命, 縒縒期明朝耳.

○ 惠高和, 不堪喜, 別賦一絶, 奉謝濟菴·海皐李書記 十洲

相逢今夜郢中人, 忽聽翩翩白雲. 新此曲亦非塵世, 調唱來偏似回陽春.

○ 奉和十洲 濟菴

風雨高樓萬里人, 旋燈花影爲誰新. 十洲鸞駕尋常至, 問答扶桑綠葉春.

○ 奉和十洲木君韻 海皐

萍緣忽作雨留人, 脩竹青松氣色新. 滄海未窮冠蓋路, 仙桃花見幾回春.

○ 稟 海皐

二三子已退休否? 何不在席, 大人亦何在?

○ 答 十洲

諸子, 皆在寫字席. 蘭皐, 又然

○ 通刺 蘭宇

千里跋涉, 動定享嘉, 龍旂儼然臨此, 敬拜賀. 僕姓藤, 名崧, 字峻卿, 號蘭宇, 尾張逸民也.

○ 稟

從聞文旂東矣, 西望有日, 大旱雲霓不啻, 幸天錫良緣, 得晉謁諸公座下, 忝喜何極, 因賦野詩, 奉呈諸公案下

奉呈製述官朴公案下

雲帆龍節照蜻洲, 星斗文光望裏浮. 先見漢宮詞賦客, 當年楊馬舊風流.

○ 奉和蘭宇惠韻 朴矩軒

邇來筆力寄滄洲, 經歲孤舟萬里浮. 知子文章元氣會, 富山高峙越江流.

○ 奉呈書記兩公案下 藤蘭宇

文府詞林自在遊, 胸中萬卷有書樓. 生華筆下雲煙起, 雄辯高飛瀑布流.

○ 奉和蘭宇惠韻 李濟菴

風馭雲驂汗漫遊, 雨聲松翠蒲茶樓. 眉端剩帶三山氣, 筆勢應傾萬里流.

○ 奉酬蘭宇瓊韻 李海皐

仙綠來作海山遊, 駐馬相逢古驛樓. 最恨忽忽雨中別, 客行如水日東流.

○ 奉呈蘭宇

勞歌一曲解□舟, 紅樹青山水□流, 日暮酒醒人已遠, 滿天風雨下西樓.

○ 奉和海皐 藤蘭宇

長風萬里送蘭舟, 蒼海波瀾筆底流, 青眼相逢異鄉客, 賦成王粲獨登樓.

○ 奉呈良醫趙公 藤蘭宇

初見神仙客, 知君葛洪才. 摘收囊裡玉, 携照古蓬萊.

○ 奉酬蘭宇贈韻 趙活庵

膠柱嘆無術, 雕蟲慙不才. 尋常求大藥, 努力向蓬萊.

(柳醉雪, 疾而就閒靜處, 故無和.)

○ 稟 錦部

僕姓橘, 名正麗, 字公澤, 號錦部, 尾張州市醫也. 幸此日在賓館中, 得諧鳳覩, 感蔑以加焉.

奉呈活庵趙公案下

海上神仙蹈紫雲, 人間相望接氤氳. 爾時非跨青牛下, 爭見橘龍五綵文.

○ 問 活庵

君年幾何? 詩及書, 不可企望.

○ 答 錦部

僕年二十二, 性嬾不脩事, 何定中過奬?

○ 稟 活庵

妙年奇才, 可羡可羡, 疎才不敢當, 强申愚衷, 可奉和. 唯怨行逼, 不能從容罄交歡.

奉和橘公瓊韻

海上蓬萊常覆雲, 四時靄靄氣氤氳. 憑君欲問神仙事, 疎語難明數字文.

○ 答 錦部

不圖辱慇懃, 又辱高和, 喜愧交集, 言未盡于此. 鳴鷄戒旦, 君且遊華胥, 東方則明, 又當來見.

○ 稟 活庵

書記柳醉雪, 病在別席. 君往見如何? (錦部曰諾.)

○ 稟柳公 錦部

公乎, 醉雪柳公?

○ 答 醉雪

僕, 卽副使書記, 柳醉雪.

○ 稟 錦部

僕姓橘, 名正麗, 字公澤, 號錦部. 不顧尊恙, 將知君志, 子惠思我, 我敢不賦褰裳?

○ 答 醉雪

病極難力, 多辭諸賢之徵. 唯公言是聽. (錦部曰 感謝感謝)

○ 奉呈醉雪柳公案下 錦部

大國賢臣奉使年, 相從記室共翩翩. 爲過海上探奇絶, 總說漢朝司馬遷.

○ 奉和錦部詞案 醉雪

日域風流見妙年, 相逢彩筆正翩翩. 縱探大澤名山去, 記勝何能以馬遷.

○ 奉呈國信製述官案下 錦部

海外三韓使節通, 錦帆無恙向關東. 優遊自似吳公子, 到處能應觀國風 [賓館多多學士及二記室無和, 故託趙活菴, 俟歸路]

○ 奉呈活庵趙公案下 冠峯

漢朝唱滿太倉才, 左右優遊意壯哉. 何必神仙妨好美, 此行採藥入蓬萊.

○ 奉和冠峯申公贈韻 活庵

搏桑自古稱多才, 高標如公問幾哉. 衮衮腐□還可咲, 空隨絳節遠途來.

○ 稟 活庵

僕姓趙, 名崇壽, 號活庵. 以我國良醫來, 足下懇到, 賜尊唱, 拙和何足煩高眼矣? 而公姓名如何? 年幾許? 濟世以爲業耶?

○ 答 冠峯

僕姓伊, 名春卿, 字子京, 一字玄適, 號冠峯, 犬馬之齡二十有五, 與君同業矣.

奉呈國信三記室案下

羽客行裝最壯哉, 雲車轔處五雲開. 飜飛一息三千里, 忽自金剛萬丈來.

○ 奉和冠峯詞案 醉雪

樓船滄海意悠哉, 及到仙列眼始開. 入手鏗鏘詩忽至, 依稀笙鶴自天來.

○ 稟 冠峯

謹聞近有尊恙, 不顧其勞, 漫呈巴歌, 幸惠和章, 欣躍不可言矣. 怨乍把袂·乍分袂, 況此日風雨晦瞑, 前途猶不爲近, 爲道自重, 揚揚文旆, 必期之此, 維析維析.

○ 答 醉雪

示意悉, 僕齒痛, 難把筆, 而枉和答, 不可敢當矣. 二書記及學士在彼, 往求和如何?

○ 答 冠峯

賓筵多衆, 不欲競責和, 學士及二記室之言, 託公俟, 惠於他日耳.

奉呈矩軒朴公案下 冠峯

彬彬文質向誰論, 良賈深藏不可言. 善服精華望君過, 熒熒紫氣滿闗門.

○ 僕姓坂倉, 名通貫, 字友輔, 號澹水, 大坂人. 以貨殖爲業, 守錢虜, 不可以聞名于大人君子之庭矣. 雖然, 吾嘗聞文天下之公道, 不論尊卑也. 欽賦拙作二首, 奉呈韓國矩軒先生玉案下, 伏乞賜高和

星使遙臨滄海東, 才橈金纜乘長風. 先王禮樂猶殷賑, 今代公卿皆傑雄. 燕雀群鳴桑樹影, 鴻鵬高搏鷄林中. 小才不是操觚客, 幸遇淸時翰墨隆.

又

巨浸大江千里程, 使君東入浪華城. 鳳簫龍笛錦帆影, 多少名山一日淸.

○ 奉和澹水泉伯案右 矩軒

細雨禪林駐客程, 繁華錦騎耀江城. 又知貨殖不宜闕, 蠶室猶傳寡婦淸.

○ 朴先生不捨予襪綿, 忝惠尊和, 不勝雀躍, 再用原韻, 奉謝八首.
倉滄水

花驂暫駐華江東, 人浴箕邦萬里風. 銜命四方望子貢, 著書千歲擬楊雄. 仙霞擁輅河山影, 天日臨朝煙雨中. 市井賤臣君不棄, 故教待遇比它隆.

仙旆悠悠到海東, 棹歌從是向西風. 秋城留別滿堂客, 晝錦蜚榮一世雄. 遙識魚龍滄海外, 數吟島嶼白雲中. 可堪詩酒送迎急, 擧首猶望德澤隆.

太平日月照西東, 桑樹技垂迎德風. 軒冕熙熙千古典, 文章爛爛百夫雄. 燒香金鴨仙牀下, 起雨畫龍禪閣中. 莫嘆相逢卽相別, 皇華盛事孰爭隆.

燦爛使星西又東, 歸帆帶日掛秋風. 浪華城外錦光動, 澱水橋頭旂勢雄. 洌嶼連空朝霧裡, 筦絃送別夕陽中. 鳴鑾佩玉三千里, 釜浦歸來名望隆.

古府津南數十程, 仙槎遠自漢陽城. 天公一夜許嘉瑞, 更降郢中白雪淸.

仙旗幾日促行程, 已向秋風望故城. 詩賦百篇千歲雅, 東西淼漫爲君淸.

悠悠客路幾千程, 五馬高嘶入浪城. 明日歸舟一回首, 只看天上漢雲淸.

千山萬水占行程, 星彩炤東光滿城. 近代文章奎瑞在, 更教筆硯拂塵淸.

○ 用別韻奉謝二首　　倉滄水

客館絃歌日日新, 淸談玉露更津津. 登龍門上廣多少, 不礙吾曹謭陋人.

五色氛氳映海清, 知君歸朝鳳凰城. 秋天一夜望明月, 定有掠船孤鶴鳴.

○ 僕姓片岡, 名正秀, 字子蘭, 浪華人. 別號大江散人. 謹賦一律一絶奉, 呈韓國學士矩軒先生臺下, 伏乞賜和

連日望龍影, 遙知仙氣來. 善隣隆使節, 觀國選賢才. 碧海煙波合, 錦帆雲霧開. 風流千里接, 何幸上瑤臺.

綿帆無恙謁嘉賓, 來翰蘭臺如坐春. 一日交歡千載事, 不論郢曲與巴人.

○ 僕典籍朴敬行, 字仁則, 號矩軒, 奉酬片岡大雅

金舟繡帕滯嘉賓, 新送孤舟異域春. 綵筆帶來磅礴氣, 山河元是玉成人.

○ 矩軒先生辱賜高和, 乃用原韻, 再呈臺下四首. 岡子蘭

使星行萬里, 炤乘又東來. 仙賴凌雲色, 高歌作賦才. 天邊霞氣徧, 道上濁埃開. 上國文章美, 玉人登玉臺.

圭壁掌中落, 彩雲何處來. 憑欄明月色, 射斗揆天才. 叔夜清奚及, 休文美已開. 龍門不可企, 閣筆仰高臺.

疎狂一日接嘉賓, 白雪歌成如醉春. 却恥時無鸚鵡賦, 東華文藻獨驚人.

韓使慇情忘主賓, 蘭陵數斗買青春. 怜君新友無知已, 遠客唯宜醉裏人.

○ 疊韻送別三首　　岡子蘭

錦帆掟艫是名賓，琴裏南薰遂裡春．近日幷州留滯久，桑乾回首憶何人．

仙館淸風見大賓，尊前白雪味陽春．不堪投海皐留我，君是明朝千里人．

怜君班馬去，醉後寄詩來．半面不慳贈，寸臟偏愛才．離觴情暫悅，別淚恨無開．鬱島知如薺，望鄉何處臺．

○ 奉呈三書記詞伯臺下三首　　岡子蘭

西客歸來已自東，使臣悉有古人風．芙蓉白雪得雙璧，文彩風流照席中．

借問九州何處東，西人向國値金風．只今四海盡兄弟，莫噫箕邦一望中．

君入日東出日東，春風客裏更秋風．釜山浦上遙回首，萬里同遊似夢中．

○ 神州辨　　岡子蘭

延享戊辰夏四月，朝鮮聘使，滯華府數日．近遠操觚士，倡和筆譚者，雲集．會有一醫人，某呈詩於製述官朴矩軒．其詩稱日本爲神州．朴一覽，輒勃然作色，曰天下除中華外，不可稱神州，不稽之言，吾不欲觀之矣．某慙赧，不能答而去．府下相傳爲笑云．予聞之，曰甚矣！朴之陋而倨也！夫稱中華爲神州，其原出於鄒衍所謂神州赤縣者，而六藝經傳無復明文．蓋贊中國以立偉號耳．吾神州，則異乎是．茶稽上古，諾尊闢諸初，日神纘諸後天地七五之際，開物成務，德被生民，洋洋乎盛哉．自玆而後，天孫世守，寶璽歷億萬年而無疆，汔于今綿綿矣. 與夫泗水亭長昇, 而黃屋左纛, 盜賊羯虜, 擅號皇帝, 自侮爲點青天子. 彼廢此興, 視天位如客舍者, 不可同世而語也. 由是觀之, 稱日本爲神州, 豈一人之私言哉? 叚使周公孔子聞之, 亦不以爲謬矣. 顧朝鮮得中國天朝冊封爲

王, 其國人崇中國如對上帝. 然則, 朴等幼慣之久, 不知有佗, 乍見稱日本爲神州, 且驚且怒也. 固宜度, 醫人不答, 非不能也. 蓋其心, 以爲聘使 國家之大賓, 乃抗然與之狼而求勝焉, 非禮也. 敢不忍默, 其所以傳笑四方而不恥. 以此, 今焉, 予聊代其人而辨之. 非好辨也, 尊神也.

○ 奉呈矩軒學士大賢鉤座下 巖南山

徐福仙槎停此州, 王仁儒教至今流. 浪華江上繫船處, 慕藺意思一會休.

○ 奉謝南山韻 朴矩軒

鰲載東南六十州, 芙蓉高峙浪江流. 海日山雲俄變態, 默然離思此生休 [此詩, 似失粘格, 恐惚然失照歟]

○ 辱賜高和再疊前韻奉酬 南山

驚人佳語映蜻州, 下筆有神如急流. 此席散場無再會, 愁情從是何時休.

○ 奉呈濟菴李書記英君案下 南山

東路荷香襲冕旒, 龍旗閃閃太平州. 鴻臚館下停車處, 上草高風滿畫樓.

○ 奉和南山 濟菴

歸夢秋晨拜玉旒, 不知身在浪華州. 蟬聲滿樹披雲起, 羽客相逢坐佛樓.

○ 再疊前韻奉謝濟菴先生 南山

滴露芙蓉貫綴旒, 聲譽不朽充皇州. 一哮獅子伏提獸, 相象解圍嘯月樓.

○ 奉呈醉雪柳書記雅公梧右 南山

酷暑逼人秋日天, 驛程困憊掛帆前. 勞君求報玉珠詠, 都下萬金須競傳.

○ 奉和南山 醉雪

風驅殘暑日流天, 萬樹凉蟬古寺前. 年少香名誰似子, 異日蹄兮萬口傳.

○ 再次前韻奉酬醉雪先生 南山

異邦數里隔江天, 何幸唱酬鈎座前. 瞬息詩成欺擊鋒, 日東千載美名傳.

○ 奉呈海皐李書記詞伯 南山

抉來雲漢兮天章, 攀盡眉山白雪香. 知得高譽驚海內, 衆人不覺沐清凉.

○ 奉和南山 海皐

七襄機杼懶成章，媿爾詩來牙頰香．天畔離歌當落日，銀河秋氣一蟬凉．

○ 辱高和因奉酬海皐先生 南山

踵門騷客呈文章，酬玉携歸雙袖香．摸索芙蓉峯上雪，入君佳什令人凉．

○ 題贈南山少年 濟菴

天香爛五色，明月桂千柯．清風吹不盡，映爾筆頭花．

[右出畫扇乞書神速記此詩贈余]

○ 辱題僕扇面因次芳礎奉謝 南山

邂逅神仙客，唱酬欲朽柯．仁風每吹面，千里思香花．

○ 恭呈朝鮮國製述官矩軒朴君，伏乞慈斤． 玉溪先生文人 松溪

傳聽靑丘一翰林，英才詞賦自幽深．鄙生幸接芝眉耀，霽月光風貴玉金．

○ 奉龢松溪惠韻，仍謝金絲草之貺． 矩軒

冠蓋迢迢橘柚林，禪樓秋色關門深．絲煙帶得如蘭臭，睡後淸香直百金．

○ 朴先生辱賜高和，再次前韻，奉謝是正． 松溪

芳聲遠響自鷄林，相遇厚情意外深．幸得雅章如照乘，熟哈何止價

千金.

○ 疊和松溪 矩軒

鳴蟬秋氣滿禪林, 江水東流別意深. 萬里孤舟炎海遠, 帆前火日欲流金.

○ 奉賀朝鮮國活庵趙醫國錦旋, 伏乞風斤. 桃溪

錦帆曉發浪華津, 三疊離歌送越人. 聘禮克終還故國, 鹿鳴高奏賞功臣.

○ 次桃溪贈韻 活庵

樓船明日渡河津, 相別新詩更有人. 大藥駐年求不得, 葵傾向日愧微臣.

○ 恭賀朝鮮諸君榮旋, 伏乞是改. 春溪

海天西望路漫漫, 萬里客中秋欲闌. 只爲諸君錦帆促, 離歌一曲祈平安.

○ 奉和春溪韻 [小華五好堂] 李士迪

萬里東遊歲月漫, 秋風歸棹客愁闌. 離詩欲和山含日, 喟我文章愧子安.

○ 恭賀諸君子還青丘, 伏祈斤正. 鶴溪

遠返仙槎發攝城, 漫漫滄海瑞雲橫. 使乎聘禮克君命, 預識還鄉耀錦榮.

○ 奉呈朝鮮國碩儒矩軒朴君, 伏祈慈斤. 竹溪

翩翩旌旆拂長空, 遠從使星到海東. 非獨文章動韓國, 扶桑洲裏掬英風.

○ 奉和竹溪惠韻 矩軒

歸棹雲天萬象空, 秋蟬啼送浪華東. 濃州雪色留詩面, 片片傳觀季子風.

○ 矩軒朴君辱賜高和, 再次前韻, 以恭祝榮旋. 竹溪

歸舟與去向遙空, 良史才名服日東. 預識海西幾千里, 錦帆高擧御輕風.

○ 鄙詩一章, 恭呈朝鮮國大儒士矩軒朴君, 伏乞郢政. 梅溪

傑爾天才隨使星, 蘭舟暫繫浪華汀. 道存目擊喜相見, 深仰登瀛德正馨.

○ 奉和梅溪惠韻, 仍謝金絲烟之貺. 矩軒

花浦長風送客星, 黯然離思滿蓬汀. 金絲裊裊煙如夢, 分去芝蘭一室馨.

○ 矩軒朴君辱賜高和, 再次前韻, 奉謝. 梅溪

瓊瑤辱賜耀文星, 清調涼生秋水汀. 何幸樗才霑厚惠, 這回帶得筆花馨.

○ 奉呈大韓書記李濟菴·柳醉雪·李海皐三先生. 梅溪

堪驚韓國翰林士, 遠向扶桑奮茂才. 欲識兩朝淸世化, 請看俊傑一時來.

○ 奉和梅溪惠韻 濟菴

浪華詞客秋相見, 鶴似風神花似才. 錦帆明晨波萬里, 浮雲一散豈重來.

○ 奉龢梅溪瓊韻 海皐

津州終古山川麗, 精粹流爲綿纊才. 淺水梅花歸隔夢, 九皐淸響月中來.

○ 再賡前韻, 奉酬書記三書賜芳和. 梅溪

謾投燕石得隋玉, 且信英才誨不才. 南國初秋炎熟裏, 淸詩讀了早凉來.

右六溪唱和錄

○ 奉呈朝鮮國學士朴公·書記李公閣下三首. 態嶽

使軺三月乘春風, 玉節重重拂碧雲. 異國葡萄迎上客, 韓京文馬和親通. 初筵時奏鹿鳴什, 明世誰誇麟閣功? 昔日風流何得減, 朝儀不借叔孫通.

其二

驊騮日映彩雲端, 位者詞林競詠蘭. 星野已知攀折木, 斗文光動掛

東關. 畫舟固熟鵝鶂列, 朝儀兼習鵝鶂觀. 蜻域氷迎王毋使, 碧桃結實屈爲蟠.

其三

華轂一時推主盟, 風流飛蓋動江城. 前朝覇氣已淸盡, 百歲帝圖自壯盛. 擅寵天顔爭咫尺, 梗簡梁苑幾人傾. 勿言楚調更悲切, 欲慰使君萬里情.

向辱垣內氏, 詩若于首, 長途紛宂, 已失其稿, 多謝多謝. 再見請和於鶴洲子, 鶴洲子見示流秋州三字, 乃用其韻塞責云

○ 奉和垣海詞伯韻 朴矩軒

華筵樽酒阻風流, 別意相關橘院秋. 只爲詩場緣未斷, 歸舟三日駐江州.

○ 攝州隱醫, 姓田中, 名常悅. 謹啓朝鮮國醫院官活菴趙君足下, 伏惟足下奉貴國嚴命, 扈從使臺來日域, 舟車之勞, 風寒不冒, 行李安穩, 襟履無恙, 恭喜恭喜. 僕草莽晩出, 雖無分可採, 然進道勵業之志不息, 因不恥固陋, 乃就足下旅館, 庶一接高範, 以蒙一二敎誨, 固僕所願也. 而今有採薪之患, 宿思不遂, 遺憾不可言也. 夫醫道古典, 雖諸賢注解, 往往具備焉. 若僕魯昧, 其難領會者, 不少矣. 然倉卒之間, 不暇逑諸大方之前, 但醫家日所玩索, 而未曾辨明者, 數條列左, 稟白以俟敎諭, 幸不叱置, 爲僕解惑導蒙, 則何幸惠以加之. 時朱明旣加振, 況悠悠爲道自玉

疑問七條 今略此, 見于後條.

左疑問七條, 謹以請教誨, 幸留意昭察焉.

筆語 七月 三日

僕氏田中, 名常悅, 字庸行, 號嘯皐, 又號信齋, 攝州隱醫也.

向文旆赴東武, 日僕有微恙, 不得接高範. 疑問數條, 附阿比留氏·蘭菴, 煩致左右. 得已入, 覽否? 今日幸得接芝眉, 何喜以加之?

答 活菴

昨蒙辱問, 惠投以疑條. 連因客擾, 未及仰復. 只意前去水路, 閑靜時, 深究以解, 附蘭菴, 便傳達左右矣. 特荷顧問, 尤多感, 而不安甚矣.

嘯皐

辱受青眼, 得以通素情, 不堪感謝? 向所呈覽疑問, 客擾繫紛中, 敢以請非禮. 雖爾已蒙垂青, 空去則遺恨何似焉? 今卽得一二教諭, 則敬服膺. 不失請幸及.

難經元闕序文. 此華陀煨燼, 脫簡不傳者歟. 僕按文苑英華, 第七百三十五卷, 載黃帝八十一難經序, 以爲唐王勃所撰也, 而元滑伯仁所撰本義, 乃有自序幷諸序. 雖云論此經所由傳, 然不言有勃之原序, 竊疑以此序爲僞造, 而置之不論者耶? 設或滑氏涉獵, 未至于此乎? 若夫英華爲書, 乃宋朝三太部之一, 而未曾有妄載僞造者, 則省其原序, 而不附聖經, 亦不爲無遺感矣. 足下以爲何如, 請書示.

答 活菴

難經序文, 非王勃之所制也, 乃唐王氷之所撰也.

問 嘯皐

然則英華誤書乎?

答 活菴

英華非誤書也, 乃剞劂氏之誤也.

嘯皐曰 王勃之此序, 非剞劂氏之誤, 考序文明矣. 蓋活菴未知有此序臨問, 忽卒妄答者歟.

問 嘯皐

至今不附諸難經者, 滑氏等, 亦不取之乎?

答 活菴

難經卽越人之書, 而後人之序文, 雖或有未盡者, 未必爲舍.

疑問 二

衛生寶鑑, 所載沉香天麻湯方中, 有薑屑者, 共爲十二味, 而玉機微義, 所載同方, 無薑屑, 有殭蠶. 其所論辨, 固無異寶鑑, 而不言以蠶代薑之旨, 則劉宗厚, 似誤薑屑也. 王肯堂幼科準繩, 貴國撰著, 東醫寶鑑等, 所引用者, 則羅氏之原論方也, 而孫一圭·汪訒菴輩, 共所論, 則羅氏而所用之方, 則劉氏也. 本邦庸流, 悉用劉氏之方, 爲治癎之良方, 而失羅氏所制之旨, 後世不爲正劉氏之誤, 滔滔相從之, 則劉氏之誤, 却僥倖者乎? 乞幸解惑.

答 活菴

吾未詳論之.

問 嘯皐

公若用天麻湯, 則用蠶乎? 用姜乎?

答 活菴

天麻湯, 卽順氣治風之藥, 用白殭[168]蠶爲可.

疑問 三

丹溪心法, 達生散中, 有黃楊腦者. 然未知其爲何物. 蠻漢商舶載來者, 未聞有此物也. 按本草綱目, 黃楊木條下曰, 葉氣味苦平無毒. 主治婦人難産, 入達生散中用. 丹溪心法, 達生散方後曰, 入靑葱五葉, 黃楊腦七箇, 此卽黃楊樹葉, 稍兒也. 乃稍兒亦不知何謂, 而竊疑, 稱以爲腦, 則有物以生葉上歟. 雖爾心法謂, 卽黃楊樹葉, 則盖其葉歷製造, 而後爲腦狀乎? 貴國撰著, 東醫寶鑑, 載達生散方, 以袪黃楊腦, 然則不任使用者乎?

答 活菴

貴國無楊樹, 故不得見也. 楊樹上, 有膠凝如腦, 取以用於順産藥中, 以取其滑利, 易産也.

168 원문에는 '羗'이지만, '殭'의 오기(誤記)이므로 바로잡았음.

嘯皐曰 此答, 亦不爲當矣, 而以賓禮, 故不敢責之.

疑問 四

人參別種, 稱小人參者, 自中土來, 亦自貴國來. 形狀似杜蘅·細辛等根鬚. 本邦呼爲鬚人參, 味甘微苦, 頗同大人參. 其功能, 勝大人參之輕虛者. 本草不收載, 不識出何書也. 貴國稱之小人參耶? 又別有稱呼乎否? 乞書示.

答 活菴

人參豈有二種也? 其初生者, 細小多鬚, 而又未嘗大小悉用, 功敵之高下.

疑問 五

山茱萸, 自中土來者味酸, 如本草所載. 自貴國來者, 肉薄味甘而微酸, 堪可噉. 是眞山茱萸, 而土產令然乎?

疑問 六

黃芩, 自中土來者, 有子芩, 有片芩, 共味苦. 自貴國來者, 悉新根也, 色深黃, 而味不苦. 王好古曰, 味微苦而甘, 張元素曰, 味苦甘, 綱目曰, 西芩多中空而色黔, 北芩多中實而深黃. 貴國產者, 似綱目所言. 山茱萸·黃芩, 以貴國產者爲佳乎? 以中土產者爲勝乎? 幸質諸足下爲定.

答 活菴

嘗見中原茱萸, 不如弊邦之產, 而以肉多者, 爲好品, 酸味雖或有多少之別, 其枝根花葉無相別耳. 黃芩, 中土之産爲勝, 色黃者佳, 味甚苦者佳, 中空下實分明者佳.

疑問 七

本邦往年, 狗疫大行, 所在鄕邑之犬, 厭惡餌食, 日以衰瘦, 垂尾出涎, 忽發狂奔走, 不知抵止. 見人輒咬, 癲悶而殪. 人爲之, 所傷也輕者, 用驅毒之藥, 則毒解, 而無後患, 其重者, 咬痕愈後, 經三四十日, 忽發熱惡風, 雖微風不得當矣, 狂亂而死. 此是非尋常藥劑所能救也, 從古法, 以治之, 亦無驗. 貴國有經驗良方, 請垂示誨. 活菴回讀數次, 末爲答.

問 嘯皐

狗疫之治方, 可得蒙教諭乎否? 幸示.

答 活菴

狗疫方, 用猪糞水, 呷之耳.

鄙詩卽賦以呈 活庵趙君案下 嘯皐

雅筵亟文仰英雄, 拂霧看雲教誨中. 自此歸程千里外, 豈期再會馬牛風

奉和嘯皐韻

席上題詩筆勢雄, 論醫說藥片言中. 隱居況味問何似, 保命守眞近古風

用前韻奉謝 活庵先生見和　嘯皐

高才豈啻醫家雄, 文質彬彬著語中. 郢調吟回餘味饒, 更知溫雅古唐風

疊前韻奉謝嘯皐

聖世隱居最是雄, 凝然仙柳囂紛中, 不知別後相思夢, 應有雁書寄北風

問　活庵

公令年幾何? 業醫幾年?

答　嘯皐

驢年三十五, 家世業醫至僕, 則三世, 家父猶在諄諄於醫者也. 活庵見嘯皐所持之扇.

嘯皐

此是弊邦學中華之畵, 名八仙堂者寫之. 活庵粲然有喜色.

問　活庵

貴國畵工之善者?

答　嘯皐

今能畵者少矣. 七八十年以前, 有探幽齋者, 最善畵者也. 今畵家, 多學此遺風.

問 嘯皐

貴國服藥一貼, 重幾許? 一貼煎法, 入水幾許?

答 活庵

壯實者, 一貼重一兩, 或一兩一二錢, 虛弱者, 七八錢.

重一兩藥, 入水一升煎半.

一錢, 水一合.

○ 奉呈朝鮮國學士朴公案下 梅溪

錦帆映日到江濱, 萬里滄溟信接隣. 一路光風旗色穩, 舊盟猶見禮義新.

○ 奉和梅溪 矩軒

一笑花江雲水濱, 華堂詩酒接芳隣. 羅浮舊夢尋無處, 溪上疎枝曉月新 [末句用尊號致意耳]

○ 奉送矩軒朴詞宗還朝鮮 上月鶴洲

秋風解纜灞橋前, 分手鷄林路八千. 他日思君牛斗畔, 粲然紫氣徹蒼天.

○ 奉和鶴洲 朴矩軒

水萍綠重浪江前, 黯黯離愁醉十千. 錦繡樓臺詩百幅, 晴虹分去斗牛天.

○ 席上奉再和矩軒學士玉礎 鶴洲

鳳凰暫止淀川前, 今日摶風思萬千. 遠影空存孤館夜, 梧桐樹下望青天.

○ 奉送濟菴李詞宗還朝鮮 鶴洲

星軺西指攝陽城, 風渡錦帆欸乃聲. 獨向參商天外轉, 如何萬里別離情.

○ 奉和鶴洲 濟菴

巖嶢佛舍近仙城, 梧葉玄蟬自作聲. 明曉河橋分萬里, 吳洲見月古人情.

○ 奉再和濟菴書記玉什 鶴洲

東壁高懸照化城, 兩邦好是昇平聲. 卽今西指溟茫裏, 留得餘光萬里情.

(濟菴書示曰, 淸警可誦感之, 以歸必有虹月貫槎耳)

○ 席上呈二賢要高和 鶴洲

秋風來北海, 文旆促歸船. 劍秀扶桑日, 興闌蓬島天. 夢魂殘客舍, 楊柳映離筵. 耐恨陽關曲, 把杯意渺然.

矩軒書示曰, 今將治裝, 孤負可愧 [筆語數十通略之]

○ 奉呈朴公案下 佐野振岡

去舟堪送淀江頭, 水自潺湲人自愁. 他日相思千里外, 豈料知已在青丘?

○ 奉酬振岡 朴矩軒

一日淸談滿筆頭, 宦途船舶笛聲愁. 君今勿欲官楊柳, 共載南星覓三丘.

○ 恭奉呈朝鮮國製述官朴君及三書記諸君案下 中南來

萬里雲濤外, 揚帆漢使船. 春風發日域, 夏月向朝鮮. 金鼓連山動, 朱旌泛海懸. 悠悠從此去, 音信定何年.

其二

漢家使節氣如龍, 旌旆翻風日影重. 此去錦帆開大海, 雲間目送芙蓉峰.

其三

遙指雲中五鳳凰, 金袍躍馬自東方. 西行萬里朝金闕, 爲報蓬萊日月光.

○ 酬中村詞伯見寄瓊韻 東華醉雪

旌幢朝出郭, 河外鏤金船. 修忽山光送, 氤氳雲色鮮. 海連天共遠, 帆與月同懸. 遺恨去三島, 蟠桃結子年.

戊辰孟秋

○ 奉送朝鮮國趙活巖醫國還朝鮮　　太田龍溪

今日送君鴻館中，明朝萬里對西風．幾多別恨千行淚，從是共誰問異同．

其二

筆力良知韓國鳴，古今博學得才明．扁華難及醫民手，此日送君多少情．

○ 奉和龍溪贈韻　　活庵 趙敬老

大坂繁華似夢中，蒼茫一葉起秋風．龍溪知是多情者，恨未當時一席同．

又

風高海上畫笳鳴，水闊天邊片月明．旅館孤燈閑臥處，新詩送別最多情．

和韓唱和附錄終

寬延改元戊辰八月
浪華書林
心齋橋筋順慶町
澀川與市梓

【영인자료】

和韓唱和錄
和韓唱和附錄

寛延改元戊辰八月

浪華書林

心齋橋筋順慶町

澁川與市梓

者、恨未₌當時一₋席同、

又

風高海上晝茄鳴、水闊天邊片月明、旅館孤燈閑卧、

處、新詩送別最多情、

和韓唱和附録終

奉送朝鮮國趙活菴醫國還朝鮮

太田龍溪

今日送君鴻舘中、明朝萬里對西風、幾多別恨千行淚、從是共誰問異同、

其二

筆力良知韓國鳴、古今博學得才明、扁華難及醫民手、此日送君多少情、

奉和龍溪贈韻

活菴趙敬老

大坂繁華似夢中、蒼茫一葉起秋風、龍溪知是多情

海雲間目送芙蓉峰

其三

遥指雲中五鳳凰金鞭躍馬自東方西行萬里朝金
闕爲報蓬莱日月光

酬中村詞伯見寄瓊韻　東華醉雪

旌幢朝出郭河外鏤金舩倏忽山光送氤氳雲色鮮
海連天共遠帆與月同懸遺恨去三島蟠桃結子年

戊辰孟秋

奉酬振岡　　朴矩軒

一日清談滿筆頭官途舩舶笛聲悠君今勿欲嘗揚柳共戴南星覓三丘

恭奉呈朝鮮國製述官朴君及三書記諸君案下　　中南来

萬里雲濤外揚帆漢使舩春風發日域夏月向朝鮮金鼓連山動朱旗泛海懸悠悠從此去音信定何年

其二

漢家使節氣如龍旌旆翻風日影重此去錦帆開大

濟菴書示曰、清警可誦、感之、以歸必有虹月貫搓耳、

席上呈二賢要高和　鶴洲

秋風来北海、大旆促歸船、劍秀扶桑日、興闌蓬島天、夢魂残客舍、楊柳映離筵、耐恨陽關曲、把杯意惘然

雅軒書示曰、今將治裝、孤負可愧、筆語數十通畧之

奉呈朴公案下　佐野振岡

去舟堪送、旋江頭、水自潺湲人自愁、他日相思千里外、豈料知己在青丘、

奉送濟菴李詞宗還朝鮮　鶴洲

星軺西指攝陽城、風渡錦帆欸乃聲、獨向參商天外轉、如何萬里別離情、

奉和鶴洲　濟菴

岩嵬佛舍近仙城、梧葉玄蟬自作聲、明曉河橋分萬里、呉洲見月古人情、

奉再和濟菴書記玉什　鶴洲

東壁高懸照花城、西邦好是昇平聲、即今西指溟從裏、留得餘光萬里情、

奉送矩軒朴詞宗還朝鮮　上月鶴洲

秋風解纜灞橋前、分手雞林路八千、他日思君牛斗畔、粲然紫氣徹蒼天、

奉和鶴洲　朴矩軒

水萍綠重浪江前、黯黯離愁醉十千、錦繡樓臺詩百幅、晴虹分去斗牛天、

席上奉再和矩軒學士玉礎　鶴洲

鳳凰暫止淀川前、今日搏風思萬千、遠影空存孤館夜、梧桐樹下望青天、

壯實者一貼重一兩或二兩一二錢虛弱者七八錢
重一兩藥入水一外煎半
一錢水一合

奉呈朝鮮國學士朴公案下　梅溪

錦帆映日到江濱萬里滄溟信接隣一路光風旗色
穩舊盟猶見禮義新

奉和梅溪　矩軒

一咲花江雲水濱華堂詩酒接芳隣羅浮舊夢尋無
處溪上疎枝曉月新　末句用尊号致意耳

色

問　　　　　　活菴

貴國畫工之善者

答　　　　　　嘯皐

今能畫者少矣七八十年以前有探幽齋者最善

畫者也今畫家多學此遺風

問　　　　　　嘯皐

貴國服藥一貼重幾許一貼煎法入水幾許

答　　　　　　活菴

盛世隱居最是雄凝然仙栖暮紛中不知別後相思夢應有雁書寄北風

問　　活菴

公今年幾何業醫幾年

答　　嘯皐

驢年三十五家世業醫至僕則三世家父猶在謫於醫者也

活菴見嘯皐所持之扇

此是弊邦學中華之畫名八仙堂者寫之　　嘯皐

活菴粲然有喜

雅筵函文仰英雄拂霧看雲教誨中自此帰程千里
外豈期再會馬牛風

奉和嘯臯韻

席上題詩筆勢雄論醫說藥片言中隱居況味問何
似保命守眞近古風

用前韻奉謝　活菴先生見和　嘯臯

高才豈啻醫家雄文質彬彬著語中郢調吟曲餘味
饒更知溫雅古唐風

疊前韻奉謝嘯臯

發熱惡風雖微風不得當矣狂亂而死此是非尋常藥劑所能救也從古法以治之亦無驗貴國有經驗良方請垂示誨 活菴四讀數次末為答

問 嘯皐

狗疫之治方可得蒙教諭乎否幸示

答 活菴

狗疫方用猪糞水呷之耳

鄙詩即賦以呈 活菴趙君案下

嘯皐

嘗見中原茱萸不如弊邦之產而以肉多者為好
品酸味雖或有多少之別其枝根花葉無相別耳
黃芩中土之產為勝色黃者佳味甚苦者佳中空
下實分明者佳

疑問七

本邦往年猘疫大行所在鄉邑之犬厭惡餌食日
以衰瘦垂尾出涎忽發狂奔走不知抵止見人輒
咬癲悶而殪人為之所傷也輕者用驅毒之藥則
毒解而無後患其重者咬痕愈後經三四十日忽

令然乎

疑問 六

黄芩自中土来者有子芩有片芩共味苦自貴國来者悉新根也色深黄而味不苦王好古曰味微苦而甘張元素曰味苦甘綱目曰西芩多中空而色黔北芩多中實而深黄貴國産者似綱目所言山茱萸黄芩以貴國産者為佳乎以中土産者為勝乎幸質諸足下為定

答　　　　沾菴

苦頗同大人參其功能勝大人參之輕虛者本草
不收載不識出何書也貴國稱之小人參耶又別
有稱呼乎否乞書示

答　　活菴

人參豈有二種也其初生者細小多鬚而又未嘗
大小悉用[redacted]功敵之高下

疑問五

山茱萸自中土來者味酸如本草所載自貴國來
者肉傳味甘而微酸堪可啖是真山茱萸而土產

嘯皐曰
此答亦不為當矣而以實禮故不敢責之

爾心法謂卽黄楊樹葉則蓋其葉歷製造而後爲腦狀乎貴國撰著東醫寶鑑載達生散方以祛黄楊腦然則不任使用者乎

答　活菴

貴國無楊樹故不得見也楊樹上有膠凝如腦取以用於順産藥中以取其滑利易産也

疑問四　嘯皐

人參別種稱小人參者自中土來亦自貴國來形狀似杜蘅細辛等根鬚本邦呼爲鬚人參味甘微

答　　　　　　活菴

天麻湯即順氣治風之藥用白羌蚕為可

疑問三

丹溪心法達生散中有黄楊脳者然未知其為何物臺漢商舶載来者未聞有此物也按本草綱目黄楊木條下曰葉氣味苦平無毒主治婦人難産入達生散中用丹溪心法達生散方後曰入青葱五葉黄楊脳七箇此即黄楊樹葉稍児也乃稍児亦不知何謂而竊疑稱以為脳則有物以生葉上歟雖

醫寶鑑等所引用者則羅氏之原論方也而孫下
主汪訒菴輩共所論則羅氏而所用之方則劉氏
也本邦庸流悉用劉氏之方爲治癇之良方而失
羅氏所制之旨後世不爲正劉氏之誤滔滔相從
之則劉氏之誤却僥倖者乎乞垂解惑

答　活菴

吾未詳論之

問　嘯皐

公若用天麻湯則用蚕乎用姜乎

至今不附諸難經者滑氏等亦不敢之乎

答　　　　　　沾菴

難經即越人之書而後人之序文雖或有未盡者未必爲舎

疑問二

衛生寶鑑所載沆香天麻湯方中有薑屑者共爲十二味而玉機微義所載同方無薑屑有殭蚕其所論辨固無異寶鑑而不言以蚕代薑之旨則劉宗厚似誤薑屑也王肯堂幼科準縄貴國撰著東

嘯皐曰王勃之此序非剞劂氏之誤考序文明矣蓋活菴未知有此序臨問忽卒妄答者歟

而不附聖經亦不爲無遺感矣足下以爲何如請書示

答　活菴

難經序文非王勃之所制也乃唐王氷之所撰也

問　嘯皐

然則英華誤書乎

答　活菴

英華非誤書也乃剞劂氏之誤也

問　嘯皐

遺恨何似焉今即得一二教諭則敬服膺不失請

幸及

難經元闕序文此華陀煨燼脫簡不傳者歟僕按

文苑英華第七百三十五卷載黃帝八十一難經

序以為唐王勃所撰也而元滑伯仁所撰本義乃

有自序并諸序雖云論此經所由傳然不言着勃

之原序竊疑以此序為偽造而置之不論者耶設

或滑氏涉獵未至于此乎若夫英華為書乃宋朝

三大部之一而未曾有妄載偽造者則省其原序

條附阿比留氏蘭菴煩致左右得已入覽否今日
幸得接芝眉何喜以加之

答　　活菴

昨蒙辱問恵投以疑條連因客擾未及仰復只憶
前去水路閑静時深究以解附蘭菴便傳達左右
矣特荷顧問尤多感而不安甚吾

嘯皐

辱受青眼得以通素情不堪感謝向所呈覧疑問
客擾紛紛中敢以請非禮雖爾己蒙垂青空去則

未曾辨明者數條列左稟白以俟教諭幸不叱置

爲僕解惑導蒙則何幸甚以加之時朱明既加接

況悠悠爲道自主

疑問七條 今略此見于後條

右疑問七條謹以請教誨幸留意昭察焉

筆語 七月三日

僕氏田中名常悦字庸行號嘯皐又號信齋攝州

隱醫也

向文旆赴東武日僕有微恙不得接高範疑問數

攝州隱醫姓田中名常悦謹啓朝鮮國醫院官活菴趙君足下伏惟足下奉貴國嚴命扈從使臺来日域舟車之勞風寒不冒行李安穩襟履無恙恭喜恭喜僕草莽晩出雖無令可採然進道勵業之志不息因不耻固陋乃就足下旅館處一接高範以蒙一二教誨固僕所願也而今有採薪之患病思不遂遺憾不可言也夫醫道古典雖諸賢注解往往具備焉若僕魯昧其難領會者不少矣然倉卒之間不暇述諸大方之前但醫家日所玩索而

畫百歲帝圖自壯盛檀寵天顏爭咫尺棧閣深苑蘂
人傾勿言楚調更悲切欲慰使君萬里情
向辱垣内氏詩若干首長途紛冗已失其稿多謝
多謝再見請和於鶴洲子鶴洲子見示流秋州三
字乃用其韻塞責云

奉和垣内詞伯韻

朴矩軒

華筵樽酒阻風流別意相關橋院秋只為詩場緣未
斷歸舟三日駐江州

使軺三月乘春風、玉節重重拂碧雲、異國葡萄迎上客、漢京文馬和親通、初筵時奏鹿鳴什、明世誰誇麟閣功、昔日風流何得減、朝儀不借叔孫通、

其二

驊騮日映彩雲端、侶者詞林競詠蘭、星野已知攀折木、斗文光動掛東闌、畫舟固熟鵞鸛列、朝儀兼習鵷鷺觀、晴城永迎王母使、碧桃結實屈為蟠、

其三

華轂一時推主盟、風流飛蓋動江城、前朝霸氣已消

津州終古山川麗精粹流爲錦繡才浅水梅花歸隔
豊九臯清響雨中来
再賡前韻奉酬書記三君賜芳和
梅溪
謾按燕右得隋主且信英才論不才南國初秋炎熱
裏清詩讀了早涼來
右六溪唱和録
奉呈朝鮮國學士朴公書記李公閣下三十首
熊嶽

惠這曲帶得筆花馨

奉呈大韓書記李濟菴柳醉雪李海皐三先生　梅溪

堪驚韓國翰林士遠向扶桑奮茂才欲識兩朝淸世化請看俊傑一時来

奉和梅溪惠韻　濟菴

浪華詞客秋相見鶴似風神花似才錦帆明晨波萬里浮雲一撒豈重来

奉酬梅溪瓊韻　海皐

郢政　梅溪

傑函天才随使星蘭舟暫繫浪華汀道存目撃喜相見深仰登瀛徳正馨

奉和梅溪恵韻仍謝金絲烟之貺　矩軒

花浦長風送客星蹔然離思満蓬汀金絲裊裊煙如夢分太公芝蘭一室馨

矩軒朴君辱賜高和再次前韻奉謝　梅溪

瓊瑶辱賜燿文星清調涼生秋水汀何幸摶寸霑厚

國扶桑洲裏擲英風

奉和竹溪惠韻　矩軒

歸棹雲天萬象空秋蟬啼送浪華東濃州雪色留詩面片片傳觀季子風

矩軒朴君辱賜高和再次前韻以恭祝榮旋

歸舟此去向遙空良吏才名服日東須識海西幾千里錦帆高擧御輕風　竹溪

鄙詩一章恭呈朝鮮國大儒士矩軒朴君伏乞

恭賀諸君子還青丘伏祈斤正　鶴溪

遠返仙槎發攝城漫漫滄海瑞雲橫使乎聘禮克君命預識還鄉耀錦榮

奉呈朝鮮國碩儒矩軒朴君伏祈慈斤

竹溪

翩翩旌旆拂長空遠役使星到海東非獨文章動韓

次桃溪贈韻　　活菴

樓船明日渡河津相別新詩更有人大薬駐年求不
得葵傾向日愧微臣

恭賀朝鮮諸君榮旋伏乞是政　　春溪

海天西望路漫漫萬里客中秋欲闌只為諸君錦帆
促離歌一曲祈平安

奉和春溪韻　　小華五好堂李士廸

萬里東游歳月漫秋風帰棹客愁闌離詩欲和山含
咽我文章愧子安

芳聲遠響自雞林相遇厚情意外深幸得雅章如照
乘熟吟何止價千金

疊和松溪　矩軒

鳴蟬秋氣滿禪林江水東流別意深萬里孤舟炎海
遠帆前火日欲流金

奉賀朝鮮國沽菴趙陞國錦旋伏乞風斤　桃溪

錦帆曉發浪華津三疊離歌送越人聘禮克終還故
國鹿鳴高奏賞功臣

恭呈朝鮮國製述官矩軒朴君伏乞慈斤

玉溪先生門人 松溪

傳聽青丘一翰林英才詞賦自幽深鄙生幸接芝眉耀霽月光風貫玉金

奉酬松溪惠韻仍謝金絲草之貺 矩軒

冠蓋追逐橘柚林禪樓秋色閉門深絲煙帶得如蘭臭聽後清香直百金

朴先生辱賜高和再次前韻奉謝是正

松溪

辱高和因奉酬海皐先生　南山

踵門騷客呈文章酬玉携帰雙柚香摸索芙蓉峯上雪八君佳什令人涼

題贈南山少筆　濟菴

天香爛五色明月桂千柯清風吹不盡映雨筆頭花

右出画扇乞書神速記此詩贈余

辱題僕扇面因次芳韻奉謝　南山

邂逅神仙客唱酬欲朽柯仁風毎吹面千里思杏花

再次前韻奉酬醉雪先生　　南山

異邦數里隔江天、何幸唱酬鈎座前、瞬息詩成欺擊鉢、日東千載美名傳、

奉呈海皐李書記詞伯　　南山

扶来雲漢分天章、攀盡眉山白雪杳、如得高譽驚海内、衆人不覺沐清涼、

奉和南山　　海皐

七襄機杼懶成章、媿爾詩来牙頰香、天畔離歌當落日、銀河秋氣一蝉涼

再疊前韻奉謝濟菴先生　南山

滴露芙蓉貫綴旒聲誉不朽充皇州一哮獅子伏諸獸相象解圍嘯月樓

奉呈醉雪栖書記雅公梧右　南山

酷暑逼人秋日天驛程困憊掛帆前勞君求報玉珠詠都下萬金須競傳

奉和南山　醉雪

風驅残暑日流天萬樹涼蟬古寺前年少香名誰似子異日歸今萬口傳

辱賜高和再疊前韻奉酬　南山

驚人佳語映晴州下筆有神迎急流此席散場無再會愁情從是何時休

奉呈濟菴李書記英君案下　南山

東路荷香襲冕旒龍旗閃閃太平州鴻臚館下停車處上草高風滿画樓

奉和南山　濟菴

歸夢秋晨拜玉旒不知身在浪華州蟬聲滿樹披雲起羽客相逢坐佛樓

賓乃抗然與之狠而求勝焉非禮也敢不忍默其所以傳笑四方而不恥以此今焉予聊代其人而辨之非好辨也尊神也

奉呈矩軒學士大賢鈎座下　巖南山

徐福仙槎僊此州王仁儒教至今流浪華江上繫舩處慕藺意思一會休

奉謝南山韻　朴矩軒

鼇載東南六十州芙蓉高峙浪江流海白山雲俄變態黯然離思此生休

此詩似失粘格
恐惚然失照歟

生民洋洋乎盛哉、自茲而後、天孫世守、寶璽歷億萬年而無疆、汔于今綿綿矣、與夫泗水亭長、昇而黃屋左纛、盜賊羯虜、擅號皇帝、自侮爲黥青天子、彼廢此興、視天位如客舍者、不可同世而語也、由是觀之稱、日本爲神州、豈一人之私言哉、叚使周公孔子聞之、亦不以爲謬矣、顧朝鮮得中國天朝冊封爲王、其國人崇中國、如對上帝、然則朴等幼慣之久、不知有他、乍見稱、日本爲神州、且驚且怒也、固宜度埜人不答、非不能也、蓋其心以爲聘使、一國家之大延享戊辰夏四月、朝鮮聘使濟華府數日、近遠操觚士、倡和筆譚者雲集、會有一鑒人某、呈詩於製述官朴矩軒、其詩稱日本爲神州、朴一覽輙勃然作色曰、天下除中華外、不可稱神州、不稽之言吾不欲觀之矣、某慙赧不能答而去、府下相傳爲笑云、予聞之曰甚矣朴之陋而倨也、夫稱中華爲神州、其原出於鄒衍所謂神州赤縣者、而六藝經傳無複明文、蓋贊中國以立偉號耳、吾 神州則異乎是、恭稽上古、 諸尊闢諸初、 日神纘諸後、天地七五之際、開物成務、德被

離觴情暫悦別涙恨無關鷄島知如霄望卿何處臺

奉呈三書記詞伯臺下三首　岡子蘭

西客帰来已自東使臣悉有古人風芙蓉白雪得雙璧文彩風流照席中

借問九州何處東西人向國値傘風只今四海盡兄弟莫嗟其邦一望中

君入日東出日東春風客裏更秋風釜山浦上遥回首萬里同游似夢中

神州辨　岡子蘭

賦、東華文藻獨驚人、

韓使慇情忘主賓、蘭陵數斗買青春、憐君新友無知己、遠客唯宜醉裏人、

疊韻送別三首　　閟子蘭

錦帆掟艫是名賓、琴裏南薰遂禊春、近白蘋洲留滞久、桑乾回首憶何人、

仙舘清風見太賓、尊前白雪味陽春、不堪按檣苦留我、君是明朝千里人、

憐君班馬去、醉後寄詩來、半面不慳贈寸勝、偏愛才、

金舟繡帆滯嘉賓新送孤舟異域春綵筆帶来磅礴
氣山河元是並成人

矩軒先生辱賜高和乃用原韻再呈堂下四首

岡子蘭

使星行萬里焔東又東来仙籟凌雲色高歌作賦才
天邊霞氣偏道上獨埃開上國文章美玉人登玉臺
圭璧掌中落彩雲何處来憑欄明月色射斗挨天才
叔夜清奚及休文美已聞龍門不可企閣筆仰高臺
踈狂一日接嘉賓白雪歌成如醉春却耻時無鸚鵡

僕姓片崗名正秀字子蘭浪華人別號大江嶽人

謹賦一律一絶奉呈韓國學士 矩軒先生臺下伏

乞賜和

連日望龍影遙知仙氣來善隣隆使節觀國選賢才

碧海煙波合錦帆雲霧開風流千里接何幸上瑤臺

錦帆無恙謁嘉賓來翰蘭臺如坐春一日交歡千載

事不論郢曲與巴人

僕典籍朴敬行字仁則號矩軒奉酬片岡大雅

悠悠客路幾千程、五馬高嘶入浪城、明白歸舟一回首、只看天上漢雲清、

千山萬水白行程、呈彩煥東光備城、近代文章奎瑞在、更教筆硯拂塵清、

用別韻奉謝二首　倉濤水

客館絃歌日日新、清談玉露更津津、登龍門上應多少、不礙吾曹謏陋人、

五色氣氳映海清、知君歸朝鳳凰城、秋天一夜望明月、定有掠船孤鶴鳴、

典、文章爛爛百丈、雄、燒香金鴨仙牀下、起雨畫龍禪
閣中、莫嘆相逢即相別、皇華盛事孰爭隆
燦爛使星西又東、帰帆帶日掛秋風、浪華城外錦光
動、澱水橋頭旂勢雄、洌嶼連空朝霧裡、莞絃送別夕
陽中、鳴鑾佩玉三千里、金浦帰來名望隆
古府津南數十程、仙槎遠自漢陽城、天公一夜許嘉
瑞、更降郢中白雪清
仙旗幾日促行程、已向秋風望故城、詩賦百篇千歲
雅、東西淼漫為君清

朴先生不捨予鞿線忝惠尊和不勝雀躍再用原韻奉謝八首

倉濬水

花驂暫駐華江東人浴箕郊萬里風銜命四方望子眞著書千歲擬楊雄仙霞擁輅河山歇天日臨朝煙雨中市井賤吉君不棄故教待遇比它隆

仙旆悠悠到海東棹歌從是向西風秋城留別滿堂客畫錦蜚榮一世雄遥識魚龍滄海外數吟嶌嶼白雲中可堪詩酒送迎急擧首猶望德澤隆

太平日月照西東桑樹枝垂迎德風軒冕熙熙千古

星使遙臨滄海東、牙檣金纜乘長風、先主禮樂猶髣
髴、今代公卿皆傑雄、燕雀群鳴桑樹影、鵷鵬高搏雞
林中、小才不是操觚客、幸遇清時翰墨隆

又

巨浸大江千里程、使君東入浪華城、鳳簫龍笛錦帆
影、多少名山一日清、

奉和滄水泉伯案右　　　　矩軒

細雨禪林駐客程、繁華錦騎耀江城、又知貨殖不宜
闕、蠶室猶傳寡婦清、

賓筵多衆不欲競賁和學士及二記室之言託公
侯惠於他日耳

奉呈矩軒朴公案下　　冠峯

彬彬文質向誰論良賈深藏不可言善服精華望君
過熒熒瑩氣滿閑門

僕姓坂倉名通貫字友輔號澹水大坂人以貨殖
為業守錢虜不可以聞名于大人君子之庭矣雖
然吾嘗聞丈夫天下之公道不論尊卑也欽賦拙作
二首奉呈韓國矩軒先生玉案下伏乞賜高和

稟　冠峯

謹聞近有尊恙不顧其勞漫呈巴歌幸恵和章欣躍不可言矣怨乍把袂乍分袂況此日風雨晦暝前途猶不爲近爲道自重揚揚文旆必期之此維祈維祈

答　酔雪

不意恙僕齒痛難把筆而狂和答不可敢當矣二書記及學士在彼往求和如何

答　冠峯

答　　冠峯

僕姓伊名春卿字子京一字玄通號冠峯犬馬之齡二十有五與君同業矣

奉呈國信三記室案下

羽客行裝最壯哉雲車轔處五雲開飄飛一息三千里忽自金剛萬丈來

奉和冠峯詞案　　醉雪

樓舩滄海意悠哉及到仙列眼始開入手鏗鏘詩忽至依稀笙鶴自天來

漢朝唱滿太倉才左右優游意壯哉何必神仙妨好
美此行採藥入蓬萊

奉和冠峯伊公贈韻　活菴

榑桑自古稱多才高標如公問幾哉衰衰腐[redacted]還可
咲空隨絳節遠遊来

稟　活菴

僕姓趙名崇壽號活菴以我國良醫来足下懇到
賜尊唱拙和何足煩高眼矣而公姓名如何年幾
許濟世以為業耶

大國賢臣奉使年相從記室共翩翩為過海上探奇
絶總說漢朝司馬遷

奉和錦部詞案　　醉雪

日域風流見妙年相逢彩筆正翩翩縱探太澤名山
去記勝何能似馬遷

奉呈國信製述官案下　　錦部

海外三韓使節通錦帆無恙向關東優游自似呉公
子到處能應觀國風賓館多々學士及二記室
無和故託趙活菴俟帰路

奉呈活菴趙公案下　　冠峯

答　　醉雪

僕即副使書記柳醉雪

稟　　錦部

僕姓橘名正麗字公澤號錦部不顧尊恙將知君

恙予恵思我我敢不賦褰裳

答　　醉雪

病極難力多辭諸賢之徵唯公言是聽

錦部曰　感謝感謝

奉呈醉雪柳公案下

錦部

海上蓬萊常覆雲、四時靄靄氣氤氳、憑君欲問神仙事、躁語難明數字文

答　錦部

不圖辱慇懃、又辱高和、喜愧交集、言未盡于此、鳴雞戒旦、君且游華胥、東方則明、又當來見

稟　活菴

書記柳醉雪病在別席、君往見如何　錦部曰　諾

稟柳公　錦部

公乎醉雪柳公

下年見猶龍五絲交

問　　　　　　　　　　活菴

君年幾何詩及書不可企望

答　　　　　　　　　　錦部

僕年二十二性嬾不脩事何足中過獎

稟　　　　　　　　　　活菴

妙年奇才可羨可羨踈才不敢當強申愚衷可奉

和唯怨行遅不能從容謦交歡

奉和橘公瓊韻

邇来筆力寄滄洲、經歳孤舟萬里浮、知子文章元氣
會、富山高峙越江流

奉呈書記両公案下　　藤蘭宇

文府詞林自在游、胸中萬巻有書樓、生華筆下雲煙
起、雄辯高飛瀑布流

奉和蘭宇惠韻　　李濟菴

風馭雲驂汗漫遊、雨聲松翠滿茶樓、眉端剩帶三山
氣、筆勢應傾萬里流

奉酬蘭宇瓊韻　　李海皐

藤名嵩字峻卿號蘭宇尾張逸民也

稟

從聞文旆東矣西望有日大旱雲霓不啻幸天錫
良緣得晋謁諸公座下恭喜何極因賦野詩奉呈
諸公案下

奉呈製述官朴公案下

雲帆龍節照晴洲星斗文光望裏浮先見漢宮詞賦
客當年楊馬舊風流

奉和蘭宇惠韻　　朴矩軒

奉和十洲木君韻　海皐

萍縁忽作雨留人脩竹青松氣色新滄海未窮冠蓋
路仙桃花見幾回春

稟　海皐

二三子已退休否何不在席太人亦何在

答　十洲

諸子皆在寫字席蘭皐又然

通刺　蘭宇

千里跋渉勤定亨嘉龍旂儼然臨此敬拜賀僕姓

答　十洲

謹當應命纔纔期明朝耳

恵高和不堪喜別賦一絶奉謝濟菴海皐二書記

十洲

相逢今夜郢中人忽聽翩翩白雪新此曲亦非塵世調唱來偏似回陽春

奉和十洲　濟菴

風雨高樓萬里人旅燈花影為誰新十洲鸞鶴尋常至問答扶桑緑葉春

及僕等雖未遂功畢聊以一冊呈左右矣足下東都留滯中倘有貴暇則揮椽筆賜序文且使此意傳三記室惠跋語或題言則何喜加之偏冀足下之推奬必以勿違引領竢囬轅之日久云

答　矩軒

應奉教耳

稟　矩軒

意殊無窮而路中病憊不能久坐明日以雨似未早發更訪來朝以畢餘蘊未知如何

往眉宇煙霞始見君

稟　　鯤軒

公筆力豪健因何學之耶

答　　十洲

東都有烏石山人者余師事之有年矣雖然官事無暇無由學惶愧惶愧

稟　　十洲

僕夙好古篆隷摹刻印璽有年于茲唯恨拙腕有鬼而不能盡其伎耳頃為家父欲作私家印譜併

色、斜陽行李入樵歌、

奉呈二書記室案下　十洲

靉靆長天五色雲、霓旌停處彩鸞群、何須別訊仙源

太、玉塵風薰御李君、

奉和十洲　濟菴

古寺題詩墨灑雲、雨聲燈影共仙群、山川萬里清靈

氣、吐鳳奇才獨數君、

奉和十洲韻　海皐

隨處頻停靄靄雲、殊方日月惜離群、十洲鸞鶴間来

我曹各相揖去

稟　　十洲

僕姓木名希元字善長別號十洲又稱舞陽山人乃木蘭皋男也伏呈巴歌一章冀賜高和

奉呈國信製述官案下

大才銜命涉層波帆影如雲此日過傾盖譚成風雅會一篇新曲入筆歌

奉次十洲惠贈韻　　矩軒

聯舟結鎖斷橫波隱隱樓臺取次過異域光陰憐草

問　余席上唱和以華音吟之故有此戯問　活菴

公讀書之聲恰有金石之響信知非凡俗之匠脩艱功成則終以上仙登天愈之賀之賀之

答　蘭皐

余有官事笑不答而退了

柬諸賢　濟菴

每欲與公輩作筆談而逢別怱怱未易遂意明朝僕輩若晩發則公等或當再枉否

時鷄鳴報罷館中稍生白韓人頗有困倦之色因

問　　活菴
公寶算幾何
答　　蘭皐
犬馬之齡七十除二
問　　活菴
公年齡此高已知攝養之功不細也大賀大賀
答　　蘭皐
平生不負須眉男子一任這箇司命星何攝生之
有

疊和蘭皐席上韻　海皐

百年南北有文場璀粲編中聞繡腸悠悠人世存亡
感華髮君今老海鄉貴邦有容舘璀粲録

寄良醫活菴趙公　蘭皐

扁鵲只今出後身勿辭名望實之賓一匙妙伎能生
死別號活菴自有眞

奉酬蘭皐瓊韻　活菴

蒼溟一粟渺然身空以疎才濫充賓拙業何曾逢國
手對公高術最清眞

蘭皐

三十年前夢一場鴿啼雨濕幾傷腸群飛胡蝶今何在恍惚于亡幾有鄉

和蘭皐悼已亥諸詞人之作 矩軒

遺芳異域記詩場難作泉臺綿繡腸當日氣干南斗埜即今名重白雲鄉

奉酬蘭皐追傷已亥諸賢之作 濟菴

星霜荏苒閱詞場金薤空傳錦繡腸孤燈細雨談前事人在扶桑不死鄉 死一作老

屠維山水月留空三紀仙槎又向東笑問蓬萊清淺
信臯蘭香氣颺璇風

答　　海臯

僕姓李名命啓字子文號海臯以從事記室來醉
雪病不在此

奉和蘭臯贈韻　　海臯

迢迢客路日逢人萍水相迎意却眞何限抱才滄海
國可憐蘭桂折為新

聞己亥使人物故賦一絶呈席上諸賢

奉謝蘭皐惠韻　矩軒

江流湛湛不能西與月東來幾度携爛熳清樽華燭
夜越中山水映新題

答　濟菴

僕姓李名鳳煥字聖章號濟菴姜公僕師也已亥
歸後說曰東文華熾甚多士濟濟之狀訓子弟僕
也僅十歲耳聽意不駐卽今會公輩果得好因緣
于三十年矣可奇可奇

奉酬蘭皐　濟菴

墜海内争傳龍種哉

寄海皐李公　　　　蘭皐

雲路迢迢一美人膚如氷雪擬皮真此霄息駕蓬莱畔不寐唯燃若木薪（府南蓬莱宮在）

答　　　　矩軒

僕姓朴名敬行字仁則號矩軒僟於渺睃館聞足下名已灌耳如何此先胡已感感青泉今矍鍊如舊僕来時誂日東詩伴疊疊不置方以延白大守欲送老優閑之計姜亦無恙而成張両人已九原難作耳

右伸微志叱納維祈

寄矩軒朴公　蘭皐

金剛富嶽海東西此去右提又左攜兩國昇平昆季會不論優劣共相題

寄濟菴李公　同

談玄不羅也談空准擬懸河傾海東此地猶餘千載質問君神脫好成風

寄醉雪柳公 此人病在別席故無和　同

八道俊英八駿才長風萬里蹴天來人看汗血渥洼注

和韓唱和附録

浪速 村上秀範輯

蘭皐

余姓木名實聞字公達別號蘭皐本藩執御之臣也已亥貴國信来聘之際邂逅青泉申公姜成張三記室西樵白公等多荷厚恵矣史學士與余同庚心酔膽傾飽成徹夜之談此曹今猶亡恙到顯官高位乎否其夜唱酬之詩篇偶落梨棗家行于世因以一本併鄙什一章一二菲儀欲呈各位左

龍溪 氏太田名基生字三省号龍溪[illegible]号槐菴浪華人

桃溪 氏武田名貞穗 字主殿年十七

春溪 氏稲木名長盈 字道謙年十八

鶴溪 氏西田名頼古字 八三郎年十六

竹溪 氏前田名鳳 字梧桐

梅溪 氏川那邉名鶴 字九皐号正順

右自松溪至梅溪凡六人爲玉溪之門人

文徽 姓垣内字鶚輔号熊岳 紀州在田郡人

嘯皐 姓田中名當愰 字庸行

梅溪 姓中尾名春卿 浪華人

鶴洲 氏上月名信敬 字丹蔵

振岡 姓佐野名安貞 字原泉

南来 氏中村名五紘字南来 一号白雲山人尾州人

唱和附錄姓氏

蘭皐 姓木名實聞字公達尾州人

十洲 蘭皐子名希字善長元

蘭宇 姓藤名崧字峻卿尾州人

錦部 姓橘名正雅字公澤尾州人

冠峯 姓伊名春卿字子京一字玄適尾州人

滄水 姓坂倉名通貫字友輔浪華人公名長濵屋源左門

子蘭 姓片岡名正秀字子蘭別号大江散人浪華人公名淀屋重右門

南山 姓岩田名節字元弼号南山浪花人年十有七

玉溪 姓源氏川那邊名脩字利涉又号正菴仕于御史中丞山中公

松溪 氏佐山名宗紀 [illegible]

和韓唱和附錄
全
第四架
第二段
第五行
壹部三冊
三八七八

隣國衣冠尋舊盟。更於文物見昇平。正欣屬我災梨棗。紙價從斯生洛陽。

醉墨齋題

延享戊辰年五月

大坂書林 柏原屋與市
村上屋清三郎 刊行

奉再次濟菴李君高和　東山

京洛風塵遊五陵。裁詩攜酒望崚嶒。侯山靈雀殊堪控。蓬島仙雲共可登。氣似食牛凌凡鳥。才如司馬賦高鵬。能知通國聞方諸。異域榮華此日增。

和韓唱和卷之下終

遺恨扶桑雪杜陵羈人瘦骨日崚嶒仙山已向帆邊望佛塔時從雨裡登翠藹濃来停彩鷁綵毫飛處鬪翔鵬浮生萍水何須問詞韓升堂意氣增

奉再次海皐李君高和　東山

星軺萬里浪華東邂逅相逢翰墨中玉節登堂幾彦會彩毫照席一英雄驛壇絶借文章色郢曲驚聞白雪工酬唱二三分手後遞筒為寄布帆風

相逢傳厚意。異鄉不厭結深盟。揮毫文苑愧鵷步。交臂騷壇唱鹿鳴。莫道雞林千里遠。由來修聘比鄰榮。

奉和東山瓊韻　海皐

迢迢將盡白雲東。綠橘青椂旅恨中。冠珮幾多行向俗。文章非是強爭雄。高樓錦席逢還別。窮海瑤琴化未工。不信雲濤天有限。萬方書軌古同風。

奉和東山　濟菴

光愈動天馬遠征步更工雲裡諸邦韓與
和最知二國祥同風

奉呈濟菴李公案下　東山

賁容泊舟尋武陵芙蓉東望雪崚嶒更知
江海幾堪賦幸是龍門一得登寧附飛蠅
千里驥何追年鶚九天鵬已從文旆入斯
地紙墨洛陽價日增

奉呈醉雪柳先生案下　東山

閑山長路預期程致策海神渡大瀛他席

華之産也恭哉
律奉呈朝鮮國大学士矩軒朴先生詞壇下伏請斤正
擁節東方萬里浙。仙槎波靜絶蓬瀛。舊盟傳信千年後。新好鮮顏兩地情。天轉使星祥氣動。風飄文旆衰名鳴。偶逢韓墨場中客。幸得人間望外榮。

奉呈海皐李先生案下　東山
舟船泛海欲窮東。烟霧蕭々明滅中。墨水吐香添彩色。翰林揮筆競文雄。神龍近屈

仙舟無恙度鯨瀾蕭寺晴雲滿意看隨処
偶成賓主會羲將瓜報愧琳玕
奉呈濟菴李公案下　困拾翠
兩地升平尋舊盟使星遥映浪華城李膺
高雅論今古郭泰風流辱送迎
奉和拾翠　濟菴
海客無心白鳥盟兩中金節滯霞城仙郎
拾翠來相問佛塔天花一笑迎
僕姓北谷名良朝字子鼎別号東山浪

席上再和　鹿門

比隣結好問東邦。日浴海浸呉楚江。白玉含光偏見對。青龍揚采自無雙。神虵走避常遊霧。天馬騰驤飛渡舡。元識麗華風俗近。金轂振処聽清腔。

奉呈海皐李先生案下　圓拾翠

樓船幾日度波瀾。蜃闕蛟珠指掌看。獻賦客心苟能慰。何妨燕石雜琅玕。

奉酬拾翠瓊韻　海皐

大使翩々出海邦若華波浪接呉江北州
牛斗爲三列東國蠙珠豈一雙驛路短長
多經阻山川遠近幾過矼清朝修礼氤氳
裡採筆風流吐滿腔

奉酬鹿門瓊韵　海皐

綿々島嶼海爲邦樓上觀潮似浙江文綵
相輝蒼一々晴虹各自斂雙々千家烟火
人同町兩岸橋梁水浚矼豈啻文章驚異
域多慚郢雪奏新腔

春愁看杜東。亥亭道氣向揚雄。排来雲影鵰飛壮。織出天機敷杼工。可擬瓊琚當玉塵。誰言万里不同風。

鹿門

席上再和

浪華溝水繞城東。旻日迎賓梵刹中。奇代壇場逢罯大。並生異域孩才雄。清談吐玉偏高價。采筆摛花更妙工。天下文運韓國盛。獨能曩昔尚王風。

鹿門

奉贈海皐

堪聞雅鄴下擢英好托乗大坂侍賓諸学
士鈞天一奏霧相薫

奉贈滄菴　　鹿門

使節朝回向海東雲帆一路北溟中天間
吐氣寶刀動匣裡含光杠筆雄鸚鵡賦成
才耐見驊騮盡老歩愈工翰林今日懽情
切白雪紛々中土風

奉酬鹿門　　滄菴

朝陽睎髮絲雲東儞答相逢佛塔中飯顆

刀題處。簫韶響轉慈

奉謝鹿門惠韻　矩軒

青衫異域愧無能。萬里間關疾病仍。世界
忽驚靈蜃漫。詞鋒誰許老蛟騰。郎看客棹
三山病。何羨冷風七日乘。也識繁華專一
國。樓臺高処彩霞蒸

席上再和　鹿門

四方專對古難能。韓國使君車日仍。氣合
更知朱瑟調。才雄正似白波騰。郢中傳曲

和韓唱和下附録

鹿門 姓河合名維明字子南号鹿門勢刕洞津人寓居于大坂

拾翠 姓岡名章平字叔明号拾翠

東山 姓北谷名良調字子昇別号東山浪華之産也

奉贈矩軒 鹿門

北地才臣黒杜能。華舩絶海遠相仍。天遥
煙裡郡鷄没。潮洩磧中萬馬騰。仙女囲車
爲客馭。鯨魚着策作君乘。彩毫可助江靈

子楊墨之後抗衡之言彼任其雄辯以論説之自不知其言之有弊也終胚胎乎後世性理之学也宋儒囂々説性理者誤讀思孟遂祖之以欲排斥佛老者也亦抗衡之言也大哉聖人之道何可與佛老揚墨之後同日而語哉不用辯説而自分曉矣苟以性理論之則弥辯弥惑弥究弥違噫々悲哉而野口氏室朝鮮諸公之昏者以其異邦人之手筆也豈知論道之當否哉嗚呼我　大東文運之盛也賤夫之微猶且或讀古文辭者況於君子乎我於是乎書

海西播則龍洲赤石則蜺巖之徒雄鳴千古橫行一時其他諸君子以百数

大東之文運莫盛焉蓋能讀古文辭而後可知聖人之道若不識古文辭則不能讀古書焉知古先聖王之道哉且宋儒天理人欲之說本於樂記而樂記所謂者蓋主論樂而言之也非聖人之所以為教也夫性與天道聖人所罕言也雖子貢之徒以未聞称之故論語中獨言性相近習相遠亦主習而言之性非疢先也歐陽永叔之言欲故孟子動論心性者與告

年之實驗端數十聖賢之智巧而後成者也豈以後
人臆度之所得而作為哉易曰形而上之謂道形而
下之謂器道指易道而言之非言先聖王所以治天
下安兆民之道也器即制器之器而非氣之謂也或
以為理氣者强也夫形而上者一陰一陽總見其象
者也形而下者已取其象以制器者也物先生嘗著
辨道辨名二篇及論語徵学庸二解学則等諸篇以
具論之詳々悉之而其徒春臺継著若干篇論及孟
荀當今 時東都則南郭蘭臺長門則周南紀府則南

為道體者宋儒家言也易道自易道聖人之道自聖人之道何以混之乎且以體用論道者浮屠外道之所説而我聖人之所不言也夫六經傳記者我道之所寓而礼義之府也道者安萬民之術也礼以制心義以制事夫心也者操存舍亡出入無時無知其所嚮故聖人制之以礼蕩之以樂夫事也者一日萬機紛々多端故制之以義處之以中夫礼義者聖人之所制道之權衡也或以為天理之節文人事之宜者是自以臆度以作為權衡者也夫礼義亦經數千百

下安兆民之方也大而詩書礼樂刑政禁令小而射御書數以至醫巫醞造之微莫非道焉君子知其大者小人知其小者總名曰道也又名曰文也夫先王之道煥乎有文章故謂之文由之以行故亦謂之道夫道有精微者有高明者粗者卑者遠者近者直徑者迂曲者差々紛々而不可一目而究者也天下之廣兆民之衆風俗之殊好尚之區不如斯則不可得而治也是故古先聖王之道歷年代之久竭數十聖賢之智巧以成焉豈以為事物當然之理哉以易道

彼邦之学者深信思孟程朱勝於孔子也我邦之学者知思孟之有弊程朱之多差則何與彼邦人怒自抗衡以追朱陸鵝湖之争乎夫君子無所争矣則何以異於思孟程朱哉故無與論道者也不佞自忘固陋窃述其意以示諸同志如左

源東郭

大東文運之盛也秦漢以来莫盛於今焉蓋七十子之後先王道降為儒家者流我　大東三河物先生首見于此大創古学曰道也者古先聖王所以治大

年代之所圖此豈獨野口氏一人之所勉哉野口所
藏之書非一而所取者石湖之說曰東文士之接席
者亦多矣而必發之於一膳夫余非失言而失人蓋
有感於微顯牽實之機云尒
戊辰孟夏青丘李濟菴題于浪華之館
一日阪城膳夫野口氏携朝鮮李濟菴所寫之啓
以示我不佞讀之卒其所論蓋譏我邦操觚之士
徒事詞章而無實學也不佞前日得謁于館中允
多贊詩來乞和者矣而未嘗遑諳先王之道也且

恥貪冒而厭機巧苟有執左道而務末技者皆作而遠之風氣之闢肇自父師而明王碩儒彰明興起積有李代以至于今凡其禮樂儀文燦然明白者旣非自私自諱之物足以使聞於天下隣國也夫以日本山川之明媚必有風氣一闢之運人物之殷盛豈無富庶可教之機耶嚴明堂下賤士也叔向獎而延之文暢浮屠外道也韓愈樂而告之風氣之發其端甚微苟有以推之一膳夫亦何間於死馬之骨哉余願野白氏無徒慕其埶而尊其道則處不爲區域

朝鮮人筆蹟始有撰然之喜野口氏不過世襲膳宰之任者独何貴於隣邦学士之心畫而珍藏累代無異拱璧之宝也哉惜乎其所書贈只貴其同文慕艶之誠而已独石湖李公所著者能及於先王文物之盛而亦未能卒其説余為野口氏推而廣之可乎先王文物之盛是在方冊我　朝鮮講而行之所尊者尭舜文武孔孟程朱所講者詩書四子小学近思所致謹者冠昏喪祭所服膺者忠信篤敬為文在羽翼斯道為詩務昌明　風雅君子樂道義而重廉恥小人

与阪城膳宰野口氏文

李済庵·

風気之変由微而之顕道藝之成自華而就實固不
可以區域之遠年代之降混而論之也　朝鮮与
日本接四大海而為隣地之相去殆五千餘里其風
謡俗尚之邈然不同固其所也自余隨　信行済馬
島以来見其山川之明媚人物之殷盛所在皆然而
独恨其所講者異耳間有詩文之士挾所業為贄来
見於賓館而率倣綺靡彫篆之習欲為誇多鬪靡而
止則未嘗不厭然而倦及到摂州見野口氏所藏

使星遥指浪華天。彩鷁輕浮綠水前。詞筆瀾翻照飛館。蘭盟深慕漢群賢。

次贈大陸惠寄韻　李濟菴

遥傍仙槎萬里天。文章新見浪華前。翩々才子多詞賦。長壓風流竹裡賢。

再和李公濟菴玉菴下　高大陸

彩毫爛熳照桑天。日々生花旅館前。一唱難和郢中曲。深慙踈放對諸賢。

漢城玉節拂雲來建筆燦然 王李才容競龍門 浪華
舘五星光動鳳皇臺

次酬大陸惠韵　朴矩軒

遠向蓬山萬里來本殊徐福覔仙才 浪華舘裡轟情
夜彩筆誰揮明月臺

再和朴公矩軒瓊韵　高大陸

佳人錦段忽投来不減唐家太白才 纖々文章皆金
玉風流彩筆照仙臺

謹寄書記諸公案下　高大陸

元禮門前意氣雄。翩々藻思賦尤工。揮毫新照三津浪。漢代争称八俊中。

奉和等観師　李濟菴

浄土慈雲捲大雄。浪仙才調見天工。龍堂花雨揮毫意。他日相思海月中。

席上再和李公濟菴案下　釈等観

李君詞賦並称雄。忽見難和白雪工。深耻禪心詩句拙。郢中一曲満樓中。

奉寄朴公学士案下　高大陸

次等觀禪師惠韻　朴矩軒

自愧風條認聖朝扶桑樹下應通潮千峯橘柚烟深
淺萬井樓臺岸動搖蛟鼉波濤唯短夢蔬筍眉目自
高調坐來灝氣生盃酒也識神仙不在遙

席上再奉和朴公學士惠韻　釋等觀

仄聞德業盛周朝詞海今成八月潮薇衲還嘶虎溪
笑彩毫忽見華江搖瀾端三步錦囊色磊落高歌白
雪調幸託大邦仙客好塵情一洗轉逍遙

席上奉寄李公案下　釋等觀

和韓唱和 卷下

高樓攄翰浪華天。回首雲濤通八千。每遇芝眉無俗
氣。東來向汝問眞仙。

奉再和二書記案下　　華蘭臺

遥涉風濤萬里天。筆花開似鹿鳴篇。九重雲際翔丹
鳳。還訝蓬萊洞裡仙。

奉寄大學士朴公案下　　秋等觀

仙郎持節下淸朝。青翰高飛遼海潮。彩翼摩天翔鳳
到。玉旌入浪怒龍搖。遠來紫氣關門色。近捜明珠金
石謠。纏綣深思萍梗事。還憾別後楚雲遥。

仙客忽浮貫月査新来意氣自誰何才亮卓犖顏如
玉烏鵲橋邊雲似波

奉寄濟菴海皐二書記案下　華蘭臺

揚浪華江動九天郢歌白雪幾千篇彩毫染起五雲
色疑是風流李謫仙

奉和蘭臺示韻　李濟菴

鵬雲搖曳落帆天牛渚誰吟詠史篇春香三嗅幽蘭
側笑解金龜問謫仙

奉酬蘭臺瓊韻　李海皐

辞國蘭船天一涯使星爛熳照明時大鵬九萬垂雙翼應笑翩々作鷃詩

奉呈朴公学士案下　華蘭臺

滄溟千里棹仙査嚢裡明珠若價何五色凌雲楊子筆賦成近動華江波

次奉蘭臺惠韵　朴矩軒

西岸樓臺病遠査滄洲日落意如何文章百代泰元気大阪江流錦作波

奉再和朴公矩軒案下　華蘭臺

水不見其人但誦詩

和贈南澗惠寄韵　李海皐

蘭舟遥遞滞碧空涯樓外青山落日時晴虹百丈光相映逐裡秋添南浩詩

奉再和朴矩軒李濟菴李海皐三先生惠賡玉䃥二首　森南澗

彩筆邕遐照水涯大邦瑶節見當時自從龍門登御李兩地同遊一代詩

其二

氣拔暗明珠撫劔情

奉寄朝鮮諸賢案下　森南澗

星槎萬里到天涯金節耀々暫駐時不得龍門登百尺頻投舘下巳調詩

和贈南澗秀士　朴矩軒

孤槎渺々入無涯酒綠華筵筆話時錦繡山川眉宇映鳳雛門下妙齡詩

和贈南澗惠寄韻　李濟菴

一棹飄颻滄海涯佛樓文墨坐多時落紅有意隨流

恨花鳥三山不盡情。

席上奉再和李公濟菴案下　平龍洞

金節遥來大坂城。驚看華館景雲生。元知文藻飛揚甚。彩筆爛煸江淹情。

奉酬龍洞瓊韻　李海皐

襄回樓臺水滿城。高捺蜜竹翠烟生。隔天散氣還相應。三閭供成佛氏情。

席上再和李海皐惠韻　平龍洞

白雪擁髙動錦城。垂天鵬翼瑞光生。怪看雲際雙飛

席上再和朴公学士案下　平龍洞

渺茫滄海五雲開鵬翼摩天萬里来緑蓋映霞平壤邑文冠鷲眼浪華濃生花筆下謝朓賦吐鳳吻間王粲才一抱連城光猶動唯今新照黄金臺

奉寄三公書記案下　平龍洞

星槎暫駐黄金城遥度滄溟紫気生争御龍門鄴都客操觚深恥李膺情

奉酬龍洞恵韻　李濟菴

緑水逶迤白堞城層樓浮動綵霞生星離雨散他時

落却疑天散曼陀花。

謹呈朴公学士案下　平龍洞

玉節遥過釜海開。青春彩鷁破波来。錦衣映日金剛色。龍飾鬣雲錦水限。使魯論風李子学。游梁裁賦相如才。從斯剣気斗間起。君見陵城千尺臺。

次酬龍洞清韻　朴矩軒

風濤千里浪華聞。還似蓬山求藥来。洒雨龍吟彫錦裡。揮毫玉響紫雲限。六経不僻論儒術。三楚元聞多賦才。把斗叙光非我輩。知君彩筆照樓臺。

席人傳天下名如華

又　　　　　　　　源四明

忽見龍門李御多彩毫千里動山河卓然才氣壓三
俊一代風流人似華

走奉次東郭見和韵　　　　李海皐

客裏何堪風雨多驚君開口吐江河誰識浪華城上
隱日東太白筆生花

卒再次海皐李公瑶韵　　　源東郭

知君白雪難和多俊句如泉幾恒河玉屑霏々吻間

問津扶去新看東海上富峯白雪古今句。

寄席上諸賢次求和章　李海皐

一雨蕭條興轉多。雲烟靄々滿山河。館中佳客皆文

雅。揮筆明珠照浪華。

席上走筆次李公海皐高韵　源東郭

游梁司馬賦詩多。還訝虹霓吸九河。今日相逢二邦

意。對君何曾似曇華。

又

新看彫館五雲多。爛燦使星耀濺河。映日仙毫無左

滴。朮兼八俊鄰中髙。定知金嶽萬峰色。新捲華江千里濤。曾聽凌臺揚子賦。五雲忽怪入揮毫。

奉寄朴學士矩軒案下　江龍門

玉帛長通大國賓。齊門得御自懸荀。文旌暫駐浪華館。彩鷁既過登海春。伏櫪蹇驢逢一顧。凌雲健筆照三津。君看欄外金剛色。萬古二千名独匀。

次龍門瑤韻　朴矩軒

浪華人士不凡賓。鸞座危言似孟荀。車蓋一傾歌四壯。山川萬里過三春。我王玉帛奉投館。列國送迎何上國風流勇一騷。翩々詞賦見雄豪。新思玉樹謝庭秀。登龍門李御高。才似群峰開紫氣。藻如萬里起飛濤。元知太白百篇爭。千古誰當八斗毫。

次酬四明秀才　朴矩軒

倦遊自懶讀離騷。四牡放歌意更豪。孤館難堪風雨冷。妙年忽駭賦才高。葦家蚌出明珠色。郢曲謳飜白雪。濤雙斂爭光龍渚氣。壁間雲霧在飛毫。

席上再步朴公矩軒高韻　源四明

翰林磊落李風騷。一代文章君獨豪。名動三台都下

千里一搓斜日隈蓬山氣色捧笑開妙齡詞筆更無敵忽識翰林獨步才

謹寄朴矩軒学士案下　藤嶓冢

仙帆到處郷雲描容軺星留大阪城文彩優々擢日域吾儔却愧抱卑情

和酬嶓冢恵韵　朴矩軒

逢迎仙搓千里橫翩々藻翰價連城從春知有斗牛氣南海明珠驚客情

謹寄朴公学士案下　源四明

才子翩々東海遊衣冠文物漢風流凌波青舫猶無恙明月忽懸蘆荻洲

奉和放崔瓊韵　李濟菴

遙携萬里汗漫遊一望蓬瀛紫気流彩筆知君驚落眼浪華月上幾千洲

奉寄朴公学士案下　滕玉陽

星軺新到浪華隈御李龍門卅日間爛熳彩毫動東海賦成高照棟梁才

次贈玉陽瓊韵　朴矩軒

謹呈李公海皐案下　西南溪

霞開華舘晩汀清携與風流對錦城映日紅旗龍虎動浮天彩鷁靄烟晴文心誰壓相如賦豪氣高追大白情却恥詩篇終耐慰知君鄰下傲才名

酬次南溪惠韻　李濟菴

遠問蓬莱仙境清洗装暫駐浪華城巒峰積翠雲空隔橘柚生烟雨色晴把斗何疑雙劍気誦詩新識二邦情按来錦段無青案還恥君稱鄰下名

奉呈李書記濟菴案下　木放崔

裏轂忽見晴虹連紫氣知君詞賦慰羈情

呈李公濟菴案下　菅錦谷

錦帆萬里破波来彩仗三津映日聞分野使星高焰燿驚人大筆自毰毸元優九命共和德何曾四方專對才堪去芙蓉歌白雪函関紫気幾時回

奉和菅錦谷惠韻　李濟菴

翩々一棹釜津来四月蓬山仙閣開来到梅天先靉靆忽見藻翰敷毰毸豈疑把斗堆雄劍自愧游梁詩賦才王事関心嘆無監不論秋後向西回

一揮彩筆浪華開 憐再縱横江左才 千載文章誰宋
玉 雄風還可起蘭臺

奉寄学士朴公案下　　乾 桃丘

仙査遥指大東城 金笳飄々波浪清 高擊溟鵬凌萬
里遠 臻瑶節結雙盟 聚星隨係青雲色 五馬留鳴白
玉 載合浦明珠昭鄰下 好從曹植洗詩情

奉酬桃丘惠韻　　朴矩軒

江開千里水懸城 處々樓臺烟霧清 大古今彩鳳
筆 名高天地金蘭盟 青山新入浪華色 白雪一飛郢

忽見文章七步開誰追八斗鄴中才一弄五雲
翰揮出仙人白玉臺

其二

何論一斗百篇開直壓千秋大白才飛翰風流古無
並高名誰競鳳凰臺

奉酬四明瓊韻　李海皐

海館相逢翰墨開鵬雲過帳愧無才花落鳥啼供夢
境百年能記此登臺

席上再賡李公海皐恵韻　源四明

殿。文章千載顯蘭臺。季長誰敵臥彪德。重遠元知良史才。攬轡騑々東海路。芙蓉白雪待君開。

謹呈書記三公案下　源四明

豈思三傑一時聞。翩尒元知書記才。却怪雙龍高嶽氣。彩毫並照浪華臺。

奉酬四明秀才　李濟菴

丹青佛宇海雲閒。邂逅詩人吐鳳才。分得山川靈秀氣。雙珠一座並蘭臺。

席上再和李公濟菴瓊韻二首　源四明

抽七橋潮入泛樓臺人連鰲背新成俗天向桑隅又
降才寫畫羈愁無意緒金牋彩筆為君開

席上奉和李公海皐惠韻二首

源東郭

隨馬客星西海來掛書牛角亦誰猜彦鴻待詔文林
館素立連官御史臺一唱調高白雪曲滿堂風起青
蓮才自慙荀爽登不耐深喜李膺門已開

其二

星軺遠向瘴雲來節近梅天雨色猜鐃鼓三調響金

渡海奇書滿五車揀舩時見白虹斜腰間史漢殊元邃星使輕肥似子華點畫鳳翔右軍筆風流經就竟陵茶東行抵掌琶湖上莫怪天台起赤霞

寄李海皐進士案下　源東郭

翩々佳子拂雲來紫氣生関人自猜奉詔元春裁白虎揮毫伯化拜蘭臺蜀都同署二郎議唐代奇名三少才本有君家文選表炳然已先五臣開

奉酬東郭惠韻　李海皐

仙槎把斗日邊來滄海魚龍不敢猜萬町烟高撗撟

寄李公奉事案下　源東郭

奇策争論似左車揮毫珠玉整還斜相逢賓館慰無
豎帰去聖朝歌者華輿壓三杯李白酒風清七碗盧
仝茶陳詩分國延陵客何處決東海霞

奉和東郭詩案　李滄菴

何限雲濤浸日車高樓獨上雨斜々瑤岑気色沓仙
界絳節行装愧國華客到題詩知綴玉僧言亭午已煎
茶也應南紀如君少綵筆交耀五色霞

席上再和李公滄菴韵　源東郭

幾峰晴虹壯氣橫雙劍知應夜々斗牛衝

席上再和朴學士瓊韻二首　源東郭

萬里佳人萍水逢依然文物有周封共歌麟趾衣裳會相制犬牙磐石宗八卦新觀尊德表千尋忽駭大才峰空將伏櫪疲驢力豈敵孔明前後衝

其二

瑶臺月下一相逢梅雨瘴雲抱玉封爭御人稱李元禮拂庭自恥郭林宗智深鴨綠千尋水才秀金剛萬二峰群馬飜波文海色知君筆力恣奔衝

二邦連璧

西陵　源攀髯子登　輯

源東郭

呈朴公学士案下

大國諸賢邂逅逢。是邦請見恥儀封。天縦才徳三台爵。人稱文章一代宗。平壤勝多雙八景。金剛嶮競十千峰。詞林木鐸鳴東海。誰折萬鈞强弩衝。

次贈東郭詩案

朴矩軒

江山悦好十洲逢。千室桑麻比素封。愧我殊邦無筆力。喜君華髮擢詞宗。名高擭社三千士。家在蓬山弟

釋等觀 元陸字觀海号等觀

乾堯立 名滿喬字大仲浪華人号周安

華蘭臺 名鳳羽字原登一号玉筒山人浪華人年十有七

西南溪 名呉旭字伯東一稱醉月山人浪華人

平龍洞 族三浦名文字子麟一号鳳山山人浪華人

木枩江 名惠迪字子達別号放雀山人浪華人

高大陸 族高田名敬簡字子政号元秀一号大陸

與膳寧野口氏文

附録 鹿門 拾翠 東山

延享和韓唱和録巻之下

唱和姓氏

源東郭　族菅沼名大簡字子行号文菴一称鳳州山人東都人

源四明　大簡子名彝字子登別号琵琶山人西宮人年十有七

菅錦谷　名貞國字永卿天馬人

江龍門　名元明字子雲天馬人年十有七

滕文谷　名榮昌字龍登一号玉陽山人天馬人年十有八

森南澗　名勝豐字子泉天馬人

藤潘冢　名朝韶字子旭天馬人年十有九

浪華一処士。寂寞好楼居。不臥茂陵病。仍觀長者車。
惠詩同白雪。授訓比丹書。帰去壁間掲。煥然照敝廬。

和韓唱和録巻上終

一施為一政令之演出者也

稟　　括囊

江府有山宮維深字仲潤者僕莫逆友也才敏志篤以扶植斯文為念請公留止於江府之間不知得通刺於賓館接見於諸公召若耒謁則請告僕為先容

復　　済菴

山宮氏若接面於江戸則敢不拭青而致高明之意但僕輩無綮花之論焉有齒牙之假耶

令將辞席因摘一律敬布謝悰

括囊

海皐登辛酉進士

今按此答徒言其歳不言科場以何等品題被試所答非所問也

稟　　　栝囊

貴邦思斎金氏所作警民編近傳于我　邦僕得一觀足以振起愚民蓋金氏名字郷里及学術淵源可得聞與請見録示

複

金思斎名正國為学術之純正文章之古雅立朝大節行己諸訓懃然為鄙邦宗師警民編特其作宰時

處之大義固非泛然史評也伏請明斷

右問朴学士一觀手推以示海皐而私語卒無答

詔

稟　括囊

諸公襟懐瑩徹如風檣月牖韻致清曠似雪山氷壑

其登科第實掇蟬之手也昔日科場因何等題目首

録賢書

後　済菴

矩軒登癸丑進士壬戌庭試

済菴登癸丑進士

任於中心之所感無復拘巧拙使字造句出乎凡陋
實有韵鄙語也哉故今日不欲屢鳴布鼓於雷門
使群公発洗耳之歎顧雅筵清與不在必多取諸吐
露心情以足換舌耳即信筆揮出或無知所止焉假
令鏗金戞玉亦唯一場閑言語非君子之所貴也僕
當慕周孔之道一隨程朱之訓然固陋寡聞浅識多
惑願沐教澤開我茅塞因呈疑問
仕允之臣許魯齋為之冠冕而薛敬軒極褒之丘瓊
山極貶之使学者抱騎牆不决之疑是實係没處出

奉和矩軒惠韻　括囊

東望冨峯是日邊舟中春盡不知年吟頭雲錦堂千古筆下波瀾障百川学迴洞源閒水土風陳籩豆奏鈞天因君今佐遠遊賦燁々名叡到處傳

筆語

稟　括囊

僕聞之詞藻者学問餘事文章一塵皆非本領工夫惟於身心上用力最要身心之功有餘力則游為息為可也於是未曾習声病之技時暢雅懷旼披壗讚

華筵詩代話滿眼散瑤篇爛熳銀臺裡相逢識字仙

奉和栝囊惠韵　　濟菴

醫白樓臺影盈箱月露篇蓬萊身万里萍水遇詩仙

奉和栝囊惠韵　　海皐

未論風气別令古有詩篇山海峩洋韵孤桐問水仙

奉呈席上諸君子求和　　矩軒

金舟粉閣夬何邊鶴鼈鳥中又一年層海瀲花通世界新詩窈窕吝山川樓臺各占浮來土草木俱添遍霞天古寺清尊逢一笑風流甚向画中傳

奉要四賢俯和　海皐

樓影深水定河光霽歛開頻成傾蓋□却□泛搓迴

白堞彫雲合青林彩鳥來憑君更相向何処望鄉臺

次奉海皐惠韻　括囊

天涯萍水會懷抱因君開擁馬紫氣蕤登樓黄鶴迴

雄風吟裡起霽月席邊來請看三山路築成金玉臺

席上走奉呈矩軒濟菴海皐三賢詞案　括囊

碧海三千里錦囊五百篇篇々無俗事可以入神仙

奉酬括囊韻　矩軒

地。樽前莫起異鄉愁。

奉要四賢俯和　　海皐

浮海悲歌渡九瀛。孤琴異域向同聲。綾羅帷幕連空暗。金粉樓臺滿地明。町市人烟喧不定。河橋雲樹綠初平。西歸各有依々夢。萍水篇中儻記名。

次奉海皐惠韻　　括囊

烟波四月向東瀛。到處山川振鐸聲。百世範疇箕聖澤。三韓冠冕華風明。卿盃河梁幽情滿。就賦梁園意氣平。正識仙郎堪出世。長虹万丈懸雄名。

奉和括囊惠韵　濟菴

銀河夜轉万里流。画角淑風隱彩舟。身至十洲鸞鶴裡。武陵樵客尚御愁。

奉和括囊惠韵　海皐

河水洋々日北流。雞林遠客咲停舟。金戔彩筆當樓夕。茶酒相酬不記愁。

再攀前韵奉呈謝濟菴海皐二昏記案下

括囊

遠遊万里梅海風。華府暫留青翰舟。自是石橋觀日奎文臨紫海。劍氣聳青天。莫歎勞王事。國朝曽舉賢。

奉酬希翁惠韻　　済菴

銀浦帆檣穩。霞城鸞鶴翩。相逢瑤嶋客。一笑梵樓邊。
錦席雲垂地。琪花日度天。文章元未拔。須識士希賢。

猥奏巴曲辱蒙高和莊讀敎聞琳琅驚目宮商滿耳真可頡頏古人重綴一絶奉呈済菴海皐二吾記詞案　　栝囊

大阪城西大海流。清風吹送木蘭舟。誰知物外真遊輿。總入錦囊消旅愁。

詞一律次奉呈海皐李詞宗吟榻　括囊

星槎通異域清世蕙風涼湖海金蘭會乾坤白日長
登樓淸影滿久坐文華香忽起龍門興交歡何日忘

奉酬希齋瓊韻　海皐

離舟春雪滿賓館夏風凉張翼天文近蓬瀛地勢長
留詩當晋縞同席挹荀香從此多爲別依依不可忘

久懷慕藺忽得盍簪淸風入懐喜任欣躍恭賦下
調一篇以奉呈狎菴李詞宗文几　括囊

善隣銜命至諸子自翩翩擁節辭關内乘槎向日邊

敬奉敬服再依原韻呈矩軒學士文案　括囊

曉騎迎來留翠旌，青雲摇曳攝陽城。回頭群鶴搏空過，倚劍雙龍照海清。独步奇文仙骨見，高風玄度德毛輕。相逢暫解世塵迹，莫問沉吟日影傾。

又次希奝再疊韻　矩軒

蓬海風烟繞彩旌，囊昏蹔歇攝津城。縠紋白日簫帷爛，蜃市晴天世界清。客棹層波雙眼快，王靈万里一身輕。新詩迭唱成高會，滿座春醪盡意傾。

天假良緣茲謁鳳覩，豁若披霧殊愜鄙懷，謹賦蕪

搖輕乾坤共會真難得最喜一朝華蓋傾

奉次希斉恵韵　矩軒

経歳天南駐画旌繁華最説浪華城魚蝦舟揖村烱満錦綉樓臺海気清謡俗一天隨地別行裝万里馭風輕新詩不道山河異觸處逢場意氣傾

叩投木瓜謬賜瓊琚華固出望外也才義天授揮翰如飛當一鳴驚人豈區々池中物哉珍重之如持琅玕踝玄圃頷鈞天奏也共知　貴邦至治之久熙々皥々之風習自著見於容貌言辞之間也

敬簡呈矩軒朴公文案　　括囊

文鷁戛衝東海之浪錦帆暫稅摸城之舘跋涉山海蒙犯風露賢勞羇難更僕何盤辛得舟揖之利涉車馬之載馳動定休暢愷悌君子神之所扶寔惟兩境之慶也曩者聞星軺東指引領望之若葵藿之傾葉大陽天賜奇緣始拖懿範仰向英風不堪欣悚之至狠裁一律以攄鄙懷

天外奎星映旆旌長風万里赴江城文投海水鱷魚避詩賦衡山道路清幾日呉鈎鳴匣久今年漢使来

僕姓朴名敬行字仁則號矩軒孤舟萬里得此諸君
子枉顧兼以瓊既可慰客愁何幸如之
隨槎萬里班荊一席共是三十年後罕有之緣山川
炳靈翰墨播香使天涯地角之人團圝唱酬良幸良
幸 僕姓李名鳳煥字聖章號濟菴
自兩境偕好冠蓋不絶每憑譯人萃水集星槎吾鄉
文字翹想 貴邦文華今萬里海路抵館無事得奉
諸君子芝宇庶酬宿願實爲深幸 僕姓李名命啓字
子文号海皐

延享五年戊辰夏四月二十三日會朝鮮國矩軒朴
学士濟菴李書記海皐李書記於浪華西本願寺客
館。醉雪柳書記有事故不會。一堂
通刺　　　　　　　　　　　　括囊
僕
氏留守名友信字退藏號希齋又號括囊浪華處
士也。兩國脩有隣之好諸公隨聘使來海路平安
文旆到此敢不敬賀今日請館事有間得謁見諸公
此千載一遇生涯栄幸也
韓客亦各書示云

贈東岳　李海皐

海日樓臺晴榕林雨氣昏。逢場還是別怊悵興誰言。

次海皐韻　東岳

相逢香閣裏清話惜黃昏。再會知何日離情不可言。

次東嶽惠韻　朴矩軒

滿座新詩書遠人。樓臺處々可寅賓。孤槎萬里春風歇。脉々銀河不可親。

贈東嶽　李濟菴

溶々海上雨。淸晝笑談遲。藉手華卿去。何煩月露詩。

次濟菴韻　東嶽

爲望星斗影。却訝日華遲。手裏明珠色。照來幾許詩。

似問蓬瀛風物張騫興才賢季札名余恐
瑶草贈下調献芹情

和銀臺韻　朴矩軒

孤舟王事重不敢算波程夢繞三千海才
非十八瀛新詩還絕域短髮尚虛名諸君
珍重意淹留到夜情

卒賦呈學士朴公　菅東嶽

名震翰林第一人蜻州草木映佳實相看
擱管新知樂莫道異邦不可親

錆州韓使客詩成自歷謫仙人

奉酬 濟菴

金箔銀屏攜影新東溟淸淺問桒塵等閒鮫錦題相贈星斗他時萬里人

奉呈醉雪柳君 原泉

使星天上落此地自芳蘭幸遇長卿器山川入賦欽

呈矩軒朴學士 銀臺

玉節辭鄕國仙槎幾月程應同陵宿灢淂

客路雲山何處新。浪花花鳥接風塵。芙蓉

白雪為君冨御苑鎖春迎遠人。

奉酬振岡瓊什　　濟菴

明珠滄海氣清新。五色毫端不染塵。二十

四橋霞起處。預將雲幅待行人。

辱既高和看之翫之欣依抃躍之餘再

裁鄙詩汚　大家之案下云

原泉

梵園蒲洒氣正新。終日清談脫世塵。名震

奉酬振岡瓊韻　海皐

襟期憑筆翰。山海淂金蘭。數作班荆語。難成一日歡。

奉酬矩軒先生瓊韻　原泉

桂舟掛纜浪華邉。萬户千門歡樂年。異域盛音連巷陌。兩邦冠佩肤前川。文名捋轟東方地。詩賦漸振四月天。酬唱卽今蘭若裏。清談不盡暮鍾傳。

奉呈滄菴李君　原泉

朴先生瑤吟伏乞慈斤　原泉

知君客路也勞程。詩賦擅名過坂城。東武往還應計日。歸期為報行心平。

。再答振岡韻　矩軒

王事空閑不計程。穹鯨噴海蹙高城。男兒到此遊方始。萬斛層波踏已平。

奉呈海皐李君梧下　原泉

國望千里外。盟是為金蘭。相對紺園裡。薰風自入歡。

白雲蒼海預期程。桂棹蘭舟来坂城。城外
梵宮看紫氣。迎君此日樂昇平。

僕姓佐野名安貞字原泉號振固讃岐
丸亀人也不顧蕪陋而呈鄙詞一章
慰大家羇旅之情則倖甚

奉酬振固惠韻　矩軒

一路繁華滿客程。金舟繡帕耀層城。千家
烟火波相接。萬里王靈海已平。

再以前韻奉和

右一二耳

稟　　　　　　　　　　　　　矩軒

前後使行時萍水集想皆刊傳可使僕輩得見否

答　　　　　　　　　　　　　鶴洲

後日向阿比留氏無禁則呈之

書肆村上氏来自遠方需余唱酬筆語再三曰

限以若干刻是以不能尽記之錄其強半贈之

云

奉呈朝鮮國矩軒朴君吟壇下　原泉

船来書視之是以語及云云之

稟　　　　　　　　　　　　済菴

貴國伊藤氏之童子問論孟字義等書一反程朱之道則淺斛之頗僻殆有甚于象山陽明之徒未知貴國學者独无拒楊墨之意耶

答　　　　　　　　　　　　鶴洲

伊藤仁斎之駁程朱不只童子問語孟字義而已而闇斎子先於仁斎没門人絅齋尽辨之帰於一是也辨王氏者馮貞白陳清瀾辨之可謂至矣但仟之書

知見之論陸王良智之說其他元明紛々之論起敬起敬信如也

答　　　　矩軒

此亘天地不易之道未知貴國性學所道尚者何道也

再答　　　　鶴洲

吾國所主亦如貴國昔年東郭李子聘吾國時吾黨三宅周晦告以此語焉則所主盟者山崎敬義子也但近時從學於李攀龍王世貞排程朱徒於明淸海

所示粹郁四賢優於薛胡丘蔡則誠如尊教看得可謂的確圖說要訣此數者可以盡之其間諸儒之說充棟汗牛而要不出四賢圖內其外理氣論難之書性命剖析之說際天蟠地浩如烟海何可枚舉而歷數耶然程朱書中有餘師矣何必近求新說乎

再答　　鶴洲

僕非求新意於程朱書外間闡明程朱之書耳

稟　　鶴洲

貴國道以孔孟為龜鑑學以程朱為標的不雜湖南

万里波濤海陸无恙眞如高諭至祝

稟　　鶴洲

貴國儒先退溪李子栗谷李子晦斉李子陽村權子共是程朱家之白眉可比肩於薛敬軒胡敬斎在於丘瓊山蔡虛齋之上退溪自省錄退溪集啓蒙傳疑朱書節要聖學十圖栗谷啓蒙補要解聖學輯要擊蒙要訣晦齋中庸九經衍義陽村入學圖說陽村集云云之外闡明程朱之旨者在於此外也請示之

答　　矩軒

白堞彤雲合。青林彩鳥来。憑君更相問。何處望鄉臺。

奉和海皐瑤什　鶴洲

萬里傳君命。大風此地聞。青箱武庫在。白雪詩囊同。

海上丹鷄躍。人中彩鳳来。忽逢飛摶翼。高趣坐高臺。

筆語

稟　矩軒

僕姓朴名敬行字仁則號矩軒孤舟萬里得此諸君子枉顧兼以瓊貺可慰客愁何幸加之

答　鶴洲

江天由来此會不容易二國餘音四海傳

奉贈鶴洲　濟菴

画舫三韓客彤雲百尺樓愛君明月珮惠我木瓜酬
洗硯魚龍近揮毫花鳥愁秋来重把袂瑶席橘香浮

奉和濟菴　鶴洲

翩々書記客何幸共登樓才秀談難敵調高和亘酬
詩膓眞得健酔態更忘愁東路刀頭後鞿驪秋色浮

奉要四賢俯和　海皐

樓影深水定河光霽欲開頻成傾盖□邦□淡樣烟

靑槎館裡會。彩筆彩雲飛。賦就梁園。客詩傳日國。識
三韓文物美。二陸今名慬已聽。歌流水。悠然感玉機。

奉呈席上諸君子求和　矩軒

金舟紛閣此何邊。鶴鶩烏巾又一年。層海渺茫通世
界。新詩窈窕答山川。樓臺永占浮成土。州木俱涵遍
覆天。古寺淸樽逢一笑。風流堪向画中傳。

奉和矩軒玉礎　鶴洲

滿坐豪雄画閣邊。一交手采似多年。生華筆下文與
賦。改觀眸中山又川。酬唱聲歡萍水地。巻舒慰得浪

走和矩軒學士玉酬　鶴洲

梵宮逢着管絃邑○終日幸爲水石盟○專對才英釜浦
客○抽毫氣象浪華城○詩成梁苑戛金調○德韞藍田瑯
玉情○兮倚龍蛇振大澤○野人激烈忘生平○

奉和濟菴玉酬　鶴洲

三都賦就卜壯遊○好是支機此地浮○意氣清新迎雜
珮○德容瀟洒擁軒裘○塤篪館裏驪珠吐○文字飮中蘭
若幽○席上秘兮聞郢調○曲終佳興共悠々○

奉和海皐玉酬　鶴洲

農不易畝而學讓畔之道市不廻肆而有不拾遺之美各天共雍異地同歡斯歲延享戊辰夏四月雞林三大使及諸學士来賀嗣於東都途歷攝津舘浪花本願寺旅路平安至華至華僕氏上月名信敬字丹藏號鶴洲別號專菴浪華人也不揣固陋戢蕪詞一章聊述登龍门欣意云

盍簪文會地○終日對清揚○
精鍊白裘手○渉獵黄縹囊○
俯驚鴻筆速○仰見翼雲翔○
高趣自无歡○當時李繡腸○

醉雪叅有事故不會於此席故无和

彩翰花生影○金屏劍映壇○末須論異域○今古一天攙○

奉呈朝鮮國柳書記酔雪詞宗足下詩並序代通刺

鶴洲

乾坤交泰而烟熅日月綢乎上地里紀乎下九土星分万國錯峙祥雲之應玉燭之氣風雨時若海波不揚仁風隆於上膏澤行於下輿地之大玄化所甄國風所稟而邦協和施德粛慎王宮國都黼黻冠珮之美閭闔闠詩書文章之雅民彛物則家懐克譲之風人詠康哉之詩文質彬々焉百姓士民安堵樂業

於日東青槎來処山霊護野天吳守海兩師沆瀣風伯清塵萬里海路鰲波无恙直到於豊葦原洲歲是延享戊辰夏四月館於攝之浪花本願蘭若至祝至祝僕氏上月名信敬字丹藏号鶴汭別号專菴浪花人也賴得荊識望忘斗筲器叨星蜂腰於大方門云

東指蓬瀛地。星槎万里飛。箭通韓國信。學照日邦畿。落筆蛇龍走。開談錦繡漣。幸憑傾蓋切。意氣發清機。

奉酬鶴洲瓊韻　書記海皐

海檝春雲迴。河橋錦浪飛。勞歌停佛殿。羈夢隔王畿。

奉呈朝鮮國李書記海皐詞宗足下詩并序代通

刺

鶴洲

天章毓粹地紀儲精太虛遼廓而无闃渺茫而无際肇基化元五運忽而代序万物紛而廻薄國土錯列於其間在其東者朝鮮與日東也當今淸穆之世泰階之平可升王者之軌可棲醴泉涌於池圃靈芝生於丘園搢紳大夫修道問礼於宮都國學之上農夫庶人講學論文於閭黨塾庠之下嗚呼非皐陶歌虞奚斯頌魯之秋乎哉朝鮮國三大使及諸學士修盟

幸得天假桄綠諧鳳覩因不問么麼戈恭呈拙詞一章云

迢遞錦帆司馬遊海濤万里碧雲浮爽搓氣秀轆轤劍撥簡才高翡翠裘赤縣州中省土俗白旌手裏賞山幽一攀玄況眞奇過瓊樹瑤林日月悠

奉和鷄洲瓊韻　書記濟菴

風馭冷然汗漫遊廣桑山色隔雲浮郎看歌处花飄岸回想来時雪滿裘灯影虹橋蓮葉穩鐘声佛塔梵音幽披襟一笑江郎錦文軌何論万里悠

鮮國在于輿地其東我邦又其最東箕國仁風揚々大數日國昇平治敎休明普天化育周率土蒙王澤礼樂丕煕而衆知揖讓於変時雍而人識廉隅民俗抃舞乎康衢謳吟乎清世而露之恩獻曝之忱實葛天氏之民者有焉無懷氏之民者有焉嗚呼美哉歲斯延享戊辰夏四月雞林三大使及諸學士來修國盟文物威儀之盛冠珮衣裳之美逸馬競繡鞍巨舟發櫂謳到于浪華本願紺園動静安寧多福多福僕氏上月名信敬字丹藏號鶴洲别號專菴浪華人也

鄕愔從今已了層波險撟抽人烟去路平

又

面々高城海色開蓬壺顏面數篇来誰言異域繁華

盛爭奈孤舟歲月催 前詩遠字及此詩三面字草卒失照

奉呈朝鮮國李書記濟菴詞宗足下詩并序代通

刺 鶴洲

太極剖判造化權輿嵬嶷嶢屼者爲山嶽瀇瀁淼漫

者爲江海巒峽廻繚者爲川澤精微純粹者爲州土

疆埸各分接壤或異禹貢所屬諸史所載可觀而朝

々利々優遊乎畎畝高鬻之地惇睦辨章之化洽於
宇内巡靖懷保之惠達於黎蒸塗歌邑誦而適遊于
自然之勢恬淡于無為之境百年昇平登春臺於壽
域樂擊壤於堯天豈非此時乎哉豈非此時乎哉茲
歳延享戊辰夏四月朝鮮國修聘三大使及諸學士
凌弱海萬里来於日東乃舘浪華本願精舍道途平
安萬福萬福僕氏上月名信敬字丹藏號鶴洲別號
尃菴浪華人也不顧襪線才叨裁下里巴人調汚大
家案下云

延享戊辰四月二十三日憑對州記室蘭溪阿比留氏先容與留守氏宮崎氏及門人佐野振圖會韓客於本願精舍唱酬筆語

上月鶴洲

奉呈朝鮮國朴學士矩軒詞宗足下詩并序代通刺

崑崙長久磅礴鎭常慶雲呈瑞和氣現祥五日之風時若十日之雨方潤雍容揄揚熙々焉皡々焉于韓于和都々相望邑々相属国藉万世之基家承千載之業上則親々賢々從容乎礼樂揖讓之場下則樂

顧我長秊頭似雪。繞君壯歳氣如虹。朱顏
今日難顧。我白髮他時不放君。
奉謝東華翁筆一吟於扇被惠
桐碧山
君老筆頭心似雪。我開團扇形如虹。書成
一詞足容我。愛得頻年可敬君。
孟夏下澣桐丹山桐碧山鶴九皐會
趙活菴。居其齋。東華翁。有箇々筆語贈
荅書翰等他日載之矣

寺中孤坐處時逢高士倒衣裳

奉呈趙活公案下　鶴九皐

滄海却隣萬里船韓和清操在文筵玉簫吹處月先上莞尓指東詰大玄

奉酬鶴公見寄　趙活菴

海窮河口下樓船風暖寺中設彩筵更有眞人時枉訪詰論黃老説玄玄

桐碧山持中咎扇余書短引遺之

東華

衣冠村窈窕畫船燈燭海玲瓏大鵬天地
經綸內紫蚕樓臺造化中西夜徘徊人不
見滄波解纜我心忡ゝ

戊辰夏於金城下棲　趙氏活菴恭呈
小詩一篇　桐丹山
萬里覔旌涉大洋壯游不倦斐成章祝融
司日武城路雪疊士峯吹錦裳

奉謝桐公贈韻　趙活菴
東連滄海浩洋ゝ北接芙蓉翠萬章本願

凌萬里。扶桑日月儐平生。孤舟懷望山河屬。竹岸羈愁繞雨声。

奉送矩軒先生之東都　賀美臺

分襟柳岸發西風。風逐錦帆東更東。到處騷人拂翰墨。過時驛樹生玲瓏。仲宣樓賦暮雲外。越石笳声邊月中。屈指歸期卜重會。相看此日意忡忡。

次賀大雅送別韻　朴矩軒

灘山椶竹雨蕪風。萬里詩名日出東。錦帆

呈奉大韓製述官矩軒朴先生

日本菰府賀美臺

不才何幸入新盟。懃喜交加是識荊。國曾傳文苑望。逢場彌仰席珍榮。五千里別鯉鴻斷。三十韻詩雲樹生。試問海風明月裏。醉吟時作越人聲。

奉和賀大雅寄來韻　小華矩軒

聞說高才風主盟。詩來足以代班荊。滄波玉節元存信。短髮烏紗興有榮。筵貫詩書

次木君韻　　玄東岩

萬里泛〻東國曹。掌知一帆見微毛。容中可愛高歌處。天地終驚滄海濤。

呈大學士朴公執事　　泉必東

使星光動日東天。果爾江濮繫客船。六月圖南鵬翼影。蓬蒿叢裡望相懸。

和必東詞案　　朴矩軒

浪華城外水連天。岸泊青丘萬里船。世界不隨桑海變。詩名長與斗山懸。

呈韓客伏請高和　景徵

萬里舟行乘碧空貴州元自有流風堪驚
白雪高歌色總入翩〻書記中

次韻　李世寶

見來江上隔蒼空客裡愁心佳句風千里
東南浮一海奇才又識駐舟中

奉呈東岩君案下　木惠廸

使君推轂在仙曹自是才名稱鳳毛紫氣
頻年東海動初知彩鷁蹴風濤

艤舟數識有文才。萬里扶桑知已來。客館復驚三疊裡。故鄉歸思笛声開。

猝和甚蓋　李世寶

軒轅能作才。滄海一帆來。客裡逢佳句。吟來爽意開。

同和　綠野

天地東南浮一海。斤舟泛泛任風來。蒼松綠竹艶陽處。芙蓉芍藥西岸開。子開

才字不見而只見來開兩字次之矣

延享唱和卷之上

浪速村上秀範輯

今年四月廿日。韓使船入浪速河港。同廿三日諸賢有唱和。衆作隨得錄之。前後不次。君子亮察。

浪華城下贈韓客

菅榮

驛使翩々書記才。江南白雪動潮來。一枝隔海重相贈。此地梅花爲汝開。

奉次菅公芳韻

朴矩軒

九皐 姓崔名純字仙柳

鶴洲 氏上月名信敬字冊藏

振岡 姓佐野名安貞字原泉

銀臺 姓向井名璣字子玉

東嶽 姓管名斐卿字伯錦

括囊 姓留守名友信字退藏

延享和韓唱和録卷之上

唱和姓氏

菅榮 河刕人

豊徵 氏豊川号蒲城

惠迪 氏木村字丈右衛門

必東 氏泉浪花人

臺 氏賀美名臺藝刕人

丹山 姓桐名澄字玄淑

碧山 姓桐名熊克字玄澗

同李摘　同李邦一　内乘李逸濟
僉知林世載
○從事軍官
司果李喜春　咸陽府使李桂國
宣傳官曹命傑
右人数別計
上〻官三人　上判事三人　制述官一人
上官四十五人 内十三人次官　中官百六十人
合支四百八十三人

吸唱六人　使令八人　吹手十八人　刀尺六人

炮手六人　纛縣奉持二人　節鉞奉持四人

旗手八人　右中官百六十三人後增三人

○正使軍官

學士洪景海　同知白尚輝　昌城府使

趙東晋　竹山府使金桂岳　監察李伯齡

即聽李鴻儒　同知金壽鼎

○副使軍官

即聽南行明　司果尹世佐　宣傳官田医國

主簿崔壽仁字大来号美谷年四十

判官崔嶋齊字汝高号水菴年五十九

○治官

別破陣二人　馬上才二人　理馬一人

典樂二人　伴倘三人　騎船將三人

右自上〻官至次官五十二員

都訓導三人　卜船將三人　礼單直三人

廳直三人　盤纏直三人　小通事十人

小童十六人　三使奴子六人　一行奴子四十二人

和韓唱和

僉正鄭道行字汝一号靜菴年五十五
訓導李昌基字大卿号廣灘年五十三
主簿金弘喆字聖叟号蓀真齋年三十四
○次上判事二員
主簿黃夫中字正叔号蒼崖年三十四
副司猛玄大衡字稺久号長湖年卅一
○押物判事四員
判官黃垕成字大而号敬菴年五十四
僉正崔鶴齡字君聲号芳潭年卅九

主簿趙德祚字聖哉号松斎年四十
主簿金德崙字子相号探玄年四十六
○畫員
主簿李聖麟字德學号藕斎年三十
○上〻官
僉知朴尚淳字子淳号竹窗年四十九
僉知玄德淵字李深号踈窩年五十五
僉知洪聖亀字大年号壽巖年五十一
○上判事三員

副使書記奉事柳逅字子相号醉雪年五
十九
從事書記李命啓字子文号海皐年卅四
○寫字官二員
同知金天壽字君實号紫峯年四十
護軍玄文龜字孝叔号東岩年三十八
○良醫一員
趙崇壽字敬老号活菴年卅四 或云字宗哉
○侍醫二員

通訓太夫弘文館校理知制敎兼經筵侍讀官春秋館記注官曹命來字疇卿号蘭谷昌寧人四十九

○學士

製述官典籍朴敬行字仁則号矩軒年三十九

○書記三員

正使書記奉事李鳳煥聖章号濟菴年三十九

延享戊辰來聘使姓名

○正使

通政大夫曹參議知制敎浩啓禧字純甫

號澹窩南陽之人年四十六

○副使

通訓大夫行弘文館典翰知制敎兼經筵

侍讀官春秋館編修官南泰耆字洛叟

号竹裡宜寧人年五十

○從事

刻和漢唱和述言

正德辛卯歲。不佞刊布兩東唱和。業已四十年。今歲延享戊辰四月。韓使至。我浪速城諸賢唱和堆于案上。於茲復纂集和韓唱和。不佞犬馬過耳順。而三見此盛事者。實昇平美觀也。此編纔集浪速唱和。欲嗣刻尾。備長藝諸刕者。珠玉到手。即刊之。謹以告雲顏君子。

浪華書林醉墨齋欽白

之乎山人國語。於是乎凝韤餘才。
積甚人石呂。恥羅尾于珠玉。縁布
于餘繡。實語斯影哉。一時之士。
罷余國陋。僭踰何以免誚。
延享夏四月
西陵源子登甫題

二邦連璧小引

戊辰之歲韓聘至皆停于浪華館。一時操觚之士翕然莫不觴奏焉。吁嗟乎
大東斯文之渙發也於斯為盛。出肆波墨散人輯錄以成若干卷題曰二邦連璧來請序余。曰夫序也者冠乎玉香上披以兼毛首此不佞之所不能也。豈敢

文物整齊君子國
德星列聚聖明朝

和韓唱和錄

浪華書林
稱觥堂
醉墨齋
壽梓

【영인자료】

和韓唱和錄
和韓唱和附錄

여기서부터 영인본을 인쇄한 부분입니다. 이 부분부터 보시기 바랍니다.

조선후기 통신사 필담창화집 번역총서를 간행하면서

20세기 초까지 한자(漢字)는 동아시아 사회의 공동문자였다. 국경의 벽이 높아서 사신 외에는 국제적인 교류가 불가능했지만, 문자를 통한 교류는 활발했다. 중국에서 간행된 한문 전적이 이천년 동안 계속 한국과 일본을 비롯한 주변 나라에 전파되었으며, 사신의 수행원들은 상대방 나라의 말을 못해도 상대방 문인들에게 한시(漢詩)를 창화(唱和)하여 감정을 전달하거나 필담(筆談)을 하며 의사를 소통했다.

동아시아 삼국이 얽혀 싸웠던 임진왜란이 7년 만에 끝난 뒤, 조선에 군대를 파견하였던 중국과 일본은 각기 왕조와 정권이 바뀌었다. 중국에는 이민족인 청나라가 건국되고 일본에는 도쿠가와 막부가 세워졌다. 조선과 일본은 강화회담이 결실을 맺어 포로도 쇄환하고 장군이 계승할 때마다 통신사를 파견하여 외교를 회복했지만, 청나라와에도 막부는 끝내 외교를 회복하지 못하고 단절상태가 계속되었다. 일본은 조선을 통해서 대륙문화를 받아들일 수밖에 없었고, 그 방법 중 하나가 바로 통신사를 초청할 때 시인, 화가, 의원 등의 각 분야 전문가를 초청하는 것이었다.

오백 명 규모의 문화사절단 통신사

연암 박지원은 천재시인 이언진(李彦瑱, 1740~1766)이 11차 통신사 수행원으로 일본에 다녀온 지 2년 만에 세상을 뜨자, 이를 애석히 여겨 「우상전」을 지었다. 그 첫머리에 일본이 조선에 다양한 전문가들로 구성된 문화사절단을 파견해 달라고 요청한 사연이 실려 있다.

> 일본의 관백(關白)이 새로 정권을 잡자, 그는 저축을 늘리고 건물을 수리했으며, 선박을 손질하고 속국의 각 섬들에서 기재(奇才) · 검객(劍客) · 궤기(詭技) · 음교(淫巧) · 서화(書畵) · 여러 분야의 인물들을 샅샅이 긁어내어, 서울로 모아들여 훈련시키고 계획을 갖추었다. 그런 지 몇 달 뒤에야 우리나라에 사신을 파견해 달라고 요청하였는데, 마치 상국(上國)의 조명(詔命)을 기다리는 것처럼 공손하였다.
>
> 그러자 우리 조정에서는 문신 가운데 3품 이하를 골라 뽑아서 삼사(三使)를 갖추어 보냈다. 이들을 수행하는 사람들도 모두 말 잘하고 많이 아는 자들이었다. 천문 · 지리 · 산수 · 점술 · 의술 · 관상 · 무력으로부터 통소 잘 부는 사람, 술 잘 마시는 사람, 장기나 바둑 잘 두는 사람, 말을 잘 타거나 활을 잘 쏘는 사람에 이르기까지, 한 가지 기술로 나라 안에서 이름난 사람들은 모두 함께 따라가게 되었다. 그런데 이들 가운데서도 문장과 서화를 가장 중요하게 여기지 않을 수가 없었다. 왜냐하면 그들은 조선 사람의 작품 가운데 한 글자만 얻어도 양식을 싸지 않고 천리 길을 갈 수 있기 때문이었다.

도쿠가와 이에하루(德川家治)가 쇼군을 계승하자 일본 각 분야의 대표적인 인물들을 에도로 불러들여 조선 사절단 맞을 준비를 시킨 뒤, "마치 상국의 조서를 기다리는 것처럼 공손하게" 조선에 통신사를 요청하였다. 중국과 공식적인 외교가 단절되었으므로, 대륙문화를 받아들이기 위해 조선을 상국같이 모신 것이다. 사무라이 국가 일본에는 과거제도가 없기 때문에 한문학을 직업삼아 평생 파고든 지식인들이 적어서, 일본인들은 조선 문인의 문장과 서화를 보물같이 여겼다.

조선에서도 국위를 선양하기 위해 여러 분야의 문화 전문가들을 선발하여 파견했는데, 『계림창화집(鷄林唱和集)』이 출판된 8차 통신사(1711년) 때에는 500명을 파견했다. 당시 쓰시마에서 에도까지 왕복하는 동안 일본인들이 숙소마다 찾아와 필담을 나누거나 한시를 주고받았는데, 필담집이나 창화집은 곧바로 출판되어 널리 읽혔다. 필담 창화에 참여한 일본 지식인은 대륙의 새로운 지식을 얻었을 뿐만 아니라, 일본 사회에서 전문가로서의 위상도 획득하였다.

8차 통신사 때에 출판된 필담 창화집은 현재 9종이 확인되었으며, 필담 창화에 참여한 일본 문인은 250여 명이나 된다. 이는 7차까지 출판된 필담 창화집을 모두 합한 것보다 훨씬 많은 수인데, 통신사 파견이 100년 가까이 되자 일본에서도 한문학 지식인 계층이 두터워졌음을 알 수 있다. 8차 통신사에 참여한 일행 가운데 2명은 기행문을 남겼는데, 부사 임수간(任守幹)이 기록한 『동사록(東槎錄)』이나 역관 김현문(金顯門)이 기록한 또 하나의 『동사록』이 조선에 돌아와 남에게 보여주기 위해 일방적으로 쓴 글이라면, 필담 창화집은 일본에서 조선과 일본의 지식인들이 마주앉아 함께 기록한 글이다. 그러기에 타인의 눈을 통해 자신의 모습을 객관적으로 볼 수 있다.

16권 16책의 방대한 분량으로 다양한 주제를 정리한 『계림창화집』

에도막부 초기의 일본 지식인은 주로 승려였기에, 당연히 승려들이 통신사를 접대하고, 필담에 참여하였다. 그 다음으로 유자(儒者)들이 있었는데, 로널드 토비는 이들을 조선의 유학자와 비교해 "일본의 유학자는 국가에 이용가치를 인정받은 일종의 전문 지식인에 지나지 않았다"고 규정하였다. 그 가운데 상당수는 의원이었으므로 흔히 유의(儒醫)라고 하는데, 한문으로 된 의서를 읽다보니 유학에도 관심을 가지게 된 것이다. 이노 작스이(稻生若水)가 물고기 한 마리를 가지고 제술관 이현과 서기 홍순연 일행을 찾아가서 필담을 나눈 기록이 『계림창화집』 권5에 실려 있다.

> 이 현 : 이 물고기는 우리나라의 송어입니다. 조령의 동남 지방에 많이 있어, 아주 귀하지는 않습니다.
>
> 홍순연 : 이 물고기는 우리나라의 농어와 매우 닮았습니다. 귀국에도 농어가 있는지 모르겠지만, 이것과 같지 않습니까? 농어가 아니라면 내가 아는 물고기가 아닙니다.
>
> 남성중 : 이 물고기는 우리나라 송어입니다. 연어와 성질이 같으나 몸집이 작으며, 우리나라 동해에서 납니다. 7~8월 사이에 바다에서 떼를 지어 강으로 올라가는데, 몸이 바위에 갈려 비늘이 다 떨어져 나가 죽기까지 하니 그 성질을 모르겠습니다.

그는 일본산 물고기의 습성을 자세히 설명하고 조선에도 있는지 물었지만, 조선 문인들은 이 방면의 전문가들이 아니어서 이름 정도나 추정했을 뿐이다. 홍순연은 농어라고 엉뚱하게 대답하기까지 하였다. 조선 문인이라면 모든 것을 알 수 있을 것이라고 기대했기에 생긴 결과인데, 아직 의학필담으로 분화되기 이전의 형태다. 이 필담 말미에 이노 작스이는 이런 기록을 덧붙여 마무리했다.

『동의보감』을 살펴보니 "송어는 성질이 태평하고 맛이 달며 독이 없다. 맛이 진기하고 살지다. 색은 붉으면서 선명하다. 소나무 마디 같아서 이름이 송어이다. 동북쪽 바다에서 난다"고 하였다. 지금 남성중의 대답에 『동의보감』의 설명을 참고하니, '鮏'은 송어와 같은 것이다. 그러나 '송어'라는 이름은 조선의 방언이지, 중화에서 부르는 이름이 아니다. 『팔민통지(八閩通志)』(줄임) 『해징현지(海澄縣志)』 등의 책에 모두 송어가 실려 있으나, 모습이 이것과 매우 다르다. 다른 종류인데, 이름이 같을 뿐이다.

기록에서 보듯, 이노 작스이는 다수의 의견에 따라 이 물고기를 '송어'라고 추정한 후, 비교적 자세한 남성중의 대답과 『동의보감』의 기록을 비교하여 '송어'로 결론 내렸다. 그런 뒤에 조선의 '송어'가 중국의 송어와 같은 것인지 확인하기 위해 중국의 여러 지방지를 조사한 후, '송어'는 정확한 명칭이 아니라 그저 조선의 방언인 것으로 결론지었다. 양의(良醫) 기두문(奇斗文)에게는 약초를 가지고 가서 필담을 시도하였다.

稻生若水 : 이 나뭇잎은 세 개의 뾰족한 끝이 있고 겨울에 시들지 않으며, 봄에 가느다란 꽃이 핍니다. 열매의 크기는 대두만하고, 모여서 둥글게 공처럼 되며, 생길 때는 파랗고, 익으면 자흑색이 됩니다. 나무

에 진액이 있어 엉기면 향이 나고, 색이 붉습니다. 이름은 선인장 나무입니다. (줄임)

기두문 : 이것이 진짜 백부자(白附子)입니다.

제술관이나 서기들이 경험에 의존해 대답한 것과 달리, 기두문은 의원이었으므로 자신의 지식을 바탕으로 확실하게 대답하였다. 구지현박사의 연구에 의하면 이노 작스이는 『서물류찬(庶物類纂)』이라는 박물지를 편찬하기 위해 방대한 자료를 수집·고증하고 있었는데, 문화 선진국 조선의 문인에게 서문을 부탁하여, 제술관 이현이 써 주었다. 1,054권이나 되는 일본 최대의 백과사전에 조선 문인이 서문을 써 주어 권위를 얻게 된 것이다.

출판사 주인이 상업적인 출판을 위해 직접 필담에 참여하다

초기의 필담 창화집은 일본의 시인, 유학자, 의원 등 전문 지식인이 번주(藩主)의 명령이나 자신의 정보욕, 명예욕에 따라 필담에 나선 결과물이지만, 『계림창화집』 16권 16책은 출판사 주인이 직접 전국 각 지역에서 발생한 필담 창화 원고들을 수집하여 출판한 것이다. 따라서 필담 창화 인원도 수십 명에 이르며, 많은 사본을 들여서 출판하였다. 막부(幕府)의 어용 서적을 공급하던 게이분칸(奎文館) 주인 세오겐베이(瀨尾源兵衛, 1691~1728)가 21세 청년의 몸으로 교토지역 필담에 참여해 『계림창화집』 권6을 편집하고, 다른 지역의 필담 창화 원고까지 모두 수집해 16권 16책을 출판했을 뿐 아니라, 여기에 빠진 원고들까지 수집해 『칠가창화집(七家唱和集)』 10권 10책을 출판하였다.

『칠가창화집』은 『계림창화속집』이라고도 불렸는데, 7차 사행 때의 최대 필담 창화집인 『화한창수집(和韓唱酬集)』 4권 7책의 갑절 규모에 해당한다. 규모가 이러하니 자본 또한 막대하게 소요되어, 고쇼모노도코로(御書物所)인 이즈모지 이즈미노조(出雲寺 和泉掾) 쇼하쿠도(松栢堂)와 공동 투자하여 출판하였다. 게이분칸(奎文館)에서는 9차 사행 때에도 『상한창화훈지집(桑韓唱和塤篪集)』 11권 11책을 출판하여, 세오겐베이(瀨尾源兵衛)는 29세에 이미 대표적인 출판업자로 자리매김하게 되었다. 그러나 안타깝게도 38세에 세상을 떠나, 더 이상의 거질 필담 창화집은 간행되지 못했다.

필담창화집 178책을 수집하여 원문을 입력하고 번역한 결과물

나는 조선시대 한문학 연구가 조선 국경 안의 한문학만이 아니라 국경 너머를 오가며 외국인들과 주고받은 한자 기록물까지 연구해야 한다는 생각으로, 첫 번째 박사논문을 지도하면서 '통신사 필담창화집'을 과제로 주었다. 구지현 선생은 1763년에 파견된 11차 통신사 구성원들이 기록한 사행록 9종과 필담창화집 30종을 수집하여 분석했는데, 박사학위를 받은 뒤에도 필담창화집을 계속 수집하여 2008년 한국학술진흥재단의 토대연구에 『조선후기 통신사 필담창수집의 수집, 번역 및 데이터베이스 구축』이라는 과제를 신청하였다. 이 과제를 진행하면서 우리 팀에서 수집한 필담창화집 178책의 목록과, 우리가 예상한 작업진도 및 번역 분량은 다음과 같다.

1) 1차년도(2008. 7.~2009. 6.) : 1607년(1차 사행)에서 1711년(8차 사행)까지

연번	필담창화집 책 제목	면 수	1면 당 행수	1행 당 글자 수	예상되는 원문 글자 수
001	朝鮮筆談集	44	8	15	5,280
002	朝鮮三官使酬和	24	23	9	4,968
003	和韓唱酬集首	74	10	14	10,360
004	和韓唱酬集一	152	10	14	21,280
005	和韓唱酬集二	130	10	14	18,200
006	和韓唱酬集三	90	10	14	12,600
007	和韓唱酬集四	53	10	14	7,420
008	和韓唱酬集(결본)				
009	韓使手口錄	94	10	21	19,740
010	朝鮮人筆談并贈答詩(國圖本)	24	10	19	4,560
011	朝鮮人筆談并贈答詩(東京都立本)	78	10	18	14,040
012	任處士筆語	55	10	19	10,450
013	水戶公朝鮮人贈答集	65	9	20	11,700
014	西山遺事附朝鮮使書簡	48	9	16	6,912
015	木下順菴稿	59	7	10	4,130
016	鷄林唱和集1	96	9	18	15,552
017	鷄林唱和集2	102	9	18	16,524
018	鷄林唱和集3	128	9	18	20,736
019	鷄林唱和集4	122	9	18	19,764
020	鷄林唱和集5	110	9	18	17,820
021	鷄林唱和集6	115	9	18	18,630
022	鷄林唱和集7	104	9	18	16,848
023	鷄林唱和集8	129	9	18	20,898
024	觀樂筆談	49	9	16	7,056
025	廣陵問槎錄上	72	7	20	10,080
026	廣陵問槎錄下	64	7	19	8,512
027	問槎二種上	84	7	19	11,172

028	問槎二種中	50	7	19	6,650
029	問槎二種下	73	7	19	9,709
030	尾陽倡和錄	50	8	14	5,600
031	槎客通筒集	140	10	17	23,800
032	桑韓醫談	88	9	18	14,256
033	辛卯唱酬詩	26	7	11	2,002
034	辛卯韓客贈答	118	8	16	15,104
035	辛卯和韓唱酬	70	10	20	14,000
036	兩東唱和錄上	56	10	20	11,200
037	兩東唱和錄下	60	10	20	12,000
038	兩東唱和後錄	42	10	20	8,400
039	正德韓槎諭禮	16	10	18	2,880
040	朝鮮客館詩文稿(내용 중복)	0	0	0	0
041	坐間筆語附江關筆談	44	10	20	8,800
042	七家唱和集－班荊集	74	9	18	11,988
043	七家唱和集－正德和韓集	89	9	18	14,418
044	七家唱和集－支機閒談	74	9	18	11,988
045	七家唱和集－朝鮮客館詩文稿	48	9	18	7,776
046	七家唱和集－桑韓唱酬集	20	9	18	3,240
047	七家唱和集－桑韓唱和集	54	9	18	8,748
048	七家唱和集－賓館縞紵集	83	9	18	13,446
049	韓客贈答別集	222	9	19	37,962
예상 총 글자수					589,839
1차년도 예상 번역 매수 (200자원고지)					약 8,900매

2) 2차년도(2009. 7.~2010. 6.) : 1719년(9차 사행)에서 1748년(10차 사행)까지

연번	필담창화집 책 제목	면수	1면 당 행수	1행 당 글자 수	예상되는 원문 글자 수
050	客館璀璨集	50	9	18	8,100
051	蓬島遺珠	54	9	18	8,748
052	三林韓客唱和集	140	9	19	23,940
053	桑韓星槎餘響	47	9	18	7,614

054	桑韓星槎答響	106	9	18	17,172
055	桑韓唱酬集1권	43	9	20	7,740
056	桑韓唱酬集2권	38	9	20	6,840
057	桑韓唱酬集3권	46	9	20	8,280
058	桑韓唱和塤篪集1권	42	10	20	8,400
059	桑韓唱和塤篪集2권	62	10	20	12,400
060	桑韓唱和塤篪集3권	49	10	20	9,800
061	桑韓唱和塤篪集4권	42	10	20	8,400
062	桑韓唱和塤篪集5권	52	10	20	10,400
063	桑韓唱和塤篪集6권	83	10	20	16,600
064	桑韓唱和塤篪集7권	66	10	20	13,200
065	桑韓唱和塤篪集8권	52	10	20	10,400
066	桑韓唱和塤篪集9권	63	10	20	12,600
067	桑韓唱和塤篪集10권	56	10	20	11,200
068	桑韓唱和塤篪集11권	35	10	20	7,000
069	信陽山人韓館倡和稿	40	9	19	6,840
070	兩關唱和集1권	44	9	20	7,920
071	兩關唱和集2권	56	9	20	10,080
072	朝鮮人對詩集1권	160	8	19	24,320
073	朝鮮人對詩集2권	186	8	19	28,272
074	韓客唱和/浪華唱和合章	86	6	12	6,192
075	和韓唱和	100	9	20	18,000
076	來庭集	77	10	20	15,400
077	對麗筆語	34	10	20	6,800
078	鳴海驛唱和	96	7	18	12,096
079	蓬左賓館集	14	10	18	2,520
080	蓬左賓館唱和	10	10	18	1,800
081	桑韓醫問答	84	9	17	12,852
082	桑韓鏘鏗錄1권	40	10	20	8,000
083	桑韓鏘鏗錄2권	43	10	20	8,600
084	桑韓鏘鏗錄3권	36	10	20	7,200
085	桑韓萍梗錄	30	8	17	4,080
086	善隣風雅1권	80	10	20	16,000
087	善隣風雅2권	74	10	20	14,800
088	善隣風雅後篇1권	80	9	20	14,400

089	善隣風雅後篇2권	74	9	20	13,320
090	星軺餘轟	42	9	16	6,048
091	兩東筆語1권	70	9	20	12,600
092	兩東筆語2권	51	9	20	9,180
093	兩東筆語3권	49	9	20	8,820
094	延享五年韓人唱和集1권	10	10	18	1,800
095	延享五年韓人唱和集2권	10	10	18	1,800
096	延享五年韓人唱和集3권	22	10	18	3,960
097	延享韓使唱和	46	8	14	5,152
098	牛窓錄	22	10	21	4,620
099	林家韓館贈答1권	38	10	20	7,600
100	林家韓館贈答2권	32	10	20	6,400
101	長門戊辰問槎상권	50	10	20	10,000
102	長門戊辰問槎중권	51	10	20	10,200
103	長門戊辰問槎하권	20	10	20	4,000
104	丁卯酬和集	50	20	30	30,000
105	朝鮮筆談(元丈)	127	10	18	22,860
106	朝鮮筆談1권(河村春恒)	44	12	20	10,560
107	朝鮮筆談1권(河村春恒)	49	12	20	11,760
108	韓客對話贈答	44	10	16	7,040
109	韓客筆譚	91	8	18	13,104
110	韓人唱和詩	16	14	21	4,704
111	韓人唱和詩集1권	14	7	18	1,764
112	韓人唱和詩集1권	12	7	18	1,512
113	和韓文會	86	9	20	15,480
114	和韓唱和錄1권	68	9	20	12,240
115	和韓唱和錄2권	52	9	20	9,360
116	和韓唱和附錄	80	9	20	14,400
117	和韓筆談薰風編1권	78	9	20	14,040
118	和韓筆談薰風編2권	52	9	20	9,360
119	鴻臚傾蓋集	28	9	20	5,040
예상 총 글자수					723,730
2차년도 예상 번역 매수 (200자원고지)					약 10,850매

3) 3차년도(2010. 7.~ 2011. 6.) : 1763년(11차 사행)에서 1811년(12차 사행)까지

연번	필담창화집 책 제목	면수	1면당 행수	1행당 글자수	예상되는 원문 글자수
120	歌芝照乘	26	10	20	5,200
121	甲申槎客萍水集	210	9	18	34,020
122	甲申接槎錄	56	9	14	7,056
123	甲申韓人唱和歸國1권	72	8	20	11,520
124	甲申韓人唱和歸國2권	47	8	20	7,520
125	客館唱和	58	10	18	10,440
126	鷄壇嚶鳴 간본 부분	62	10	20	12,400
127	鷄壇嚶鳴 필사부분	82	8	16	10,496
128	奇事風聞	12	10	18	2,160
129	南宮先生講餘獨覽	50	9	20	9,000
130	東渡筆談	80	10	20	16,000
131	東槎餘談	104	10	21	21,840
132	東游篇	102	10	20	20,400
133	問槎餘響1권	60	9	20	10,800
134	問槎餘響2권	46	9	20	8,280
135	問佩集	54	9	20	9,720
136	賓館唱和集	42	7	13	3,822
137	三世唱和	23	15	17	5,865
138	桑韓筆語	78	11	22	18,876
139	松菴筆語	50	11	24	13,200
140	殊服同調集	62	10	20	12,400
141	怏怏餘響	136	8	22	23,936
142	兩東鬪語乾	59	10	20	11,800
143	兩東鬪語坤	121	10	20	24,200
144	兩好餘話상권	62	9	22	12,276
145	兩好餘話하권	50	9	22	9,900
146	倭韓醫談(刊本)	96	9	16	13,824
147	倭韓醫談(寫本)	63	12	20	15,120
148	栗齋探勝草1권	48	9	17	7,344
149	栗齋探勝草2권	50	9	17	7,650
150	長門癸甲問槎1권	66	11	22	15,972

151	長門癸甲問槎2권	62	11	22	15,004
152	長門癸甲問槎3권	80	11	22	19,360
153	長門癸甲問槎4권	54	11	22	13,068
154	萍遇錄	68	12	17	13,872
155	品川一燈	41	10	20	8,200
156	表海英華	54	10	20	10,800
157	河梁雅契	38	10	20	7,600
158	和韓醫談	60	10	20	12,000
159	韓客人相筆話	80	10	20	16,000
160	韓館應酬錄	45	10	20	9,000
161	韓館唱和1권	92	8	14	10,304
162	韓館唱和2권	78	8	14	8,736
163	韓館唱和3권	67	8	14	7,504
164	韓館唱和續集1권	180	8	14	20,160
165	韓館唱和續集2권	182	8	14	20,384
166	韓館唱和續集3권	110	8	14	12,320
167	韓館唱和別集	56	8	14	6,272
168	鴻臚摭華	112	10	12	13,440
169	鷄林情盟	63	10	20	12,600
170	對禮餘藻	90	10	20	18,000
171	對禮餘藻(明遠館叢書 57)	123	10	20	24,600
172	對禮餘藻(明遠館叢書 58)	132	10	20	26,400
173	三劉先生詩文	58	10	20	11,600
174	辛未和韓唱酬錄	80	13	19	19,760
175	接鮮瘖語(寫本)1	102	10	20	20,400
176	接鮮瘖語(寫本)2	110	11	21	25,410
177	精里筆談	17	10	20	3,400
178	中興五侯詠	42	9	20	7,560
예상 총 글자수					786,791
3차년도 예상 번역 매수 (200자원고지)					약 11,800매

1차년도에는 하우봉(전북대) 교수와 유경미(일본 나가사키국립대학) 교수를 공동연구원으로 하여 고운기, 구지현, 김형태, 허은주, 김용흠 박

사가 전임연구원으로 번역에 참여하였다. 3년 동안 기태완, 이지양, 진영미, 김유경, 김정신, 강지희 박사가 연구원으로 교체되어, 결국 35,000매나 되는 번역원고를 마무리하였다.

일본식 한문이 중국식 한문과 달라서 특히 인명이나 지명 번역이 힘들었는데, 번역문에서는 독자들이 읽기 쉽도록 한국식 한자음으로 표기하고, 첫 번째 각주에서만 일본식 한자음을 표기하였다. 원문을 표점 입력하는 방법은 고전번역원에서 채택한 방법을 권장했지만, 번역자마다 한문을 교육받고 번역해온 과정이 다르기 때문에 재량을 인정하였다. 원본 상태를 확인하려는 연구자를 위해 영인본을 뒤에 편집하였는데, 모두 국내외 소장처의 사용 승인을 받았다.

원문과 번역문을 합하여 200자원고지 5만 매 분량의『조선후기 통신사 필담창화집 번역총서』를 12,000면의 이미지와 함께 편집하고 4차에 나누어 10책씩 출판하는 과정이 복잡하고 힘들었기에, 연세대학교 정갑영 총장에게 편집비 지원을 신청하였다.『조선후기 통신사 필담창수집 번역본 30권 편집』정책연구비(2012-1-0332)를 지원해주신 정갑영 총장에게 감사드린다.

『조선후기 통신사 필담창화집 번역총서』를 편집하는 과정에 문화재청으로부터『통신사기록 조사 및 번역, 데이터베이스 구축』연구용역을 발주받게 되어, 필담창화집을 비롯한 통신사 관련 기록을 세계기록유산으로 등재하는 작업에 참여하게 된 것도 기쁜 일이다. 통신사 관련 기록들이 모두 데이터베이스로 구축되어 국내외 학자들이 한일문화교류, 나아가서는 동아시아문화교류 연구에 손쉽게 참여하게 된다면『통신사 필담창화집 번역총서』의 사명을 다하는 것이라고 생각한다.

기태완(奇泰完)

중앙대학교 문예창작과 졸업.
성균관대학교 국어국문학과 석사·박사 졸업. 문학박사.
홍익대학교 겸임교수와 연세대학교 연구교수 역임.
저서로『황매천시연구』,『곤충이야기』,『한위육조시선』,『당시선』上·下,『천년의 향기-한시 산책』,『화정만필』,『송시선』,『요금원시선』,『명시선』등이 있고, 역서로는『거오재집』,『동시화』,『정언묘선』,『고종신축의궤』,『호응린의 역대한시 비평-시수』,『퇴계 매화시첩』,『심양창화록』,『집자묵장필유』8책 등이 있다.

조선후기 통신사 필담창화집 번역총서 29

和韓唱和錄·和韓唱和附錄

2014년 8월 28일 초판 1쇄 펴냄

역　자 기태완
발행인 김흥국
발행처 도서출판 보고사

등록 1990년 12월 13일 제6-0429호
주소 서울특별시 성북구 보문동7가 11번지 2층
전화 922-5120~1(편집), 922-2246(영업)
팩스 922-6990
메일 kanapub3@naver.com
http://www.bogosabooks.co.kr

ISBN 979-11-5516-304-7 94810
979-11-5516-055-8 (세트)

정가 37,000원

이 도서의 국립중앙도서관 출판예정도서목록(CIP)은 서지정보유통지원시스템 홈페이지(http://seoji.nl.go.kr)와 국가자료공동목록시스템(http://www.nl.go.kr/kolisnet)에서 이용하실 수 있습니다. (CIP제어번호 : CIP2014024684)